Az ellenállás

反抗的忧郁

[匈牙利]
克拉斯诺霍尔卡伊·拉斯洛
著
余泽民
译

Krasznahorkai
László

Melankóliája

浙江文艺出版社
Zhejiang Literature & Art Publishing House

图书在版编目（CIP）数据

反抗的忧郁 / (匈) 克拉斯诺霍尔卡伊·拉斯洛著；余泽民译. —杭州：浙江文艺出版社，2023.7
ISBN 978-7-5339-7195-3

Ⅰ.①反… Ⅱ.①克… ②余… Ⅲ.①长篇小说—匈牙利—现代 Ⅳ.①I515.45

中国国家版本馆CIP数据核字(2023）第054287号

责任编辑 王莎惠
责任校对 唐 娇
责任印制 吴春娟
封面插画 董茹嘉
装帧设计 董茹嘉
数字编辑 姜梦冉、诸婧琦

反抗的忧郁

［匈牙利］克拉斯诺霍尔卡伊·拉斯洛 著 余泽民 译

出版发行 浙江文艺出版社
地　　址 杭州市体育场路347号
邮　　编 310006
电　　话 0571-85176953(总编办)
0571-85152727(市场部)
制　　版 浙江新华图文制作有限公司
印　　刷 杭州富春印务有限公司
开　　本 880毫米×1230毫米 1/32
字　　数 270千字
印　　张 14.125
插　　页 5
版　　次 2023年7月第1版
印　　次 2023年7月第1次印刷
书　　号 ISBN 978-7-5339-7195-3
定　　价 98.00元

毁灭也会更新换代

余泽民

"垃圾。在他视线所及的范围内，由人行道和街道组成的整个交通网络都被一层致密无缝、坚硬无比的垃圾铠甲所覆盖，这是一条被人踩踏、在刺骨寒冷中冻结到一起的垃圾河流，在黄昏晦暗的暮色里闪烁着超自然的光芒。从苹果核、垃圾袋到旧皮鞋，从手表带、大衣纽扣到生锈的钥匙，这里应有尽有……仿佛是大地自己裂开了，暴露出埋在城市下面的东西，或像地下的沼泽透过柏油路的裂缝渗透上来，像洪水一样吞噬了一切。'沼泽淹没了泥沼'，艾斯泰尔陷入了沉思。现实状况是思考的根基，他一动不动地看着这片洪水，有那么一刻，他突然感到自己也被洪水淹没，房子、树木、路灯的灯柱和广告柱一起都在慢慢下沉。

难道这就是最后的审判？他向自己提出了这个问题。”

艾斯泰尔是一位已经隐退家中的音乐学校校长，小城里声望很高的音乐家，然而他早已意识到自己“已经坠落到了再也无处坠落”的最低点，于是赶走了粗鄙健硕的妻子，将自己关在屋里幻想能创立出一套“音乐抵抗”理论，只通过每日定时为他送餐的、满脑子宇宙奇想的送报员瓦卢什卡维系与外界的联系。从家里搬出来的艾斯泰尔夫人则通过瓦卢什卡“偷出”丈夫的衬衫和内衣，由她送到洗衣店，营造出她与丈夫仍然恩爱的假象，解释说她之所以不住家中，只为不打搅丈夫的创作；与此同时，她与警长私通，并借助丈夫的声望谋到妇女委员会主任的闲职，计划在城里发动一场全民卫生运动。在佩斐菲尔小酒馆里，酒鬼们每天晚上都在瓦卢什卡的导演下演示天体运动和日全食，直到打烊被赶到街上。瓦卢什卡的母亲弗劳姆夫人，则在自家公寓里悉心经营出一片温暖舒适、与世无争的“丛林”……小城的日子看起来平静无澜，但街上日益堆积的垃圾暗示了衰落和腐败。

一天晚上，一辆拉着一头巨大鲸鱼标本的马戏团大货车开进了小城，停在了市中心的集市广场上，随之而来的是一群沉默等待的陌生人。马戏团有一位绰号“王子”的神秘成员，悄悄推倒了命运已经排列好了的多米诺骨牌，小城生活的一潭死水终于被搅动，老校长也身不由己地成了一枚棋子，被卷入狡诈的阴谋之中。对所有人来说的灾难，对野心家来说是时机，毁灭中所有的抵抗都毫无意义和不堪一击。

《反抗的忧郁》是匈牙利当代小说家、2015年国际布克奖得主克拉斯诺霍尔卡伊·拉斯洛（Krasznahorkai László，1954— ）的代表作之一，也是他继处女作《撒旦探戈》（1985）之后创作的第二部长篇小说，出版于1989年。对东欧人来说，那是历史剧变的重要年份，希望的兑现，也伴随着动荡、暴力和令人惶然的未知；时年35岁的作者继续用他标志性的哲学寓言的隐喻形式和火山熔浆般缓慢流淌的复杂长句，向我们描绘出冷战末期东欧社会危机重重的衰败景象，而且，我们会在阅读中会惊愕地发现：这位被苏珊·桑塔格称作“当代最富哲学性的小说家”“撰写匈牙利启示录的大师”的作家，竟用文学的方式预言了旧世界很快将像雪崩般地轰然崩溃。然而，接下来的问题是：旧的秩序崩溃了，新的秩序就会好吗？在我看来，作者在小说中呼应了梁漱溟父亲在自杀前向儿子提出过的那个终极诘问：“这个世界会好吗？”

小说中的“破局者”是神秘不祥的巡回马戏团，关于马戏团，有两个令人兴奋的看点：一个是巨鲸，一个是“王子”。巨鲸看上去庞大可怖，“晒干、龟裂、灰如钢铁的皮肤和躯干中部极度变大的身体上缘几米长的背鳍”，长度超乎想象，一眼看不到全身，但人们还是会出于好奇壮起胆量，仰头寻找两只深陷在眼窝里的小眼睛和开在额头上面的两个喷气孔，想象它带来的海洋信息；但“王子”不然，他是行动者，他用激动人心的演讲在巡演途中收获了许多追随者，只需他的一个信号，幽灵般安静等待的追随者们，转眼会变成疯狂的暴徒，无可阻挡地破坏一切，最后将狂怒宣泄到弱者和病残者身上。暴乱发生，无能的市领导们慌得手足无措，于是伺机多年的艾斯泰尔夫人登上舞台，力挽狂澜地派人去州府请来军队平乱，经过她的运筹帷幄，在坦克车的炮口下，旧秩序一夜间崩溃，新的铁腕人物出现并接管了权力，一边深谋远虑地结党营私，一边打造“新生活”的气象，对百姓们来讲，反正也是劫后余生，谁来接手都是一样。

我们知道，克拉斯诺霍尔卡伊是位很重形式的小说家，他的《撒旦探戈》就具有复杂、严密而迷人的音乐结构，让绝望和希望做阴阳两极在封闭中永动。《反抗的忧郁》则运用了古老的论述结构，全书分为引言、议论、结语三部分——“紧急情况”“韦克麦斯特和声”和“墓前致辞”，作者似乎想要表明，他能按照自己的意图构建一个有规律可循的小说世界。当你读完这本小说又会发现，这三部分的划分远不仅是形式上的，而是如链锁相扣的因果关系，其中没有一个元素可以修改或移动，暗示事物的发生发展是由其自身性质所决定，最终无法摆脱严密、既定的形式和秩序，所有人和事都注定困于一个封闭的系统，这让我联想到《撒旦探戈》里的最后一章——“圆圈闭合”，而这闭合了的圆圈只是人类历史链条中一个封闭的环，这个环套着下一个环，与其说发展，不如说轮回，而整根链条也很可能是闭合的。“这个世界会好吗？”克拉斯诺霍尔卡伊的小说恰为这个疑问提供了支持。

接下来我们看一下叙述者视角。当小说里描写年轻的送报员瓦卢什卡离开打烊的小酒馆，沿着日复一日的熟悉路线在城中踯躅时，出现了这样一句话：“他更不可能想到从明天夜里开始，他的命运会跟他们的系到一起，密不可分。”显然这是个全知的视角，或者说“上帝视角”，预知一切，洞察文本的整个时空，这与小说结构的设置是呼应的。小说里，鲸鱼马戏团引发的一系列事件，为时仅两日，坚实的叙事让我们感到，这并非虚构，而是命运。换句话说，作者分三个层层递进的发展步骤向我们展示了人性黑暗的图景，典型克拉斯诺霍尔卡伊模式的哥特式叙事，邪恶后的邪恶，绝望中的绝望，阴谋里的阴谋，字里行间都决不给理想主义的希望留下一丝侥幸存在的缝隙，受害者与凶手的界限也变得模糊，此一时彼一时，最终获胜的是有野心、伎俩和狠毒的人。

从结构上看，第一部分是序幕，通过从外地探亲回家的弗劳姆夫人一路的遭遇，“预示了一场人们谈论愈来愈多的即将到来的灾难”，当她回到城内，看到满地垃圾的街头三五成群地聚集着沉默、可疑的陌生人，“她站在温克海姆大道的路口盯着他们，仿佛瞅见了前来宣布最后审判的天使们”；第二部分的篇幅最长，围绕着巨鲸进城的突发事件，从弗劳姆夫人母子、艾斯泰尔夫妇、哈莱尔夫妇等多条线索展开描述了审判的发生；第三部分则是故事的高潮和结局，留下了尘埃落定后的喑哑，作者在小说结尾的最后一段，通过对暴乱牺牲者身体的腐败、崩解的科学性阐述，象征地表达了他对人类社会轮回式宿命的无奈和绝望：

> “整个帝国被碾压成了碳、氢、氮和硫，精细的组织被分解成碎片，直到烟消云散，不复存在，因为它们被一项令人难以想象的遥远判决所侵蚀消化——正如这本书现在，在这里正被侵蚀消化一样，此时此刻，这是最后一个词。”

如果说《撒旦探戈》写的是人们“从一个陷阱到另一个陷阱”，那么《反抗的忧郁》讲述的则是“从一次毁灭到另一次毁灭”，它们都是表现人类困境的文学变奏。在他看来，人类的进步，不过是像电脑程序一样不断更新换代的毁灭。在这个位于匈牙利大平原上的南部小城，时间和空间构成一个严密封闭、无人能逃的世界，既不能逃，也不可能抵抗消逝和毁灭。

《反抗的忧郁》这本小说，无疑是《撒旦探戈》风格的延续，灰暗，致密，令人沮丧，但并不意味着我们在读它时会因作者营造出的沉闷氛围而感到乏趣，克拉斯诺霍尔卡伊具有说书人的天赋，风格化的长句虽结构复杂，但缓慢而灵动，能够诱使读者在阅读的时候放慢速度，沉下心来，他利用了匈牙利语的所有可能性，要求读者集中注意力。克拉斯诺霍尔卡伊是一位匈牙利语大师，他将自己的母语发挥到一个高不可攀的高度，当然我这充满赞美的旁白，只有懂匈语的读者最能够体会。

对我来说，翻译《反抗的忧郁》要比翻译《撒旦探戈》更具挑战性，因为从匈语上看，它的语句结构要比《撒旦探戈》更复杂更细腻更圆熟，要想跨越匈中文间语言的隔阂尽可能多地传递克拉斯诺霍尔卡伊式语言既熟悉又陌生的语调和语感，确实十分地折磨人，因为我清楚百分之百地移植是不可能的，只能想象作者会中文的话，他该怎样组织这些迷人的句子。幸好我与他相识近三十年，脑子里有他讲述时的声调、语速、顿挫和眼神，能够帮助我在翻译时尽可能地——用匈牙利人的话讲——“钻到他的皮肤下”。

在翻译过程中，我感到最难译的是艾斯泰尔先生大段大段、令人喘不过气的哲学思考和瓦卢什卡信马由缰的、对和谐宇宙运行规律的幻想，因为要想翻译好它们，考验译者的不仅是语言能力，更是知识储备和理解力。我想提请读者注意，这些长篇大论看似沉闷，也充满诙谐、戏谑、讥讽的细节，既有令人回味的幽默，也悄悄铺垫了的悬念，对我们理解人物心理和故事逻辑十分重要，最好不要整段地跳过。实话实说，阅读克拉斯诺霍尔卡伊的作品相当烧脑，即使对我来说，每次阅读都要鼓励自己拿出勇气，玩一场孤独的文学游戏。

> “艾斯泰尔慢慢地躺到床上，此时此刻，在他的脑子里突然闪过一个念头，窗外的景象真的已经跟他下午看到的不一样了。今天下午他看到那片‘魔境般泥沼’的雾气和毒素，似乎全都被他吸收掉了，有什么东西在他耳边低语，街上那些梦魇般的垃圾也许只是病人看到的悲凉幻象——出自病人的幻觉，只是他在长期黑暗等待中碰巧找到的、可以投射其病态幻想的对象而已，想来病态的幻想既可以投射到垃圾上，也可以存在于丧失了清醒理智的市民心里，他这样想着，话说回来，非理性的困惑和恐惧最终也可以像垃圾一样地被清理掉。但是这个大扫除的愿景只是一个片刻的闪念，就像瞬间的失神，未能持续太久，很快他又将注意力全部集中到了客厅上，家具，地毯，镜子和枝形吊灯，天花板上的裂缝，还有在炉膛快乐跳跃窜

动的火苗……他已经考虑到了一切：衰老，孤身独处，或许存在的死亡恐惧，还考虑到对某种终极平静的向往。看到他可怕的预言成真时可能感到窒息的恐慌，他还想到了自己发疯的可能性，想到自己生活中的突然转变也许意味着某种胆怯的退缩，是为了逃避继续思考本身的真正危险，总之在这所有一切共同作用下，他知道不管自己怎么想，都不会让自己的处境变得更好……”

由此看来，对于梁漱溟的父亲的那句诘问，作者已经给出了答案。这部小说是一个力量强大的文本，能让我们切身体验到书中人物身上真实的苦楚、绝望与脆弱，让我们随着事件的展开变得敏锐而痛苦，仿佛亲历一样，能看到“人们眼中无尽的空虚”，嗅到“精神麻木的粪肥味”，感到周遭“荒凉沙漠的喑哑”。小说中，音乐家艾斯泰尔和送报员瓦卢什卡是一对在精神上相互依靠的忘年交，也是全城人眼里的“疯子”和“傻瓜”，他俩是这个时代最后的理想主义者；前者沉迷于对宇宙秩序的天使般的信仰，后者偏执地相信“音乐表达是和谐与共鸣的万能魔法”，然而最后的结局是：瓦卢什卡被永远地关在疯人院一间封闭式病房，艾斯泰尔前去探望，两个人握着手坐着一言不发；窗外，一股更具破坏性的崭新力量正在热火朝天地建立自己的世界。在我读来，这本书是一首忧郁的、哀悼理想主义破灭的挽歌。

在那一夜的动乱里，弗劳姆夫人之死颇具象征意味，这位人畜无害、对周遭发生一切都毫不知情的妇人被毁灭得无辜，而且没有意义。如果说有，就是为新上位者“贡献”出几瓶朗姆酒味的水煮樱桃，并从侧面证明了人类在这个世界上迷失了方向，包括那个被人利用和出卖的酒鬼警长和那个煽动暴力的“王子”。英国女作家玛丽娜·华纳做过一个这样的评价：“克拉斯诺霍尔卡伊是一位有深刻洞察力的作家，并拥有非同寻常的热情和表现力，抓住了当今世界形形色色的生存状态，精细刻画出那些可怕、怪异、滑稽、既惊悚又美丽的生存肌理，他笔下的世界，充满了毁灭的喑哑与嘈杂。”

译完此书，我扪心追问：这个世界会好吗？这句追问，是贝多芬《命运交响曲》开场叩门的文学版。命运是无法反抗的，但是人要活下去，总需要反抗，即便这反抗是忧郁的，即便从结局来看是多么的无意义。克拉斯诺霍尔卡伊——这位被与果戈理和梅尔维尔相提并论的“启示录大师”一次又一次地描绘这种无意义的反抗，目的在于警示，在于唤醒。因此，与其说他是悲观主义者，不如说是理性主义者更准确，因为他清楚地知道，文学中的黑暗有警醒的力量，人类只有正视黑暗，才能意识到需要光，并有意识地寻找光，并珍稀光。

2000年，匈牙利著名导演塔尔·贝拉（Tarr Béla，1955— ）将这部小说拍成了电影，由作家本人撰写剧本，片名取自第二部分《韦克麦斯特和声》，中文译为《鲸鱼马戏团》，先后在柏林电影节、匈牙利电影节、芝加哥电影节上获奖，无疑为原著赢得了更多的读者。在这部145分钟的黑白片里，塔尔导演将长镜头艺术发挥到极致，全片共由39个镜头组成，开始的第一个镜头就长达10分钟，一气呵成地再现了一群在死气沉沉的小城中麻木生存的酒徒们在小酒馆打烊前演绎日全食发生的最后一点诗意。即使在最深的绝望中，人类心底也会有希望残留，而这丝希望最终能将他们带去何处？则是引人思考的问题。这个导演–作家的黄金组合，一起紧密合作了长达三十年，是电影的长镜头与文学的长句珠联璧合的典范。

在一次采访中，克拉斯诺霍尔卡伊为影片中的长镜头做了这样的辩护："对状态的描述是需要时间的。我们电影中的每个镜头，都如同一幅精心构思的画作，你想要理解它，是需要时间的。每个镜头和镜头中的每个细节都是有意义的，正是这些细小的意义组成了一个完成的作品。这也是电影时间的意义所在。"我想，出于同理，克拉斯诺霍尔卡伊式的细密长句，则是文学时间的意义所在。在他的字里行间，总有一副犀利的目光在一动不动地盯着我们，眼神里充满悲剧的力量，像是在问：你准备好了吗？在这个充满了毫无意义的毁灭的世界，你该怎样幸存？面对更新换代的毁灭，你能找到什么样反抗的理由和方式？对于活在当下动荡世界中的我们来说，这尤其重要——面对毁灭，我们要在无意义的反抗背后找到活下去的意义。

2023 年 3 月 2 日，布达佩斯

过去，但并未消逝。

紧急情况

开场

无论在铁道边值班的铁道工怎样颠三倒四地猜测解释，无论火车站站长多少次越来越确信无疑地冲到站台上翘首张望，这列由蒂萨河畔出发驶向喀尔巴阡山脚下，并将冻成了冰坨的匈牙利南部大平原连接在一起的客运列车始终没有到来（“唉，这是怎么搞的，难道这趟列车蒸发掉了……？”铁道工带着一脸的嘲讽、无可奈何地挥挥手说）。由于这列总共只有两辆、只会在所谓“特殊情况”下才投入运行的由质量很差的硬座车厢和一个老掉牙了的、毛病繁多的424型蒸汽车头拼组而成的救援列车比原本对它就缺少约束力的列车时刻表上所规定的出发时间迟发了一个半小时，因而让当地人不得不揣着尽可能保持的冷静与惴惴不安的期盼接受这列由西边驶来的客车晚点的现实，耐心等待它行驶完最后的五十公里路程，最终能抵达目的地。事实上，对于这列客车的晚点，谁都没有真的感觉到惊诧。想来跟其他任何方面一样，铁路运输自然也受到当时条件的限制：某种无可遏制、令人疯狂的混乱不断打乱人们原本相信的秩序，破坏了正常的条件反射，使未来变得诡秘莫测，过去变得无法记起，日常生活也变得杂乱无序，最终人们只好默默地认命。这时候不管发生什么都有可能，哪怕所有的房门都不再打开，地里麦子朝土里生长，因为就毁灭性的伤害而言，只有其表征可能被察觉，但是其根本原因总是隐秘难测，无法捕捉，所以人们别无办法，只能紧紧抓住一切所能抓住的可能，就像此时此刻旅客们站在村头小火车站所做的这样，他们全都抱着一个“能够占据一个自己有权占据，但是总体数量有限的座位”的愿望，一哄而上地抢着去拉那些已被冻得很难拉开了的车厢铁门。刚刚结束了一年一度的冬季探亲、早已归心似箭的弗劳姆夫人也未能例外地投入了这场毫无意义的“座位争夺战”（因为她后来发现，车厢里没有一个人站着，每个人都能找到座位）。当她用力拨开挡在她前面的其他乘客，使尽从她瘦小骨架里爆发出的、令人难以置信的气力向前挤去，终于成功地抢到了一个面朝行驶方向的靠窗的座位后，过了很长时间，她都难以将自己拼命抢座所激发出的愤怒与在厌恶和焦虑之间跌宕起伏的情绪区分开来。想来她购买的是头等车厢的火车票，但是她却不得不忍受这股混合了蒜肠、劣质帕林卡酒[1]和廉价烟草味的呛鼻臭气，她不得不在这些大呼小叫、打嗝放屁的“乡巴佬们”充满威胁的包围中进行这段危险的旅行，她不得不正视这一残酷的问题：她是否能够熬到家？她的几位姐姐都居住在与世隔绝的穷乡僻壤，而且她们的年龄都不允许她们出门旅行，假如她中断了这些年已经变得常规化了的初冬探访，姐姐们肯定永远都不会原谅她的，因此，仅仅为了她们，弗劳姆夫人也必须咬牙坚持，不能够放弃这一危险的旅行，尽管她跟所有人一样清楚地知道，在她周围有一些事情已经发生了根本的变化，在这种情况下，她本不该让自己冒任何的风险。然而一个人要想对将有可能发生的情况作出明智的判断，确实不是一件容易的事情，因为只要空气稳定恒常的组成部分突然发生了某种重要的，但却令人无法察觉的变化，那个完美运转、没人能够命名的自然法则（就如人们通常所说，是它让世界运转，决定万物生息）会在片刻之间受到影响，突然丧失掉自身的力量。也正因如此，这种共同的预感得到了印证，它要比任何由于确凿的危险所唤起的痛苦意识更让人感到难以承受，他们预感到：马上将会发生什么，任何事情都有可能发生。而恰恰是这个“任何事情”，让法则显得比任何个体的不幸都更令人感到惶惑不安，并且越来越多地剥夺了人们冷

①帕林卡酒是匈牙利特产的白兰地，用各种水果蒸馏酿制的烈性白酒。

静判断的可能性。在刚过去的几个月里，人们之所以对于所有那些变得愈加频发、愈加可怕的非常事件逐步丧失了判断能力，不仅是由于在那么多的新闻、消息、谣传和体验之间不存在任何相互的关联（比方说，十一月初就降下的早得出奇的第一场霜冻，许多莫名其妙发生的家庭悲剧，接二连三的铁路交通事故，还有从遥远首都传来的那些令人不安的、关于许多文物遭到破坏和少年犯罪团伙日益猖獗的传闻，人们在这些事件之间很难找到任何能够让人理解的相互关联），还因为这些新闻事件本身并不具有任何的特殊意义，而这所有的一切看上去更像是在预示一场人们谈论愈来愈多的“即将到来的灾难”。弗劳姆夫人还听说，有些人已经开始大谈特谈动物身上表现出的各种异常行为。那些有可能预示将会发生什么的反常现象，那些让人难以看清的混乱现象对不少人来说是不祥的预警，然而对于她，对于弗劳姆夫人来讲，这一切来得正是时候，要知道，一个思维正常的人一旦听到这类消息，肯定吓得连家门都不敢跨出；刚才这列火车差一点就在什么地方消失，“嗖，就这样凭空消失”，她在心里继续暗想，如果它真的消失，蒸发，“也便无所谓会发生什么了”。事实上，她在出门之前心里已经有所准备，知道回程肯定不会像去的时候那么轻松，即使头等车厢也未必能再为她提供多少安全的保障。想来这是在“可怕的穷乡僻壤”，她心里不安地思忖，一个人心里必须有所准备，再糟糕的事情也有可能发生；因此，她仿佛变成了一个隐形人，腰板笔直，像小姑娘似的夹紧双腿，带着一副有点拒人于千里之外、蔑视一切的目光端坐在一片仍在为抢座继续吵嚷，但已经开始逐渐安静下来的嘈杂中，并且警惕地紧张注视着那一张张投映在车窗玻璃上的、模糊成一片的可怕面孔，心绪在焦虑与渴望之间起伏，一会儿为等在前方的不祥路途忧心忡忡，一会儿记起自己离开家时房间里那令人思念的温暖：她记起那些跟马达伊夫人和努斯贝茨克夫人一同度过的惬意的午后，记起星期天她们在帕普索尔密林中怡然地散步，她怀念家中从那些精致的家具、柔软的地毯、精心培植的花卉和可爱的小饰品里散发出的宁静、安全的秩序感，并且清楚地知道，在这个变幻莫测的世界上她拥有一个自己的小小岛屿。对于像她这样宁静、平和的孤独女士来说，只有那些午后和星期天的记忆才是鲜活的，是她一个人的隐身处和唯一的避难所。她惶惑不解地、带着些许嫉妒的鄙夷打量着周围这些人，这些吵吵嚷嚷的旅客。他们显然都是来自当地落后农场和贫瘠乡村的粗鲁农民，他们显然能够很快地适应车厢内无序的环境：似乎并没有发生任何不妥的事情。在她的四周，用来包裹干粮的油纸发出沙沙声，葡萄酒瓶的软木塞被砰的一下拔出，啤酒的瓶盖掉到油腻的地板上，无论前后左右，在她看来到处都是“对美感的亵渎”，她能够听到此起彼伏的、对那些家伙来说“再正常不过”的吧唧嘴声，坐在她的对面，车厢另一侧的四个嗓门最大的男人已打起了扑克牌，只有她始终身体僵硬、一言不发地坐在人声嘈杂的汹涌浪潮里，固执地将脸扭向车窗。她穿着裘皮大衣，屁股下摊开一张报纸，神色怅然、带着倔强的警惕将那只女式皮包紧紧地贴放在小肚子上。她居然没有意识到在车厢外，火车头前的车灯已经打开，将两道红光投进寒冷的黑暗，并犹疑不决地在冬夜里启程。虽然在车厢内回荡着的一片满意、欢呼的人声中，弗劳姆夫人自己也如释重负地松了口气，但是她并没有加入到别人的行列。经过在刺骨寒风中漫长的等待，现在终于发生了什么，然而这种因如释重负而引发的喧哗并没有能够持续太久，因为，仿佛有谁撤回了出发的命令，列车笨拙地抽搐了几下，然后在距离已经安静下来了的乡村小站也就一百米的地方重又停了下来。作为回应，车厢内由此引发的不满的骚动很快转变成一阵令人费解的、报复性的哈哈爆笑。当人们感觉到这列客车可能会就此留在这里，他们不得不意识到，他们的旅程——很可能由于这辆在列车时刻表之外被安排运行的特别列车越来越多的技术故障——将无法实现，所有人都感到深深的沮丧，并且试图迫使自己坠入这片放纵的狂笑和麻木不仁之中，以消解他们内心真实的恐惧。作为困惑不解的愤怒的证明，人们表现出这种无政府主义的混乱状态，只有借助于嘲弄、讥讽的力量，他们才能对这周而复始的绝望提出责问。有的时候他们出于本能，用喋喋不休的“公告”方式（“我也想回家跟老婆一起上床睡觉……！”）自发地激励自己敏感的灵魂。随着一阵接一阵暴风雨般的愚蠢笑声渐渐平静下来，弗劳姆夫人的紧张情绪也稍有缓解，当她偶然听到一句非常逗人的笑话时——当然，这一阵阵刺耳的爆笑声让她感到无处藏身——她也忍不住在嘴角上露出一丝羞怯的微笑。她小心谨慎、不动声色、悄然冒险地朝周遭投出一两下闪电似的眼神，当然，并没有投向身边的乘客，而是投向坐在较远处的那些人。现在，在这扭曲了的、爆炸般的快乐氛围里——想来，即便那些捶胸顿足的汉子们和张大嘴巴放肆爆笑的妇人们在她看来仍旧十分可怕，但是隔着一段较远的距离，车厢内的其他旅客看上去已不再像坐在她跟前的人那么危险了——她努力缓解头脑中焦虑的想象，并且试图说服自己：即便置身于这群粗鄙可怕的乌合之众的包围下，她认为的那种潜在威胁也未必会真正地存在，或许只是出于自己对不祥凶兆的过度敏感和在这冰冷的陌生感中感受到的过分孤立，既然这不会对她造成直接伤害，那么她最终还是可以拖着这副紧张、疲惫的身躯回到自己的家。尽管对这种幸运结局所抱的希望并没有任何确凿的依据，弗劳姆夫人还是没能抵抗住这种虚假希望的诱惑：时间已经过去了好几分钟，列车仍未等到允许重新启程的信号，继续停在寂静的旷野上，她自言自语地安慰自己，“不管怎样，我们总归已经前进了几步”。现在，由于紧张刺耳的刹车声和无可奈何的等待而萌生出的烦躁不安也略有缓解，肯定在列车启动时就打开了的暖气已经把整个车厢烤得很暖和，她终于可以脱下身上那件裘皮大衣了，这样一来，她就用不着担心列车到站之后，自己会在外面的寒风中受凉了。她调整了一下背后裘皮大衣的皱褶，将人造毛皮围巾搭在腿上，然后两手相攥，将因填充了棉花而显得圆鼓的女式皮包抱在怀里，依旧保持着笔直的坐姿，重又扭头眺望窗外。就在这时，她突然透过脏灰的车窗玻璃注意到坐在她对面的那个“出奇地沉默”、正在喝味道刺鼻的帕林卡酒、满脸胡茬的男人和他那双正目不转睛地盯着她的可怕眼睛（此刻，她只穿着一件女式衬衫和一件合身的西服上装）；准确地说，那双眼睛（“充满渴望地!!”）盯在她那对或许过于惹眼的结实乳房上。“我猜到了!”她触电般地迅速扭过头来，虽然她感觉自己的体内注入了一股滚烫的热流，但她还是假装什么都没有察觉到。她一动不动地坐了好几分钟，像“睁眼瞎”一样盯着窗外的黑暗，然后徒劳地试图回想起刚才偶然瞥见的那个男人的外表（但是她只能记得那张满是胡茬的脸、那件“脏得有点可怕”的呢子大衣和那副令人反感、不加掩饰的狡黠眼神，那副眼神令她感到深深的震惊……），她十分缓慢地——她相信自己能够无须冒险地这样做——将视线悄悄在车窗玻璃上挪动，但是马上又缩了回去，因为那人不仅“在那里”继续干这个“无礼的勾当”，而且他们俩的视线碰到了一起。她的肩膀、脖子和后脖颈也由于她脑袋保持的僵硬姿势而感到酸痛，但是在这之后，她更不可能去看别的地方，因为她感觉到：无论她将自己的脸转向哪里，除了窗外这片狭小的黑暗，她都会“立即坠入”那副直勾勾的、统治着车厢每个角落的可怕目光编织的罗网里。“他已经盯着我看了多久?”弗劳姆夫人暗吃一惊，很有可能从她刚一上车开始，这个男人肮脏的目光就一直“盯在她的身上”，尤其是当两个人的视线在玻璃的反光中碰到一起的那个触电般的刹那，似乎更加令人感到胆战心惊。这两只眼睛泄露了某种隐伏在“潮湿情欲”深处的、令人作呕的放纵，“甚至!”她想到这里禁不住打了一个冷战，“在那双眼里似乎燃烧着某种赤裸裸的蔑视。”即便她并不认为自己是一个老妇人，但她也清楚地知道，自己早已过了能够吸引男人注意力的年龄——话说回来，她觉得他这么做非常粗俗——因此，她不禁对这个男人感到厌恶（想来一个会对老女人产生任何欲望的家伙，会是个什么样的人?!）。想到这里她心里一紧：说不定这个浑身酒气的恶棍只是想要挖苦她，嘲弄她，侮辱她，然后奸笑着“像扔一块抹布似的”把她丢到一边。这时，火车剧烈地摇晃了几下，然后逐渐加速，车轮开始铿锵作响地在铁轨上疯狂地滚动。突然间，一股早已遗忘了的、令人困惑且蚌蚀内心的羞耻感淹没了她，她沉甸甸的乳房在这副始终死盯着她的、无耻而暴虐的目光下开始感到隐隐的灼痛、刺痒。而她的两条胳膊——她至少应该用它们挡住自己的胸脯——也不能顺从她的意志：仿佛被人用绳子捆绑住了，无法抵御这卑鄙的侮辱。她感到自己越发的无助，越发的赤裸，她不得不无奈地意识到，她越是想隐藏自己女性的丰满，结果变得越加赤裸，更无遮挡。那几个打牌的家伙又以粗暴的争吵结束了新的一局，在这充满敌意的、连续不断的喧闹声中——说老实话，这种喧嚣也在某种程度上解放了她被绑缚的意志——她终于成功地克服了这种不幸的迷乱，至少没有让情况变得更加糟糕，她绝望地想要赶快结束自己的痛苦。出于本能的羞耻，她不由自主地抵抗。弗劳姆夫人小心翼翼地用低头、弓背、垂肩等一系列动作试图将自己的乳房隐藏起来。但是就在这时，大概由于这种反常的姿势，她背后乳罩的扣突然松开了。糟糕！她紧张不安地抬起头来，实际上她已不再感到意外，她看见那两只眼睛始终死死地盯着自己，那个男人的眼睛！那家伙似乎确切地知道在她身上发生了什么可笑的倒霉事，这时候他像同谋似的冲她偷偷眨了一下眼睛。弗劳姆夫人清楚地知道，接下来将会发生什么，但是这起几乎可以“致命的”意外事故让她感到万分尴尬，她只能重又一动不动地僵坐在那里，坐在列车以越来越快的速度向前行驶的、没有规律的颠簸声与轰隆声中。她不得不满脸灼烫羞红地忍受那双既幸灾乐祸、又带着蔑视的自信的眼睛，此刻它们正紧紧盯在那副因乳罩的松开而获得解放了的，并因列车的颠簸而上下弹跳的乳房上。她没有勇气再抬头去看，但她可以肯定：现在已不仅是那个男人，车厢里所有“可恶的乡巴佬”都在盯着她尴尬的扭动，她甚至清楚地看到那一张张扭曲、贪婪、淫笑的脸正在慢慢地将自己团团围住。只要列车员——那是一位少年模样、一脸粉刺的年轻人——还没从后面的车厢来到这节车厢，这场侮辱人的折磨或许永远都不会结束。“请出示车票！”一个处在变声期的粗哑嗓音终于将弗劳姆夫人从令人蒙羞的陷阱里解救了出来。她迅速从皮包里掏出火车票，两臂交叉地抱在胸前。火车再次停了下来，不过这次停在了它该停的地方。这时候——为了不必去看那些现在真的显出惊慌无措的面孔——她就着昏暗的光线机械地念了一遍立在车站房顶的村庄名字。她真想大声地吼叫以释放体内积蓄的焦虑，她熟悉这个地名，想来她在动身之前就已经将沿途的站名背得滚瓜烂熟。她清楚地知道，从这里到州府只剩下几分钟的路程。（“他会下车！他必须下车！”她在心里暗想。）她将在这一站摆脱掉这个无耻的?者。她浑身紧张、全神贯注地等待那个因不断有人用挖苦的语调反复询问列车晚点的原因而以极慢的速度朝这边走近的列车员，她已经想好，只要列车员来到自己跟前，她就立刻开口求助。然而这张已被四周这些可怕的乘客吓得不知所措的“娃娃脸”跟她想象中那副能够向她提供官方保护的面孔大相径庭，因此当列车员真的来到她身边时，她只是惶惑不安地问了一句："厕所在哪儿?""还能在哪儿?!"年轻人紧张地反问道，并在车票上打了孔，"原来在哪儿，现在还在哪儿。前边有，后边也有。""哦，当然!"弗劳姆夫人打了一个自我圆场的抱歉手势，立即从座位上跳起来，手里紧攥着自己的女式皮包，随着正在启动中的列车的颠簸，她的身子左摇右晃地迅速顺着两侧座位之间的过道向后面走去。当她突然想起她将自己的裘皮大衣忘在了车窗旁的挂衣钩上时，她已经走出了车厢，进到又脏又臭的厕所里，她喘着粗气背靠在反锁了的门上。她知道：她必须尽快采取行动，至少也要花一分钟时间。她放弃了立即跑回去取那件价格不菲的裘皮大衣的念头，定了定心神：由于列车持续的颠簸，她摇摇晃晃地脱下西装外套，并迅速地脱掉衬衣，然后将外套、衬衣和皮包一起夹在胳肢窝下，将粉红色乳罩的背带飞快地拽到肩膀上。她用因紧张慌乱而颤抖的手将乳罩翻过来贴到胸脯上，然后看了一眼，扣帕并没有断（"感谢上帝!"），她如释重负地松了一口气；她迅速戴好乳罩，手忙脚乱、动作笨拙地开始穿衣服。就在这时，她听到背后的门外有人在叩门，叩门的动作虽然很轻，但听起来还是非常清晰。在这叩门声中带着某种显而易知的亲密感，尤其在刚刚经历了之前发生的那一幕后，这无疑让她感到惊恐，但是随后她安慰自己说，这显然只是自己紧张的想象在暗中作怪，为有人催她而感到恼火；

她继续做完刚才停顿下来的动作，并朝肮脏的镜子里瞥了一眼。就在她伸手去开门锁准备出去的刹那，叩门声再次急切地响起，随后响起一个声音：“是我。”她打了一个冷战，迅速将手缩回，此刻她大吃一惊，猜到这个人可能是谁，顿时感到一种比被人逼到墙角还要强烈的绝望的疑惑，因为透过男人低沉、嘶哑的嗓音，与其说让她感觉到粗暴、猥亵的攻击性，不如说是某种厌烦不安的催促，催促她——弗劳姆夫人，赶快打开这扇该死的门。之后有那么一会儿，两个人全都没再发出响动，似乎都在等待对方的解释；当追猎者丧失了耐心，开始烦躁地击打门柄并愤怒地冲她吼道：“嘿！你还愣着干吗?！你挑逗完了，就当没事了吗?！”这时候弗劳姆夫人才恍然大悟，意识到自己成了一场何等卑劣误会的牺牲品。她惊恐万状地盯着这扇门。似乎她不相信这会是真的，苦涩无奈地摇摇头，紧张得喉咙发紧，感觉掉入了一个“地狱般戏谑的陷阱”，攻击总是来自人们最无防范的方向。这个不公正的指责和赤裸裸的猥亵实在让她感到阵阵作呕，她慢慢意识到，不管这件事是多么地令人难以置信，要知道，事实上，她自始至终都在抵抗，然而这个满脸胡茬的男人从一开始就误解了她，以为她在故意挑逗他，认为她在一步步地引诱他上钩，在他眼里，这个“不要脸的荡妇”先是脱下大衣……发生尴尬的意外……而后故意地大声问“厕所在哪儿”：这一切显然是她故意而为，清楚地表明了她的愿望。简而言之，她通过一系列拙劣的发情手段向他发出了“罪恶的邀请”，此刻，她不仅要直面自身的荣誉和纯洁的品德遭到他人无耻的攻击，还要忍受这个散发着帕林卡酒的臭气、浑身肮脏、令人作呕的粗鄙男人像对待“站街女郎”那样地用侮辱性的口吻对她讲话。她感到一股遭到冒犯的愤怒，这显然要比无力自卫还要更令她痛苦，另外，她再也无法忍受被困于陷阱，于是把心一横，用因激动而升高的音调隔着门冲他尖声喝道：“你给我滚！不然我就喊救命啦！”听到这话，男人沉默了片刻，开始用拳头用力地砸门，而后用冷酷、鄙夷的腔调咬牙切齿地说：“你故意戏弄我是不是？你这个老婊子！别指望我会为你砸烂厕所，把你溺死在马桶里。”这声音让弗劳姆夫人听了毛骨悚然。州府郊区的城镇灯火断断续续地投进车窗，列车已经剧烈摇晃着开始减速，她不得不抓紧拉手以防跌倒。她听到逐渐远去的脚步声，随后是从过道开向车厢的车门猛烈的撞击声，她由此判定，这个男人带着跟他刚才对她发起攻击时一样令人毛骨悚然的鄙夷放过了她，她终于情绪决堤，浑身颤抖地哭泣起来。尽管实际上只是片刻，但她感觉像是经历了永恒，她在孤独的凄凉中抽搐。忽然间，在一道耀眼的光亮中她从高处俯视到自己，透过在茫茫黑夜中颠簸行驶的列车车窗，她向外看到一张小小的面孔，那是她自己的面孔：她茫然、沮丧、悲凉地注视着自己。因为透过刚才那些肮脏、丑陋、愤恨的话语她可以清楚地断定，她不必担心会再次受到伤害，然而那人的逃离给她带来的焦虑跟攻击本身并没有什么不同，想来对此也没有任何的解释，既然她在此之前所采取的所有行动和所抱的意图都适得其反，那么现在自己的突然获救，到底应该归功于什么呢？她实在无法让自己相信，是她绝望、失控、带着哭腔的吼叫声吓跑了自己的追求者，因为她始终觉得自己是男人冷漠欲望的不幸猎物，而且对这个充满敌意的世界而言，她是一个无辜的、毫无戒备之心的受害者。除了绝对的冰冷之外，这时她脑子里闪出一个这样的念头：或许并不存在任何的真正防卫。仿佛那个满脸胡茬的男人真的凌辱了她，弗劳姆夫人痛苦不堪，她带着“自己应知尽知”的第六感在密不通风、充满尿臊味的厕所里随着车身的颠簸剧烈摇晃，感觉自己必须寻求某种保护，以抵抗周遭世界无休无止、无影无形、无处不在、令人焦虑的可怕威胁。然而此刻她能感觉到的只有一种痛楚的苦涩：因为当她意识到自己最终没能成为一个沉默的幸存者，而是成了一个无辜的受害者时，她认为这是天大的不公。要知道在她的内心深处，“一辈子都在渴望和平，从来没有伤害过任何人”，然而与此同时，她也不得不看到这一点，现在再说这一切都已经没有任何意义：她既没有地方可以去投诉，也不能向任何人提出抗议，更不可能希望那股已然失控了的神秘力量能够得到遏制。在听闻了那么多的八卦和那么多可怕的谣言之后，现在又被迫亲历了这么一件“一切都朝着同一个方向发展”的特殊事件，尽管她意识到，假如她真有可能意识到的话，在她身上发生的这一场危机已经结束，然而“在一个随时可能发生这类危机的世界上”，这种疯狂的崩溃仍在无情地继续。她听到外面准备下车的乘客的躁动不安，列车也明显开始减速；一个突然袭来的念头让弗劳姆夫人禁不住打了一个激灵，她担心地想起自己的裘皮大衣还丢在车厢座椅上，她迅速拉开门上的插销，跨了出去，挤进你推我搡的人流之中（那些乘客也不愿被人挤回去，不愿白白花费气力，因此他们抱着跟上车抢座时相同的决心朝着列车门口冲），然后跌跌撞撞地穿过箱子和塑料袋的密林，终于回到她的座位。裘皮大衣还在那里，但是第一眼看去，没有看到她的那条人造毛皮围巾，她顿时紧张起来，回想是不是刚才把它戴到了厕所里？她开始疯狂地翻找。这时候她忽然注意到，刚才那个攻击者已经不见了踪影：显然他是已经下了火车，她平静地暗想。就在这一刻，列车停了下来，但只有短短的一分钟，车厢里因那批下车的人而变得松快，通风，但是转眼之间就被一群新拥上车的、更让人感到可怕的沉默人流淹没了。她不难想象，由于这堆黑压压的人群，自己有充分的理由为剩下来的二十公里旅程担心，她必须明白：要想彻底摆脱这些光头的男人，那是绝对没有希望的。她穿上裘皮大衣，终于从被磨得光秃发亮的座椅下掏出毛皮围巾，并且搭在脖子上后，动身朝车厢门走去。出于安全考虑，她准备去另一节车厢继续余下的旅程。她几乎不相信自己的眼睛，因为她一眼看到了那件熟悉的呢子大衣（“仿佛是故意为我留在那里的……”），就搭在较远处一张座椅的背上。她愣了一下，迟疑了片刻，然后迅速向前走，走出车厢后门，来到另外一节车厢里，然后果断地穿过这里沉默而拥挤的人群，在这节车厢的中央找到一个顺着列车行进方向的座位，惴惴不安地坐下来。她的眼睛盯着车厢门看了好长时间，做好随时从座位上跳起来的准备，尽管她自己都不知道自己害怕的到底是谁，此刻危险到底可能从哪个方向袭来。过了一会儿，什么也没发生（火车始终在站台上磨蹭），她试图聚集起剩余的气力，继续这个令人心惊肉跳的可怕冒险，希望不会发生太意外的事情。她突然感到无限疲惫，带衬里的皮靴仿佛在烧灼她娇嫩的脚，她感到肩膀酸痛得像是“被人卸掉”，可她还是不能让自己稍微松弛下来，只能慢慢转动酸痛的脖颈，俯身打开她的化妆匣，用几个机械性的动作迅速整理了一下脸上因哭泣而变花了的妆容。她自言自语地反复念叨：“好了，一切都已结束，现在你用不着再害怕任何事情。”她试图说服自己：一个人不仅要自信，而且还要对可能出现的危险做好应对的准备，否则不可能踏踏实实地靠在椅背上。因为，就跟前一节车厢里的情况一样，在这一节车厢内坐着的也是一些在她看来“面色不善的家伙”，似乎跟坐在前一节车厢内的那些令她感到异常惊恐的乘客是“同一伙人”。不过值得庆幸的是，在这里，在她周围至少还留有三个空座没有人坐，她希望这三个座位能够一直空下去，对她来说这多少意味着某种程度上的保护。有那么一段时间，她感觉到自己的愿望有可能实现，大概整整有一分钟之久（与此同时，火车头已经两次鸣笛），并没有新的旅客上车，但是之后突然赶来了最后一批旅客，他们喧闹嘈杂，气喘吁吁。这时候有一个身材肥胖、头裹方巾的农妇出现在车厢门口，她肩上扛着一个巨大的包袱，胳膊上挎着一只篮子，手里还拎着几个塞满东西的塑料袋，她忽左忽右地转着脑袋环顾了一下（“就像一只母鸡……”——她一眼看见了弗劳姆夫人），脚步坚定地朝她这边走来，嘴里抱怨着放下行李，不由分说地立即占据了那三个空座。农妇不仅用这一大堆的包裹遮挡住了自己，也将弗劳姆夫人与那些令她鄙夷的旅客们分隔开来。她，弗劳姆夫人，当然连一个字都没有说，她忍住了油然而生的怨气，并且试图安慰自己，这样也好，说不定这也是一种幸运，虽然她没能成功地守住“自家庭院”，但至少没被那帮沉默的家伙们占据。然而她通过自我安慰获得的安宁未能维持太久，因为这个不讨人喜欢的旅伴解开了头巾（想来她唯一的愿望就是能够自己静静地待着，不被人打搅），毫不犹豫地大声冲她抱怨了一句：“他们至少应该烧暖气。嗨，你说是吧？”听到这副蟾蜍般尖厉的嗓音，看到邻座这个戴头巾的妇人异常刻薄、充满恶意的眼睛，弗劳姆夫人立刻决定，如果她开始碎嘴唠叨，并且没完没了，自己最好不要搭理她，于是她将脸转了过去，朝车窗外眺望，佯装没听到对方的话。但是，这个农妇继续用轻蔑的语调诅咒这个该死的车厢，丝毫没有理会弗劳姆夫人的反应。“我跟您聊聊天，没关系吧？我该怎么称呼您呢？两个人一起聊聊天，时间能够过得更快，您说对吧？您坐到哪站？我要坐到终点，去我儿子家。”弗劳姆夫人转过头，用很不情愿的表情瞅了农妇一眼，很快意识到，假如她继续无视对方的存在，情况迟早会变得更加令人尴尬，于是她表示同意地点了下头。“哦，因为……”看到对方作出了回应，农妇像是获得了鼓励，语调变得更加轻快，“因为我的小孙子要过生日。复活节的时候，我也是在那里过的，小家伙非常可爱。‘你来了，奶奶？’我的小孙子总是这样叫我，‘奶奶’。现在我就是去看他。”弗劳姆夫人勉强露出一丝微笑，但她马上就感到后悔，因为农妇的嘴从此再也不会合上，滔滔不绝，如开闸泄洪。“然而，可爱的小家伙并不知道，对我这样年龄的老太婆来说，生活变得多么困难！……整个一天都要站着，用这两条静脉曲张的病腿站在农贸市场上，从早站到晚，整个人都疲惫不堪。因为，您知道，我卖自己种的一些蔬菜，我家里有一个小菜园，光靠那点可怜的退休金，一个人不可能活下去。我实在搞不懂，别的那些人怎么能够开着锃光瓦亮的奔驰汽车并且拥有那么多的财产！但是我可以告诉您实情，如果您想知道的话。那些人靠的是偷盗、诈骗，所以才能暴富！对于这个堕落的世界，上帝已经无话可说！还有这恶劣的天气，您听天气预报了吗？这样下去，鬼知道会怎么样？收音机里说，气温大概要到十七度，我说的是零下！可是现在刚到十一月底。您说，以后的天气会变成什么样？跟您实话实说吧。我们要一直挨冻直到明年开春！我不会说错！因为没有煤了。可我不明白，在山里有那么多的矿工都在做什么？难道都是些懒汉吗？唉，您看，反正结果我们要挨冻。”在这疾风骤雨般的抱怨声中，弗劳姆夫人已经感到头脑发涨，嗡嗡作响，但是不管怎样，她都必须咬着牙忍住，她知道自己不可能打断对方，更不可能迫使对方闭嘴。不过后来她意识到，农妇根本就没期待她的关注，她只需要偶然点一下头，那就够了。弗劳姆夫人越来越长久地望着车窗外向后缓慢移动的灯光，稍微归整一下自己纷乱的思绪。想来这时列车已经驶出了州府，尽管她极力想在自己的意识里抹掉那件被忘在那里的呢子大衣，但是无济于事。她两眼紧盯着前方，与车厢内大喊大叫的人群相比，那件呢子大衣更令她感到焦躁不安。“他是被赶下车的吗？”她暗自猜测，“他喝醉了吗？还是故意……？”她决心不再让这些猜测继续折磨自己，宁愿冒些风险，无论多大的风险，她也要弄清那件呢子大衣是否还在那里。于是她不再理睬这个农妇，起身离座，从站在过道中央的人群中穿过，来到两节车厢的衔接处。那里颠簸得很厉害，她格外谨慎地透过一道细细的门缝朝先前那节车厢内窥视。她有种预感，自己必须弄清楚那个一脸胡茬的男人突然失踪的真相，以免落入圈套。果真令她震惊的是，那个男人重又坐在拥挤的车厢里，就在他留下大衣的那个位置，此刻他正在仰着脑袋往自己的嘴里灌帕林卡酒。弗劳姆夫人为了避免这个男人或其他什么人在沉默不语的旅客中注意到她（因为此刻，即使上帝都不会替她洗刷掉这一个事实，现在是她自己主动去找麻烦的），她屏息静气地退回到后面的车厢内。这时候她吃惊地看到，就在她离开的短短时间内，她的座位被一个头戴毛皮帽的汉子不知羞耻地占据了，因此车厢里偏偏是她，唯一的女士，不得不蜷缩到车厢的角落。另外，她不得不承认自己实在太蠢，竟为这样一个念头惩罚了自己：她仅仅几分钟没看见他，他就脱掉了呢子大衣。莫非他去了前边的厕所或下车到车站小卖铺（当然，“他没穿大衣?!”）又买了一瓶臭味呛鼻的帕林卡酒？现在，不管那人刚才去哪儿了都已经无所谓了，真正让她担心的是，那个男人会不会继续在列车上试图骚扰她？车厢内这些喧闹的旅客，只要不找她的麻烦就谢天谢地了（“想来对这些家伙来说，单是这件裘皮大衣和蟒蛇皮图案的女士皮包就足以令他们惦记的了！”）。如果她刚才老老实实地坐在那里，而这群家伙将车厢的过道挤得水泄不通，令人难以穿行，这本来对她来说意味着某种保护；然而现在由于她自己的错误，使自身陷入了如此的困境，从现在开始，她很可能不得不面对该诅咒的结果（“莫非这是一种令人难以理解、无法寻踪的宿命？”），作为囚徒，她再也逃不出那家伙的手掌。这是除了让她感到无能为力之外最令她绝望的事情，因为迫在眉睫的直接威胁眼下已经过去，她重又发现，自己心里感受到的最大威胁并不是他想要强奸她（然而，“这句话听起来是多么的恐怖，实在难以说出口……！”），而是这个人看上去“既不认上帝，也不认人”，而且他什么都不怕，甚至不怕地狱之火，只要有机会，他有能力做他想做的任何事情（“任何事情！”）。在她眼前再一次浮现出那双冰冷的眼睛和那副毛发很重、线条粗犷的面孔，再一次看到那人亲热而阴险的眨眼，听到他不带感情色彩的嘲讽嗓音：“是我！”她可以肯定，自己在列车上遇到的不仅是一个淫荡的恶棍，还是一个试图逃避某种令人难解的困境、已经做好了毁灭准备的愤怒之人，他必须摧毁拦挡在他道路上的所有秩序、和平、未来等令他无法忍受的一切，除此之外他别无所能。“不过，”那个女商贩的嘶哑声音突然撞击她的耳膜，妇人似乎有说不完的话，现在她又瞄准了刚坐到自己对面的新旅伴，“您的面色很不好，不知您自己知不知道？我自己没有什么可抱怨的，您看。我不仅老了，还有人到这种年纪不可避免的那些问题。还有牙齿，您看，”

农妇一边说着一边张大了嘴巴，并将上身探向那个头戴毛皮帽的汉子，咧开嘴给他看自己残缺不全的牙齿，“我的牙都被时间吃掉了。但是即便如此，我还是不能允许任何人捣鼓我的嘴！不管牙医怎么想要说服我，让他见鬼去吧！我就这样瘪着嘴直到躺进坟墓，那又怎么样？我就是不想让那些无赖在我的身上发横财，每个人都想赚我们的钱！因为，您看，”农妇说着，从一只广告袋里掏出一个塑料的玩具士兵给对方看，“就这么一个跟垃圾一样没用的小玩意，您知道花了我多少钱？不管您信还是不信，我为它破费了三十一福林！就这么一个一文不值的小破烂！看看上面都有些什么！一把枪和一枚红五星。他们居然有脸敢要我三十一福林！可是，”她又将玩具塞回到塑料袋里，“今天的小孩子就喜欢这种东西。我这样的老太婆又能怎么办？那就买吧！即使咬着牙根，但还是得买。唉，您说怎么办？”弗劳姆夫人厌恶地扭过头，迅速将目光投向车窗。就在这时，她突然听到噗通一声闷响，她迅速扭过脸循声望去，大惊失色地死死盯着那里，再不敢挪开视线。她不知道这攻击是否出自男人的拳头，即便在突如其来的寂静中她也无法一下子弄清；就在她极其迅速、不由自主扭头的瞬间，她只看到那个农妇突然向后栽去，脑袋垂到一边，身体在一大堆行李的支撑下靠在了那里，坐在她对面的那个头戴毛皮帽的汉子（“那个占了她座位的无赖……”）正将前倾的身体向后收去，面无表情地慢慢靠回到座椅背上。在正常情况下，即使一个缺少教养的鲁莽家伙左扑右拍地打苍蝇，肯定也会有人从这个或那个角落里发出不满的抱怨，然而此刻，面对如此的暴力，车厢里竟没有发生丝毫的骚动，没有一个人发出任何的声响，旅客们只是或坐或站地待在原地，表情淡漠，一动不动。“我也在沉默地赞许？莫非这又是我的幻想？”弗劳姆夫人怔怔地盯着前方，但立即排除了幻想的可能，因为根据她听到的和看到的情景判断，只存在一种可能：那个汉子一拳打倒了这个可怜的老妇，不可能有别的解释。那家伙听够了妇人的唠叨，忍无可忍，一言不发地一拳击在她的脸上。想到这里，弗劳姆夫人的心脏咚咚狂跳，她可以断定，不可能发生别的情况；与此同时，她感到毛骨悚然地僵立在这里，出于恐惧，额头冒出豆大的汗珠。老妇人不省人事地躺在那里，鲜血从额头上流下来，头戴毛皮帽的汉子纹丝不动地坐在那里，车厢里其他的人也都纹丝不动。天哪，我这是在什么鬼地方？亲爱的上帝，请你告诉我，我这是在怎样的一群人渣中间？这种无助感几乎使她瘫痪，她只是呆呆地看着车窗和在肮脏的窗玻璃上映出的镜像。过了漫长的好几分钟后，被迫停下来等待的列车重又启动。许多相互叠加的混乱画面使弗劳姆夫人感到精疲力竭，脑袋嗡嗡作响，两眼盯着车厢外流动的黑夜和空旷的田野，即便在圆月的月光里，也很难将大地与低沉、致密的夜空区分开。无论田野，还是天空，都不会向我透露任何的秘密……这时候她才意识到，马上就要到家了。列车沿着通向城里的国家公路行驶，穿过一个又一个根本就没有放下横杆的铁道路口。她走到车厢之间的衔接处，站在车门前，借着手掌的阴影倾身望了一眼当地农业合作社低矮阴森的仓库和高耸入云的笨重水塔。从她的童年时代开始，国家公路上的这些铁道路口以及躺在闷热水汽中的这排长长、低矮的扁平建筑总是率先提醒她：她终于安全地回家了。每逢这种时候，她总能找到特别的理由让自己感到欣慰，因为这意味着一次又一次非同寻常的历险之旅终于结束；她定时去外地探望亲戚，一年两次去州府看她特别喜爱的歌剧演出，她至今都能记起每次跟家人分手后搭乘火车来到小城时激动的心跳，当时她就有这样的感觉，这座洋溢着友好与温馨的城市是她自己家园的天然壁垒，这种感觉一直持续到现在。但是，大概在近两三个月以来，尤其是现在，当她深感羞辱地意识到：那张胡子拉碴的脸和那件脏兮兮的呢子大衣突然充斥了整个世界，旧时人与人之间的那种亲密感已不复存在，只剩下空荡街道的冰冷迷宫，就连一扇扇车窗也像坐在其后的乘客们一样盲目地瞪大眼睛盯着前方，只有相互撕咬的野狗的叫声打破了这令人窒息的沉寂。她看着逐渐靠近的城市灯光，这时候列车已经驶过工业区对外开放的停车场，沿着白杨树夹道、只在黑暗中若隐若现的公路继续向前行进。她揪心地眺望那些被远处街灯照亮的房屋，努力在微弱的光线里寻找自己居住的那栋四层公寓楼。她感到揪心，没错，因为她刚一意识到自己马上就要回到家里，并且感觉到那种渴望已久的如释重负感后，心里就立刻充满了担忧，因为她清楚地知道：现在火车已经晚点了将近两个小时，因此她无法指望能够赶上自己通常搭乘的那趟末班车，她不得不从车站（“而且孤身一人……”）步行回家——更不要说，她在仔细考虑这个问题之前，先要想好怎么才能够从列车上下去。一块块窗户下的小菜园和一栋栋挂着铁锁的小木屋在车窗前快速掠过，而后是从夜色中突然显现的、横跨在冰河之上的运河大桥和隐在桥后面的老磨坊；然而弗劳姆夫人并没有因此感到释然，而是从中看到了某种新的近似于受难的痛苦折磨，她感到头脑马上就要炸裂，同时她与自由的距离只有一步之遥，然而在她背后，随时可能会有什么人向她发起猝不及防的莫名袭击。她紧张得冒出一身冷汗，绝望地看着锯木厂堆成长长一排的松树原木，随后是摇摇欲坠的铁匠小屋、沉睡在废弃铁轨上的老掉牙的蒸汽机车，以及从维修车间带铁栏的玻璃窗内滤出的微弱光线。在她身后始终没有任何的动静，她始终站在两节车厢间的过道上，紧握住冰冷的车门把手，但是她难以作出决定：假如门开得太早，她可能会被人推搡出去；但如果开得太迟，“那个毫无人性的杀人犯”有可能会追上她。火车开始在一列长得不见首尾、一动不动停在站台上的货车旁边逐渐减速，声音刺耳地刹住车。车门开了，她几乎是纵身跳下车去，看到枕木间锋利的砾石，听到自己身后的脚步，她很快发现自己已经来到了车站前的小广场上。事实上，并没有人攻击她，但是，似乎与她焦虑重重的抵达相呼应，周围的街灯突然熄灭，之后她很快意识到，全城的灯全都熄灭了。她没有左顾右盼，只顾盯着自己的脚前，担心会一不小心在黑暗中绊倒，迅速朝公共汽车站走去，希望最后一班车还在等待晚点的列车，如果真是那样，她还可以搭上这趟末班车。但是令人沮丧的是，站台上一辆汽车都没有，所以她想搭末班车的指望彻底破灭，因为根据悬在火车站门旁的时刻表，最后一班公交车在她搭乘的列车进站前不久刚刚开走——更何况，整张时刻表上画了两条粗粗的斜线……她想赶在其他旅客前面离开的努力付诸东流，因为就在她查看时刻表时，火车站前的小广场上陆续已被毛皮帽、农夫帽和带护耳等各种棉帽挤满了，就在她积攒气力准备步行回家的那一刻，一个可怕的疑问突然闪现在她的脑际：这些人来这里做什么？有那么一刻，她以为自己已经忘掉了那个无耻的男人以及与那人相关的可怕记忆，但是她很快就在眼前的人群中看见了那个身穿呢子外套的家伙，那人就站在她的左边，在街道对面；他好像正在四下环顾，似乎在寻找什么人，随后转身拐过街角，在她的视线中消失。这一切发生得如此之快，那个人站得离她较远（更不要说夜色昏黑，以至于她都难以将恐怖的想象与现实的场景区分开来），她无法肯定那个人到底是不是他，但仅仅这种可能性就足以使她胆战心惊。她迅速穿过漫无目标地站在那里、神色各异的稠密人群，几乎一溜小跑地沿着宽阔的温克海姆·贝拉男爵大道朝着家的方向，朝市中心走去。说老实话，她并没有真的感到惊愕，因为尽管这一切看上去令人难以置信（当然，今天整个的旅程不都是那样的令人难以置信?!），她在火车上时就预感到了什么，当她绝望地重又看见那人时，她就听到了命运在她的耳边低语，那个满脸胡茬的男人——在强暴未遂之后——肯定不会那么轻易地放过她。然而现在，她不仅害怕会有黑帮从身后攻击她，而且还担心他（“如果那个人真是他的话……如果这不只是出于她的想象……”）会随时随地，会从某个门洞里突然闪出，站到她跟前。想到这里，她的脚步开始踌躇，仿佛身陷危境，不知道应该后退，还是应该向前拔腿奔逃。她已经将那个四方形的站前广场远远甩在了身后，并且穿过了通向儿童医院的绿枝街的十字路口，然而在这条野栗子树成荫的笔直街道上，居然见不到一个活物。按理说在这条街上，她本来应该能遇到一两个熟人，然而除了自己的呼吸声外，她只能听到自己吱吱呀呀的轻柔脚步声和刮到脸上的呼呼风声，别的什么都听不到，再有就是从远方传来的某种陌生机器平静而持久的喘息，会让人联想到很久很久以前听到过的那种老式电锯声。尽管面对周遭危机隐伏的巨大挑战，她并没有丧失反抗的决心，但是在路灯全部熄灭了的，令人感到压抑、紧张的寂静里，她感觉自己越来越像是一个随时可能遭受野兽攻击的猎物，因为无论她将目光投向哪里，无论她怎么借着微弱的光线试图寻找自己居住的那栋公寓楼，但举目四望，看上去更像是一座遭到围困的城市，似乎继续反抗的努力都已徒劳无功，居民们甚至已经放弃了任何可以生存下去的希望。她在心里暗自期望，只要再走过前面几条街和小广场，就可以躲藏到自己房间厚厚的墙壁后，就肯定不会遭受严重的伤害。她跨上一条人行道，地上冻结了许多垃圾，那边有一扇写有“矫形康复用品商店”字样的展示橱窗，曾几何时，那是当地很受顾客欢迎的制鞋合作社的产品门市部。在过下一个路口前，弗劳姆夫人习惯性地先朝艾尔代伊・山多尔街的黑暗深处望了一眼（在她出门探亲时就意识到，由于汽油短缺，街上并没有什么车辆行驶），沿街是法院和监狱大院又高又长、墙头装有铁丝网的森严高墙，当地人习惯称之为“法院街”。在街道里面，在黑暗深处，她瞥见一团人影正静悄悄地站在自流井周围，突然间，她感觉那些家伙正在无声的寂静中殴打什么人。于是，她惊恐万状地加快脚步，几乎跑了起来，并且一边跑一边不时地扭头朝身后张望，直到她将法院（监狱）的阴森建筑远远甩到身后，断定身后并没有人尾随，这才如释重负地放慢了脚步。既没有人朝她这边转身，更没有人跟在她的身后，除了现在能够听得越来越清楚的、传自远处的喘息般的噪音，没有任何东西搅乱这座死亡城市的墓地般的死寂。然而在这种令人惊悸的喑哑中——既听不到一丝呻吟，也听不到扇耳光的声响，事实上，围站在自流井周围的那些施暴的罪犯并没有破坏黑暗的寂静，她不安地猜想：假若他们不是在犯罪，那又会这么静悄悄地做什么呢？——她还是察觉到有某种异样，一路上没有人与她迎面走来。若在平时的这个时辰里，即便人行道因修路而被路障拦挡，她也早该遇到一两个行人了，即便别处不会，这里总该会，在温克海姆·贝拉男爵大道靠近市中心的这个地段通常会有居民出没。在不祥预感的驱使下，她身不由己地加快了脚步继续往前走。慢慢地，她感觉自己仿佛走在噩梦里，而后她意识到此时此刻自己越来越接近那个噪音的源头，那喘息般的声音可以听得相当清楚。透过一排野栗子树树干栅栏般的缝隙，她突然看到前面有一个庞然大物，她惊恐万状、确信无疑地断定，它正朝着自己的方向迎面驶来！看到第一眼时，她不仅被眼前的景象惊呆了，而且感到难以置信。就在前面不远的地方，在宽阔的街道中央，有一个魔鬼般的巨怪正在冬季的夜晚孤独地行进，如果可以将这种缓慢、不祥的移动称作“行进”的话。这辆魔鬼般的巨大彩车以压路机一样的缓慢几近挣扎地、一厘米一厘米地向前移动，朝着市中心的方向：它仿佛并非是在路面上行驶，并非顶着迎面刮来的狂风向前滚动，而是深陷在某种致密、黏稠、阻力极大的泥沼中拼命地爬行。这辆庞然大物用波浪造型的生铁皮严密包裹，四面封闭，让人联想到大型货车，车身上写满了鲜艳的黄字（中间莫名其妙地画了一条深色的鲸鱼），这使车身看上去显得更大更长。她难以置信地默默惊叹，这要比过去穿城而过的土耳其大货车还要巨大！一辆像是制造于大洪水之前、冒着浓烟、满是油污、拖拉机模样的破旧车辆正疲惫不堪地用力地拖着一艘造型古怪、散发着一股令人不可思议的腐臭鱼腥味的巨大方舟！当她走到那辆巨车跟前，好奇心终于战胜了恐惧，她放慢脚步，近距离地仔细看了一眼写在车身上的那串字迹笨拙、丑陋的奇怪字母，还是不能理解那些字的意思（“……也许是斯拉夫语……或土耳其语？……”），她不明白那些字到底想说明什么？这个庞然大物来到他们这座一片死寂、狂风大作、冰冻霜打的城市中心到底想做什么？另外，它到底是怎么开到这里的？想来以它这样蜗牛般的缓慢速度，即便是从隔壁的村镇里开过来，路上也要花费几年的时间，这实在令人难以想象（尽管不会有其他的可能），不可能是用火车运到这里来的。她重又加快步伐，就在她刚刚从这辆大得可怕的巡展彩车旁走过的刹那，她扭头透过拖拉机驾驶室的窗玻璃看到一个身材魁梧、满脸胡须、神情淡漠的大汉，那人穿着一件背心，嘴角叼着一根香烟。当那人注意到走在人行道上的弗劳姆夫人时，脸上露出一副讥讽的表情，将右手从方向盘上慢慢抬起，似乎在向窗外盯着他看的妇人打招呼。这一切全都异乎寻常（那个大汉就像一位获得加冕的国王威严地端坐在方向盘后，身上只穿着一件背心，似乎驾驶室里暖气开得太大，温度太高）。弗劳姆夫人一边加快脚步匆匆走过，越走越远，一边不时地回头张望，那辆巨车看上去更像一头富于异国情调的庞然巨兽，它能一眼看穿前方出现的所有一切，不管什么东西或什么人，只要从它身边经过，就会变得不复从前，它以无可阻挡的缓慢速度向前碾压，从毫不知情的居民家的窗口前驶过。从这一刻起，弗劳姆夫人真的感觉自己坠入了一场可怕的噩梦，无论她怎么努力都无法从中苏醒过来；然而她清楚地知道，这一切都是真实的现实，而且非常真实。现在她惊愕地意识到，自己成了一桩令人血流凝固、不寒而栗的事件的参与者或目击者（这辆魔幻般的、令人无法解释的巨型彩车，发生在艾尔代伊·山多尔街上的暴力事件，像被谁定时熄灭的城市街灯，聚集在火车站前的那群安静、冷漠的乌合之众，除了这些之外，尤其还有那个身穿肮脏的呢子大衣、用坚定而冰冷的目光盯着她看的可怕家伙），这不仅是令她感到不祥的、无法摆脱的想象力的产物，而且在这些事件之间，似乎存在着某些毋庸置疑的相互暗联，并且有着它们确定无疑的最终目的。而且与此同时，她必须积聚起巨大的气力，才能迫使自己不去相信这些奇思怪想，她始终希望对这群乌合之众和这辆巨型彩车的出现，对这场疯狂不羁的暴力或莫名其妙的街道停电能够找到某种合情合理的清楚解释，因为在这般令人费解的情况下，她没办法完全接受所有这些不合理的现象。她试图安慰自己，没必要在这个问题上过于纠结：即便对于全城的街灯突然熄灭一时搞不清确切的原因，但那辆令人惊骇的巨大彩车来这里的目的和车上所运载的东西，并不可能长久地保持秘密。此刻，她从当地著名的公众人物——艾斯泰尔·久尔吉先生的家门前走过，并且将从围绕木结构老剧院而建的小公园内隐约传出的喧闹声抛在身后，来到了福音派小教堂门前。就在这时，她的目光无意中落到了街边的一根广告柱上；她立即停下脚步，凑到跟前，然后不知所措地站在那里，感觉像是搞错了什么，一遍又一遍地默读上面的文字。那些字看上去像是出自偏远地区的流浪汉之手，其实她只要读一遍就足够了，这张海报相当大，几乎覆盖了别的所有广告，在纸的边缘还流淌着糨糊。毫无疑问，这显然是不久前刚贴上去的。

大型表演！令人大开眼界的大型表演！

世界上最大的

巨鲸

以及大自然其他的神奇奥秘！

科舒特广场（在集市广场的右侧）
12月1日！2日！3日！

刚结束的欧洲巡展获得了巨大成功！！！

票价50福林
（儿童和士兵享受半价）

大型表演！令人大开眼界的大型表演！

她自己认为，假如她最终能够清晰地看到这场巨大混乱的冰山一角，她便能够较为容易地判断到底发生了什么，自己应该如何应对，这样（当然："上帝保佑，我们必须如此……！"）便能在"彻底崩溃"的危急关头保护自己。现在她站在这里，站在这张海报前，这少得可怜的一丁点信息只会进一步加剧她的紧张焦虑，因为到目前为止令她感到困惑的是，自己在这一系列的事件中被迫扮演了目击者兼受害者的角色，而能够获得的解释却如此之少，缺少任何逻辑，而此刻获得的"这一丁点信息"（"世界上最大的巨鲸以及大自然其他的神奇奥秘!”）突然又显得太多太多，使得她不由自主地陷入沉思，莫非有某种坚实的但让人难以理解的原因在起作用？这是什么意思：马戏表演？在这里?!这种时候?!当人们都不清楚在明天到来之前，脚下的大地是否会塌陷，怎么会放这辆噩梦般的巨大彩车拖着一条腥臭的死鱼开进城里？当这座城市本来就已经危机四伏，在这样混乱的时刻，现在谁还会有心思娱乐呢？这是一个多么白痴的玩笑？一个多么荒谬、残忍的主意啊?!……或许可能……它的意思恰恰是，现在已经……反正什么全都无所谓了？有人想要……“在末日前醉生梦死”?!她迅速离开了广告柱，穿过街道。街对面耸立着一排两层楼的房子，有几扇窗户里透出微弱的光线。她紧紧攥住女式皮包，身体在风中稍稍向前倾斜。她走到最后一个单元门口，最后迅速地环视了一周，随后打开门，并且锁上身后的楼门。栏杆冰冷。棕榈树是楼里唯一备受呵护的东西，那是她最喜爱的一抹色彩。在她出门之前就清楚地知道，这棵树已经无可救药了——现在，它在楼道拐角处已经冻死。周围是一片令人窒息的寂静。她终于到家了。在门上，在门锁上方的缝隙里，有一张插着的字条在等着她。她只扫了一眼，就恼火地撇了一下嘴角，然后走进屋内，用钥匙锁上了两道门锁，并迅速挂上了安全链。她靠在门上，闭上眼睛。“我可爱的上帝，我终于到家了。”这套公寓，正像人们常说的那样，是她用许多年精心的工作换来的、享之无愧的果实。五年前，她那位感情融洽的第二任丈夫突然（因为中风）不幸去世，她不得不强忍悲痛将他埋葬，不久之后，她与第一次婚姻中生下的儿子的共同生活也难以持续，男孩也“总是出逃，到处鬼混，就像他父亲那样令人痛苦得不可救药”。这孩子显然继承了父亲堕落倾向的沉重负荷，最后终于从家里搬出，搬进了一间出租房。然而弗劳姆夫人发现，自己不仅能够接受这一不以自己意志为转移的生活变化，甚至心里还感到稍许的轻松，因为无论这种丧失感多么令她沮丧（毕竟她失去了两任丈夫和一个在她看来根本就不存在的儿子，之后变得孤身一人），但是她清楚地看到：现在她已经五十八岁，在此之前她始终都是“别人的傻瓜仆人”，一直为别人活着，现在已经不会再有任何东西可以阻挡她为自己生活了。当时，那套宽敞的别墅房对她来说实在显得太大，于是她换了一套位于市中心的、“可爱的”小公寓（楼门口带通话器！），并且获得一笔数额相当可观的差价。由于弗劳姆夫人两次丧夫，而她唯一的儿子又选择了一种“流浪汉的生活方式”，所以她的熟人都对她深表同情并格外尊重她，直到那时，她才能怀着快乐的兴奋开始享受生活，有生以来第一次感受到拥有自己财产的深深快乐（想来她过去除了少量的衣物之外，只拥有床单被褥）。她为地板购买了柔软的波斯地毯，为窗户安装上薄薄的纱帘和“有愉悦效果”的遮光窗帘，之后她处理掉那些既笨重又不实用的旧家具，房间里换成新式“组合家具”；按照城里非常流行的《家居文化》杂志的精妙建议，她对厨房也进行了现代化改造，整套公寓都重新粉刷，换掉了老式的煤气供暖系统，并将浴室也翻修一新。她又变得不知疲倦，精力充沛，正像邻居维拉格夫人用赞赏的口吻所说的那样，但是，只有在她下班之后，在她可以动手美化自己的“小巢”时，她才开始真正感觉到自身的存在。她总有消耗不尽的灵感，她的想象力无边无际，每天她都在商店里徜徉，为自己的门厅装上了一面铁艺镜框的更衣镜，为厨房添了一件相当实用的葱头切片器，有一次，她从一家店里买了一把很别致的衣物刷回家，在刷子的手柄上镶嵌着一张市中心的全景图，可以供她随时欣赏。然而，尽管儿子从家里搬走的痛苦记忆已经过去了两年——要知道他是流着眼泪离开的，她狠不下心来赶他出门，当时有种很糟糕的感觉让她（“连续几天!”）无法摆脱，尽管在这两年里她疯狂购物，以至于公寓里几乎找不到一块可以让人立足的空地，但是她仍旧总是觉得，在她的生活里因为缺少了什么而让她感到迷失。她终于为自己收藏在玻璃展橱中的一套陶瓷雕塑购买到了最后一件，但是她很快意识到，这并不能完全填补她生活里的空白；她绞尽脑汁，观察四周，甚至会向女邻居请教。后来，有一天下午（当她坐在舒适的扶手椅里琢磨最新版的《伊尔玛编织图案》时），她的视线无意中停留在那个摆在天鹅、弹吉他的吉卜赛女郎和哭泣的少年旁边，怀着幸福与憧憬仰卧在地上的陶瓷女孩身上，她突然意识到自己到底缺少什么“非常重要的东西”：花卉。虽然她有两株垂榕和一株病恹恹的芦笋（那还是她从原来的家里带过来的），但它们远远不能满足她突然复苏了的母亲本能，用她的话讲是“母性之歌”。再者说，在她的熟人们当中，有许多人像她一样“喜爱美”，于是她很快搞到了许多美丽的花秧、球根或幼芽。她对养花变得如此痴迷，以至于不出几年，她就在几位花迷好友——比如普罗沃兹尼克医生、马达伊夫人，当然还有马霍夫人——的熏陶下，不仅在窗台上精心种植了许多矮丛榈、蔓绿绒和虎尾兰，而且还特意在罗马尼亚一座城市的锁匠店里订制了花架，先订了一个，后来一下订了三个，因为她已经实在没有地方摆放那么多的苏丹凤仙花、镜面草和数不清的仙人掌，终于她感觉到自己的小公寓已经变成了一个“温馨的家”。这所有的一切——她柔软的地毯、令人愉悦的窗帘、舒适的家具、铁艺镜框的更衣镜、葱头切片器、衣服刷、各种名贵花草，以及这整个的宁静、安全和幸福的感觉——真能让她彻底地满足吗?！她感到自己筋疲力尽。捏在左手里的字条从手指间滑落，掉到地板上。她睁开眼睛，盯着厨房门上方墙上的挂表，看着跳动的秒针从一个刻度跳到下一个刻度。尽管毫无疑问，从现在开始不可能再有任何危险会威胁到她，但她仍然不能在自己的周围感觉到她极其需要的安全感：她的思绪相互驱赶，乱成一团，一会儿这个显得比什么都重要，一会儿那个似乎更有意义。随后——她脱掉外套和皮靴后，揉了揉自己浮肿的脚，然后穿上舒适、暖和的棉拖鞋——她先从屋内的窗口探出头朝温克海姆·贝拉男爵大道张望（“街上空空荡荡，连一个人影都见不到……只有马戏团的巡展彩车……还有这令人难以忍受的喘息声……”），随后她依次打开橱柜，检查了一下所有的东西是否还在，最后开始仔细地洗手。但还没有洗完她就停了下来，觉得最好还是再检查一遍家门上的门锁，怕万一有一把忘记了锁上。这时候她稍稍平静了一些，将掉在地板上的字条捡起，开始阅读，然后把字条扔进厨房内的垃圾桶里（上面写了四遍“我来找过你，妈妈”，其中前三遍下面还画了横线），随后她回到客厅，打开暖气。为了克服所有的焦虑，她逐一检查了每一株植物，断定没发现任何问题，心里安慰自己说，自己感觉到的不安也肯定很快会平息下来。她在出远门之前，特意托付她可爱的女邻居，请她每天帮助屋内小心地通风，并代她细心照料那些心爱的花草。现在看来，女邻居没让她失望：花盆里的土是湿的，她的女友虽然人很单纯，心直口快，但本质上很善良，而且尽心尽责，甚至每隔几天，还会小心翼翼地擦掉丛榈叶上的灰尘。“真是朋友无价，我亲爱的茹兹！”她颇为动情地感叹道。现在，在她眼前浮现出那位丰满的妇人永远忙碌的身影，她一屁股坐进一张青苹果颜色的沙发里，再一次检查公寓这些完好无损的物品。简而言之，一切看上去都“秩序井然”，地板，天花板，花卉图案的墙壁，她被无可置疑的安全感包围着。与这一切相比，之前受到的所有惊吓似乎只是一场噩梦，都是紧张的神经和病态的想象导致的扭曲幻觉。是的，那很可能只是幻觉而已，因为多年以来，她每年秋季都会制作果酱，春季会进行大扫除，在细小的烦恼和快乐之间每天下午做钩编，充满激情地种花养草。她早已习惯了在保持一定距离和良好心境的情况下观察外界疯狂的漩涡，那漩涡激荡在内心世界之外，充满了云雾迷蒙的不确定性和变幻无形的氤氲水汽，现在——当她可以重又平心静气地坐在那扇上了锁的房门为她提供的、总是安全得无可指摘的避风港里，仿佛她将整个世界锁在了门外——她的那段令人揪心的旅行已经逐渐失去了真实性，仿佛被罩上了一层半透明的面纱，她只是隐隐约约地能看到那些曾坐在自己周围大声喧哗的旅客们，看到那个身穿呢子大衣、目光呆滞的男人和那个向后栽倒、耷拉下脑袋的女商贩，还有那群在黑暗中无声地围着一个不幸者拳打脚踢的陌生人影。她只能模糊不清地看到那辆怪异的马戏团拖车、在变黄了的时刻表上画的那个粗粗的叉子，甚至在它们中间隐约看到了自己，此刻她正在忽左忽右地跌撞徘徊，仿佛在一个十字路口上失魂落魄地拼命往家赶。她周围的一切变得越来越清晰，而在过去几个小时里被迫忍受的痛苦则变得越来越不那么真实，然而那些可怕的画面仍在她的脑海里飞速地、令人难以忍受地交替闪现，比如车厢里尿臊味刺鼻的厕所、铁轨间肮脏的砾石，还有从驾驶室里冲她打招呼的那张面孔……在这里，在自己的家具和花草之间，不可被伤害的感觉在她的意识里逐渐增强，她不再担心会遇到攻击，之前始终绷紧的神经和折磨人的痛苦逐渐解除，然而日常性的基本焦虑并未减轻，在没能找到特效药之前，会一直充满她的整个生命，就像稀粥灌满肠胃一样。她感到从未有过的疲惫不堪，所以决定立即上床睡觉。她只用了几分钟就冲了一个澡，洗好了内裤，在厚厚的睡裙外还套了一件保暖的睡袍，然后走进储藏间，虽然坐下来吃一顿“正经的晚餐”已经不太可能，但是在睡觉之前怎么也得吃两口什么。储藏间位于公寓中央的过道上，尤其在这种特殊的时刻，所储藏的食物量更显得多得惊人：除了烩青椒外，高处还悬挂着成串的火腿、香肠和熏腌肉，在下面较矮的木架上整整齐齐摆放着成袋的白糖、面粉、盐和大米；储藏间两边的架子上有咖啡豆、罂粟籽、核桃、调料、土豆和葱头，这简直是一座食物的堡垒。这也证明了她的远见和能力，已做好应对一切的充足储备——就像在外面的房间，她精心培植了一片长满整套公寓的、赏心悦目的美丽森林——在正中的墙上也安装了木架，以军人的队列精心摆放着自制的水果罐头、泡酸菜、果酱、番茄酱和蜂蜜泡核桃。每年夏天一到，她就开始用大瓶小瓶储藏各种东西，俨然像在打造一支军队。此刻，她跟以往一样，有点不知所措地将目光落在那些闪闪发光的玻璃瓶上，犹豫了片刻，最后取了一瓶朗姆酒煮樱桃回到房间。在重新坐回到苹果绿色的沙发里之前她先打开了电视，只是出于习惯，而不是出于对外界的好奇。她舒舒服服地靠在沙发上，把酸痛的两只脚搭在一只矮凳上。现在她感到惬意和温暖，淋浴使得她精神焕发，看到电视里又在播放她最喜爱的歌剧，她感觉到或许还是存在希望，过去的和平和曾经的宁静能够重回她的家中。因为她清楚地知道，这个世界早已将她甩开了很远很远，已经变得遥不可及，用她那个痴迷于星际的儿子的口头禅说，“光要比视线投射得更远”。她十分清楚地意识到，所有那些躲在静谧小巢里的人——包括她自己在内——都会从自身尊严和谨慎的小小绿洲上继续对外面发生的事情感到惊恐和战栗，直到那满脸胡茬、群情激奋的野蛮群体在本能的趋势下占领了那里：只是她从未反抗过这个世界，却会接受那些让人难以理解的法则，为一点小小的快乐而心怀感激，她有充足的理由让自己相信，命运不会向她发起毁灭性的打击。她——弗劳姆夫人将得以幸存，她这座小小的生存岛屿也会存留下来，她不会容忍那种事发生，她试图寻找准确的词句，她除了安宁与和平，别无他求，不仅为自己祈求，还为其他所有的人。电视里播放的是抒情轻歌剧（《玛丽采女伯爵》[①]！——她心里再一次充满了愉悦），感人的情节和迷人的旋律立即充满了房间，仿佛吹进轻柔的春风。就当她的心情随着“甜美旋律的波浪”轻轻摇曳，火车上那些粗俗不堪的旅客面孔又突然浮现在她的眼前，不过现在让她感到的与其说是恐惧，不如说是蔑视；准确地讲，这正是在旅途的开始，当她在肮脏的车厢里看到他们第一眼时内心的感受。那群乌合之众由两类人组成，一类是“聚在一起大吵大闹的和吧唧着嘴吃东西的”，另一类是“一声不响干坏事的”。她这样认为，现在她终于能够居高临下地鄙视他们了，终于能超越于痛苦之上——仿佛涌流的音乐现在淹没了世界所有的恐怖，超越了那些令她感到压抑的体验。想来，或许正是这种想法使她变得勇敢，她看着电视，嘴里又咬裂了一枚甜香的樱桃。现在，在黑暗里，在深夜中，那些可怕的乌合之众散在城市的各个角落，暂时占据了农庄和酒馆，但仅是“暂时”而已，因为他们的狂怒很快就会变成不耐烦，那时候他们会离开这里，从哪里来就回到哪儿去：因为那里才是他们该待的地方。那里，弗劳姆夫人心里暗想，在我们公正、和平的世界之外，让他们离我们远远地，永远离开，绝不能再回来！然而在那之前，在正义的审判尚未到来之前，她继续在心里自言自语，地狱会不断地释放邪

① 《玛丽采女伯爵》是匈牙利著名作曲家、指挥家卡尔曼·伊姆莱（1882—1953）的轻歌剧代表作之一。

恶，但她会对此视而不见，因为她跟这种混乱、这种毁灭和这些该被关进监狱的卑鄙者的非人道统治没有丝毫的关系。在这种情况下她下定决心：估计那些家伙已经占领了城里的大街小巷，但是她绝不会迈出房门半步，她不想卷入任何的事情，对于外面的事情她会不闻不问，直到所有可耻的勾当全部结束，直到天空重又变得光明，直到人们相互理解，相互原谅，日常的生活重又恢复清醒的理智。她一边怀着这样的幻想和信念，一边看着塔希洛伯爵和玛丽采女伯爵终于克服重重阻碍彼此相爱，此刻她泪眼蒙眬地沉浸在风扫残云般幸福的大结局中。就在这时，门铃突然响了起来。她吃惊地用手捂住自己的胸口（“他找到了我！他在跟踪我！……”），而后一脸怒火地（“这怎么可能！绝不可能！”）瞅了一眼墙上的挂表，起身朝房门走去。不可能是女友，也不会是邻居，如果说过去人们不会在晚上七点钟后互相串门是出于良好的教养，那么现在则是因为缺乏胆量，大家不敢那么晚贸然上街。之后，她又排除了那个身穿呢子大衣的噩梦般人物的可能性，她基本上可以断定来人是谁。自从她儿子搬进了哈莱尔家的出租房后，不幸的是，这孩子不出三天就会在夜里出现一次，而且通常是在醉酒的状态，已经成了习惯。有时候他会满嘴酒气、胡言乱语地跟她谈论几个小时恒星和行星，有时则——尤其是在最近一段时间里——眼泪汪汪地攥着一束被他总爱游思妄想的母亲坚信是他偷来的鲜花试图“补偿自己因叛逆而带给她的那许多痛苦”。尽管她已经告诉过他一次，但以后她还会告诉他一千次：他既然已经离开了家，就不要总来打搅她，她想过宁静的生活，不愿意再见到他，他不该再进她的门。她说的都是真心话，她确实不想再见到他，想来她已经跟他一起痛苦熬过了二十七个春秋，每分每秒，每日每夜，她都为自己养了一个这样的儿子而感到羞惭和脸红。出于自己善解人意的同情心，她竭尽自己可能付出的所有努力，但最终还是沮丧地承认，自己的孩子上不了正路，终归无法像正常人那样生活，所以她没必要为儿子的行为而承受痛苦。她跟自己的第一任丈夫老瓦卢什卡一起就已经忍受了很多痛苦，男人完全被酗酒毁掉，儿子带给她的惩罚也早已超出她的承受力，她一次又一次地跟所有人抱怨。人们都这样劝告她，事实上她自己也经常这样去做，“只要她那个疯疯癫癫的儿子不戒除那些坏毛病，她就应该坚决地拒绝他再进家门”，但事情并没有这么简单，“她克制不住自己的母爱之心”，她不得不承认，这并不是理想的解决方案。她再怎么下决心也无济于事，除非她有足够坚强的意志和心理承受力才可能拒绝儿子的来访。小瓦卢什卡每隔三天就上门一次，而且脸上带着越来越坚定的“决不退缩”的自信表情，同时他继续游手好闲地在社会上鬼混。男孩疲惫不堪地绝望挣扎，出于自己简单的认知，他都不明白母亲到底想要他怎样，在最近这段时间里，母亲总是想赶他走，每次都是这样。现在，门铃响了无数遍之后，弗劳姆夫人才拿起了听筒，然而从对讲机里传来的并不是儿子磕磕巴巴地恳求（“哦……我，是我……妈妈……”），而是一个亲热、低沉的女人声音。“谁?”弗劳姆夫人吃惊地再次追问，并迅速将听筒从耳旁移开。“是我，亲爱的皮莉！我是艾斯泰尔夫人！”“艾斯泰尔夫人?！是你在下边?！这么晚?!”她倒吸了口气，显得有些烦乱，下意识地整理身上的睡袍。弗劳姆夫人对这个女人始终“敬而远之”，事实上据她所知，全城人对艾斯泰尔夫人的态度大都如此，因此弗劳姆夫人跟她没有任何交往。当然，她们难免会在街上碰到，每年寒暄上一两句，说说天气，这是回避不了的，但是登门造访，这实在出人意料。艾斯泰尔夫人“过去的丑闻、不道德的作风和目前混乱的家庭状况”，这些都是她的女友们常年爱聊的话题，而她那副目中无人、恬不知耻的做派，缺少教养、粗俗鲁莽的举止，以及“跟她那副水桶身材很不协调的鲜艳扎眼、没有品位的穿着打扮”，都让那些良好的家庭感到被冒犯；另外，有时她为了达到自己的企图，会虚情假意地讨好他人，这种“变色龙的可耻行径”也引起人们普遍的反感。更不要说在几个月前，她狡猾利用了人们近来由于混乱和焦虑的氛围而放松了警惕的空子，在她身为警察局长的情人支持下，自行出任了妇女委员会主任，由此更显得颐指气使。对她那张狂傲慢的样子和幸灾乐祸的德行，邻家的妇人们经常聚在一起议论说，“在她那副得意的脸上总带着令人作呕的、故作妩媚的微笑”，她会以“礼节性拜访”的无稽借口贸然登门，闯进那些她过去从来没有机会进门的家庭。不难猜出，艾斯泰尔夫人现在的不请自来，肯定也是这一类恶作剧，因此弗劳姆夫人在下楼去开楼门之前，心里已经暗下了决心，一定要好好教训一下这个无礼的女人（“毫无疑问，这头奶牛根本就不清楚，什么时候才能按别人家的门铃！”）。她已经想好了措辞，准备一开门就泼到对方的脸上。

事情并没有这样发生，因为艾斯泰尔夫人清楚地知道自己正在跟谁打交道，所以她没有丝毫的退却，她很清楚——正像她那个警察局长情人每天在她耳边私语的那样——自己“光从体重和身材上讲，在其他人看来，就是一个巨人……更不要说别的了……”，因此，她轻而易举地以自己天生的优势和她那副不容置疑的强硬态度平息了弗劳姆夫人顽固的抵抗：夹杂着嗓音低沉的几声“我亲爱的”，她用男人般铿锵的语调向女主人解释说，毫无疑问，她当然知道现在已是晚上几点，但鉴于这是一桩“不容拖延的私事”，她必须立即跟她谈一谈。随后，趁着弗劳姆夫人因惊愕导致的片刻迟疑（艾斯泰尔夫人对此早有预料），她果断地和女主人一起挤进了楼门，一阵风似的冲上楼梯，并习惯性地稍稍歪了一下头（“绝不能给她一点反应的时间……”），径直走进敞开的房门，进到前厅。为了转移对方对她贸然登门的紧迫性的注意力，她用淡漠的语调夸奖这套公寓“位置极佳”，前厅的地毯“图案精美”，以及女主人“让人嫉妒的优雅品位”。在将外套挂在衣钩上时，她迅速扫了一眼屋内的陈设，说她越发感到自己“粗俗平庸”。当然，很难说这种“转移注意力”的做法是否真的表达出她本来的真正意图，想来她可以有多种达到自己目的的手段（就这件事的紧迫性而言，她必须在今天跟小瓦卢什卡的母亲一起待上一刻钟，假如明天见到他们，便能告诉他们自己看到的一切）。然而即便如此，她还是没有选择唾手可得的解决方案（要知道，此刻她已经坐到一张令人反感的沙发里，“现在全国各地都能感受到朝气蓬勃的复兴渴望，其中包括对日益壮大的市妇女委员会的热切期望”，她终于说起了开场白……），尽管她事先有所预料，但真的坐在这里，“这个暖气烧得过热的腐朽小巢”里令人纸醉金迷的舒适、闲逸和美艳的生活气息还是强烈地击中了她，勾起了她胸中旺盛的妒火。她极力掩饰住内心的怒气，强迫自己要更加仔细地检查女主人军械库中的所有武器。弗劳姆夫人跟在她的身后，愤怒和困惑使她憋闷得喘不过气来，她满脸涨红地陪着不速之客在公寓里细细地转了一遍。艾斯泰尔夫人仔细审视每一个被东西堆得密不透风的犄角旮旯，她不停地赞许（因为，“正如俗话所说，现在还没到摊牌的时候”），用她醇厚的女中音对紧随其后的女主人说，“是的，毫无疑问：女人赋予没有生命的物品以意义；是的，女人，只有女人才能散发出所谓的‘独一无二的魅力’……”。她始终强忍住内心的——发自内心最深处的——诱惑，真想伸出大手抓起这些令人作呕的东西并将它们像拧小鸡的脖子似的咔吧咔吧地折断，捏碎。什么梳妆匣、天鹅造型的烟灰缸、人造绒的波斯图案地毯、薄薄的纱帘，还有玻璃橱里摆放的几部言情小说，这燥热、黏稠、窒闷的小窝纤毫毕现地暴露出这个世界已经堕落到这样的地步，放纵地追逐“舒适的享乐和无耻的欲望”。她看到并记下了这里的一切，什么都逃不过她犀利的眼睛，她聚集起自己的全部精力，带着自我折磨的苦涩快感呼吸公寓内被香气污染了的空气。确切地说，这股臭味让她联想到“让人恶心的婴儿室”。对她来讲，即使距离很远，她也能够嗅到每户居民家里难闻的气味，这让她情不自禁地生出“想要展开严肃大批判”的欲望；妇女委员会选举之后，每当她完成一次次非正式的家访回来，她都忍不住会带着愤怒的讥讽向警察局长讲述自己的所见所闻。不管是单纯的讥讽，还是真正的厌恶，她的这个情人都可以肯定：艾斯泰尔夫人的心灵肯定又承受了一次非同寻常的严峻考验，因为从那之后，“她终于获得了坚定的意志”。作为对她几十年勤勉工作的奖励，她从当地的男声合唱团里脱颖而出，获得了领唱的头衔（她只有通过进行曲、劳动歌曲和春天颂歌等所谓的“独家保留曲目”

才能减轻这一职位带给她的一些羞辱感），担任市妇女委员会主任，成了这个组织头号的铁腕人物。每天她都要造访这一类公寓（“这是工时！”），只是为了一次又一次地向自己证实：她此前的猜测，都是毋庸置疑的事实。正如她清楚看到的那样，在这里，在这座城中，藏匿着许多这样暖气烧得过热、闷得令人窒息的舒适小巢，还有那些加糖过多的煮水果、暖和蓬松的鸭绒被、边缘带穗的丝绒地毯和套着防护罩的沙发。每当她置身于这种腐朽的氛围，胸中都会升起一股强烈的悲愤与冲动，正是这些自以为是当地社会精英的人，这些瞧不起纯朴健康的民众、整日穿着棉拖鞋沉溺于轻歌剧的家伙们将所有大干快上的建设热情都淹没到致命的沼泽里；她清楚地知道，正是由于这些寄生虫的存在，这场由妇委会主任亲自策划并发起的“具有划时代意义的城市卫生运动”才会在历经数月的努力之后不幸受挫，难以顺利开展。说老实话，她对此早有预料，因此她丝毫没有感到惊诧，她一跨进这套充斥着自我享乐情调的公寓，就从每件精心养护的家具和摆设上感受到对社会原则的冷漠拒绝；透过弗劳姆夫人磕磕巴巴的几句回答（她说：“在十二月举行卫生竞赛？最好还是再过一段时间，比方说，在春季大扫除期间……”），艾斯泰尔夫人一眼看穿了对方内心的抵抗。她清楚地知道，这些寄生虫们病态的无能和怯懦的回避都是无稽之谈，尽管对他们来讲合情合理，想来他们担心发生任何的变革。在他们眼中，变革就意味着全面衰落，在民众不可战胜的支持新事物的热情里，他们看到的是无可救药的混乱的危险迹象与破坏力量。当然他们的担心是对的，因为这种力量不仅不会保护他们已经腐朽堕落、无可复活了的生活方式，而且会将它碾成齑粉，无情地埋葬。也正是这种力量，会用“共同行动的巨大热情”取代他们自私生活的无聊与乏味。不能否认的是，回顾过去那段时间里发生的那些非同寻常、违反规定的诸多事件，除了她的知己——警察局长和一两个有自己主见的人之外，她在城里相当地孤立，但是即便如此，她不仅丝毫没有陷入惶惑，甚至都不觉得需要重新考虑自己的立场，因为她听到了一个声音在她耳旁低语，“用不了多久，事实会证明这将是她一个人的胜利”。当然问题是，这场胜利的本质该是什么？她很难用一句（或两句）话简单作出回答，但是她的信念是如此坚定，无论遇到多少反抗，面对多少“棉拖鞋们的精致小巢”，她都绝对不会退缩，不会被吓到。她对他们没有什么好怕的，更重要的问题是她清楚地知道：她真正的敌人——正因如此，这场为了公益而战的斗争变成了为她自己而战的私人斗争——是艾斯泰尔·久尔吉本人。她将丈夫视为一个怪人，过着完全与世隔绝的隐居生活。事实上他只是病态的懒惰，艾斯泰尔先生，这位既让人忌惮、又受人尊敬的她名义上的丈夫与她截然不同，“没有任何参加过社会活动的记录”，他作为享誉全城的公众人物已在床上躺了好几年，每周至少一次（“据说是这样!”）会窥视窗外……他能成为真正的敌人吗？他远不止这些，对艾斯泰尔夫人来说，他既是“令人绝望的、不可逾越的地狱的高墙”，同时也是她唯一的机会，只要她不愿在城里具有影响力的名流圈中最终放弃自己受人尊敬的地位。换句话说，这是一个圈套，一个完美无缺、毫无希望的陷阱，她既不能从中逃脱，也不能把它毁掉。因为跟过去一样，艾斯泰尔始终都是她成败的关键，是她实现自己远大计划链条中最重要的一环。正是这个人，在多年之前，以他所谓的“脊椎痛” 为由辞掉了当地音乐学校校长的职位并且正式退休，并以某种极其愤世嫉俗的态度简单明了地告诉她，“以后他不再需要她做家务”，第二天，她就不得不用自己的积蓄在集市广场旁租下一套公寓。还是这个人，出于报复——如果不是报复，还会因为什么？——他还辞掉了本来就很少一起登台演出的市立交响乐团指挥的职位，据说，后来她从别人嘴里听说，原因是他，艾斯泰尔，现在只对音乐感兴趣，只对音乐，不愿再在其他事情上花费时间，他只想搞音乐。然而，假如有谁能够告诉世界真相的话，那么只有她——艾斯泰尔夫人，她丈夫只会在故意调得跑音的钢琴上敲出极其难听刺耳、完全跑调的音符，当然，那也只有在他那因懒惰而变虚弱的身体能够从柔软的枕头和毯子堆里爬出来乱敲乱弹的情况下。每当她回想起一切，想起自己熬过的那些无穷无尽的屈辱岁月，她很想抛开这所有的一切，抄起一把斧头，将她那令人无法忍受的丈夫在他自己的床上剁成肉块。只是她非常清楚，她无论如何都不能那么做，她必须承认，假如没有艾斯泰尔，她不可能在这座城里找到自己的位置，不管她作出什么样的打算，她都会不断地与艾斯泰尔抗衡。她这样解释他们的分居，说她丈夫的创作需要安静、孤独的环境，她被迫维持婚姻的状态，强迫自己打消离婚的强烈念头；甚至，她还不得不在艾斯泰尔先生的得意门徒和崇拜者，那个无可救药的疯子、弗劳姆夫人在第一次婚姻里生下的儿子瓦卢什卡·亚诺什的帮助下——既要瞒着丈夫，同时还要让全城人亲眼看到——她亲手为丈夫洗脏衣服，包括“肮脏的内裤”。这种形势看上去无疑很严峻，但是艾斯泰尔夫人并没有气馁。尽管她并不知道，在个人复仇和“为公益而战”之间哪个应该更优先。在报答艾斯泰尔（“为这所有的一切!”）和最终巩固自己不稳定的“地位”之间，哪个更加重要，但有一件事她是确定的，那就是：这种忍辱负重的状况不可能永远地持续下去，终会有一天，或许就在不久的将来，她一旦凭借自己的能力获得应得的高位，她便可以结束与这个无耻混蛋的屈辱关系，这家伙不仅嘲讽她，并且“故意”使她的生活陷入困境。她有充分的理由相信，事情将会这样发生，因为（因为现在不仅仅是，“肯定会这样，因为必须这样”）妇女委员会主任的职位不仅意味着

“自由并负责地行使权力”的可能性，还表明她越来越不依赖于他。这是一个令人欢欣鼓舞的信号，更不要说，自从她意识到如何能够赢得那些生性固执的市民们的支持后，妇委会立即展开了第一次大规模的行动。与此同时，她又跟艾斯泰尔重新建立了联系，从那之后，她本来就不缺乏的自信心一下子变得更加坚定了，她完全相信自己走在正确的路上，再没有任何人能够阻挡她奔向自己的目标……因为她的这个计划看起来无可挑剔，是一个人们常说的那种“天才计划”，而且简单至极，只是有一个通常情况下常遇到的问题，就是想要找到一个唯一恰当的解决方案是很困难的；当然，在动员掀起城市卫生运动的初期，她就清醒地看到，只有让艾斯泰尔出来“发挥作用”，才可能突破人们对运动的冷漠和抵抗。只要能够说服他参加到这项工作中来，只要能够把他推到运动组织者的前沿，那么就可以使“干净的庭院整洁的家”这句空洞口号和陷入可悲失败的宣传工作满血复活，立即赢得广泛的支持，为运动的开展打下坚实的基础。只是接下来的问题：怎么才能拖他下水？这是一个令人头疼的问题。她冥思苦想了好几个星期，甚至，不夸张地说：她花了足足有好几个月的时间，先后放弃了从简单说服到暴力强迫等无数种不切实际的主意。就在她陷入绝望的最后一刻，突然想出了这个唯一可行的方案：要想让自己的计划得以实现，她需要得到两个人帮助，一个是“热心肠的瓦卢什卡”，另一个是众所周知与他关系疏远，但也正因如此让她喜欢得热情有加的弗劳姆夫人。就从她意识到这一点的那一刻起，她感到内心充满了彻底的宁静，相信再不会有任何人和任何事能够阻挡住她；甚至，此刻她手里夹着一根点燃的香烟，坐在这个身材瘦小（“……但总是一只小山雀！”）的女主人像海绵一样松软的地毯和擦得锃光瓦亮的家具之间，甚至饶有兴味地仔细观察——伴随香烟灰的每一次掉落——弗劳姆夫人脸上“掩抑不住的隐隐怒火”，而后啧啧夸奖地品尝了留在桌上罐头瓶内的糖水樱桃。她高兴地看到女主人流露出的愤怒和无助（“她怕我！”艾斯泰尔夫人得意地暗想），这种得意慢慢冲淡了她先前的愤慨，于是环顾了一下摆满植物的房间，感到自己仿佛置身于原野或到处长满青草的花园内。她转过头来，再次用那副哞叫般的低沉嗓音赞许道：“哦，是的。城市人永恒的愿望，就是将大自然带进自己的居室。我们每个人都是这样，我亲爱的皮莉！”现在她说这话并没有别的意思，仅是出于由衷的欣赏。但是弗劳姆夫人并没有回应，只是被迫地稍稍点了下头，这足以让艾斯泰尔夫人捕捉到对方无声的暗示，她最好尽快转入正式的话题。当然，尽管她还不能确定弗劳姆夫人是否会同意在这件事中扮演角色——不过，当她刚才作为不速之客强行闯入这套公寓时，就猜到对方最终会“同意”，想来弗劳姆夫人根本没有能力阻止她，站在那里就像一个“摆设”——但是她愿不愿意，或反不反对，其实意义已经不大。但即便如此，艾斯泰尔夫人还是仔仔细细地向她讲述了自己的处境（要她知道："亲爱的，请你相信我，并不是我想要艾斯泰尔出马，而是我们的城市需要他，但是你也知道，要想说服像这样一位——众所周知——整日沉浸于创作中的人会有多么的困难，只有你那可爱的、热心肠的儿子才能够做到……"）。她用尽可能友好的语调向她讲述，但眼睛锐利地直视着她，对方闪电般迅速的回绝无疑让她吃了一惊并感觉到难堪，因为她能够清楚地看出，瓦卢什卡和弗劳姆夫人之间的所有关系"几年前就已经彻底断绝了"，对于她，对于弗劳姆夫人来说，不愿再对瓦卢什卡的行为担负任何的"家长职责"，作为母亲她不得不承认，自己的儿子"不仅不是什么热心肠，而且忘恩负义，是个没用的废物"，这里边的痛楚和苦涩是他人难以想象的，在她果断回绝的那个"不"字里，浓缩进了她无助的哀怨和压抑的愤怒，似乎想以此回击艾斯泰尔夫人几分钟前对她的冒犯羞辱，因为她瘦小羸弱，艾斯泰尔夫人则高大壮硕。尽管她想否认这一点，但最终还是不得不承认：她的儿子是"哈哥迈耶尔学校的住宿生"，在当地被视为"村子里的白痴"，现在他最大的本事也不过是"跑腿"，在市邮政局当送报员。这些刺痛人心的坏消息她本来只该向女友们倾吐，可现在偏偏要讲给一个无礼闯入的陌生人听。当然，即使没有女主人的供述，艾斯泰尔夫人也有足够的证据猜到这一点，弗劳姆夫人“这个小矮人”，在自己面前没有丝毫的反抗之力，她甚至为弗劳姆夫人在刚刚过去的二十分钟里不得不忍受自己的“虚假微笑”和“伪善目光”而感到洋洋自得。这时她略带轻蔑地从苹果绿色的沙发里突然跳起来，并且从牙缝里冷冷地说，现在她得走了，随后穿过浓密的丛林，肩膀不小心蹭掉了一幅挂在前厅墙上的缂织小壁毯。她将手中还未抽完的香烟在一只从没使用过的陶瓷烟灰缸里用力捻灭，一言不发地穿上那件尺码巨大、人造毛皮的黑色大衣。虽然无论遇到什么情况，她都能够处事不惊地冷静分析，不会为任何事感到惊讶，但一旦遇到有人胆敢向她说“不”，就像刚才弗劳姆夫人所做的那样，必然会惹得她立即怒火中烧，毒从心生，但一时间惶然无措，不知该如何应对这一个“不”字。她满胸怒气，怨愤将她吞噬，她眼睛里冒火，紧咬住嘴唇，梗着脖子，目光严肃地盯着天花板，咔啪一声，用力按上大衣的最后一枚金属扣。与此同时，弗劳姆夫人则一边不安地搓着手，一边焦虑地唠叨，“今天晚上……我感到这样不安……我从我的姐姐家回来……整座城好像都变了样，让人差点认不出来……你有没有听说发生了什么？街上的灯怎么突然全都不亮了？……这样的事情以前从来没有发生过……”听到这话，艾斯泰尔夫人冲着战战兢兢的女主人几乎吼叫起来：“令人不安的原因会有很多。我们将迎来一个更蓬勃、更开放的年代。新时代正在向我们大踏步地走来，我亲爱的皮莉。”这句话显然话中有话，特别是她，艾斯泰尔夫人，在说最后这句话时还暗带威胁地扬起了食指，弗劳姆夫人顿时变得脸色煞白。但是这一切并不足以让妇委会主任感到满意，尽管她不无得意地看到，并且知道，直到她走下最后一层台阶，关上身后的楼门，直到她离开这栋楼的最后一刻，“这只小巧的球胸鸽”仍巴望离去的客人能够突然抬起头来，用低沉的嗓音跟她说一句什么，说一句能够让她安心的回答，但是出于报复之心，她没有这么做。她无法原谅弗劳姆夫人给她的自尊心留下的伤害，这个“不”字，就像一枚射进树里的毒箭，会在那里抖动很长时间，对她来说，这是羞耻。她不得不承认，这本来只是一个小小的刺痛（准确无误地正中目标，但看上去并没留下太大的伤口，只是一个小小的挫败而已），但是随着时间的推移，毒性也慢慢加剧，让她感到剜心的剧痛。假如弗劳姆夫人能够像她期望的那样热心地点头表示同意，那么她只不过是一个被操纵的玩偶，不会介入事件的深层，只须在表面扮演一个微不足道的角色，仅此足矣，但是不行（“但是不行！”），由于她的拒绝，她原本无足轻重的身份陡然发生了改变，现在已无耻地提升到“对手”的级别。或者说，这个“小矮人”以她无足轻重的身份准确击中艾斯泰尔夫人盛气凌人的要害，将她拖到了跟自己一样绝望无助的境地，以此报复她突然造访时辐射出的优越感；对于艾斯泰尔夫人身上的这股优越感，弗劳姆夫人既不能容忍，也无力战胜。当然，这种受伤的痛楚并不会长久地持续下去，艾斯泰尔夫人事后声称，自己很容易就忘掉了“这件事”；对于这件令她不悦的事情，她本来不应该这么快忘掉，事实上她还是忘掉了。事后——当她回到家里——她向自己的知己——警察局长讲述了这件事，不过她故意跳过了许多细节，只是提到，她刚一跨出弗劳姆夫人家那令人窒息的楼道，“那股神奇的、令人屏息静气的清新空气”就顿时使她感到神清气爽，这对她的判断力起到了“十分有益的影响”，当她走到纳达班肉铺时，已经重新恢复成原来的自己：果断镇定，坚不可摧，充满自信。肯定是零下十六度的霜冻天气对她疲惫的神经起到了决定性影响，这么说一点都不夸张，因为艾斯泰尔夫人的确属于“春天生病，夏天崩溃”的那类人。这不是比喻，而是事实，温暖会使他们无精打采，炎热则会把他们烤得萎蔫，天上火焰般的太阳更是恐怖的根源，会导致痛苦的偏头疼，热血冲顶，头昏脑涨。换句话说，那类人的自然媒介是寒冷，所以并不喜欢烧很暖的火炉，一旦霜降开始，寒风凛冽，他们反而感到满血复活，因为只有冬季才能将他们的视线洗刷清楚，使他们无法自控的激情冷静降温，能够让他们重新理清在夏季汗水中变得涣散的思绪。因此，艾斯泰尔夫人迎着寒风走在温克海姆·贝拉男爵大道上，对大多数柔弱者来说可怕的霜冻，反而会疗治艾斯泰尔夫人体内的伤病，让她重新感觉到自身的凌人气势，让弗劳姆夫人那句令人羞恼的回答变得无足轻重。想来她有充分的资本凌驾于他人之上，有足够光明的未来让她憧憬。因此，当凛冽的寒风令人神清气爽地吹透身上的每个骨节，她感到身后被一股巨大的动力推动着，越来越自由地走在笔直的人行道上，仿佛变成了一只轻盈的小鸟。她得意地判定：毁灭、分裂和瓦解的过程已经不可逆转地开始了，并会按照自身的严酷规则进行下去。范围一天比一天缩小，“这件事”在这个日渐狭窄的范围内显得愈发活跃，充满活力。在她的眼里，这些房屋本身也在不知不觉中逐渐破败，岌岌可危，它们的命运已经完结，因为建筑与居民之间的纽带已经被剪断：墙皮大块大块地剥脱，腐烂的窗框已经与墙壁分离，街道两边有越来越多的屋脊露出塌陷的迹象，房梁和举架都摇摇欲坠，不管是石头的、骨头的，还是泥土的，都逐渐丧失了内在的牢固性。垃圾堆在人行道和马路上，因为没有人愿意将它们运走，没有清洁公司愿意接这份工作，因此垃圾堆满了全城的街道，越来越多的野猫围着垃圾堆打转，以不可思议的速度繁衍。每天夜里街道都被野猫占据，它们谁都不怕，即使艾斯泰尔夫人迈着沉重的脚步大踏步前行，它们也只在最后一刻才懒洋洋地闪到一旁，成群地闪开，给她让路。她看到这一切，看到商店橱窗里已经放下几个星期了的生锈的百叶窗，看到瞎了眼的街灯下垂的灯臂，注意到因油箱空空而丢弃在街上的小轿车和公共汽车……一阵突然袭来的甜蜜瘙痒感电流般地传遍她的脊柱，因为对她来说，这缓慢而注定的毁灭早已不再意味着虚幻的终结，而是预示着这个指日可待、行将瓦解的世界将让位给她，并非意味着终止，而是意味着开始，意味着一种新秩序的原材料，这种新秩序“建立在替代病态谎言的无情真理之上”，没有任何东西会比“身体健康和带着强烈行动欲望的力与美”更加重要。未来的主人，已经睁开了她不知疲倦的眼睛将整座城市一览无余，坚信自己已经站在了一个“横扫一切、充满希望的新时代”的大门口，对此作出印证的不仅是日常性的崩溃迹象，还有许多每天都能感受到的无从解释、以自己的独特方式发生的怪事。毫无疑问，这些怪事暗示了无可避免的重生与更新，假如“人类全部的战争欲望”也不足以推动这一进程的话，那么上天神秘而强大的意志将会迫使它们发生。前天，耸立在城里贡德奇花园尽头的巨大水塔开始在密密麻麻的小房子上空危险地摇晃，持续了长达几分钟之久。水塔的顶部设有一个天文学观测站，身为观测站负责人的那位中学数学–物理教师突然中断了已经孤独地进行了几个小时的观测工作，失魂落魄地冲了下来，气喘吁吁地告诉了人们一个完全“令人不解”的消息。昨天，耸立在老城中央广场上的天主教教堂已经停摆了几十年的旧钟表居然发出了令人震惊的声音（当时艾斯泰尔夫人听到后也像触电了一般!）。四个生锈了的钟表里有三个早被卸下了指针，但它们突然同时运转起来，随后低沉而响亮的嘀嗒声开始慢慢加速，越来越快地显示时间的流逝。难怪当她走到科姆洛旅馆和七首领巷之间的拐角处，一眼瞥见那棵本来总是耸立在那儿的巨大杨树时，心里并没有感到意外，想来夜幕刚一降临，她就预感到今天还会发生新的“不祥的预兆”。这个将近二十米高的巨人已经在那里守望了上百年，时刻让人记起不远处的科罗什河曾多次暴发过的大洪水。它不仅是成群麻雀的避难所，也是能让当地几代人眺望并欣赏的神奇景观，然而此刻，它毫无生气地倒在了科姆洛旅馆朝向七首领巷的正墙上，由于虬曲、致密的粗大树枝钩在了楼顶房檐的排水槽上，所以才没有砸到狭窄的小巷；既不是树干被狂风折断成两半，也不是因为它再难忍受蛀虫和酸雨的常年侵蚀，而是生生将人行道和街道坚硬的水泥路面豁开了一条长长的口子，从骨头般坚硬的土地里连根拔起。她当然早就预料到了，腐朽的世界终将崩溃，看哪，改天换地的时刻现在终于来到了！因此在艾斯泰尔夫人看来，这棵连根拔起的老树具有特殊的意义。她看着眼前这令人毛骨悚然的场景，白杨树像巨大的幽灵挡在道路中央，她的脸上浮现出一丝嘲讽的微笑并且自言自语道：“当然，这我早就料到了。”她嘴角上挂着这丝神秘的微笑继续往前走，仿佛她知道“意外的事情”，即所谓的“预兆”，远远还没有结束。她果真没有猜错。艾斯泰尔夫人只仅仅往前走了几步，用猎人的目光继续寻找新的异象，在帕尔特街的路口处，她看到许多人默默无声地站在那里，三五成群。在这样的时辰？实在让人感到不可思议！要知道，在这样一座缺少公共照明的黑暗城市里，夜晚出门都是一种勇敢的举动。这些到底是什么人？这么晚了，他们聚在这里做什么？她实在想象不出来，但是说老实话，她也并没有费力地努力猜想，因为，就跟水塔、教堂的钟表或连根拔起的白杨树给她的启示一样，她从这个反常的场景里立即读出了从坠落到崛起、从腐朽到复活的又一个征兆。然而当她走到温克海姆·贝拉男爵大道的尽头，走到科舒特巷内光秃秃的老刺槐之间，又看到许多人一言不发地站在那里，而且人数越聚越多，这时一股滚烫的热流突然涌遍她的全身，因为在她的脑子里，曾经并不确定能成真的幻想突然变得确定，在经过漫长的、几个月之久（“是几年！几年之久！”）的艰难而执着的希望之后，这决定性的一刻（“也许！……”）真的已经到来，行动的时刻已经宣告了准备阶段的结束，并且“一个预言得以实现”。从她所站在的广场这一侧看，在集市空旷、冰冷的草地上三三两两地站了大约有五六十个男人：他们都穿着高筒靴或马丁靴，戴着护耳的棉帽或油乎乎的毡帽，有几个人手里夹着香烟，红色的烟头在黑暗中晃动。即使这样，在黑暗中仍不难断定，这些家伙全都是外乡人。在这样寒冷刺骨的夜晚，五六十个外乡人聚集在这里，其本身令人愕然的程度就远远超过了吃惊。然而，这个几乎静止不动的人群表现出的巨大沉默，在艾斯泰尔夫人看来更为特别，也更具诱惑。她站在温克海姆·贝拉男爵大道的路口盯着他们，仿佛瞅见了前来宣布最后审判的天使们。她必须斜穿广场，也就是说她不得不从他们中间穿过，因为她的家就开向集市广场另一端的国防军巷内。这样走路程最近，然而她感到本能的紧张，其中还掺杂了一点点——只是一点点！——恐惧。她尽量绕开那东一群西一伙的沉默人群，屏住呼吸，像一个影子迅速飞到了广场的另一端。她终于走到国防军巷的路口，感觉已经筋疲力尽。她在拐角处又转身朝广场那边望了一眼，这才发现那辆大得出人意料的马戏团拖车。关于马戏团演出虽然已经做了好几天的广告，但是并没有说明具体到来的日期。尽管她心里不愿意承认，但确实感到深深的失落，因为此刻她不得不面对这个事实：这些家伙并不是什么“新时代的便衣天使”，很可能只是一些“破衣烂衫、倒卖马戏票的票贩子”，他们只是出于贪婪，甘愿在寒夜里站一个通宵，只为明天早上能在开始售票的第一时间抢购到原价的演出票，然后高价转手赚上一笔。这种苦涩的失望之所以更加令她痛苦，是因为她不仅突然从刚才热病般的幻想中清醒了过来，而且由她亲自找到并且邀请这家声名狼藉的马戏团前来城里演出的那股真实的、令她自豪的快乐感觉现在也随之烟消云散：一个星期前，当她在警察局长的大力支持下顶住市管理委员会那些胆小成员们的拼命反对，成功通过了她的提案时，她将之视为自己在公共领域上的第一个重要战果。反对者提出的理由是，根据来自附近村子和农庄的消息和无法证实的传言，只要这家奇怪的马戏团一出现在哪里，哪里就会发生骚乱，曾经发生过一两次结局可悲的意外事件，所以无论如何都不能允许他们进到这座城市。是的，这是她第一次取得的重大胜利（很多人说，她关于“每个人都有满足好奇天性的权利”的那段讲话完全可以印到报纸上），但是即便如此，她还是无法享受胜利的果实，其原因也正是因为这个马戏团，现在已经为时太晚，她不得不承认，她以荒唐可笑的方式误解了那些站在广场上的游荡者的真实身份。对她而言，这种荒唐可笑胜过了巨大的马戏团拖车的诱惑力和神秘感，因而她都没有走过去看一眼这辆无论从哪个角度说都带有异邦情调的巡展彩车以满足自己“好奇的天性”，而且嘴角上流露出一丝轻蔑，转身背向“那条腐臭的鲸鱼和那群粗鄙的游民”，迈着咚咚的步伐沿着狭窄的人行道朝她的住处走去。当然，她的怒气——就跟刚才因弗劳姆夫人而生出的怒气一样——正像人们通常所说，“烟比火苗大”，当她走到国防军巷的尽头并用力撞上身后破旧的院门时，已经成功地克服了那股失落的情绪，因为她只须让自己想一想明天。从明天开始，她将不再是一个被迫忍受者，而将成为自己命运的真正主人；从明天开始，她便能立即轻松地吸一口气，开始再次感觉到自我，决定放弃任何为时过早的白日梦想，“因为她渴望胜利并且坚韧执着”。她的房东是一位经销葡萄酒的老妇人，住在这栋摇摇欲坠的农家老屋的前面，她则住在后面的房间，虽然可以进行一些修缮，但再怎么修也不可能令她满意：因为房间的天花板相当低矮，让她高大的身材感觉难以直起腰来，这样无疑使她在房间里的活动多少有些受限。关闭不严的小窗户和潮湿发霉的墙壁都需要修缮，但艾斯泰尔夫人是“清教徒式简单生活”的信徒，所以根本不在意这类无关紧要的琐事，因为在她看来，只要住处不漏雨，屋里能有一张床、一个衣柜、一盏灯和一只洗脸盆就已足够，足以满足一个人居住的各方面需求。与她的信念相符，除了一张宽大的弹簧床、一个单开门的衣柜、一只放在木凳上的脸盆、一只水罐和一盏枝形吊灯之外，只有一张油漆脱落的桌子和一把没有了靠背的木椅供她用餐并堆放越来越多的、她不得不带回家处理的官方文件材料。她既不能忍受地毯和镜子，也不能忍受窗帘。屋里再有就是一只为她在家练习歌唱准备的折叠式谱架，门后的墙上装了一个带有三只挂钩的铁衣架，万一家里有客人来，可以让客人挂外套。当然，自从她结识了警察局长，家里就再没有接待过客人，不过警察局长每晚都会过来。从这个佩戴背带、皮带，腰挂左轮手枪，脚蹬锃亮皮靴的男人第一次登门开始，她不仅将他视为知心的密友，一个能让孤独妇人在生活中依傍的男人，而且还视为自己最可信赖的亲密盟友，她可以毫无顾忌地向他诉说心中埋藏的烦恼，在脆弱的时刻，她可以向他倾吐心声。与此同时，在他们俩之间的关系上——在基本都能相互理解的同时——也并非晴空万里，没有一丝阴云，因为警察局长一方面会突然变得情绪暴躁，另一方面还有沉默不语的忧郁倾向。很遗憾，“他的家庭悲剧”（他失去了妻子，家里留下两个得不到母爱的小儿子）使他沦为了酒精的奴隶。有时在不断的追问下，男人也会坦率地承认，他精神上的苦闷只有在艾斯泰尔夫人的女性温柔中才能找到真正的慰藉，但是他始终无法挣脱酒精的奴役。的确，直到今天，直到现在，艾斯泰尔夫人都在担心警察局长此刻还泡在城郊的某家小酒馆里借酒消愁，按理说他本该在她回来之前来到这里。过了一会儿，她刚一听到门外传来的脚步声，就立即起身离开餐桌，伸手去拿食醋和装苏打气子弹的纸盒，因为她知道，她已经实践过多次，在这种情况下只有这个民间流传的妙方——所谓的“鹅汽水”——才是唯一有效的解酒方法，不仅能解当日的醺醉，还能解次日的宿醉；这东西喝起来虽然令人作呕，但确实管用。然而出乎她意料的是，站在门口的并不是警察局长，而是小瓦卢什卡的房东——石匠哈莱尔先生。或许是由于他脸上的麻子，当地人给他起了一个绰号，名叫“秃鹰”。准确地说，哈莱尔并不是站在门口，而是躺倒在门口，但妇人马上就明白过来，这是因为对方的两条腿已经无法继续支撑他失衡的身体，刚宣布罢工；哈莱尔无助地挥舞双手，试图抓住门把手。“你在这里做什么?”妇人恼火地冲他咆哮，但是哈莱尔没有动弹。他是一个身材瘦小的男人，此刻他缩成一团，将软弱无力的双腿蜷在身下躺在门槛上，恰好跟开向院子的房门尺寸相当，身上散发着劣质白兰地的难闻酒气。这可怕的臭味在短短几分钟内就充满了整个庭院，并爬进了房屋的每道缝隙，甚至把房东老太太也从床上熏醒，将窗帘掀起一角朝庭院里张望，心里不解地揣摩：“为什么这个好端端的男人不喝葡萄酒呢?”但是就在这时，哈莱尔似乎改变了主意，或清醒了过来，敏捷地从门槛上跳了起来，以至于让艾斯泰尔夫人吃了一惊，认为这整个就是一场恶作剧。然而，她很快知道，这并不是玩笑，因为哈莱尔的一只手里攥着一瓶帕林卡酒，另一只手突然递过一小束鲜花。石匠摇晃着身体，用一副斗鸡眼盯着她，并磕磕巴巴地想向她表白：希望艾斯泰尔夫人能够像过去一样地拥抱他（因为他认为：“您，尊贵的夫人，只有您才能抚慰我伤透了的心……!”）。听到这话，艾斯泰尔夫人感觉受到了极大的愚弄，因为这句话并没能在她心里唤起丝毫的共鸣，连一个火星也没有。她二话不说地抓住男人的两个肩膀，举到空中，无情地扔到了院门外。沉重的外套就像是一只麻袋，里面装了些什么东西，落到不远的地上（在这期间，房东老太太始终不解地摇头，盯着窗外）。哈莱尔虽然并不十分清楚，与他之前遭受到的那些挫折相比，这新的一次的坠落到底有什么本质上的不同，但他还是意识到自己在这里不受欢迎，于是爬起来逃走了。艾斯泰尔夫人回到自己的房间，转动插在门锁中的钥匙，锁上房门，随后打开放在床旁的袖珍收音机，试图以此消除胸中的怒火。屋子里响起欢快的旋律，跟往常一样，只要一听到“丰富多彩的民间音乐”，她的焦躁情绪就会很快得到缓解，重又变得心平气和。同时她还为自己感到骄傲，想来这已经不是第一次了，她经常被这类——算不上忠诚的——家伙搅乱夜晚的宁静，每当某个旧相识不请自来，她都会一次又一次地感到愤怒，比如今晚的哈莱尔（她跟哈莱尔一起曾经亲昵过几日，“曾经，当然是曾经！”，但不是现在），“他完全不考虑她新获得的社会地位”。她现在时刻都不能放松警惕，她很清楚，艾斯泰尔夫人的对手们时刻都在等待“这样的时机”。她需要宁静，需要平和，因为她知道，明天将决定这整场运动的命运，她必须好好休息。也正因如此，当她确定无疑地听到院子里响起警察局长熟悉的脚步声时，她的第一个愿望是：他最好跟他的背带、皮带、靴子和左轮手枪等所有家什马上掉头回家，回到他自己的家里去！但是当她打开房门，上下打量了一眼这个比自己矮两头、估计又喝得烂醉的瘦小男人，立即又萌生出截然不同的愿望，因为男人既没有摇摇晃晃，也没有立即开始冲她吼叫，他站在那里，如同一只“准备出击的豹子”，带着一副好斗的神态。艾斯泰尔夫人立即明白：现在用不着苏打气子弹，而是要付出无私的热情，她的情人、朋友和盟友——今晚对她的希望远远超过了平常——是作为饥饿的战士来到这里的，对此她感到无法抗拒。她不能否认，在她身上从来就不缺乏男子汉的果决，她清楚地知道“这个男人的价值”，是他穿着皮靴努力让妇人达到她平时难以达到的性高潮，同时她还清楚地知道，这种机会对她来说是多么的重要，他的谦逊姿态本身就意味着对她晋升的承诺。因此她一句话也没说，没有要求他做出任何解释，更没有赶他走，而是毫不犹豫地在男人越来越热烈、越来越迫切、越来越渴望的眼神的火焰映照下，用缓慢的动作脱掉衣服，将内衣丢在地板上，然后套上那件柔软透明、橘黄色的宝贝睡衣——这是警察局长的软肋，他一见到这件睡衣就变得难以自持——仿佛顺从指令一般，带着羞涩的微笑四仰八叉地躺在了床上。这时候，“她的情人、朋友和盟友”也已经卸下身上的装备，关上电灯，穿着皮靴——他会习惯性地大喊一声：“警报!”——向她扑去。艾斯泰尔夫人没有失望，警察局长在几分钟之内就将她今晚所有混乱的记忆都清除得干干净净。在野性的交媾之后，他们喘着粗气仰面倒在床上，当她以士兵的坦率向已经慢慢清醒过来的男人报告了自己的满足感后，稍作精简地向他讲述了在弗劳姆夫人家里发生的事情，还有在集市广场上遇到的那群

“乌合之众”，之后她感到那样的自信和镇定，浑身洋溢着甜蜜的平和。她确信明天等着她的不仅是必然的胜利，而且永远不会有人能够从她手中夺走自己通过奋斗终于得来的胜利果实。她用毛巾擦了擦自己的身子，喝了一杯水，然后躺回到乱糟糟的床上，心不在焉地听警察局长东一句西一句地讲述自己遇到的事情，只是一个耳朵进，另一个耳朵出。此刻没有什么会比她自身“自信的镇定”和“甜蜜的平和”更重要了，此刻，这些幸福的信息从她身体的每个骨节里快乐地涌流出来，向上传递。无论是那个“肥胖的马戏团团长”，还是什么“按规定应申请的官方许可”，现在都不会再惹她心烦，这些关她什么屁事？在警察局长看来，这个世界驰名的艺术团体的团长虽然身上有一股鱼腥味，但是“一位从头到脚都很文雅的绅士”，他手里拿着一瓶“没有开盖的塞金牌啤酒”，作为一个遵纪守法者，主动建议警方派几名警察前往现场维持秩序（他为此已经递交了书面申请），好让为时三天的演出能顺利进行。想来现在她才真正感觉到，一旦“身体开始说话”，其他的一切都会丧失意义，还有什么能比大腿、乳房和大腿更别无他求，只渴望得到睡眠的安抚更甜蜜更醉人的呢？她跟他感到那样的满足，如果坦白地直说，她今天已不再需要他了，于是，她像一位母亲安慰一个“孤儿”那样地对警察局长说了几句暖心的话，放这个已在多次“警报”后感到筋疲力尽了的局长先生从羽绒被暖和的被窝里爬出去，动身回家。她看着他穿过门厅，消失在冰冷的寒夜里，即使她不是充满了爱意——想来她对这类文学性的浪漫蠢话从来都感到由衷的抵触——但也油然生出了某种自豪感。随后她脱下诱人的宝贝睡衣，换成暖和的法兰绒睡衣，重又爬到床上，终于能够踏实地“坠入梦乡”。她用胳膊肘抚平身下皱巴巴的床单，用脚将羽绒被拖回到身上，然后先向左、后向右地翻了两下身，找到一个最舒适的卧姿，并将胳膊温暖地压在脸上，闭上了眼睛。她本来就是睡觉很死的人，所以几分钟后就困意袭来，两条腿突然抽搐了一下，眼球在薄薄的眼皮底下飘浮与羽绒被不时的升起和沉降都精确地表明，她已经不再能意识到周围发生的事情，她正逐渐远离明天将被重新激活，然而此刻正在迅速消失的强大权势，正是这种权势在她清醒的时辰里不容辩驳地悄声告诉她：在这些贫寒、冰冷的物品中间，她是主宰，它们的命运都取决于她。洗脸盆和那个没有用上的苏打气子弹消失了，衣柜、挂衣钩和丢在角落、沾满污渍的毛巾也不见了，就连地板、墙壁和天花板对她来说也不复存在。想来她自己也变得没有什么特别，跟其他人一样，只不过是数以千万计睡眠者中的一个，只是每天夜里都一次又一次地返回到“存在的忧郁之门”的一具肉身而已，而这扇门她只能够通过一次，而且一旦跨进，就有去无回。她挠了挠脖子，但是她已经意识不到这个动作了：她的脸忽然露出一副扭曲的古怪表情，但已不再是做给任何人看；就像一个在啼哭之后很难立即平静下来的小孩子，仍不停地啜泣，但已经不表示任何的情绪，因为这仅是呼吸而已，只是在寻找正常的节律。她的肌肉放松，下巴像濒死之人那样慢慢地垂下，等到警察局长在严酷的霜夜里回到家中，并和衣上床躺到自己已经熟睡了的两个儿子旁边时，她已经沉陷到梦境中的黏稠物质里……在房间浓密的黑暗中，所有的一切都显得静止不动：搪瓷洗脸盆中的脏水无一丝涟漪，在墙上铁衣架的三只挂钩上挂着的她的毛衣、雨披和一件臃肿的棉外套，看上去如同挂在屠宰场铁钩上的几扇猪排，沉重的钥匙串一动不动地插在房门的锁眼内，因为艾斯泰尔夫人刚回家时的激烈情绪已经彻底平息。似乎所有的一切都在等待这一个时刻，似乎这绝对的静止和彻底的安宁发出了信号，在这巨大的寂静中，有三只小老鼠壮起胆子从艾斯泰尔夫人的床底下爬出来。第一只先小心翼翼地露出头来，没过一会儿，另外两只也跟着爬出来。它们抬起小脑袋做好跳跃的准备，转眼之间已经一跃而起。随后它们继续悄无声息向前行进。迫于胆怯的天性，它们每走一步都会停下一会儿，谨慎巡查房间内的每个犄角旮旯。它们俨如一支占领军的三位勇敢的侦察员，在突袭发动之前，在敌军的阵地上秘密侦察，看各个方向都有什么情况，哪个方向更危险，哪个方向比较安全。它们就这样沿着墙根一路侦察，查看腐朽地板上翘起的边角和宽大的裂缝，仿佛是在测绘地图，精确丈量床底下自己栖身的秘穴与屋门、桌子、椅子、稍微歪斜的木凳以及窗台间的准确距离。之后它们眨眼之间掉头跑回到摆放在屋角的大床底下，一路上没碰到任何东西，依次消失在通往墙外院落的秘穴洞口。总共还不到一分钟，它们突然决定撤退的理由就得到了证实，因为刚才它们的直觉准确无误地警告它们，马上会发生什么事情。虽然对它们来说那只是一个难以准确预测的事，但是出于本能的预感，它们还是选择了闪电般的逃离。艾斯泰尔夫人只是在它们逃回洞穴之后好一会儿才动弹了一下，搅动了一下此前绝对的静谧；当她从睡眠的海洋深处游到海面，并在接近苏醒的意识层面上稍稍漂浮了几分钟时，三只小老鼠已经安安全全地伏在了屋外的墙角下。艾斯泰尔夫人用力蹬掉了羽绒被，伸展四肢，似乎慢慢准备起床，当然，她不可能起床，经过又一阵沉重的叹息，再次沉潜到她刚刚从那里浮上来的深深海底。她的身体——可能仅仅因为现在没有盖任何东西——似乎变得比平时更加巨大，跟这张床铺和这个房间相比显得实在太大，就像在一家小博物馆里展出的一只巨型恐龙，没有人知道它是怎么被弄到那里去的，因为显而易见，门和窗户都太小了，不可能从那里搬进来。她仰卧在床上，两条腿分开，圆鼓鼓的肚子——颇像中年男人典型的啤酒肚——时而像充气的皮球迅速膨胀，时而塌陷如泄了气一般，她的睡衣皱巴巴地堆在腰间，现在已经不再保暖，在她的肚子和粗壮的大腿上受凉的地方起了一层鸡皮疙瘩。然而只是皮肤感觉到这种温度的变化，沉睡者很长时间并没受到影响。房间内重新恢复宁静，不再有噪音，也没有其他危险的迹象。三只小老鼠再次冒险潜入房间，这一次它们自在得感觉像是在自己的洞中，但与此同时始终保持着高度警惕，随时做好逃离的准备，只要一有风吹草动，就会沿着它们在地板上已经侦察好的逃生路径迅速撤退。它们飞跑的动作是如此之快，如此安静，它们的灵魂几乎没越过现实存在的敏感边界，似乎一刻都没有从它们朦胧不清、难以捕捉的影子般存在中挣脱出来。它们始终都在宽阔与危险的疆界上谋求平衡，以防自己被人发现：在房间的昏暗里有几个更暗的斑点，既不是疲劳的眼睛产生的幻觉，也不是一两只无形的夜鸟投下的影子，而是三只极其谨慎、努力觅食的小动物。它们之所以回来，是因为睡眠者安静了下来，所以它们才敢重新进屋。当它们确定现在不会出现任何的意外，立即蹿上厨房的餐桌，啃咬被碎屑包围的那半只面包。它们从面包皮开始，并将尖尖的小鼻子钻进面包瓤内啃得越来越有滋有味，尽管它们的动作非常快，但却没有丝毫的急躁，它们从三个方向拉扯面包。当面包啃得差不多了，它们又跳到了方凳上。当然，噗通的声响又吓坏了它们，三只小老鼠再次扬起头来，判断是否需要立即逃走。然而从床的方向并未传来任何响动，只有艾斯泰尔夫人沉缓的呼吸声，于是它们迟疑了片刻，然后滑落到地板上，想要钻到木凳底下。不过它们意识到，最好还是逃跑，虽然凳子下面浓密的黑暗能够给它们提供较安全的保护，但是溜到床下再从那里继续逃到户外，那会更不为人所知，也更少有风险。这时候本能准确无误地告诉它们，现在它们必须放弃那块已被啃得面目全非了的面包果断地撤离。不管怎样，夜晚已快结束，屋外一只公鸡扯开了嘶哑的嗓门高声啼鸣，一条愤怒的狗也凶悍地狂吠，在成千上万的安然沉睡的人中间——感觉到黎明到来——艾斯泰尔夫人也进入到最后一个梦境。当她——仿佛被某幅可怕的景象吓得毛骨悚然——惶惑不安地一个激灵惊醒，脑袋在枕头上左右用力猛甩了几下，然后瞪着惊恐的眼睛突然从床上坐起来时，老鼠们已经在无数次争吵之后最终来到隔壁邻居家摇摇欲坠的窝棚内，在冻得硬邦邦的玉米棒中间吱吱叫着钻来挤去。妇人粗声喘息着挣扎般地呼吸，在光线朦胧的房间里忽左忽右地看了几眼，这才明白自己身在何处。她刚丢在身后的所有一切都已不复存在，随后她揉了揉热辣的眼珠，搓了搓起了鸡皮疙瘩的四肢，把滑落的羽绒被抻过来盖在身上，如释重负地松了口气，重又躺好。但是重新睡着已经不可能了，因为可怕的噩梦已经从她的大脑里消失，而想起来的都是今天等待她完成的重要任务，一股令人愉悦的兴奋涌遍她的全身，连再打一个小盹也不可能了。她感到自己精神焕发，再在床上稍微坐一分钟，就可以立即起身行动，因为她始终坚信，一旦决定就要马上行动，于是她毫不犹豫地钻出被窝，身子稍微有些打晃地站到冰冷的地板上，然后穿上那件臃肿的棉外套，拎起空水壶，去到院子里打洗脸水。她深吸了一口冰冷的空气，仰头瞅了一眼头顶阴云密布的浅灰色苍穹，脑子里生出一个疑问：难道真有——难道可能会有——比这更雄性更冷酷更令人激动的冬日清晨吗？此刻所有的懦弱都隐藏起来，“适于生存的生命勇敢地登场”。如果说她喜欢什么，那她喜欢的正是这霜冻的土地，这凛冽的空气，以及头顶上牢不可破的坚实，天空就像一堵墙反射回那些迷幻的目光，以防它们搅乱那遥远得虚假的深邃天空。冷风吹进棉外套飘摇的衣襟啄咬她的皮肤，两只赤裸的脚板踩在破旧、冰冷的木拖鞋里感觉像被烧伤，但即便如此她丝毫不想加快脚步。她忽然想到井水，一个令人担心的念头立刻冲掉了床铺留在她身上的残余热量。果真，事实令她失望万分——其实她已经预感到了，这使她黎明的痛苦达到了峰值——失望得愤怒，失望得无以复加：由于天气太冷，井水已经流不出来了！尽管昨天她用烂布和报纸将水管厚厚包裹了一层，但还是抵抗不住如此的严寒。于是她不得不撇掉洗脸盆里昨夜脏水表面的那层肥皂沫，好好洗漱是不可能了，她只能撩水洗了一把脸，并湿润了一下小小的乳房，然后她以军人的风格用毛巾干擦了一下多毛的下体，别无办法，因为水实在太脏，不可能“蹲在水盆上方像往常那样清洗阴部”。她心里自然感到不快，因为她不得不放弃冰凉的享受，这件小事将会影响自己整天的情绪（“在这样一个日子里……”），所以当她用毛巾干擦完身体后，眼前浮现出艾斯泰尔惊愕的表情，因为几小时后他将俯身去看那只打开的皮箱，她已经预感到男人那副痛苦难堪的表情。“这股味道”将伴随她整整一天，她心里暗想，并机械性地开始在房间里忙碌起来。这时候屋外的天光逐渐大亮，她穿好衣裳，扫完地，整理好床铺，并发现了昨晚的犯罪证据（不过她并不在意，对此早已经习以为常，甚至喜欢上这种大胆放肆的小小叛逆），她在被耗子啃过的面包上撒了一些“特效鼠药”，如果它们胆敢再回到这个房间，那就让这些“可爱的小东西”吃一个痛快！现在她已经没有什么可以收拾整理的了，该归整的都已经归整好了，于是嘴角带着自得的笑容，郑重其事地从衣柜顶上取下破旧的皮箱，随后打开箱盖，跪在地板上。她将目光投向衣柜里整齐堆放的一摞摞衬衫、毛巾、内衣和长筒丝袜，几分钟后，所有的东西都被转移到了箱子里。啪嗒一声，她扣上生锈了的箱锁，拉上棉外套的拉链，然后终于拎起这只很轻的皮箱准备动身。经过长久的准备和克制，现在终于可以行动了！要知道，这才是她渴望已久的时刻，这一令人激动的事实对此给出了某种程度上的解释，她为什么会过高地估计自己的行动力量。因为毫无疑问：正像她后来也承认的那样，所有这些精心的策划、仔细的筹算和异常周密的权衡都是多余的，因为只需要在他熟悉的皮箱里放进洗干净的裤衩、袜子、背心和衬衫，此外不需要任何会让他感到惊喜之物，无须“向受害者告知他所拥有的权益”，如果这一天意味着某种改变的话，那也仅仅是由此前进行的秘密战争——“为了更美好的未来”与艾斯泰尔进行的战争——开始转向正面进攻。但在此时此地，她沿着国防军巷狭窄的、已经结冰的人行道小心行走，出于漫长而沉默的行动渴望，让她感觉到仿佛脚踏虚幻的空气，任何形式的谨慎都不足以让人平静。就这样，她感觉像是游向集市广场，心里寻找着最恰当的字眼，绞尽脑汁地措辞编句，一到那里，就必须让瓦卢什卡·亚诺什立即缴械投降，丧失抵抗之力。她心里并没有丝毫的担心，相信绝不会发生意外，她自信得已经不能再自信了。但是即便如此，她身体内的每一根神经的每一点兴奋都集中在将要发生的对话上，以至于当她走到科舒特广场并瞥见那些一夜之间已经变得很多的“肮脏的票贩子”时，与其说感到巨大的震惊，不如说是愤怒，因为对她来说这些人已经意味着威胁，要想从他们中间穿过，很难避免与他们短兵相接。但是“在目前的情况下”，她绝不能为绕道而浪费时间！她别无选择，只能硬着头皮从人群中间穿过。这些人一动不动地站在那里（在她看来，这些人阻挡了她，使她失去魔法），不仅占据了整个广场，还占据了周边的街道路口，她时而像拎着一件武器般地拎着皮箱，时而不得不将皮箱举过头顶，穿过人群朝大桥路走去。不时有人从不同的方向冲她投来狡黠的目光，或在背后向她伸出一只只粗鲁的手，但是她必须忍受。绝大多数都不是本地人，艾斯泰尔夫人暗想，他们显然都是听到鲸鱼的消息赶到这里的外地农夫。但在几个本地人的脸上也流露出某种令人不安的古怪神色，这几个人住在城郊，她大概在周末拥挤的集市上见到过他们。只用远远望去，她就可以从这密集的人群里判定，马戏团还没有丝毫迹象会很快开始他们必定精彩的独特表演，因为从那些人的眼光里她看出了冷漠的焦躁。她不再理会那些向她投来的猥亵目光，甚至有那么一刻——既然昨晚没有机会，那她现在可以允许自己——她为此感觉到自豪，因为这些家伙并不知道这所有的一切都归功于她，假如没有她，假如没有她的果敢决策和出色运作，那么现在“既不会有马戏，也不会有鲸鱼，更不会有任何的演出”。一分钟，仅仅是该死的一分钟，因为她很快就把人群甩在了身后，终于可以沿着老房子夹道的大桥路朝阿波尔·维尔莫什广场方向走去，她必须提醒自己，现在她必须将自己的全部注意力集中到其他事情上。她愈加愤怒地紧攥着吱呀作响的皮箱提手，迈开更大的步伐以战斗的姿态走在人行道的地砖上。很快她又设法重新找回了刚才被打断的思路，并成功地迷失在将对瓦卢什卡讲的那些词语迷宫里。就在这时，她遇到两位很可能是赶去集市广场执勤的警察，他们满怀敬意地跟她打招呼。但是她忘记了应该礼貌地回应，当她意识到之后，友善地冲着他们的背影招手，但那两位警察已经走远。在大桥路和阿波尔·维尔莫什广场的街角上，她已经没有时间再考虑任何事情，所谓的“思考过程”已经令人欣慰地抵达了最后的终点，从现在开始，每个词语和每个通向终点的转折都无条件地置于她的掌控之中，不管发生什么事情，她都不会感到惊诧：她在脑海里已成千上万次地播放过这一场景，清楚地知道对方会说什么，因为她像了解自己一样地了解对方，因此她可以加重措辞的语气。此刻，艾斯泰尔夫人站在这栋令人感到窒息的房屋前，她已经对那些最能有效地表达自己愿望的句子完成了最后一次润色，她不只是能够预测到将要发生什么，而且还能够清楚地判定即将发生的事情所能带来的有利结果。她只须回想一下那副可怜的身材——塌瘪的肚子，弯曲的脊背，鹅一样的细脖子，上面那双“温暖的眼睛”，只须想起那副永远摇晃不停的步态，他总是斜挎着那只笨重的邮递员背包沿着墙根蹒跚而行，不时会停下，耷拉下脑袋，似乎走不出一米就要环视一圈，看看周围除了自己还有没有其他行人，因此现在毫无疑问，瓦卢什卡·亚诺什会按照她的意愿去做她想让他做的事情。“如果他不听话，”艾斯泰尔夫人边想边露出冷漠的微笑，并将皮箱换到另一只手里，“那我就捏碎他干瘪的睾丸！这个可怜虫，废物，我知道怎么收拾这种家伙。”她站在哈莱尔家那栋屋顶像帐篷一样陡峭的房子前，扫了一眼嵌在围墙上水泥里的玻璃片，推开院门时故意弄出较大的动静，好足以引起哈莱尔的注意。哈莱尔也正用他锐利的“鹰眼”透过一扇窗户向外窥伺，一眼看见了进到院子里的她：现在艾斯泰尔夫人没有时间闲聊，“她会不由分说地将长在前方路上的野草踩到脚下”。似乎为了向人强调这点，妇人故意甩动手提箱，强调没有什么可以阻挡她；尽管这让哈莱尔造成了误解，以为妇人是来找自己的。当她正准备右转，准备绕过正房去到后院昔日的那间洗衣房，因为瓦卢什卡现在寄宿在那里，但是哈莱尔突然从门里冲出，站到她的跟前，扬起脸来用无声、绝望、恳求的目光望着她。艾斯泰尔夫人看出，这个昨夜曾在她的门前撒酒疯的男人正默然期待能从她的嘴里得到一句原谅的话，但是她并没有表示宽恕，只是轻蔑地打量了他一眼，然后一言不发地用手提箱轻轻把他推到一旁，就像拨开一根伸到她眼前的小树枝，然后继续往前走，仿佛他根本就不存在。哈莱尔当即被羞耻心和自罪感击垮了，因为他还记得昨晚的事，所以窘得不知所措。在妇人看来，没有必要否认这一事实：此刻对她来说，他跟弗劳姆夫人和那棵连根拔起的白杨树一样毫无价值，无论是马戏团，还是聚集在广场上的人群，包括她跟警察局长一起度过的——确实很甜蜜的——时光记忆，此刻对她来说都不具任何意义。因此，当哈莱尔带着苦涩而固执的幻想从相反的方向绕开房子，带着一副因“羞耻心和自罪感”而涨红的面孔再次无声地迎面站在通向瓦卢什卡小屋的甬道上时，艾斯泰尔夫人只冷冷地丢给他一句“没有原谅!”，随后继续往前走，因为此刻她热病般的脑子里只看到两个场景：一个是艾斯泰尔将会俯身去看打开的皮箱，并且明白，他无法逃离这个陷阱；另一个则是小瓦卢什卡，毫无疑问，现在他也跟往常一样和衣躺在那个肮脏、昏暗的洞穴中的床上，在弥漫着呛鼻的尼古丁烟味的房间里盯着天花板做白日梦，他的眼睛是那么明亮，仿佛无法理解此刻望着他的为什么不是一个璀璨的星球，却只是一个布满裂纹、棚顶下垂的天花板。的确，她在短短叩了两下门后猛地推开那扇破旧的木门，屋里她看到的画面就跟她之前想象的一模一样：在下垂的天花板下，在弥漫着尼古丁味的房间里她看到一张床——只是既不见那双闪亮的眼睛……当然，也不见那片闪亮的天空。

韦克麦斯特

和声

谈判

在这种时辰，在大桥路边的“佩斐菲尔与合伙人量酒铺”内，人称“佩斐菲尔”的酒铺掌柜哈哥迈耶尔先生已经困得想要立即上床睡觉，他开始用越来越严肃的眼神不停地看表——这意味着他很快将用那沙哑的嗓音和低沉的语调宣布酒馆打烊（“快八点了，先生们!”），随后会关掉立在店铺一角的煤油炉，关上电灯，推开店门，将最后一批已经行动艰难的酒客请到寒风刺骨的门外。情绪欣快的瓦卢什卡·亚诺什目光呆滞地坐在那些或解开了扣子或将羊皮袄、棉大衣搭在肩膀上挤成一团的酒徒们中间，丝毫没为他们日复一日的故伎重演而感到惊诧，想来这一招他们不仅在昨天和前天使用过，在过去那些年里，更是重复过无数遍，只要酒铺掌柜大声地宣布打烊，他们必然会立即要求“再来最后一杯葡萄酒兑苏打水”，以此分散恹恹欲睡、丧失耐心的酒铺掌柜的注意力。经过如此这般的无数次演练之后，这已成为一出合作默契、让人开心的“保留剧目”，至于意义何在，早已没有人再感兴趣。当然，将睡眠视为超越一切的享受的哈哥迈耶尔则对这出把戏不感兴趣，他为了能够顺利打烊，会在七点半就宣布到了关门时间，这些家伙休想用这种毫无意义的小伎俩蒙骗住他。他才不管这些来这里喝酒的家伙们是司机、装卸工，还是粉刷工或面包师，他们既然来这里喝酒，就必须习惯这里的规矩，就像习惯廉价的李司令葡萄酒酸涩的滋味和满是划痕的啤酒杯一样，而且还要迅速地让瓦卢什卡闭嘴，毫不犹豫地扼杀他不时爆发的激情，因为这个古怪的年轻人总是试图将他亲爱的酒友们引到“宇宙令人难以置信的辽阔”的话题上去。他总是试图谈论银河系，因为那些家伙总是认为，无论新酒、新酒杯，还是新的娱乐方式，所有的一切“都会比旧的更糟糕”，因为他们根本就不愿面对任何结局未卜的变化，因为他们基于不言自明的共同经验理所当然地认为，所有的变化和变更，所有的插手和调整，通常都意味着衰败。既然天意如此安排，那也只好接受这样的转变，就在不久前，不仅发生了多件令人紧张关注的怪事，尤其是现在刚到十二月初，气温就已经骤降到不可思议的程度，零下十五到零下二十度！透骨奇寒，严霜覆盖大地，却不见十一月飘下一片雪花，这种反常的气候与大自然季节变化的规律极其不符，违背了人们此前获得的所有经验，因此他们不由自主地产生了怀疑，怀疑周遭的某些事物已经发生了根本的改变（天上？地下?）。这几个星期以来，他们始终活在惊惶与不安之间，沉浸在紧张的忧郁里，另外，他们还注意到今天晚上城里贴出来的海报，证实了来自周边村镇的小道消息：明天将有一只注定不祥的巨鲸被运到这里（想来，“谁知道这会意味着什么？谁知道这里正要发生什么……！”），当瓦卢什卡·亚诺什在他习惯的时辰抵达了自己“永恒的流浪之路”的这一站时，酒铺里的所有人都已经喝醉了。当然他也一样，假如有谁叫住他，并且问他这样的问题，他也会不由自主地连连摇头（他会说：“我不理解，亚诺什，我不理解这可怕的天气……”），此刻，他在这里，在“佩斐菲尔”内，饶有兴致、只字不漏地仔细听着酒友们对于马戏团吉凶莫测、危机四伏的神秘传闻以及当地人生活前景的可能性的讨论。即使他听得十分专注，但还是捕捉不到这番谈话的特殊意味，可是即便如此，他还是没有感到无聊，倾听的热情始终没有削减，甚至一遍又一遍地与人分享自己的感受，跟他们一同体验“大自然的这一神圣时刻”，即便仅仅是可能性，也足以使他兴奋不已。对他来说，这座霜冷风寒的城市到底意味着什么？他为什么会对“到底什么时候才能下雪”这样的话感兴趣？因为他心里暗自期待，等所有老生常谈的议论告一段落，在那稍纵即逝、具有戏剧感的寂静里，这股热病般的兴奋，这种热烈、紧张的感觉在他的体内……突然……再次将他席卷，跟以往的每次一样，甜蜜而清纯，变成一种永远不会消逝的快乐，甚至就连劣质葡萄酒兑苏打水的糟糕味道，对他来说都变成了美妙的犒劳。要知道，他虽然花费了这么多年的时间，但仍然未能喜欢上那股味道（包括帕林卡酒和啤酒），但是他也从来没有拒绝过，因为他清楚地知道，假如他回绝“他亲爱的朋友们”一次又一次（今天晚上也不例外）向他袒露出的爱意，假如他对自己的喜恶不加掩饰而去点某款味道甜腻的利口酒（他终于承认自己始终爱喝甜蜜的饮料），那么哈哥迈耶尔先生将不会继续容忍他待在“佩斐菲尔”里。总而言之，他没有必要为这样的小事得罪酒馆老板，更没必要为此破坏老酒友们对自己所抱的信任，尤其是当他看到在晚上六点钟左右，他那位令人敬仰、名望极高的“庇护人”终于结束了一天的日程（艾斯泰尔先生对这个年轻人表现出的热烈友情，不仅城里的市民们表示不解，就连瓦卢什卡本人也不太理解，但也正因如此，他更渴望对艾斯泰尔先生表露出自己的感激之情），他一旦在艾斯泰尔先生那里完成了所有该做的事情，不得不留下老先生一个人在家，瓦卢什卡就会沿着环路来到这家在他看来是“永恒避难所之一”的小酒馆。日复一日，感觉从远古时代开始就是这样，他可以与世隔绝地置身于小酒馆安全、亲切的墙壁之间，置身于“他善良的朋友们”中间。也正因如此，哈哥迈耶尔先生这家开在水塔背后的小店——正像他对那个面无表情的酒馆老板坦白的那样——早已成了他的第二个家，因此这一点都不值得奇怪，他不会为一两杯利口酒或葡萄酒而冒任何风险。当他大声喊道“再来一杯”时，实际上在他大声要第一杯时，他就找到了一种在他悉心照料的年长朋友窗帘紧闭、光线昏暗的房间内感受不到的放松感和解放感，以及在哈莱尔先生后花园内那间曾作为洗衣房使用的、让他顾影自怜的小屋里不可能得到的受人尊敬、有人陪伴的家庭式温馨。在这里，在“佩斐菲尔”小酒馆，他感觉到自己被人们接纳，他需要做的只是——当人们要他演示“天体运动的特殊情况”时——能够日复一日重复扮演自己的角色，让他们完全彻底地感到满意。换句话说，他得到了酒友们的接纳，随着时间的推移他需要用比表演更充沛的激情说服他们，为让他们有更充分的理由信任他。不可否认，尽管他的五官相貌与其他人迥异，经常成为众人粗鄙调侃的唯一纯洁而善良的靶子，但是他感觉自己是哈哥迈耶尔小酒馆不可分割的一部分。然而，单凭人们对他长期的信任与接纳——当然这也归结于他自身的不断努力——并不足以使他对那些时断时续的话语的火焰保持清醒，事实上只有“话题”本身才能继续聚拢他的心神，才能让他在这些喝得摇摇晃晃、目光呆滞地盯着前方的司机、装卸工、粉刷工和面包师们中间——在他看来这些人确实亲如弟兄——能够洞察到“宇宙的浩瀚与深邃”。他一旦捕捉到这个词，他周围的这个对他来说本来就朦胧不清的世界便会突然消失，他不再清楚自己身处何地，跟谁在一起，他仿佛随着魔法棒的挥舞转眼进入到一个童话空间；尘世间的一切都在他的眼前烟消云散，无论重量、颜色还是形状，都一下子融化在无边无际的光明之中，就连这家“佩斐菲尔”也蒸发得无影无踪。他这样觉得，这个亲如弟兄的人群已然站在上帝的自由天空下，他将目光“投向浩瀚的宇宙”。当然，他不应该否认，对于后来的那些幻想他更要守口如瓶，因为在“佩斐菲尔”，这种特殊的聚会总是带着某种特有的固执，这些家伙根本不会加入到这种未知的探险，暂时并没有任何迹象表明他会留意并听从这句让大家将注意力投向他的孤独叫喊（有人喊道：“你们看！亚诺什又要做演示了！”）。他们中有些人蜷缩在火炉旁的角落或衣架下，有的靠在吧台上突然坠入梦乡，即使炮声也无法将他们唤醒，而那些嘴上虽还为明天将要抵达这里的庞然怪物争论不休、实际却已不知所云了的家伙们慢慢意识到这句话中的暗示，尽管他们站在那里目光呆滞，但是毫无疑问，他们注意到面色阴沉的酒馆老板在不时地看表，他们都还清醒地站在那儿，心里足以明白该怎么办。这时候，他们中有一个红脸膛的年轻面包师用果断的点头发出行动的信号，其他人立即赞同并予以响应。瓦卢什卡当然清楚，大家的注意力都将在这种无言的寂静里集中到他身上，他在那个刚刚提出倡议、从头到脚都挂着白灰的粉刷工的帮助下开始动手收拾东西，试图在烟雾弥漫的酒馆大堂中央腾出一块空地：两个齐腰高的吧台肯定碍事，于是把它们推到一旁，这时候瓦卢什卡的临时助手大声喊道，“请大家都往墙边站一站！”但是由于那些手攥酒扎的家伙们机械性的抵抗，他的指挥没有能见效。后来他俩几经努力才终于迫使大家很不情愿地蹭着小步向后退去，并且引发了一阵混乱，大堂中央腾出了一块空地。渴望站到聚光灯下的瓦卢什卡走到那里，将离他最近的几个人当作自己最直接的观众，除了粉刷工之外，还有一个又瘦又高、明显对眼的司机和一个在这里被叫作“谢尔盖依”的、膀阔腰圆的装卸工。粉刷工出奇地灵活机敏，这在他刚才帮助清场时就已得到了证实，他没有显出有任何的紧张。而与他的适应性和主动性相比，另外两个人则局促不安，看得出来，他们俩懵懵懂懂如坠云里雾里，既不知道将会发生什么，也不清楚自己该做什么，更不明白人们为什么要对自己推推搡搡。这两个人身不由己地被一股无形的漩涡卷到小酒馆中央，茫然无措地盯着前方，既没有去听瓦卢什卡的讲解，更不可能被那些——对他们来说根本不知所云的——复杂的词语和热烈的语调所感染，而是试图挣扎着撑开自己沉重的眼皮。只要夜色降临，他们就会恹恹欲睡，就会感到昏头昏脑，他们晕眩得是那样的厉害，以至于无法化身为天体进行美妙的公转。但是对于瓦卢什卡来说，他刚刚结束自己关于“人类在宇宙世界中的卑微角色”的既老生常谈、又混乱无序的开场白，随后走到身体打晃的助手们跟前。说老实话，他根本不介意他们的表现好坏，想来他连他们是三个人都看不出来。不过他与这三位没有能被唤起睡眠想象力的“朋友”不同（假如有可能被唤起的话），他本来就准备在没有这三位“天选助手”配合的情况下用复杂的动作开始演示（假如他能够动弹的话），他不需要什么跳板就可以弹跳，甚至他都不需要弹跳就能从这里，从这一小片荒凉的旱地一跃跳进“浩瀚无边的蓝色天海”并畅游到彼岸，因为在他思想里和想象中（这两者实际上从来未被截然分开过），他花了将近三十五年时间在这里，在星空的寂静泡沫中行舟。他实在一无所有——他的全部家当就是那件邮递员大衣，外加挎包、帽子和靴子，所以他自然会用无限苍穹令人眩晕的距离来测量一切，他只有在那里，在那个看不到尽头的巨大空间里才会感觉自由自在，可以随意穿行，而在下面，在这片“荒凉的旱地”令人难以容身的狭小空间里，他作为自由的囚徒而找不到自己赖以栖身的位置。他经常会用晶莹发亮的眼睛望着那些看起来格外友善，但有时也显得阴郁、变得愚钝的面孔。现在他也一样，站到瘦高个的司机跟前分派众所周知的角色。“你是太阳。”瓦卢什卡俯身在他耳边小声地说，然而他想都没想，对方根本不愿意搭理他，认为是他认错了人，感觉遭到了冒犯，但由于挣扎着跟一次次垂下的眼皮和充满威胁的黑夜较量，所以无力反抗。“你是月亮。”瓦卢什卡随后转过身，对魁梧壮硕的装卸工说。装卸工轻松地耸了耸肩膀，表示“这角色对他来说越来越容易”，随即迫不及待地开始了尝试，两条胳膊像挥舞镰刀似的在空中画圈，由于动作过猛，身体险些失去平衡。“我是地球，如果我没有搞错的话。”粉刷工满怀期待地对瓦卢什卡点点头说，随后抓住胡乱挥舞胳膊的“谢尔盖依”，将他立在圆圈的中央，让他面对那位在无情黄昏的攻击下显得垂头丧气的司机，随后自己作为一个对剧本了如指掌的导演，主动站到他们身后。这时候，哈哥迈耶尔先生的视线完全被一群将四个人团团围住的身影遮挡住了，他打了一个哈欠以示抗议，并试图用磕碰玻璃杯的响动和摔打酒瓶箱的噪音提醒那些背对柜台的客人：时间正一分一秒地在逐渐消逝。瓦卢什卡承诺，他会作出能让每个人都可以听懂的清晰讲解，正如他所说，他将给每个人提供一条缝隙，“让我们这样的普通人也能够通过它看到一部分无限的宇宙”。他要大家做的只是：现在跟着他一起跨进这个无限的宇宙空间，在那里“永恒、和平、辽阔无际的虚空主宰一切”。他让大家想象一下，在这里，在这神秘莫测、无边无际、天籁回荡的巨大寂静里，无论哪个角落黑暗全都无法穿透。对于“佩斐菲尔”的常客们而言，虽然这套莫名其妙的高亢说辞早已听得耳朵磨出了茧子，但是他们并不再像很久以前那样对之报以声嘶力竭的爆笑，而是早已习惯了淡漠处之，同时并不觉得自己配合演示是一种负担，想来——这一点毋庸置疑——此刻在他们周围，除了“无法看穿”的绝对黑暗之外，别的什么都看不到。即便如此，他们还是没有放弃参与这场游戏，因为他们尽管处于可悲的状态，但是瓦卢什卡让他们意识到：在这“漫长无尽的夜晚”，当这个完全因醉酒而变麻木了的斗鸡眼司机俨然“成为一切生命的温暖源泉，或换句话说：生命之光”，或许根本用不着解释，与辽阔得不可思议的宇宙空间相比，小酒馆的大堂十分狭小，因此当行星终于开始运行时，瓦卢什卡早就放弃了按照准确比例进行逼真演示的念头，甚至都没有试着让那个耷拉着脑袋、有气无力地站在行星运行轨道中央的司机坐下来，现在只有“谢尔盖伊”和热情越来越高的粉刷工在认真地进行“天体正常运行”的演示。然而在刚开始时，演示进行得并不很顺利：地球一边冲着逐渐清醒的观众们咧着嘴傻笑，一边围绕着瘦高个的太阳格外轻松地做着杂技般的自转与公转的复杂动作，但是扮演月亮的装卸工脚下不稳，瓦卢什卡只轻轻地碰了他一下，他就一屁股瘫倒在地，仿佛被一个令人心痛不已的噩耗击中。无论装卸工多么小心努力，可结果还是以失败告终。瓦卢什卡一次次地试图帮他站稳脚跟，一边跑来跑去地帮助另外两个天体不断转动，一边像神灵附体似的喋喋不休（“……在这里……现在……我们向大家演示……天体的……正常运行……”），但是他的话总被不时地打断，以至于瓦卢什卡意识到，自己最好还是物色一个更合适的助手来替代已经酩酊大醉的装卸工。然而就在这时，观众们的情绪达到了高潮，月亮也突然清醒过来，仿佛找到了能够医治可怕眩晕的特效药，突然做出一个准备转身的动作，两只脚形成一个锐角努力站稳，然后进入了轨道，开始旋转，看上去就像在跳查尔达什舞——只是旋转的方向与规定的方向恰恰相反，并且在旋转过程中，还稍微恢复了一点语言能力（“……我……转个大……大圈……给你们……喝！”）。一切终于准备就绪，现在，瓦卢什卡终于可以擦拭一下额头的汗水，站到一旁喘一口气。他不想挡住任何人的视线，他要让所有人都能看到地球、月亮和太阳是以怎样神奇的方式和谐地运转；他稍微抬高了一下帽子，向后捋了一下耷拉到眼前的头发，随后猛地挥动了一下手臂，重又将周围人紧张的注意力——至少他自己这样觉得——全部吸引到了自己身上，他将那副被内心的炽热火焰烧得通红的面孔向上扬起，仰望天空。“起初，可以这么讲……我们几乎没有人意识到自己是一个怎样重要的非常事件的亲眼见证者……”他用平和的语调小声说，酒馆里的人都安静了下来，期待随即爆发的更猛烈的笑声。“太阳辉煌的光芒……”他用一个幅度很大的手势将围观者的视线从正咬牙切齿地与烦恼搏斗的司机身上引到仍忘我地转圈的粉刷工身上，“温暖……灿烂地洒在地球上，地球将自己的一侧转向它。”这时他和悦地叫住正做出一副鬼脸冲着观众挤眉弄眼的地球，让他将脸转向太阳，随后一步跨到地球的背后，几乎将他拦腰搂住，让自己的脸从他的肩头探出，仿佛成为其他人的化身，将目光投向“刺眼的光线”，眯起眼睛看着摇摇晃晃的司机。“我们沐浴在……这辉煌的光芒里。然后突然之间，我们看到了月轮……”他边说边抓住一直围着粉刷工转圈的“谢尔盖伊”，并将他推到地球与太阳之间，“……那就是月轮……本来圆圆的太阳出现一个凹陷……这个黑暗的凹陷是因为月轮遮挡太阳的火球形成的……而且这个黑色的凹陷变得越来越大……你们看到了吗？”他再次从粉刷工的背后伸出胳膊，轻轻推了推装卸工，这时候装卸工既恼火又无助，只能听任摆布。“……之后……你们看到没有？……过不了多久，月亮就几乎完全挡住了太阳……太阳只剩下细细的一条……在天上，我们能看到的就是这个……就像一把耀眼的镰刀。接下来的那一刻，”瓦卢什卡用他因激动而窒息的声音低声说，目光在司机、装卸工和粉刷工之间扫来扫去，“比方说，现在是中午一点钟，我们还会亲眼见证一个戏剧性的转折……因为……突然之间……就在几分钟之内……我们周围的空气凉了下来……有没有谁感觉到了？……天色变暗……然后……彻底变黑！看家的狗惊恐地狂吠！受惊的兔子匍匐在草地上！鹿群惊慌地开始逃窜！在这可怕而莫名的暮色里……就连鸟儿们（‘鸟儿们！’瓦卢什卡大声喊道，并高高举起了两只手，他穿的那件邮递员大衣的宽大衣袖，看上去就像蝙蝠张开的翅膀）……就连鸟儿们也惊慌失措，飞回巢穴！……然后……一片寂静，然后……万物喑哑。我们在长长的几分钟里都说不出话来，词语被扼在了喉咙口……莫非群山都在移动？天会塌吗？……是否会砸到我们身上？大地是否会在我们脚下沉陷？我们不知道。日全食就是这样发生的。”他讲完最后这句话，就跟他刚才讲的第一句话一样，许多年来，他都以预言家的神秘口吻以同样的句式、同样的词序无数遍地重复这一段台词，甚至连那毫无顿挫的平淡语调都不会发生哪怕细微的变化（因此他的话不会让人感到丝毫的意外）。然而这些话有其特殊的力量，每次说完，他都会感到精疲力竭，并会调整一下邮递员皮包的背带，因为他一看到人们开心的笑脸，背带就会从肩膀上滑下来。总之，对于在场的所有人来说，瓦卢什卡这段不变的台词总能制造出某种出人意料的、有时会让人感到不安的效果，因为在拥挤的小酒馆内，有大约半分钟的时间安静得没有任何响动。毫无疑问，这些台词编得扣人心弦，恰到好处，现在它们又一次令人感到不安，客人们用木讷、空虚的目光茫然无措地望着瓦卢什卡，仿佛滞留在渴望表达自身愿望的冲动跟前，似乎在这些话里隐含了什么搅乱他们心智的内容。“这个半疯的瓦卢什卡”始终没有回到这片“荒凉的旱地”，他之所以无法返回，是因为“他永远无法游离星空的海洋”，与此同时，有无数条沙漠之鱼在晶莹剔透的酒扎里游弋，永远不可能从那里游出。

> 转眼之间：酒馆变得太小了？
> 或者：世界太大了？
> 尽管这些话他们听过无数遍，
> 仍无济于事，
> “变黑的天空”
> “沉陷的大地”
> 和“飞回巢穴的鸟儿”，
> 发出铿锵的声音，
> 但是又一次
> 在他们的体内减弱了什么，
> 莫非是在此之前我们不可能意识到的
> 某种刺痒？

似乎并非如此；更像俗话所说，他们只是在眨一下眼的工夫里“忘记了关门”，或者只是（他们期待的正是这个）以某种方式避免结束。不管怎么讲，随着“佩斐菲尔”内令人压抑的沉默持续得越来越久，他们也逐渐感觉到清醒了一些，就像一个沉迷于观察鸟儿飞翔的优雅弧度，以至于自己也产生了飞翔错觉的人突然清醒过来，重又意识到自己的双脚被大地绑缚。他们慢慢地驱散那种难以界定、含混无形、朦胧不清、闪烁即逝的虚幻感觉，将注意力转移到香烟的烟雾上，枝形吊灯悬在他们的头顶，他们手里都攥着空酒杯；他们迅速意识到哈哥迈耶尔先生决心已下，开始在柜台后系大衣的纽扣。在一片突然响起的喧哗中，大家围住这四个人讥讽说笑，拍打因自豪感而显得神采飞扬的粉刷工的肩膀，向另外两个早已不知发生了什么、一脸窘态的天体表示祝贺，瓦卢什卡得到了一杯葡萄酒，转眼间变得孤独一人。他自觉尴尬地从身穿羊皮袄或棉大衣的拥挤人群里钻了出来，躲到吧台旁一个空气稍好的角落里，因为今天他已不再指望别人会再一次注意到他，他又成了一个形单影只的孤独见证者，继续忠实地观察三个天体聚为一线时那令人屏息和激动的天文奇观，演示完成之后，周围爆发出的热烈欢呼和兴奋喧嚣让他快乐得近乎晕眩，他独自追踪月亮，看着它慢慢移到太阳火球的另一侧……为什么：他想要看到，而且他看到了重返大地的光明；他想要感觉到，而且他确实感觉到了重新涌流的温暖；因为他想要体验，而且他确实体验到了由于他人的理解所带来的那种震撼人心的自由感，正是这种自由感驱散了可怕、冰冷、严酷的黑暗，将人从恐惧的重压下解放出来。然而这所有的一切，他无处诉说，没有人会耐心地听他讲述，众人对这种“空谈”通常不感兴趣，在这个诡异的黄昏他作为终场节目演示了令人难以置信的日全食，酒馆老板催促客人们赶快喝完最后一杯酒。光明重返？温暖涌流？驱散和解放？此刻，哈哥迈耶尔似乎也跟随瓦卢什卡的思路，不由自主地行动起来——他下了“最后通牒”，关上电灯，打开店门送客，并且眨着惺忪的睡眼开始毫不客气地大声喝道：“赶快出去，酒鬼们，都给我出去！”客人们别无选择，他们必须意识到：今天真的结束了！他们马上将被撵出酒馆，各回各家。他们一声不响地起身往外走。大多数人刚一来到街上，还想继续寻欢的情绪就已然消失，不过他们中还是有几个人，他们——当瓦卢什卡在小酒馆门前与他亲爱的伙伴们告别后（当然，他不可能跟所有人告别，只能跟几个已经清醒过来、被推搡到街上、刚一置身于刺骨的寒夜就开始在墙根下呕吐的家伙告别）——就跟昨天或前天晚上一样注视着年轻人离去的背影，在过去这些年里，他们无数次这样目送过他，鬼知道已经目送过多少次。他们激动地望着那个已经印刻在自己心里的熟悉背影，望着他离开酒馆，丢下他们远去。瓦卢什卡弓着腰，驼着背，耷拉着脑袋，以特有的姿势迈着近乎小跑的碎步（“……好像他有什么急事要做……”）走进无人的街巷——他们用手捂着脸嘿嘿地窃笑，当他在水塔旁拐弯时，他们爆发出一阵响亮而健康的笑声。想来除了他之外，没有什么能让他们笑出来的，尤其是在这些天，司机、装卸工、粉刷工和面包师们，所有人都感觉到：好像“生活停止了……”，但是令人不可思议的是，只有他，只有瓦卢什卡是一个例外。正如人们所说的那样，“他免费为大家表演节目”，不仅用他的表演，还用他的外貌，用他那双像小鹿一样总是闪烁的眼睛，用他那无论从颜色、长度上看都很像胡萝卜的鼻子，用他那个从不离身的邮递员背包，还有那件松松垮垮地套在他瘦弱身体上的、长到脚踝的邮递员大衣……所有这些都以某种奇怪的方式令人着迷，事实证明，他是能为他们带来罕见快乐的、永不枯竭的源泉。那些站在“佩斐菲尔”门口的家伙们真的没有猜错，因为瓦卢什卡确实“有急事要做”。他略显窘迫地对那些冲他大呼小叫并嘲笑他的朋友们解释说：“他必须在躺下之前跑完一大圈”，他不得不摸黑赶路，因为这几天晚上在这样的时辰，在八点钟左右，街上的路灯就会熄灭，变成没用的摆设；在这座寒冷、寂静的城市里，他必须从圣约瑟夫公墓走到圣三位一体教堂，必须穿过在巴尔多什草沼与火车站之间空荡荡的广场，必须经过公立医院、法院（包括监狱），当然还有城堡和奥尔马系庄园高大壮观、破败不堪、难以修复但还是会每隔十年粉刷一次外墙的旧宫殿。这一切到底都为了什么？目的是什么？没有人能够准确地知道？即使当他面对酒友们一次又一次不依不饶的刨根问底而突然面红耳赤地宣布说：很遗憾，他听到某种呼唤，“被某种执着、内在的使命感所驱使”。然而这种话无非意味着，他既没有能力（实际上也不愿意）将自己寄居在哈莱尔家后院洗衣房的那个家与其他所有人的家区分开来。也没有能力将“报刊分发站”与“佩斐菲尔”，铁路扳道岔、街道与街头小公园区分开来，总而言之，他无法找出自己与他人生活之间存在的、绝对不容忽视的本质性区别。毫不夸张地讲，他每天都要步行横穿整座城市，从纳吉瓦拉迪大街到奶粉厂，就像一位庄园主务必日复一日地巡查自己的领地那样，他抱着对所有人的信任，在被公认为“半疯”的名声掩护下，凭借他那无所不及的无条件信任和他对“宇宙的博大自由”早已习以为常的无穷想象力，他已在城中盲目游荡了三十五年——哪怕是在一个巴掌大的巢穴里，既盲目，又不知疲倦。就这样，他一辈子都夜以继日地沿着一条永远无法抵达终点的环路奔波于内心的风景之间，因此他说自己“必须在躺下之前跑完一大圈”，这个说法显然过于简单化。首先他只能在破晓之前睡上几个小时（即使这样他也通常处于半梦半醒的状态，连衣服都不脱，他说的“躺下”就是躺下，不能按通常的意义理解为“睡觉”）；另外，他说的“跑”字也含义特殊，在过去的二十年里，可以说他别的什么事也没做，只是穿梭于城中的各个角落之间，比如艾斯泰尔先生窗帘紧闭的房间、办公室、报刊分发站和科姆洛旅馆（他从那里给生病的朋友取午餐），开在水塔旁边的小酒馆顶多只能算一个“途经地”，相对他永无止歇的奔波而言，都称不上是他歇脚的驿站。与此同时，由于他马不停蹄地奔波，当地人自然不会将他视为自己圈中的一位，而只是——用比较含蓄的话说——将他看作城市里一个不可缺少的彩色斑点。基于同样的原因，他不会得到持续、密切或嫉妒的关注，更少有人对他的“疯癫”感兴趣，尽管当人们提起他时都会不约而同地、本能地把他视为一个疯子。而对瓦卢什卡来说，他根本不曾“看到”这座城市，因为他习惯了只看自己脚下的地面，早已不会抬头眺望那令人晕眩的灿烂苍穹。他脚蹬一双破旧的皮靴，身穿沉重的制服外套，头戴一顶佩有徽章的制服帽，斜挎着那只仿佛长到他身上了的扣帕式皮包，弓腰驼背，迈着与众不同的蹒跚脚步，沿着蜿蜒无尽的蹒跚小路走在葡萄岭摇摇欲坠的建筑中间，但是他看到的只是泥土、人行道、柏油路、方块石和城市边缘杂草丛生的野径（由于冰冻的垃圾，几乎让人无法通行），只是直道和弯路、上坡和下坡、裂缝和坑洼（他可以闭着眼睛只凭脚掌的触觉就准确地判定自己正走在哪个地方），而对那些与他一同变老的墙壁、围栏、大门和房檐的细节，他却一无所知。原因很简单，因为关于这一切的画面活在他的心里，不能忍受任何细小的改变，因此他只是接受对其本质的认知（换句话说，它们的存在），就好比他对自己祖国的认知一样，他能把许多世纪前的人跟身边的人混到一起。早在他最初的记忆里——大约从他父亲落葬时起——他就走在这些街道上（当然，事实上他最初的活动范围只是在马洛蒂广场一带，在一个六岁孩子能够从家里逃出去历险的可能范围之内）。说老实话，那时候的他与今天的他并不存在什么鸿沟，甚至都不存在可以让人察觉的、能将两者截然分开的边界，因为从那之后（或许在葬礼结束后回家的路上?），当他第一次怦然心动地眺望星空，眺望那远在无垠天际的闪烁星光，他的心就被宇宙所俘虏。他虽然慢慢地长高，变瘦，两鬓开始灰白，但是从那时起，直到今天，他在认知方面并没能获得多大的提高，他不清楚到底应该怎样才能改变这个无法切割的宇宙进程（而他本身也是这个进程的组成部分，哪怕只是注定短暂的一小部分），什么是时光的流逝？换句话说，如何才能明智地感知并接受命运？他既不带愤怒，也不掺杂个人情绪，而是怀着些许忧伤的不解站在周围缓慢流淌的人潮中，无论他怎么努力都无济于事，他无法最终理解并体察到“他亲爱的朋友们”彼此之间到底想得到什么。因为他意识的一大部分都是荒漠，逝去的意识将他从日常的琐事中拖拽出来，并且（由于他母亲无可救药的羞耻和当地人超乎想象的欢乐）将他囚禁到一个不会破碎的泡沫里，那是一个永恒的、不容侵犯的透明瞬间的泡沫。他游走，跋涉，疾奔，“既盲目，又不知疲倦”，在他的心灵里——正如他的一位挚友一针见血所说的那样——“怀着他个人宇宙的无可救药的美丽”（几十年来，在他头上顶着的是同一块天空；几十年来，在他脚下踩着的几乎是相同的人行道和小径），假如在他的人生里有什么东西能被称为历史的话，那就是他游荡的轨迹在三十五年中不断地重复，不断地加深，不断地延展，已经从马洛蒂广场一带扩展到了整座城市。然而时至今日，他一直令人惊讶地保持着自己童年时的状态，关于命运的看法也始终如一，他的思想并未发生本质的转变，就像敬畏——甚至可以保持两个三十五年——根本不需要发生什么变化。然而与此同时，假如有谁以为（比如现在，“佩斐菲尔”的酒友们就有理由在他背后这样认为）他对周围发生的事情毫无察觉，以为他并不知道自己在别人眼里是一个“半疯”，尤其是，假如有谁以为他对别人不怀好意的挤眉弄眼毫无察觉或并不在乎，那就大错而特错了。事实上，他对所有的一切都心知肚明。每当他在酒馆里或在街道上，在科姆洛旅馆或在报刊分发站，总会有人像长翅膀的精灵一样突然冒出来冲他大喊（“嘿，快说，亚诺什，宇宙里的情况到底怎么样?”），透过嘲讽的语调，他能觉察到对方天性的善意，仿佛一个人又被“捉了个现场”，那一刻他确实“飘在云头幻想”，他顿时满脸羞红，垂下眼帘，用虚假的嗓音结结巴巴地寒暄几句。因为，他自己也意识到，“宇宙宏大辉煌的宁静”并不是他可以看到的景象，不要说看到，他就连想象一下都会感到奇妙无比，在他永无止歇的努力中（他唯一能得到安慰的是，他可以跟情绪低落的艾斯泰尔先生和“佩斐菲尔”的酒友们经常分享自己有限的知识），人们当然有权提醒他注意，也许他应该花更多的精力思考一下自己可怜的生存和可悲的无用，而不是沉溺于探究宇宙奥秘的喜悦。他不仅理解公众不可逆转的判决，而且——这并不是秘密——在很大程度上同意他们的看法，并经常称自己是“一个真正的傻瓜”，他想都没有想过该表示抗议，并且清楚地知道，他对这座城市抱有感激之情，因为人们不仅没有把他关进“本该关在的地方”，而且容忍了他，即使他有时也会感到懊悔，但仍无法将自己的视线从“上帝为了永恒而创造的杰作”上移开。在自己的认知里究竟含有几分真正的懊悔？瓦卢什卡从来不曾向谁透露过，但是不管怎样，他还是经常将自己那副受人讥讽的“明亮目光”投向天空而难以移开。当然，人们不必非要理解他，事实上也不可能真正地予以理解，因为别的不说，就说那件“上帝为了永恒而创造的完美无瑕的杰作”——至少在这里，在喀尔巴阡山隐蔽的山谷里——总被笼罩在“永远不会散去、无人能够看穿的浓云密雾”里，因此瓦卢什卡自己也不得不寄生于变得越来越短暂、近乎在不知不觉中转瞬即逝的夏日记忆里。这时他又突然记起艾斯泰尔先生常说的那句让人无可仿效的口头禅，“智者一瞥，万物澄清”。他继续走在阴沉的天空下，眼睛盯着高低不平的人行道路面，一边像查看地图似的认真研究脚下厚厚的垃圾，一边饶有兴味地咀嚼老先生的话。无论他看到什么，都会被一副宏大的气象所压倒，但很快又能重新复原，他谈不了其他的话题，因为他固执地认为“这么做才符合所有人的利益”，但是他从未能找到几个较为贴切的词语，可以用来表述自己具体看到了什么。当他声明自己对宇宙一无所知时，大家根本就不相信，而且不明白他到底想用这句话表达什么。然而，瓦卢什卡确实对宇宙一无所知，因为他了解的那些知识根本就称不上是知识。在他的心里缺乏任何参照，也缺乏进行阐释的外在驱动力，他并不渴望用这个“寂静的宇宙纺锤”缜密而纯粹的运转一次又一次地衡量自己，因为他确切地知道：他对宇宙付出的巨大关注，并不意味着宇宙会毫无条件地回报他。当他看透了这一点，也就理解了地球和自己生活的这座城市，因为根据他的经验，每段历史，每次事件，每个动作和每个意图，在这里都只是根据自身规律不断重复。他带着这一潜在的信念周旋在他的同伴们之间，而那些同伴则在并未发生变化，也不可能发生变化的地方感觉到了易变性，因此他们别无选择，只能一刻不停地驱使自己完成预定的任务，就像雨云一旦饱和，就会落下雨滴。他从水塔下经过，绕开巨大的混凝土圆环，走在贡德奇人民公园寂静的橡树林中间。这条路他不仅下午走过，上午也走过，不仅昨天走过，前天也走过，他在无数个上午和下午、无数个清晨和夜晚，无数次走过这条路，现在，他拐上与温克海姆·贝拉男爵大道平行的大桥路，继续向北走去。对他来说此刻的感受与过去体验到的毫无二致，因此也无法作出区分。他穿过艾尔代伊·山多尔街的十字路口，隐约看到几个在他看来只是模糊黑点的晦暗人影，他态度友好地向那几个几乎一动不动地站在自流井周围的人影挥手打了个招呼，迈着自己特有的蹒跚步伐走到大桥路的尽头，绕开车站来到报刊分发站，他跟一位抱怨“没有一班列车会准时进站”并被一辆“可怕的大货车”吓坏了的铁道工一起“为糟糕的天气”喝了杯热茶。这一切并不仅仅是对昨天（还有前天）发生过的事情的规律性重复，而且可以这样讲，是以完全相同的步伐朝着完全相同的方向发展，而且在其运动和方向等唾手可得的表象背后，存在着某种完整得不容分割的整体性，它可以将任何人的任何事浓缩到唯一的无限瞬间之中……他听到了从韦斯特[1]方向驶来的夜间列车（这又是一辆不按时刻表行驶、偶然抵达的客运慢车）的汽笛声，当锈迹斑斑的列车终于停在不知所措、抬手致意的站长跟前，瓦卢什卡透过报刊分发站的窗户迅速瞥了一眼站台上反常的情景，这跟平日同样时辰发生的情况截然不同。他看到，在外面的站台上突然挤满了人，于是他感谢铁道工朋友的热情款待，起身告辞，走到喷着白色蒸汽的火车头旁，然后从那群拥挤密集、漫无目标游荡的旅客中穿过，走向站前广场，然后再从温克海姆·贝拉男爵大道上觅食或发情的流浪猫中继续往前

①韦斯特：位于匈牙利东南部贝凯什州的一座城镇。

走。他不仅走的是重复的路线，而且踩着自己皮靴留下的脚印，鞋底在结了寒霜、熠熠反光的人行道上咯吱作响。他调整了一下总是从肩膀上滑落的皮包背带，绕过几栋气势森严的法院（和监狱）建筑，围着城堡和奥尔马希庄园走了几圈，之后沿着克罗什运河岸边枝枯叶秃的垂柳一直走到日耳曼城区大桥，在那里拐向克什欧拉赫市立公墓。他根本没去理会那些大概已经占领了这座城市、一言不发、一动不动的奇怪人群，想来他怎么能猜到那些人是谁、会不会一直留在这里，更不可能想到从明天夜里开始，他的命运会跟他们联系到一起，密不可分。在这荒凉的风景里，他从容不迫地走在那些老掉牙的公交车和私家车之间，就像一个并不想忘记自己置身于怎样的重力场的微小星球，心里充满了快乐，为自己处于这样一个平静、温暖的依存关系中而感到欣慰，哪怕他只有唯一一次机会从中扮演角色。在七首领巷，他看到一棵连根拔起的白杨树横在道路中央，但是吸引他注意力的并不是这棵光秃的大树钩住了建筑物房檐下的排雨管道，而是被树冠上空天光渐亮的苍穹迷住了。后来在科姆洛旅馆里也是如此，他进到旅馆内稍微暖和了一下身子，迫不得已地听值夜班的门房跟他喋喋不休地絮叨。那家伙面红耳赤地坐在闷热的玻璃笼子里讲起傍晚的所见所闻（……就在昨天，大概在八点和九点之间……），他亲眼看到那个令人匪夷所思的马戏团拖车招摇过市（“哎，你肯定从来没见过那样的场景，亚诺什！你的小宇宙跟它相比，简直什么都算不上……！”）；然而此刻，正在降临的黎明让他相信，今天也会跟每天一样，清晨会来临，“应许会再次兑现”，大地将与他——连同这座城市一起——彻底摆脱黑夜的暗影，伴随美妙的晨光，阳光将会普照……不管门房会对他说什么，“听人说，那是魔鬼的诱惑！”，不管他讲得如何绘声绘色，“据说，他们会让众人着魔中邪！”，甚至后来在旅馆的大门口，门房一再怂恿他，想要拽着他一起赶过去看看（因为：“兄弟，你必须亲眼去看一下！”），但是瓦卢什卡并不为所动，他说自己必须先到站上去取新出的报纸。不管对方怎样劝说，他都不愿就范，尽管他自己也对那头鲸鱼感到好奇。现在他想一个人在逐渐明亮的天光下独处一会儿，即便浓密的云层遮住了天空，但他还是努力想要看到“那口直到夜幕重又降临之前一直都会涌出光明的天空之井”。在去报刊分发站的路上，由于从火车站涌向集市广场的稠密人潮，一路上他不得不左躲右闪，不时收住疾行的脚步，以避免在狭窄的人行道上与人发生碰撞。但事实上他自己并不觉得艰难，也没感到挣扎，仿佛置身于浩浩汤汤的人类洪流，怀着崇高的信念，依从于宇宙的意志，投身到某种再自然不过的运动之中。而且，他似乎都没有注意到这些从天而降的外乡人，只沉浸于对他来说格外崇高的时刻，他作为地球上一个微不足道的居民将脸扬起，朝向初升的太阳，这种升华的激情是如此强烈，以至于当他终于来到集市广场与温克海姆·贝拉男爵大道交叉的街口时（在他的皮包里装着大概五十份昨天的旧报纸，因为刚才他赶到报刊分发站后得知，今天出的新报纸又被耽搁在了什么地方而没能运到），他激动得简直想要放声呐喊：现在让鲸鱼见鬼去吧！你们都抬起头来看看天空！……然而，麻木、不安的人群已经占据了整座科舒特广场，众人在头顶上看到的并不是瓦卢什卡眼中那种闪耀、辽阔的苍穹，而是黯淡无光、死气沉沉的铅灰色阴云，等待的焦虑显而易见——就一场马戏表演的诱惑而言，这种焦虑强烈得异乎寻常，坚实得几乎伸手可触——没有什么东西可以转移开他们的注意力，让他们暂时忘掉赶来这里的目的。最让瓦卢什卡难以理解的恰恰正是这一点：他们在这里想干什么？到底是什么吸引了他们，竟让他们如此不具反抗之力？想来这不过是一个水平低劣的江湖马戏团而已，他们何以相信那些关于“五十米长的巨型彩车”的不祥传言？那些“耸人听闻”的小道消息到底有何依据？有人说，一拨一拨的“暴民”已经会合成一支大部队，跟随巨鲸从一个村庄到另一个村庄，从一座城市到另一座城市，现在已经抵达这里。在科舒特广场上，他们虽然并没给冒险溜过来打探虚实的当地人（比如值夜班的门房就是其中一位勇敢者）带来任何麻烦，但传说中那个“到处滋事的妖魔”派来的这支痛苦、疲惫、潦倒的突击队和这辆至少有二十米长、漆成蓝色、模样可怕的生铁皮巨兽自身就说明了什么。既说明了什么，但也什么都没说，单凭这幅怪异的场景就足以证实，昨天那些信誓旦旦地宣称“这一切并无神秘可言，只不过是巡演团体为了吸引人们注意力通常要出的无聊伎俩”的“头脑清醒者”大错而特错，有种不祥的秘密，令人不安，那些听上去像是毫无根据的八卦传言也许并非空穴来风，无论对现在仍不断涌来的人流，还是对关于巨鲸的神秘宣传语，几位始终在广场上徘徊的当地市民感到迷惑不解。根据城里人们的传言，这支黑影般的队伍是从外地会集来的，尽管毫无疑问，至少有三百多人来自周边地区（他们显然来自附近村镇和农庄，比如韦斯特、沙尔卡德、圣拜奈代克和科泰吉安荒郊野外的茅草屋），但是在场的几个当地人中谁都不会真的相信：在“让祖国鲜花盛开”的宏伟计划已大张旗鼓地宣传了三十年之后，居然还会有如此之多的追随者，而且来自鄙俚浅陋、一无所有、怀有危险敌意、只对最原始最粗俗的奇迹充满渴望的那个阶层。更不要说还有二三十个看上去十分扎眼、与其他人不同的家伙（后来证实，正是这些人最不可救药），这大约三百多粗鄙男人看起来显得相当团结，单从他们的外观上看，这彼此间有着深层血缘的三百多号人都穿着羊皮袄、棉大衣或粗呢子大衣，都穿着钉了铁掌的皮靴，戴着农民式的油毡帽，足以唤起人们强烈的好奇心。就拿在科姆洛旅馆值夜班的门房来说，他站在与人群保持一定安全距离的地方密切观察，心里突然涌出一股难以消除的忧虑不安。更让人感到害怕的是寂静，这是一种令人窒息、十分持久、预示不祥的寂静，哪里都听不到有任何响动，所有人全都一声不吭。尽管这数百人在越发强烈的烦躁中变得更加固执、坚定，随时准备出击，但还是以绝对的沉默等待“演出”最终开始，而在这类令人眼花缭乱、热血沸腾的演出中，正常的兴奋往往会被欣狂的咆哮所取代。似乎每个人都与他人无关，谁都不关心其他人怎么样，为什么他们也恰好在场，或者相反，似乎所有人都被隐形的镣铐相互铐在了一起，谁想要挣脱都绝无可能，从而使开口说话变得没有意义。然而这噩梦般的喑哑只是导致“难以消除的忧虑不安”的原因之一，另一个原因无疑隐藏在那辆被众人团团围住的巨大彩车里。旅馆门房和跟他一样赶来围观的邻居们都很快发现，在用铆钉铆接的生铁皮车厢的墙壁上既没有门柄，也没有拉手，甚至连显示有门的缝隙都看不到，因此这个聚焦在数百人锐利目光下的封闭装置，看起来（这显然令人难以理解）无论从前面、后面，还是侧面都无法打开，但是即便如此，人们还是试图用固执的沉默来撬开它。在这里看热闹的市民们中间，紧张和忧虑只增不减，想来正在发生的事情还是无解，此外还有一个重要原因，他们肯定都感觉到：鲸鱼与马戏团追随者之间的关系相当紧密，站在相同的一方。显而易见，这些外地人来到这里并不是因为他们怀着巨大的好奇心等待观看一场非同寻常的演出，而更有可能的是，他们是一场内容含混不清、已经进行了很久、早已预定胜负的斗争的目击者，在这场斗争中最可怕的是一个臭名昭著的二人组合——其中一个以“团长”自称，他是病态肥胖的马戏团老板，另一个据传言是一个魁梧的巨人，曾经是摔跤手，后来沦为了马戏团助手。他们无论如何都没有理由抱怨自己的观众不够忠诚或态度冷漠。尽管沉默的等待已经持续了几个小时，但是广场上还是什么也没发生，看起来丝毫没有演出就要开始的迹象，有的当地人（其中也包括值夜班的门房）已经开始怀疑马戏团是在拖延时间，大概唯一的解释是：让在干冷的天气里冻僵的众人不耐烦地等待，对鲸鱼马戏团的成员们来说意味着一种邪恶的乐趣。假如旅馆门房他们非要找到某种合理的解释，那么必然会这样想，而且必然会这样进行推断，说服自己相信这肯定是“骗子的肮脏勾当”，或许巨大的车厢里什么也没有，如果有的话，也只会是一具腐臭的尸体，这肯定是一场卑鄙的欺诈，他们所谓“秘密”的虚假宣传成功地蒙骗了许多人……他们在广场上较为隐蔽的角落里以这样或类似的方式继续暗中猜测，然而此时，瓦卢什卡对周围的焦虑根本视而不见，眼前仍是旭日东升的梦幻景象。他情绪欢快地一边道歉，一边从人群中央穿过，很快来到巡展彩车跟前。没有什么事情可以让他担忧，他想都不会想到这里的情况可能有什么反常，甚至当他走到车厢前，赫然看到这辆配有八个双轮的庞然大物后，他只是幻梦般地凝视着它，仿佛看到的是童话中的神车，不禁为之一振。别的不说，只说它的庞大尺寸就没有让他失望。他瞪圆了两眼，带着满意和肯定的神情摇着脑袋仔细扫了一眼彩车对着他的那一侧，就像一个孩子面对一件包在漂亮的包装纸内或隐藏在精致礼品盒中的礼物，要在拆开包装前努力猜出里面装的会是什么样的惊喜。最让他着迷的是在车厢外壁上胡乱涂抹、难以辨识的神秘字母和有生以来头一次见到的符号或图案，无论他怎么试着从上到下、从左到右地进行拼读，都无法理解它们到底表示的是什么意思。他轻轻拍了一下离他最近的几个人的肩膀好奇地询问："对不起，请问您知道那上面写的是什么吗？"但是没有人搭理他，于是他稍微提高了些嗓门再次询问，这才有谁慢慢转过脸来低声呵斥："你给我闭嘴！"瓦卢什卡意识到，他最好也像周围人这样一动不动地定在这里。但是他很难做到一言不发地沉默太久。他眨了眨眼睛，调整了一下皮包的背带，清了清嗓子，随后转向一位站在他身旁的神色严峻的男子，并用友好的口吻说：他这辈子还是第一次见到这样的场面。尽管他已经不止一次地看过马戏，但眼前的一切完全将他迷住了，他无论如何都想象不出，这头巨兽的体内究竟装了些什么，他猜也许是填充了刨花，接着又问："请问您知不知道门票多少钱？"因为他兜里只有五十几福林，假如因为就差几枚硬币而被拒绝入场参观巨鲸，那他会感到万分遗憾。然而站在他旁边的人并没有应声，而是用直勾勾的目光审视车厢的后部，看起来根本就没有听到周围嘈杂的声响。过了一会儿瓦卢什卡也终于明白，无论他怎么向任何人询问，都绝不会有人回答他。起初，他只是觉察到周围的所有人都突然间变得兴奋起来，随后顺着他们视线的方向，他也注意到马戏团巡展彩车生铁皮的厢壁慢慢开始下降，之后露出了两只肥厚的大手，想来有人正从里面摘下挂钩。厢壁缓慢下滑，当下降到一半的时候突然迅速落下——厢壁的下缘撞到路面的地砖，侧缘撞到了彩车的后槽帮——发出哐当的清脆撞击声。瓦卢什卡始终站在围观者的最前排，目不转睛地盯着眼前正在发生的情景。巨鲸的居所只能从里面打开，这并没有让他感到意外，首先因为他丝毫都不怀疑自己此刻看到的这家马戏团确实与众不同。对于如此特别的演出团体来说，想出这种“神奇的解决方案”应在意料之中，不足为奇。另外更重要的是，在马戏团向观众敞开了的“入口”处，他的注意力被一个身高两米的魁梧大汉吸引住了，这个人是谁不言自明。在如此寒冷的天气里，他毛茸茸的上身紧绷着一件脏兮兮的运动背心（他显然不能忍受丝毫的热度）。虽然他长了一只丑陋的、像因受伤被压扁了的塌鼻子，但是看上去并没有多么可怕，相反出人意料的是，他那忧郁的目光流露出一副天真甚至羞涩的表情。他高高挥舞着双臂，大声地发出呻吟般的叹息，仿佛刚被人从梦中吵醒。他用力伸展僵硬的四肢，然后嘴里懒洋洋地嘟着什么，慢条斯理地跳下车，来到围堵在车厢门周围的人群中间。他用相当吃力、并不情愿的缓慢动作将那块已被磕碰得凹凸不平了的瓦楞铁拽到一边，靠到车厢的一侧，随后从车斗的边缘取下三只很宽的长凳。人们迅速闪出一条路，他手里拿着一只扁平的金属钱匣开始销售入场券。他显出一脸疲惫和厌倦的样子，似乎无论是像鹅群一样排成一列、踩着晃晃悠悠的木板梯开始向前移动的参观队伍，还是周围绷得眼看就要爆炸的紧张氛围，他都不感兴趣；正如俗话所说，无论去天堂，还是下地狱，结局都是一样。瓦卢什卡激动不已地站在队伍里，脸上写着他对这一切的享受：观众，彩车，铁匣，检票员。他用充满感激的眼神望着眼前这头漠然的巨兽，当他接到票时，感到如释重负，因为他兜里带的钱刚好够用。他再次试着跟——在拥挤推搡中不断更换面孔的——身边的人交谈。后来终于轮到他了，他也终于能够小心翼翼地走上微微打战、吱呀作响的木板上，走进昏暗的“鲸鱼屋”洞穴般的巨大空间。正如车厢侧面手写的广告词所说的那样，在用沉重木梁搭建的支架上，躺着一头尺寸惊人的神奇巨鲸。他仔细研究用粉笔写在说明牌上的小字，想弄清这头鲸鱼到底意味着什么。但他不可能如愿，因为人流围着鲸鱼机械性地缓慢移动，不容许任何人停下脚步，谁稍有迟疑，就会被后面人推搡着继续往前走。瓦卢什卡在没有任何可供参考的标记，没有任何解释说明的情况下看着这头庞然巨兽，嘴里自言自语地叨念这个神秘的词，恐惧混杂了惊奇，使他瞠目结舌地盯着这头非寻常能见的海兽。看着鲸鱼，他同时清楚地意识到：自己用眼睛看到的，并不意味着自己恍然了解了什么，要想了解这头巨大的尾鳍生物，及其晒干、龟裂、灰如钢铁的皮肤和躯干中部极度变大的身体上缘几米长的背鳍，单从尺寸上来说就绝无可能。它实在太大太长了：受到视野的局限，瓦卢什卡无法一眼看到它的整个身体，甚至都无法直视死鲸的目光。他被夹在链条一般的参观队列里一步不停地向前移动，几分钟后终于来到被巧妙支撑、嘴巴张开的鲸鱼头部，但是无论他凝视鲸鱼嘴里黑暗的喉咙，还是从外面仰头观察鲸鱼的相貌，寻找那两只深陷在眼窝里的小眼睛和开在额头上面的两个喷气孔，他都只能看到相互孤立的某个局部：根本不可能将它巨大的头颅视为一个整体。由于车厢内的顶灯没有打开，所以他什么都看不清楚，更无法停下脚步体验片刻的恐怖，更不可能在那可怕的大嘴巴里看清那一动不动的巨舌。然而真正让瓦卢什卡感到震惊的既不是这头巨大海兽对他而言的“神秘未知”，也不是因为它的现实尺寸超乎了他的想象范畴，而是宣传海报上提供给他的全部内容和某些知识。要知道，它曾是一个远在天边的陌生世界的见证者，曾是浩瀚无际的海洋的一位既羞涩、又可怕的居民，此刻它就近在眼前，甚至可以伸手触摸，他当然不能放弃这次机会。然而让瓦卢什卡感到意外的是，只有他一个人感到如此快乐的惊喜，其他人在昏暗、阴森的光线里一边挪动沉重的脚步顺从地排队围着鲸鱼参观，同时在他们的脸上不仅看不出有这样的惊喜，而且还给人留下这样的印象，他们对海报里提到的内容并不真的很感兴趣。尽管他们也不时地将视线投到车厢中央的那头冷冰冰、黑黢黢的巨鲸身上，但在他们的表情里缺少那种此时此刻理应感到的敬畏和恐惧。他们用既带着震惊、又藏着渴望的目光东瞧西望，更多的是打量车厢本身，似乎想要发现超乎他们预想的某个暗道机关。然而在车厢内冰冷的光线下，并无任何迹象表明有可能发现这样的秘密。在车厢门的内侧，摆着几个挂着铁锁的生铁皮柜，其中有一个铁柜门敞开着，里面的架子上整齐排列着八到十个盛满福尔马林液体的玻璃瓶，瓶中装着一些看上去很小、布满皱褶的胚胎标本。但是这些展品摆放的位置很不显眼，就连瓦卢什卡都没有留意到，就更不要说其他人了。在车厢的后部用布帘隔去了一部分空间，但是帘子有一道很大的缝隙，可以透过缝隙窥视到里面，然而里面除了一只脸盆和一壶水外，别的什么也没有。在车厢尽头，在鲸鱼张开的嘴巴的正对面，在瓦楞铁的隔板上开有一扇小门（尽管小门上也没有门把手），估计那扇门后应是马戏团工作人员的休息室，许多人在这扇门前——而不是在别的地方——流露出明显的兴奋迹象。假若瓦卢什卡真的注意到了周围发生的这一切，那么他肯定会对其他人行为上的这种特殊表现感到不可思议。但事实上瓦卢什卡对别的什么都没有注意，因为他完全被这头鲸鱼迷住了，除了鲸鱼之外目无他物，甚至他的目光穿透这个童话般的生灵看到了无限的远方，再次感觉自己飞到了空中，并安全地从高处降落到地上。他甚至没有注意到，走在他前面的那些伙伴虽然已经进过车厢里面，但之后又站到了队尾，重新开始排队，似乎之前那几个小时之久的漫长等待——在等待之后，他们已经看到了鲸鱼——并没有达到预期的目的。他之所以没有注意，或许是因为他暗中盘算，等到夜深之后他再回来，那时候他会比所有人都更早弄清这个马戏团的秘密及其追随者们如此执着的真正原因。就在这时，本该守在旅馆里值夜班的门房兴高采烈地跟他打招呼，此刻他对神奇景象的期待已远远超过了自己所能想象出的马戏团表演。当瓦卢什卡走到他跟前后，他用激动的语调附在他的耳边悄声打探："你快告我，里面有什么……？这些人正在谈论什么'王子'……"瓦卢什卡将对方的提问跟自己的思绪连到了一起，于是兴奋地回答："不，阿尔捷兰先生，他们说的不对！它要比王子更加尊贵，等一会儿你就可以亲眼看到！它简直就是一位……国王，对，我说的没错……它是国王！"瓦卢什卡脸色涨红、头也不回地丢下这个不知所措的门房转身走了。他将背包带紧紧抓在胸前挤出了人群。现在，他估摸十二点钟已过，今天是星期三，艾斯泰尔先生的妻子通常会带着“装满内衣的皮箱”在这个时辰等他，所以他决定赶回住处，先要办好这件事，分发报纸不着急，可以等到下午再送。于是他动身朝向大桥路走去，同时——他不知道自己是不是应该逃离这里，逃离这座城市，逃到一个安全的避难所——他习惯性地迈开匆忙的脚步，时不时地停下片刻，脸上挂着憨厚的微笑抬眼睨视天空。他只须走几分钟的路就可以到家，他一次又一次地在眼前看到——虽然模糊，但现在已可以看到全部！——那副远远超乎自己想象的、纯洁无辜的巨大躯体，他脑子里始终在想：“它是多么的巨大！……多么神奇的造物！……在造物主的心中隐藏了多么神奇无比的秘密，居然能造出一个如此非凡的生灵来为自己解闷！……”就这样，他沿着这条思路，很快就轻车熟路地回到黎明时分他已经达到了的那个冥思的高度，并且能够将之与集市广场上的体验联系到一起。他一言未发地，只是在自己灵魂深处不断进行的对话中构想全能的上帝在最后审判时做出温柔而果决的手势，并且成功地将造物主的万能与数不胜数的造物紧密联系到一起（还包括这样一头有趣得可怕的巨大鲸鱼!）。此刻他垂下脑袋，或者说，他以自己独特的方式抬眼睨视天空，再次毫无保留地沉浸到那无言的寂静之中，在那里，世间的一切存在都会作为一种思想的一部分，以兄弟姐妹的方式与其他所有的一切联系在一起……他已经飞在大桥路看上去空无一人的房屋中间。他继续向前飞去，穿过奥普尔·维尔莫什广场的寂静和丢勒大街刺骨的寒冷，更准确地说，他以某种方式超越了自己，或者说将自己一分为二，其中一个在地上疾奔，另一个在天上飞翔。他似乎清楚地知道，飞翔和疾奔将以突然的坠落和停止告终，因为当他转身拐进哈莱尔家的大门，沿着通向昔日洗衣房的狭窄甬道奔跑并猛地推开屋门时，惊愕地发现已经有人等在了房间里。那人一看到他跨进来，就劈头盖脸地冲他喊道：“你跟我讲，你为什么总是这么一副白痴的样子?!”对方显然指的是他脸上这副“光芒四射的表情”，接着又说，“你最好走时把房门锁好，不然哪天会有窃贼进来!”平时，艾斯泰尔夫人要么将皮箱留在哈莱尔先生那里，要么隔着门槛递到他手里，但是她从来没有进过屋里，更不可能在这里逗留，因此瓦卢什卡简直不敢相信自己的眼睛：艾斯泰尔夫人，他可怕的“同谋”，今天竟然会来这里做客，坐在他满屋的破烂中间，并且由于怒不可遏而涨得满脸通红——后来他才知道了原因，妇人从早上一直等到了现在。瓦卢什卡感到十分窘迫，突然陷入混乱，一时间搞不清自己身在何处，该做什么。妇人的从天而降和意外赏光，让年轻人激动得感到晕眩，羞得满脸绯红（由于屋子里缺少椅子，艾斯泰尔夫人只能坐到床沿上）。瓦卢什卡先把剩下的面包渣、包在纸里的猪油、空罐头盒和洋葱皮迅速用手从方凳扫到地板上，然后——在客人愤怒的注视下，将这只擦抹干净了的凳子摆放到她跟前——试着用脚将几只随手乱扔的臭袜子踢到柜子底下，并带着尴尬的微笑从床上收走了一只脏裤衩。但是不管他怎么收拾，情况都没得到多大的改善，反而使脏乱的房间显得更加不可救药。随后，瓦卢什卡又手忙脚乱地清理掉他扔在墙角、早已发霉的苹果核，还有丢在煤油炉周围、证实哈莱尔先生经常来访的一地烟蒂，直到艾斯泰尔夫人看到他对她所说的这些话并未给予“本该有的关注”，并且火冒三丈地冲他尖叫，他这才停止去关那扇永远不可能关上的衣橱门。“别再忙活了！赶紧找个地方给我坐下！”她严厉地命令道，“因为我还有很重要的事情要跟你讲！”他脑子里乱成了一锅粥，以至于在几分钟内，他都没有听懂那刺耳的声音说的是什么。他点了点头，眨眨眼睛，清清嗓子，紧张得不知所措。当客人将目光投向天花板，咆哮般地跟他大谈特谈“新时代”和“这个世界遭受到的严酷审判”时，他始终紧张得不知所措，能做的只是不停地点头表示赞同，同时呆滞地盯着方凳。不过情况很快发生了转折，艾斯泰尔夫人也从高处回到了地上，神情变得温和。瓦卢什卡现在已渐渐清醒，但丝毫未能镇静下来。当他听说自己的母亲和艾斯泰尔夫人在昨天晚上分手的时候“像朋友一样”，对此他由衷地感到非常高兴（因为他立刻看到了希望，希望能够通过她的帮助最终能跟弗劳姆夫人和解），然而这个计划让他感到震惊，因为艾斯泰尔夫人告诉他，“考虑到越来越多的文案工作和涉及新任公职的声誉”，她决定“今天”就从那个已经变得太狭小了的出租房搬回到家里，要他马上先把她的衣物送过去，顺便向她的丈夫说穿这个已持续多年的、涉及“他脏衣服”的秘密行动。瓦卢什卡心里当然清楚，就他那位日渐衰老的朋友目前的健康状况而言，这将意味着什么样的危险。对这位本来就很脆弱的老人来说，只要谁在他面前提到他妻子的名字，他就会立即紧张得浑身发抖。至少对瓦卢什卡来说并不难预测，艾斯泰尔夫人想要结盟的愿望一旦实现，那么他为艾斯泰尔先生能够身体康复并改善工作条件所付出的所有辛勤努力都将付诸东流，但是他确实很难阻止她这么做，这又让他感到是一种拯救。妇人激情洋溢地向他谈到一场“新运动”即将掀起，全城的市民都一致认为，只有他——艾斯泰尔·久尔吉先生，才有资格担任主席的职位，之后她又特别强调：这将是一个荣誉极高、地位很重要的职位，假如艾斯泰尔愿意接受这项任命，她作为妻子会感到非常的快乐并为之骄傲（她低声补充说：当然，如果他接受这项任命，她会推迟搬回家住的计划，因为她很清楚，丈夫将要承担的这项工作责任重大，要比她所承担的重要得多，所以她能够识大局，暂时不想去打搅他）。只是她，艾斯泰尔夫人，她用一副不太抱希望的口吻说，与弗劳姆夫人的看法不同，弗劳姆夫人觉得，完全可以将这个任务交给她的小瓦卢什卡去办，肯定能够成功，“只是我，”客人重复道，并且稍微提高了音调，“我很了解我的丈夫，我亲爱的小久尔吉，我了解他健康的状况和内向的性格，所以没有那么乐观，对他能否愿意答应此事十分怀疑。”瓦卢什卡终于弄清了对方的来意，一时间激动得不知道该说什么好，对他来说，恐怕没有比这好的消息能够让他高兴了，居然是平时一向对儿子感到失望的母亲想到让他去解决一个这样复杂的情况？（而且：“立即！”）另外，艾斯泰尔夫人竟然一反常态地表现出一股如此令人感到惊叹和钦佩的自我牺牲精神？然而有一点是肯定的，他愿意经受这场赴汤蹈火的考验，这个念头使他异常兴奋，一边在房间里来回地踱步，一边试图说服对方相信自己：他愿意承担这项重任，会尽他的所能完成它！他的这番表白让一向态度严肃、目光严厉的妇人忍不住笑了起来。然而这个笑声并不意味着马上同意，瓦卢什卡经过长长的辩解，才终于说服艾斯泰尔夫人接受了他勇敢的自荐，随后，妇人用几句相当复杂、含混难懂的句子向他阐述了“与这场运动相关的几个最关键的要点”，并随手在一张纸上写下一串名字，“未来的主席从今天下午开始就应该着手跟他们一起进行动员工作”。她再三强调：他必须将涉及皮箱的口信捎到，在搬回家的问题上她决不会让步。她的态度是那样的坚决，以至于当他们已经走出哈莱尔家的院门，走上了丢勒大街，走在即使在正午却仍霜冷刺骨的街道上，不管瓦卢什卡如何绘声绘色地讲述自己在科舒特广场上看到的“精彩表演”，艾斯泰尔夫人都毫不搭理，像是根本就没有听见，只是不厌其烦地谈论她的手提箱和要搬回家的细节。当他们走到约卡伊·莫尔街拐角处时，艾斯泰尔夫人又固执地重复了一遍她的话：假如瓦卢什卡不能在下午四点钟之前带来她丈夫表示明确同意的答复，那么她，艾斯泰尔夫人，就会执行原定的计划，而且决不会心软，“我会在温克海姆·贝拉男爵大道的家里吃今天的晚餐”。随后她迅速转身离去，只说了一句“我还有急事要办”作为告别，瓦卢什卡则一手拎着皮箱，一手攥着字条，站在那里望着妇人远去的背影愣了足足有一分钟，心里油然生出一丝感动。他心里暗想，即便他那位年迈的朋友至今仍然怀疑“这位出众女性的真实价值”，但是她此刻的这一举动足以表明她的善意和自我牺牲精神，凭借这些证据，他相信自己能够说服艾斯泰尔先生。因为对他来说，自从艾斯泰尔夫人第一次来找他帮助并要求他能为她保密（她要“自己亲手”为丈夫洗脏衣服）的那一天起，瓦卢什卡就在这举止粗鲁、喜欢发号施令的灵魂深处清楚看到了值得人敬重的本性。早在那时，在几年之前他就已经感觉到，尽管艾斯泰尔先生对妻子的态度始终是冷漠的，但在艾斯泰尔夫人的内心深处则是无条件地尊敬和忠诚于自己的丈夫的。突然惊愕地意识到，他的客人只不过是想利用丈夫对她的毫无道理的怨怒达到她的目的，试图用“搬回家住”

这个令人一眼就能看透的诡计说服丈夫参加到一场“新运动”之中，她之所以要发动这场运动，是想在全城人面前公开展示“艾斯泰尔·久尔吉的重要性”。所以，他现在确信：对于妇人固执的坚持，独居在温克海姆·贝拉男爵大道房子里的男主人也无力继续反抗，他将会看到，面对妇人这种永不枯竭的激情他只能束手无策，别无选择。起风了，迎着风走相当吃力，刺骨的冷风吹得他一阵阵喘不上气。手提箱很沉，而且感觉越来越沉，路面很滑，路上有几群野猫非常无礼，懒洋洋地卧在地上不愿给他让道，但这并没有搅乱他的好心情，因为他清楚地知道，自己还从来不曾揣着这么好的消息动身去到老先生那里，因为他确信，今天在那里，一切都会与往日不同。因为，在许多年前，从艾斯泰尔夫人搬出去住不久，他就经常要去艾斯泰尔先生家给他送餐，所以熟悉了那套房子和严肃的男主人，在他看来，“艾斯泰尔先生在音乐研究领域作出的学术贡献大得无可估量，但由于他本性谦逊，深居简出，而严重的腰痛更是几乎把他拴在了床上，因此全城人对他的重要地位并不很了解，他是一位非常值得敬重的传奇人物”；所以有一天，当艾斯泰尔先生出人意料地向他郑重宣布，他将他视为自己的朋友，这让瓦卢什卡感到受宠若惊。瓦卢什卡有些不知所措，不知道该怎样回报这份厚重的友谊，不明白艾斯泰尔先生为什么没有将如此的殊荣给予其他人（比如那些有能力准确地理解并记录艾斯泰尔先生思想的人），瓦卢什卡曾多次向老先生坦率地承认，对于他的思想，自己顶多只能含含糊糊地理解一小部分。但是从那一天开始，他感觉到自己有责任将老先生从致命的苦难和绝望的沼泽中解救出来，这片沼泽不仅威胁着他的健康，而且已吞噬了整座城市。尽管没有人注意到这点，但是这些变化并没能逃出警觉的瓦卢什卡的眼睛，他周围的所有人都在谈论某种“崩溃”；这种崩溃，正如众人所言，已经无可避免。大家都在谈论某种“无法遏制的彻底混乱”“日常生活的变化莫测”“正在降临的灾难”，然而对于这些可怕词语的深层含义并没有人真正清楚。在他看来，这如同瘟疫般扩散的恐惧并不会给民众无条件地带来某种可以预见的确定性，不仅不会让他们对正在靠近的不幸产生日渐明晰的认知，反而让自己的想象力也感染上这种痛苦的疾患，最终可能真的导致一场不幸的灾难。然而这是一个虚假的征兆，会使迷失者屈从于自身的内部结构（自身关节、肌肉的构成形式）而丧失自我，一旦不小心违背了自己灵魂的原始规律，就会最终丧失自己对于有机世界的控制力……他为此感到极大的困扰，因为无论他怎样试图让自己的朋友们明白这一切，但都无济于事，那些人并不会相信他讲的话，尤其让他感到难过的是，有些人用不可置疑的语调声称，“我们都是生活在险恶的未来与难忘的过去的、令人绝望的地狱里的人”，而这些可怕的念头总是让他想起自己每天都会在那套位于温克海姆·贝拉男爵大道的房子里（此刻他正向那里赶去）从头到尾听到的那些九曲回肠的痛苦独白。然而比这更令人沮丧的是，无论他多想否认但都无法否认，艾斯泰尔先生拥有伟大诗人的丰富情感、无与伦比的优雅品位，以及上天赐予的、充满魅力的非凡本性，为了表达对他这位年轻朋友的真挚友情，每天下午都会为他那副缺少乐感的耳朵演奏至少半个小时的巴赫名曲。艾斯泰尔是他们所有人中最不抱希望的幻灭者，瓦卢什卡认为，这主要归咎于朋友长期卧床导致的羸弱和郁闷，若想帮助他康复，只能寄希望于自己对他更加精心、更加细致的体贴照料，只有那样，他的朋友才有可能摆脱病魔，视力也可以最终摆脱由“看来无法手术治疗的白内障”造成的黑暗。瓦卢什卡始终坚信这一天终会到来。现在他已经走进了房间，穿过两排书架夹道的长长走廊，他仍在心里不断权衡，在黎明、鲸鱼和艾斯泰尔夫人将要发起的运动之间，等一会儿自己应该先提哪一件？他真心希望艾斯泰尔先生能够尽早地结束康复期，早一点重新自由活动。此刻，他已经站在熟悉的屋门前，将沉重的手提箱换到另一只手上，心里想着那束令人振奋的、将要投在艾斯泰尔身上的仁慈之光，假如那一刻真会到来的话。因为到了那时，将有值得眺望的风景，将有值得发现的宝藏（他按照平日的习惯轻轻叩了三下房门），到了那时，将会看到无法破坏的秩序，看到世间万物都会成为一个美好得无与伦比的和谐体，陆地与海洋，步行者与水手，天空与大地，水与空气，大千世界无数相互依存、转瞬即逝的生命。他将看到，诞生与毁灭只是在永远苏醒中的两个戏剧性的时刻，还将看到一双因理解了一切而熠熠生辉的惊喜目光。他将感觉到（他的手已经轻轻触碰到门上的黄铜把手）山岭、森林、河流与幽谷散发出的温热，然后去发现人类生活的隐秘与宽广，最终将会了解那些将他与世界联系到一起的坚韧绳索，这绳索既不是镣铐，也不是判决，而是对一种难以剪除的“在家感”的固守。他还会感受到参与、合作、拥抱一切的巨大喜悦：雨、风、太阳和雪，一只鸟的飞翔，一个水果的味道，一片草地的清香。他将会猜到，对于他生机勃勃的根茎和注定将会升起的飞艇来说，他的苦涩与焦虑只是他的负担和累赘（这时候他推开了房门）。他最终还将知道，我们的每时每刻，都随着沿轨道绕行的地球一起穿行于许多的天体和星辰之间，从黎明到黄昏，从严冬到酷暑，永无止息。瓦卢什卡拎着皮箱走进屋子，眯着眼睛站在昏暗的光线里。

他站在昏暗的光线里，窘迫地微笑。由于艾斯泰尔对年轻人每次到来时携带的那种漩涡般强烈的不安情绪十分熟悉，所以他打了一个既表示安慰也表示欢迎的果断手势请瓦卢什卡坐下，坐到他平时习惯的茶几旁，让他稍微暖和一下身子，散掉从屋外带来的寒气，同时也让他火焰般燃烧的激情稍微降一降温。与此同时，艾斯泰尔先生会用精心组织的奇言妙语逗客人开心。“雪不会再下了”，他没头没脑地冒出这么一句，并且很高兴能够继续顺着刚才独处时的思路，总结一下自己从清晨开始一直都在思考的问题。洗漱、更衣的时间已经过去，哈莱尔夫人的离开更让他感到如释重负，“现在终于能对当前世界的状况作一下判断了”。但是他并不想起床，这不是他的风格。他既不想走到窗前亲眼证实自己权威性判断的正确性，也不想请坐在扶手椅中兴奋不安的客人走过去拉开沉重的窗帘，眺望窗外凄凉、空荡的街景，观察报纸和纸袋如何逃离寒风的旋流，在坟墓般寂静的房屋之间飞舞。总之，透过那扇制造于更繁华时代的巨大窗户向外眺望，在他看来毫无意义！他之所以这么想，不仅由于他认为自己——作为一位“已放弃行动的艺术家”——哪怕只是迈出一步都毫无意义，而且还因为这个问题本身看来就是错的。醒来之后他脑子里想到的第一个问题竟是“外面是否下雪了?”，想来他从这里，从这张背对那扇窗帘紧拉的对开式大窗的床上就可以作出判断。在这漫无尽头的冬季里，不仅没有圣诞节平安、快乐的铃铛声，就连雪花本身也将这里遗忘——如何能够将这刺骨严寒的残酷统治称为冬季的话，那么在这里，对他来说生命中最后一股轻扬的激情则是判断谁先毁灭：房子，还是住在房子里的人？至于前者，仍还立在这里，哈莱尔夫人不仅每天清晨都会过来生炉子——她只是受雇来生炉子——每周还以打扫卫生的名义带着扫帚和所谓的“拂尘抹布”卖力地收拾一遍屋内，就像寒霜在屋外所做的那样：她用力挥舞抹布，快速，热情，以无法模仿的笨拙一次又一次暴风雨般地席卷走廊、厨房、饭厅和后面的房间；一个星期又一个星期，越来越多的小摆件被碰到地上摔坏，她总是用吸足水的湿抹布擦拭那些本来就已经站立不稳、表面开裂的娇贵家具，时不时地以“打扫卫生”的名义毁掉一两件柏林或维也纳制造的精细瓷器。有的时候，艾斯泰尔先生还会出手大方地送给她一把银勺或一本羊皮书作为奖励，当然这些东西很受当地古董商的欢迎。简而言之，她无情地扫掉、擦掉、洗掉并清理掉了屋里的一切，使这栋可怜的房子遭到内外夹击，现在已处于濒危状态，但只有客厅始终维持着原来的秩序，因为那是唯一不可侵犯的神圣领地（“想要打搅校长先生的工作？这绝对不行！”），“拙手笨脚的家政冠军”从来不敢进到这里。当然，他不可能命令哈莱尔夫人“住手”，不可能限制妇人只做她被允许做的事情，因为艾斯泰尔先生清楚地知道，在哈莱尔夫人的体内隐伏了粗鲁的本性，因此他尽量避免下达会被她当作耳旁风的无效指令。另外还有一点他也很清楚，假如妇人无法接近他和他周围的环境，那么她必定会在某种隐秘的善良意志的驱使下投入艰苦的斗争，会背着他继续对那些幸存的物品发起攻击，即使明确禁止也没有用，因此，身为男主人的他不得不把客厅当成自己的避免所，总是将自己关在那里。想来全城的居民都在私下里盛传，说他在从事所谓的“音乐研究”，因此这个令哈莱尔夫人都感到敬畏的误解使他不必担心这里精致的陈设和秩序会遭到破坏。另外让他感到庆幸的是，外界的误解恰好保证了他所进行的真实搏斗不受侵扰，或者像他自己所说，“在所谓人类历史可悲的愚蠢面前进行战略性撤退”。有着优美曲线的铜制支脚的火炉里，正像俗话常说的那样，火焰快乐地燃烧着。话说回来，这是房间里唯一一件即使被时间蛀蚀也没有马上背叛他的物品，至于那些华贵的波斯地毯，贴在墙上的丝绸壁纸，从裂了缝的石膏底盘中垂下的、已经早就没用了的枝形吊灯，以及两把雕花扶手椅，一张长沙发和大理石桌面的茶几，嵌在雕花镜框内的镜子，漆色无光、吱呀摇晃的斯坦威钢琴，无数的垫子、枕头、毛毯、陶瓷小摆件和布尔乔亚家庭沙龙里通常会有的各种纪念品，总之，这所有的一切都分别放弃了绝望的挣扎。它们之所以至今没被摔碎，没化成灰烟，无疑归功于十几年来积满的厚厚一层灰尘，是他始终如一、温和低调、几乎与世隔绝的存在才使它们得以保存下来。然而，这种东西持续的存在和迫不得已的守护，既不利于他的健康，也无助于增强他的生命力，艾斯泰尔的情况反而变得愈发可悲，他成了从卧室拖到这里的那张装饰繁复的席梦思大床的忠实居民，他躺在堆得很高的枕头中间，他的身体往好听了说是“竹清松瘦”，客观地说是“骨瘦如柴”。事实上他的健康状况变得越来越糟，与其说是由于——可以让人理解的——组织器官的反叛，不如说是对“试图减缓肌体自然、快速衰退进程的力量”的不断抵抗，以及出于某种特殊原因、为了能让自己轻松些地活着而在精神上对自身的无情谴责。他一动不动地躺在床上，两只手软弱无力地搭在被衣蛾蛀蚀的毛毯上，正是这种静止和衰萎最为准确地体现出他肌体的日常状况，换句话说，他既没有受到缓慢发展、开始侵害骨骼的舒尔曼病的折磨，也没有受到其他什么急性发作的致命疾患的威胁，而是身体全面衰弱、长期卧床导致并表现于肌肉、食欲和皮肤等方面的严重后果。肌体对枕头和毛毯的囚禁进行反抗，然而这也是事实，在最近这段时间唯有瓦卢什卡的来访和早晚各一次的仪式，才能打断艾斯泰尔这种自我强迫性的、固执的静息，彻底放弃社交活动既不会影响他的意志力，也不会影响他精神上的坚定，精心养护的白发、修剪整齐的唇须和严格挑选、完美搭配的衣服全都说明了这一点。裤脚卷起的西装裤，经过浆洗的衬衫，精心打结的领花，还有酒红色的居家罩衣，尤其是在他苍白脸上的那双始终明亮的淡蓝色眼睛，而且只要他用那依然锐利的目光审视自己以及周围正在走向毁灭的环境，就可以通过自己在容貌上的精心养护和在穿着上的光鲜得体，透过他家中收藏的精致物品显露出的脆弱易伤的凄美与优雅，马上深刻感受到生活中持续衰败的哪怕最为细微的迹象。他仿佛能够清楚地看到：这所有的一切都是用同样一种物质编织而成，那是“徒劳形式”的一种品质高贵、稍纵即逝的物质。他不仅能够用这敏锐的目光洞察到物品与物品主人共为一体，而且还能够感受到在客厅内死亡的平静与外部世界无生命的寒冷之间存在着毋庸置疑的深度关联：天空就像一面冷漠无情的镜子，总是映照着同样的风景，漠然反射着在下面涌流的滚滚悲伤，在一天比一天更加阴郁的暮光里，枝叶光秃的栗子树在刺骨的狂风中猛烈摇曳，眼看要从泥土里被连根拔起；公路上空空荡荡，街道上不见人影，“仿佛只剩下野猫、老鼠和打劫的猪群还活在这里”，在城市之外是一望无际的平原荒野，没有人愿意抬眼眺望——艾斯泰尔的客厅也对这悲伤、暮色、贫瘠和荒野作出了呼应，连同自身的荒漠，连同那束呕心、幻灭和将身体绑缚到床上的偏执的侵蚀性光线，正是那束光线穿透了外形与颜色的铠甲，摧毁了从地板到天花板的所有木材、布料和所有玻璃、金属的鲜活本质。“雪不会再下了，”他再次肯定地说，平静地瞥了一眼坐在椅子上并烦躁不安地扭动的客人，他向前欠了欠身子，稍稍抻平搭在腿上的毛毯皱褶，“别再下了，”他重又躺回到枕头堆里，“雪已经停了，连一片雪花也不会再落下，这个你也知道，我的朋友，”接着他又补充道，“对我们来说，这并不是最重要的……”说着他轻轻打了一个手势，想来他已用这个温和的手势表达了多次同样的判断：在这个干燥的秋天，来得太早的致命霜冻和少得可怜的雨水（“啊，欢乐的年月，雨总是下个不停！”）只能意味着一个如钟声嘹亮的、不可否认的事实——就连大自然自己也结束了规律性的运转，天地之间曾如兄弟般的结盟终于结束了，从此我们在宇宙中，在我们被撕成碎片的法律垃圾中跌跌撞撞地开始了我们孤独的转圈。最后，我们木讷、不解地站在脚下被羁绊的地方，茫然不知所向，颤抖地四顾，仿佛光明离我们越来越远。哈莱尔夫人在每天早晨准备离开的时候，都会透过虚掩的门缝向他讲述最近几个星期一个比一个更令人难以置信的恐怖消息，时而讲摇晃的水塔，时而讲中央广场上的教堂钟楼突然开始自行转动的齿轮（今天早上，她正好绘声绘色地向他讲述了“一群绝望者的聚会”，以及七首领巷内那棵被连根拔起的大树）。但是在他看来这类事情早就完全有可能发生，因此即使给他捎来消息的人有着天生的愚蠢，但他还是毫不怀疑这些消息的真实性，因为对他来说，这些消息恰好印证了他潜意识中的猜测：互为因果的可预测性不过是幻觉而已，也就是说，事件可预见性的“理性逻辑”被永远地遮蔽。“我们失败了，”艾斯泰尔继续说，他的目光在客厅里慢慢地环视，最后若有所思地落到炉膛前飞溅并迅速熄灭的火花，“无论在行动、思考，还是在想象方面，我们全都失败了，即便我们为理解自己失败的原因作出了许多可怜的尝试；我们失去了我们的上帝，我们丢掉了基于地位和荣誉的社会尊重形式。另外，对于永恒的衡量标准，我们未能坚持高贵的笃信，然而恰是那种标准能够让我们根据自己与古老十诫的实际距离来衡量我们自身的价值……我们可以这样讲，我们失败了，我们在这个宇宙里痛苦地失败了，我们在这里能找到的东西越来越少。假如人们相信哈莱尔夫人的话，”他冲瓦卢什卡微微一笑，年轻人此刻正犹豫不决，不知道应该开口回应还是继续聆听。“人们之所以相信那些关于‘世界末日’和‘最后审判’的胡言乱语，是因为他们并不知道，世界上既不存在最后审判，也不存在世界末日……这种事根本就没有必要发生，因为一切都会自行衰败，走向毁灭，以便一切可以重新开始，然后就这样周而复始地进行下去，事情毫无疑问将会这样发生，”他抬起眼睛望着天花板说，“就像我们无助地在宇宙中转圈：一旦开始，就不可能停下来。”艾斯泰尔现在闭上了眼睛。“我晕了。我感到头晕目眩，求上帝原谅，我感到自己很无聊，就像其他任何一个终于摆脱了这种错误观念的人一样无聊。我们错误地认为，在成长与衰老、诞生与毁灭的痛苦轮回中理应存在一个确定的计划，一个目标明确的宏伟规划，而并非冰冷、机械、令人麻木的简单运动……也许本来……在创世纪时……他曾有过某种设想，”他又朝焦躁不安的客人瞥了一眼，“这当然也是有可能的，但是现在，在这个充满悲凉的山谷里，我们最好还是对这个话题保持沉默，不为别的，至少把他模糊了的记忆留给那个导致这一结果的人吧。我们最好沉默。”他用稍显洪亮的嗓音重复道：“我们不用指摘我们昔日造物主的那些不容怀疑的崇高愿望，我们总是不停地猜测，在能够找到方向之前，我们已经猜测得太多太多，正如我们看到的这样，我们在原地踯躅，毫无进展。我们在任何事情上都一无所获，无所谓在哪个方面，因为现在必须指出的是，我们并未被赐予能够足以清晰洞察万物的能力：我们在自身好奇心的驱使下一次又一次地向世界发起冲锋，但客气地说，胜利之神并没有将桂冠戴在我们的头上。”“假如我们在这种情况下还是意外地悟出了点滴的真相，那么我们的生活就会立即变得苦涩，为此感到后悔。请原谅我开一个糟糕的玩笑，”他擦了一下额头，“你只须想一下第一个扔石子的人。我将石子扔向高空，石子会掉下来，这肯定是一件很好玩的事，他很有可能会这么想。但是结果又会怎么样呢？他把石子抛向高空，石子掉了下来，砸到自己头上。由此得到的教训是，搞研究一定要很谨慎。”艾斯泰尔用温和的语调提醒他的朋友：“我们最好接受这个可悲的现实，至少这是无可辩驳的事实，当然除了你，只有你这个天使一样的生灵除外，我们所有人都有亲身体验。在这个无疑令人眼花缭乱的自然界里，我们应该知道的是，我们只是一些微不足道的小小失败的可悲主体，整个的人类历史不是别的。请允许我跟你实话实说，你有资格知道这些，只不过是一群愚蠢、嗜血、悲惨、不幸的贱民在没人能够看到的舞台角落里大声叫阵。你要知道，这是令人尴尬的自白，是对错误认知的一种缓慢而痛苦的承认，承认上帝造化出的生灵并未取得什么辉煌的成就。”他说着伸手去拿床头柜上的水杯，喝了一口水，然后好奇地朝扶手椅的方向瞥了一眼，不无担忧地断定，他这位忠实的客人，这位长期以来一直在这栋房子里扮演无私角色的年轻人已经长大了，今天他比往日显得更加焦虑不安。瓦卢什卡一手抓着那只装满衣服的手提箱，另一只手捏着一张字条，看上去非常紧张，仿佛蜷缩在自己的阴影里，躲在那件永远不会脱下来的邮递员大衣里聆听艾斯泰尔先生智睿的词语有如无声的细雨飘落。看得出来，他越发感到不知所措。艾斯泰尔心里很明白，瓦卢什卡此刻十分纠结，因为他既想服从于自己善解人意、富于同情心的天性，想在不打断对方的情况下认真地听完他冗长的教诲，同时又很想——就像他平时习惯的那样，作为一种解脱的方式——立即讲述自己受到的巨大震撼，讲述自己昨夜或黎明在天国般寂静的街道上散步时的种种奇遇，而这两种相互矛盾的冲动显然不可能同时实现，因而陷入了惶然无措。这对艾斯泰尔来说并不感到意外。他已经习惯了瓦卢什卡总是这样激动不安地跨入房门——甚至已成为一种传统——并且接受了一个这样的事实：在瓦卢什卡“能够主宰自己对某种宇宙现象所感受到的难以言传的喜悦”

之前，艾斯泰尔要用自己严肃判断的苦涩幽默来博取客人的欢欣。多年以来，情况一直都是这样：艾斯泰尔说，瓦卢什卡听，直到在逐渐平静下来的年轻人脸上流露出一丝羞涩的微笑，男主人才会非常高兴地将话茬递给他的客人，因为他的年轻朋友在回答时表现出了“可爱的盲目和纯洁的魅力”，让他感到困扰的根本不是内容，而是由于那股初始的热情。已经八年了，来访者总是慢慢讲述同一个无休无止的故事，在每天的中午和傍晚，年轻人都会用连自己都不知所云的词语向他讲述那个永远讲不完的幻想故事，关于天体，关于星辰，关于阳光，关于转动的阴影，关于在天空中盘桓的天体寂静无声的运行。而这种运行为他提供了“一种无与伦比的智能存在的无声证据”，激励他在终会阴云密布的苍穹下永无止歇地在街上流浪，并且一生沉迷于此。从艾斯泰尔的角度讲，他不愿对这类太空话题——客观地——发表评论，尽管他也经常作为缓解气氛的玩笑提到“天体的环形运动”（“难怪，”比如有一次他用孩子式的顽皮冲扶手椅的方向眨了眨眼说，“在这个一直都在旋转的地球上，迷途的人类几千年来都未能找到自己所属的位置，想来他们将全部的时间都花在了如何站稳不栽倒上……”），但是后来他果断地收回了这些未经深思熟虑的推断，而且不仅由于他不愿破坏瓦卢什卡想象中的脆弱宇宙，而且还因为他认为将我们人类过去和未来的可悲境况归咎于从远古以来就被迫进行的、漫无目标的痛苦流浪是错误的。因此，在他俩相辅相成的对话秩序中，关于宇宙的话题完全留给了瓦卢什卡，这应该说是公正的，即便从更深层的意义上看，也是恰当的：这与人们早就不能透过浓密的云层看到天堂的事实无关（云层如此浓密，以至于都不太应该提到它），他深信瓦卢什卡的宇宙跟真实的宇宙根本就没有任何关系。艾斯泰尔认为，那不过是一幅他曾看到过的——很久以前，有一次，可能是在童年时代看到过的——关于宇宙的图像而已。后来，这幅图像最终变成了他自己的帝国，一道永远不会消失的梦幻风景，一种不容置疑的信念，也许有过或可能有过一种神性的机制，“驱动它的神秘马达是对仙国的幻想和纯粹的白日梦”。尽管城里的居民们——自然而然地——将瓦卢什卡·亚诺什视为一个不折不扣的白痴，然而对艾斯泰尔来说，他毫不怀疑（尽管艾斯泰尔本人也只是在瓦卢什卡作为送餐员来到他家，并在方方面面帮助了他很长时间之后才意识到这一点）这个看似疯癫的流浪者绕行在他自己透明的银河系轨道上，实际上他用自己的纯洁和令人汗颜的普世善良，“证实了他在这个严重衰败与毁灭的环境下的天使般存在”。然而，这是一种“多余的存在”，艾斯泰尔随后又想，这不仅表明人们对这种存在的不屑和淡视，而且在他看来，这种研究性的观察和他精致、细腻的感觉——以一种纯洁、友善的方式——表现出一种完全无用的、如装饰物一般的优雅和美好，换句话说，虽并不存在，从来都不存在，但有着某种奇特、无用却妙不可言的装饰形式。对此，就像一个人对于自己的天赋或富有那样，“既不需要道歉，也不需要解释”。他喜欢他，就像一位孤独的标本收藏家喜欢一只稀有的蝴蝶。他喜欢瓦卢什卡想象中的天宇的清纯与空灵，喜欢他曾与自己分享的对于世界万物的独特看法——当然关于地球，艾斯泰尔先生也有自己的理解。这位年轻朋友的每日探望和面对面的倾听，不仅使他“免于会因彻底的孤独而导致不可避免的疯狂”，对他来说，除了善行之外，还意味着一次又一次证明了天使的这种“多余的存在”本身是一种无可置疑的存在，并且还帮助他摆脱了一些对自己可能产生不良影响的、严肃而理性的观点所担负的责任。因为他那些严谨到令人费解地步的句子，就像轻细的长矛撞到坚实的盾牌上反弹回来，或者没有反弹，而是直接穿过了它，但并不会造成任何实质上的伤害。当然，对于这一点他并不能够完全确定，想来他连这个简单的问题都难以确定：瓦卢什卡在安静地听他讲话的同时，是否真将注意力集中到他身上？如果没有，那他又会在想什么？要知道，自己现在说的这一番话就没能像平时那样使他平静下来，他不难意识到，客人进门时的紧张情绪并没有消除：瓦卢什卡仍一手拎着那只手提箱，另一只手攥着那张快要揉烂了的便条。他立刻明白了什么，明白了瓦卢什卡无法镇静下来的原因，还有他攥在手指间的字条意味着什么；尽管他还不能够肯定，但是隐隐约约地猜到了，他这位忠实的朋友此次来访，与其说是来看望他的，不如说是来做信使。那张字条很可能就是写给他的，捎给他的，这个念头刚一冒出，艾斯泰尔先生就禁不住暗吃一惊，迅速将水杯放回到床头柜上，并且——假如说他刚才一直说话是为了能让瓦卢什卡平静下来，那么从现在开始，他则是为了让自己平静下来而不得不继续说话，不想给客人开口的机会——他用一种不容别人打断他思路的、既温和又强势的口吻继续说下去。“然而，与此同时，”他接着说，“我们最著名的科学家们，那些不断出错但永不气馁的英雄们，最终从神谕中摆脱出来，跨入自己的不幸，直接跌进这个悲惨的历史陷阱，看上去像是某种胜利之路，所谓‘精神与意志’的胜利。你看，我对此一点都不感到惊讶，尽管我要承认，直到今天我仍不明白，我们从树上爬下来为什么能给我们带着如此巨大的快乐？人们认为这样很好吗？我在这件事情上并不觉得有丝毫的好笑。更不要说，这并不适合我们，因为请你细想一下，在经过数千万年的实践之后，我们能够用两条腿坚持走多久？我亲爱的朋友，我们不应该对此沉默，一天都不。至于我们学会了直立行走，请允许我举一个自己的例子，这个你也知道，我得了一种病，这种病逐渐恶化，现在已经发展成折磨人的强直性脊柱炎（正像我的医生、好心的普罗沃兹尼克博士所说，这是必然的发展结果）。我必须接受这个现实，我的整个余生都必须保持这个简单的垂直坐姿，换句话说，只要我要活下去，就必须一直弓腰驼背——似乎是要我们理性地为曾经直立行走的轻率选择承受惩罚……”“两腿站地和直立行走，我亲爱的朋友，这是我们丑陋历史的象征性起点，而且说老实话，”艾斯泰尔悲凉地摇摇头，“我对我们能够有尊严地结束历史已经不抱任何希望了，想来就连最小的那一点点希望也都破灭了。比方说，我们在那个年代还寄希望于登月，似乎那为一种更有品位的告别，指出一条庄重的道路，并且对我的影响极其深刻。然而没过多久，在阿姆斯特朗等人登月回来之后，我不得不清楚地看到，那只是一个美丽的白日梦而已，我的等待是徒劳的，因为每次——即便是令人叹为观止的——尝试都有其自带的美丽瑕疵，这些宇宙探险的先驱们，出于让我完全无法理解的原因，在登上了月球之后，意识到脚下已不再是地球，最终还是没有留在那里。你知道，我想说的是……不管我们想去哪里。”艾斯泰尔小声地说着，闭上了眼睛，仿佛他正幻想着太阳，正朝最后一只飞船走去，并没有人明确地告诉他，这次神奇的太空之旅，这次在远方较长久的逗留将会损伤他的情绪，但他在潜意识里会这么想：这一切最多只会持续几秒钟……假如他没有因最后这句话的酸涩语调而把它收回，他就不能自欺欺人地对这句话的轻率保持沉默。更不用说，这种象征性宇航的诱惑力早在构想之初就已经跑偏（要知道：“反正不管去哪儿，我们都不会走出太远，不管在哪儿，我都成为不了一个幸运的人，我第一眼想要看到的还是地球……”），哪怕是对最微弱的运动，他都会有超乎常态的不适应感。因为事实上，他既不愿意进行任何结局未卜的冒险，并且没有兴致为做任何草率的实验而在位置上发生改变，想来他从未放弃过在“诱人的虚幻与找寻的痛苦”之间努力作出明确的区分。他清楚地知道，面对一个如此令人晕眩的旅行，他所能指望的只是“自己固守于此的特殊意义”。在经历了五十年的苦难尝试之后——想来他没能穿越城市的沼泽——他带着自己生在其中那一片如瘟疫般传染的愚蠢的泥潭，躲进自己的洞穴里避难。这令人陶醉的白日梦太过短暂！最终证明还是于事无补，他无法否认，即便他在泥淖中走出了一小段路，但是他的气力早已耗尽。当然他也并不否认，正因如此，他已经有好几年没有迈出家门了，因为他觉得，万一在路上遇见了谁，他不得不在街道拐角跟某位市民交谈几句，就像他最后一次上街时发生的那样，那么他在之前的修隐中取得的所有进步都会被一笔勾销。因为他想要忘记一切，忘记他在担任所谓的音乐学校校长的几十年里经受的一切：那些愚蠢白痴的攻击和那些愚昧空洞的眼神，年轻人开放心智的匮乏，空气中精神麻木的腐臭气味，还有那种卑鄙无耻、自以为是、鼠目寸光的令人压抑的力量，在那种力量的重压下他自己险些就要崩溃。他想要忘记那些被托付给他的小孩子们，在他们的眼睛里总是闪烁着令人难忘的渴望。有一次他们用斧头砍坏了他们憎恨的钢琴，出于自己的职务使命，他从浑身酒气的音乐教师和目光潮润的音乐爱好者中选拔并组建了一个“大型交响乐团”，尽管乐团的水准连为乡村婚礼伴奏都配不上，但心无猜忌、满怀感动之情的乡村观众仍月复一月地为他们糟糕得超乎一切想象的演出报以雷鸣般的掌声。为了能让乐团成员们习惯于音乐，他付出了无尽的努力，进行了徒劳的尝试，只为了别在舞台上总演奏同一首曲目，要知道，“这对他令人难以置信的耐心来说是永恒的考验”。他想将许多人的名字从自己的记忆里抹掉，比如：沃尔奈特，那个驼背的裁缝；赖海尔，那个无知得无与伦比的中学校长；纳达班特，当地的诗人；马霍维涅茨，水塔管理员，痴迷的棋手；弗劳姆夫人，以及她的优雅举止和她的两个丈夫；还有普罗沃兹尼克医生，他凭着自己的行医许可，慢慢地，想要成功地将每个人送进坟墓。简而言之，他想要忘记所有的人：从总是钩编桌布的努斯贝克夫人到已经彻底疯掉的警察局长，从总是追猎未成熟少女的市长先生到最后一位扫大街的清洁工，他想将“整个这个黑暗的、愚蠢者的孳生地”永远地从自己的记忆中抹去。当然，他最不愿意听到的就是关于自己妻子的消息，她简直就是一头危险的史前怪兽，总让他联想到中世纪残酷无情的雇佣兵。“感谢上帝的仁慈”，他在几年前就已经与艾斯泰尔夫人分居，他们的婚姻简直可以称为“地狱闹剧”，归咎于青年时代不可饶恕的粗心大意，而他从女人那副贫瘠可悲、令人震惊的本性里总结出这一切，在他看来，它生动表现出这座小城社会“形形色色的幻灭奇观”。早在婚姻的最初期，每当他将视线从乐谱上抬起，都会为自己已成为丈夫的这个事实感到震惊，并仔细打量自己的配偶，意识到自己面临一个无法解决的问题：怎么才能避免用她的教名来称呼她？（“她看上去就像一麻袋土豆，”他心里暗想，“我怎么也叫不出顿黛，这是童话中仙女的名字！”）即便如此，过了一段时间之后，这个称呼问题已不再像当初那么令他头疼，即便他从来不敢将“各种替代方案”说出口。因为“他的生活伴侣的致命外貌”与他负责指挥的一个可怕之极的合唱团的艺术水平完美地匹配，所以他不禁对自己另一半的内在心性形成了某种令人更加震惊的认知。毫不夸张地说，艾斯泰尔惊愕地意识到：自己娶了一个名副其实的士兵当妻子，她只知道一种节拍——进行曲的节拍，她只知道一种旋律——警报的旋律。由于他的步伐无法跟上她的号令，她嘹亮的军号声令他脊背发凉，浑身发抖。对他来说，这个婚姻很快变成了魔鬼的牢房，一个无法逃脱的陷阱，他不仅感到自己逃脱无望，甚至连逃脱的念头都不敢再有。他不仅没有得到自己在与她——现在回想起来只会令他感到羞耻的——订婚时自然而然所期望的那种“基本的生命能量和来自穷人阶层的道德安全感”，结果恰恰相反，他发现自己遭遇的是“充满勃勃野心的弱智”（这么讲没有丝毫的夸张）和某种根植于野蛮的兵营精神中的“卑鄙心机”，以及粗暴鲁莽、麻木不仁、具有破坏性的仇恨和淫荡的粗俗。面对这一切，几十年来他都感到束手无策。他变得无可奈何，彻底丧失了反抗能力，因为他既不能忍受她，也无法摆脱她（至于离婚，他只要一提，就会立即遭到无情的报复……），因此，即便情况无望转变，他还是跟她一起在同一个屋檐下忍受了将近三十年的噩梦，直到有一天他感觉到自己“已经坠落到了再也无处坠落”的最低点。他坐在由城中一座废弃了的祈祷堂改建成的音乐学校的校长办公室窗户前，脑子里琢磨着那个刚走出学校大门不久的当地调琴师（他指的老眼昏花的弗拉赫贝尔格）留下的令人不安的话语。他望着屋外苍白的落日，看着那些拎着塑料袋沿着冰冷、黑暗的街道跌跌撞撞回家的市民们，他忽然意识到，再过一会儿，自己也应该动身回家了——这对他来说完全是一种反常、陌生的感觉。他想要站起来，或许想要喝一杯水，但是四肢却无法动弹，那一刻他突然明白，这并不是短暂的身体不适，而是一种积蓄已久的疲惫，是在过去的五十多年来日积月累的苦涩、无以复加的悲凉以及“这种不以他的意志为转移的苍白落日和跌跌撞撞回家的致命疲惫”。当他回到温克海姆·贝拉男爵大道旁的房子里并且关上身后的房门时，他感觉已经筋疲力尽，再难以支撑，决定马上躺下。他要躺下休息，永远不再起来，一分钟也不能再耽搁了，他从那天躺到床上的那一刻就清楚地知道，“要想获得充足的，能够用以应对这许多疯癫、蠢笨、愚钝、麻木、鄙俗、粗暴、惶惑、无知和普遍性幼稚的生活经验”，他即使再活五十年也远远不够，他再怎么躺着也难以获得彻底的休息。他抛开了以往所有的谨慎和顾虑，要求艾斯泰尔夫人尽快从家里搬出去，并且正式通知单位：鉴于自己每况愈下的健康状况，他请求立即辞掉所有的头衔和职务。随后出人意料的是，就像在童话中发生的那样，他的妻子第二天就从他眼前消失了；关于他的退休金的正式公文也在几个星期后跟一封写有“祝贺艾斯泰尔先生在音乐研究领域取得更大成就”字句的“特殊信件”一起邮寄到他手里，落款上的签字模糊不清。这意味着从那一天开始，他得到命运不可思议的惠顾，可以不受任何干扰地做自己一直想做的事情了：从清晨醒来到夜晚躺在床上，他靠咀嚼那些苦涩而忧郁的句子打发无聊的时光。他不知道是应该感谢单位办理的退休手续，还是感谢妻子异乎寻常的表现，总之他获得了特殊的厚待。自打接到第一笔退休金，他就感到如释重负，尽管人们普遍认为他之所以突然决定退休，实际上只是因为他几十年来在“声音世界”里的潜心研究已经抵达了最后阶段。显然这种猜测只是基于误解，是错误的推测，但也并非毫无依据，只是——就他自己的情况而言——跟音乐研究毫无关系，而是关于一种对反音乐的认知，是对一个已被掩盖了许多世纪、对他来说尤其令人绝望的丑闻的“无情揭露”。在这个决定性的日子里，在一次早已养成习惯的晚间巡查的过程中——要知道，在教学楼大门被锁上之前，很少有谁还会待在里面——他无意中跨进学校的大礼堂，看到弗拉赫贝尔格还在那里工作，显然他已被所有人遗忘。这位老调琴师每个月都会来学校里一次，而且每次艾斯泰尔都会不经意地推开门看到他，然后被迫听老人的喋喋不休。他的存在和他的唠叨，会让艾斯泰尔感到不适（或许还会感到厌烦），他每次都会悄然无声地溜出大礼堂，叫人赶快催促他完工。然而在那个下午，他连一个女清洁工都没能找到，因此那天他不得不中断自己的沉思，亲自催促弗拉赫贝尔格离开。老人的手里拿着音叉，显然他想更清楚地区分那飘忽不定的a音和e音。这位性情古怪的钢琴师——跟以往一样——几乎整个身子都趴在了钢琴上，他的每个动作都伴随着言语，心情愉快地自问自答。他的喃喃自语，在别人听来只不过是毫无意义的琐碎唠叨，然而对弗拉赫贝尔格而言，每句唠叨都发自肺腑，每当他“偶然发现一个尚不协调的和弦”，都会兴奋地叫起来（“嘿，你这个天真可爱的小五度音怎么跑到这里来了？对不起，我不得不在你身上拧两下……”）。艾斯泰尔的心里感到一紧。他从年轻的时候就坚定不移地确信：对他来说，音乐表达是和谐与共鸣的万能魔法，为人类提供了能够用来抵御周围世界的“鄙俗与肮脏”的唯一手段，音乐是那样地亲密、完美，能够与他神通意会。然而此刻让他感觉到，弥漫在大礼堂内的廉价香水味和衰老的弗拉赫贝尔格喋喋不休的磨叨似乎粗暴地损害了这种纯洁透明的理想。就在那个傍晚，弗拉赫贝尔格成了压垮艾斯泰尔的最后一根稻草，他被一股愤怒所席卷，并以与自己性格和身份格格不入的方式将那位不知所措的调琴师推搡出学校，与其说他将白色的拐杖塞到老人手里，不如说是扔给了他。他无法忘掉那些唠叨，每个词语就像刺耳的警笛钻进他的体内厉声嘶鸣并折磨着他，他似乎已经预感到这貌似无聊的琐碎唠叨将会把他引向何处，无论怎样他都无法将它们从自己的脑海中抹掉。当然，他至今都清楚地记得他在音乐学院学习时听到的一句话，“在最后的两个三百年里，欧洲的乐器发出了愤怒的音调”，但在当时他并没有感觉到这句话中隐含了什么特别的意义，也从来没有认真琢磨过这句简单的陈述的具体所指，然而此刻，弗拉赫贝尔格的那些过去在他听来轻快、无聊的唠叨的孤独自言自语却让他意识到压在内心深处的某种神秘而模糊的沉重负荷，为此他必须摆脱对音乐表达的完美性所抱的绝望信念。在退休后几个星期里，他刚从最危险的疲惫漩涡里挣脱出来，仿佛遭到了恶毒的诅咒，他立即专心致志、咬牙切齿地沉浸到这一沉思之中。另外，他一陷入沉思就很快发现，这意味着他要投入一场将自己从自欺欺人、顽固不化的最后幻想中解放出来的痛苦搏斗，因为他就是在这些落满灰尘的书架之间埋头研究，并创立出一套“音乐抵抗”理论作为自己的最后幻想，他试图以此维护自己饱受围攻的价值观。然而就在弗拉赫贝尔格“拧出那天真可爱的小五度”时，他大胆幻想出的海市蜃楼也随之坍塌，最后只剩下黑暗的天空。他先剥除那些无关紧要的概念，或者说挑选出那些最基本的概念，首先试图将声音和音乐声区分开来，后者的特征是具有某种基于物理原理产生的固有谐波所形成的对称性，也就是说，其特征是在单一的振动里包含了一系列连续的波形相同、可用整数关系表示的周期波。随后他研究了两个声音之间可以相互呼应、和谐共存的基本条件，并且断定只有当两个声音或音调能够产生最大数量的和谐波，而这些和谐波很少相互接近时，才会让人感到“愉悦感”，唤起人们的“音乐感”。由此，他可以确信无疑地阐述自己关于音乐秩序的理论，以及他对音乐史的越来越贴近，也越来越觉可悲的认知。如果说他曾学到过什么，但由于他的漫不经心，有许多具体的内容已经记不起来了，他必须重新激活记忆，同时也对记忆进行补充，因此可以想象，他在发烧的那几个星期里，房间被多得不可思议的字条铺满了，上面写满了函数、算式、小数点、分号、频率和谐波指数，房间里乱得让人找不到一块下脚的地方。他必须理解毕达哥拉斯的勾股定理，这位古希腊大师如何在众多仰慕他的弟子簇拥下以弦长为基础计算出一个格外迷人的音程体系，就连亚里士多德都不得不佩服他的这一天才的发现。他认为古代音乐家用自己的实践的经验和本能的敏锐，完全依靠自己的耳朵，因为他们能听到纯音的宇宙，他认为最好按照著名的奥林帕斯四音列以半音音阶为乐器调音，换句话说，他必须接受并赞叹这一令人瞩目的事实："一位探求世界统一原则的思想家和一位谦卑的致力于和谐表达的人"从两个截然不同的感知性出发，竟意外地得出了惊人相似的结论。然而，他也必须看到之后发现的这个事实：即所谓"音乐学发展"的可悲历史，自然调音是有局限的。要知道这正是问题所在，由于调音困难，所以坚决避免较高音调的使用，这变得越来越令人难以忍受。换句话说，由于人们，他被迫看着事情朝致命方向发展，因为基本问题——局限的含义和重要性——已经逐渐被人遗忘。这条路从萨拉曼卡的萨利纳斯、中国音乐家朱载堉[①]、荷兰的斯蒂文、德国的普雷托里亚斯和法国人梅森[②]，一直延伸到哈尔伯施塔特一位管风琴家的脚下，

①朱载堉（1536—1611），明代著名的历学家、音乐家和享有"律圣"美誉的律学家，代表作《乐律全书》。历史上他第一个证明了匀律音阶的音程可以取为二的十二次方根（即十二平均律），比欧洲人早了半个多世纪，遗憾的是他的理论未受重视。

②马兰·梅森（1588—1648），法国神学家、数学家、音乐理论家，其著作《宇宙和谐》是记录当代乐器的一份珍贵的史料。他于1636年提出十二平均律，是西方最早提出这一理论的人。

韦克麦斯特[1]终于在1691年出版的《音乐的音律论》中一次性地解决了这个问题。这项任务的本质，就像一个复杂的调琴问题，换句话说，如何用欧洲大陆普遍采用的七级音阶为乐器调音并自由地演奏。他保留自己改变观点的权利，韦克麦斯特像轻骑兵一样地手起剑落，无情地斩断了戈耳狄俄斯之结，只保留八度音之间的精准间隔。他将十二个半音的宇宙简单分割成十二个平均的等份，想来音符间的距离对他来说又算得了什么？经过短暂的犹疑和微弱的反抗，作曲家们很快为这些绝对简明的音程感到欢欣鼓舞，他在音乐史上的地位也由此而确立。然而令艾斯泰尔感到震惊的是，正是由于韦克麦斯特在音乐史上所确立的这个令人愤怒和毛骨悚然的可耻地位，他与优雅的和谐和悦耳的美妙产生了关联，并帮助他在瘟疫般无意义的沼泽里跋涉到今天。即便他的这个历史地位“从根本上讲是虚假的”，但许多世纪以来，人类还是能够通过无数伟大作品的每一个音符感受到一个帝国的切实存在。专家们一窝蜂地赞颂他天赋卓绝、无人企及的伟大发现，但实际上与其说韦克麦斯特是一位“发现者”，不

①安德列亚斯·韦克麦斯特（1645—1706），德国管风琴演奏家、音乐理论家和巴洛克时期的作曲家。1664年在哈尔伯施塔特担任管风琴师。他是最早倡导平均律的音乐家之一，他的平均律理论发表在1691年出版的《音乐的音律论》上。此种音律巧妙地混合五度相生律的五度和略小于四分之一音差中全律的五度。虽然大三度比纯律略大，但在听觉上完全能接受。他通过这种倡导对后来几乎所有西方音乐的和声基础产生了很大的影响。

如说他踩在前人的肩膀上；他们谈论平均律时，感觉就像——欺骗——是世界上最自然不过的事情，甚至试图掩盖这一事实真相的意义，研究这个问题的学者们表现得比韦克麦斯特本人还要狡黠。有的时候，他们声称，在等音程理论提出和传播之后，可怜的作曲家们终于被从此前使用的九个音调的牢笼里解放出来，可以凭借它大胆地闯入未知的、过去无法抵达的地方；还有的时候，他们会用讥讽的口吻说，在所谓“自然调音”的情况下，我们要遇到多么严重的调性问题——在这个问题上，他们通常会回避敏感性问题，想来谁都不愿意放弃任何一首贝多芬、莫扎特或勃拉姆斯无与伦比的伟大作品，而仅仅因为在演奏他们天才的曲目时声音要稍微偏离绝对纯净的音程？“我们必须超越微小的细节！”他们在这一点上达成了共识，当然也会有一两个象牙塔里的学究敢于以不屑的口吻说“这是妥协”，但大多数人都会不以为然地挥手一笑，给这个词加上引号，并且俯身凑近他的读者悄声耳语说，事实上“纯粹的调音”是想象出来的，“纯音”根本就不存在，即使有，那又有什么意义？想来没有它们，我们活得也很快乐……艾斯泰尔将这些人类失败的证据，将音乐大师们的杰作搜集到一起，统统丢进了垃圾桶。他没有想到，这不仅给哈莱尔夫人带来极大的喜悦，自然也乐坏了当地的古董商，他以这种特殊的姿态宣布自己完成了这一折磨人的研究，他说，现在到了该下结论的时候了。在这件事情上，他一刻都未曾怀疑过，这个问题与技术无关，而是一个“意义重大的哲学问题”。但是他在更加深入思考的过程中，意识到自己从“弗拉赫贝尔格拧出了天真可爱的小五度”开始，通过他对乐音体系充满激情的研究，现在已陷入无可避免的信念危机。迄今为止，他始终相信，所有伟大的作品都建立在和谐的体系上，而这个和谐的体系是存在的，但是现在他不得不向自己发出这个提问：自己的这个信念是否真的不会被人指责为“虚幻的想象”？后来，在经历了第一波痛苦无疑的、最苦涩的浪潮之后，他开始能较为冷静地面对任何的“理解力障碍”，他一旦接受了这一现实，便会立即感到精神上的放松，因为他已经能够清楚而准确地看到现在正在发生着什么。正像艾斯泰尔认定的那样，世界不过是“一种冷漠的力量和充满苦难的转折”，到处都是互不相容的事情，里面有太多的噪音，敲凿声，喧嚣声，胡乱敲响的战斗钟声，世界上只有这些，没有别的，我们最终会意识到这一点。但是他“生存在尘世间的那些同事们”，在这个无法供暖、四处漏风的营房里——始终痛苦地憧憬那遥不可及的甜蜜，在等待的永恒狂热中燃烧。他们等待着什么，但自己也不清楚在等待什么；他们希望着什么，但所有的希望都与他们作对；他们日复一日地说服自己等待，然后事实表明他们的等待毫无意义。信念，艾斯泰尔认识到自己的愚蠢，信念并不意味着要相信什么，而是要相信一切其实并非是我们看上去的样子。音乐也如此，并非是对我们更好的自己和更好的世界的认知和表述，而是对我们无可救药的自我和一个不幸世界的掩饰，甚至以扭曲的方式予以否定：是无效的疗法，是麻醉人的酒。肯定有过更幸运的人，它们曾在更幸运的时代里思考，如果在毕达哥拉斯和亚里士多德生活的时代，在那个时候，我们的“生存在尘世间的那些同事们”不仅不会忍受被怀疑的痛苦，而且并不渴望从他们完好无损、天真幼稚的孩子式的自信影子中脱离出来，因为他们知道神圣的和谐是属于神灵的，他们因此满足于借用调成纯音的乐器演奏的音乐让自己能眺望到无际的太空。但是后来，当人类从有序的宇宙自然中解放了自己之后，这一切都变得比什么都无足轻重，已经陷入混乱的令人不安的傲慢。反正已经不再需要它了，想要得到的只是脆弱梦想的实现，它就像遭到粗暴的触摸，立即化为了尘埃，然后以自己的方式尽可能地幸存：这项任务被委托给了像萨利纳斯和韦克麦斯特这样出类拔萃的技术人员，他们夜以继日地忘我工作，确实能把赝品化为真品，毋庸置疑，最终成功取得了以假代真的辉煌成就。从那之后，感恩不尽的公众还能做什么呢？他们能做的只是心满意足地相视一笑，快乐地眨眨眼睛：“听啊，这太棒了！”听啊，这太棒了，艾斯泰尔这时自言自语，陷入了沉思。他的脑子里第一次冒出这样的念头：要把这台旧钢琴劈成碎片或直接从客厅里扔出去。但是他很快就意识到，他要想摆脱自己信念的耻辱记忆，这是最没有意思的一种方式，因此他在沉思了片刻之后作出这样的决定，将这架施坦威钢琴还留在原地，他开始用更恰当的方式惩罚自己所犯的愚蠢错误。他配备了一把调音扳手和一个灵敏的音频显示器（在“当前处境极其困难的商贸环境下”能够搞到这样的器材实属不易），从那时开始，他每天都会在那架轻微摇晃的钢琴上花上几个小时的时间，在整个过程中他脑子里想的没有别的，只是：做完这件事后，等着他的将会有什么？他心里确信，等到钢琴完全调好，他一定会毫无意外地听到脑海里预期的琴声。他将重返一个“调回到了本来音律的正常时期”，或者用他自己的话说，是“对韦克麦斯特的作品进行仔细的校正”，同时也是对他自己敏感性的校正，即使前一项任务他能够不出差错地予以完成，但是要想重调自己的感官系统他并没有把握，因为后者要比前者更为复杂。当那个美好的一天来到时，他终于可以坐到那架已经根据亚里士多德的精神重新调回的钢琴前，现在他已经可以按照自己的计划用整个的余生在这架钢琴上只演奏唯一的一首乐曲。他从巴赫那部无与伦比、取之不尽、与他的努力目标十分相符的《平均律键盘曲集》中首先选了一首《C大调前奏曲》，然而他听到的并不是“彩虹的颤抖”，而是令人难以忍受的刺耳噪音。他不得不承认，这个结果实在出乎他的意料，对此他没做好心理准备。随后他又弹奏了那首著名的

《E小调前奏曲》，然而从这架已经调成“神圣纯音”的乐器里发出的乐声却让他联想到乡村婚礼的可怕场景，有的人酩酊大醉，连呕带吐地从椅子上滑下来，突然无助地躺在宾客们中间，这时候，烂醉如泥、丰满健硕、一副斗鸡眼的新娘子——扭动着腰肢，憧憬着未来——正好摇摇晃晃地从后屋里出来。作品集第二册中的曲目也同样令人无法忍受，《F大调前奏曲》，居然弹出了《法兰西进行曲》的风格，他内心的折磨丝毫没能减轻，感觉跟刚才弹过的曲目同样可怕。到现在为止，他始终生活在“调回到了本来音律的正常时期”，从那一刻开始，他进入了一段痛苦而漫长的适应阶段，一个稳步发展的训练过程。他动用了自己的全部意志和力量承受这一巨大的考验，几个月之后他意识到，即便他还是未能完全习惯，但至少已经能够忍受那刺耳的喧嚣了。他决定将每天两次、每次两个小时的酷刑减少到总共六十分钟。即使在瓦卢什卡成为他的常客后，他也从来没有中断过那一个小时。甚至很快，当这位先前只是给他送餐并是他与外界全部联系媒介的年轻人逐渐变成了他的知己后，他允许瓦卢什卡走进自己痛苦的秘密，并开始与他分享自己的幻灭和每日自我鞭挞式的折磨。他向瓦卢什卡解释了音阶系统，而且告诉他，这看上去像是自己排成一列的七个音符并不仅是一个八度音阶的七分之一，不是机械性的系统，而且具有七个不同的品质，就像天上的北斗七星；他让乐声在年轻人的眼前闪闪发亮，也提醒他要注意到“他洞察力”的局限性，也就是说一段旋律——恰恰由于七种完全不同的品质——不能从八度音阶中的任何一个音符开始演奏，因为“音阶不是规规矩矩的教堂台阶，你要知道，我们不能自由任性地跑上跑下，跑到神的跟前”；他将他领进声音系统的可悲历史，向他介绍了那支“既杰出而又令人遗憾的技术人员团队”，从布尔戈斯的盲人到弗拉芒人数学家，而且他每次都不会忘记演奏他心爱作曲家的作品——因为他清楚地知道在这架神圣的钢琴上演奏什么才更动人——比如约翰·塞巴斯蒂安·巴赫的某首曲目。几年来，日复一日，每一天午后，艾斯泰尔都会在吃了几勺午餐后，将盘子推到一旁，他以这种方式与瓦卢什卡分享自己因为从前愚蠢的行为所应接受的惩罚。然而此刻，他为了推迟弄清年轻人紧张地捏在手中的字条和紧攥着的那只皮箱里藏着的秘密，他决定今天也要为他演奏点什么，“为了让你能够多学到一点东西，我再弹一首约翰·塞巴斯蒂安·巴赫的曲子”；不过，他最终还是迫不得已地放弃了这个计划。要么由于他在说完那句令人难忘的话之后停顿了太长时间，要么因为瓦卢什卡现在已经积攒起相当大的勇气，总之，这位眼里放光的年轻人赶在艾斯泰尔先生之前先开了口，开始的时候有点磕磕巴巴，首先坦白了自己来送皮箱的任务。艾斯泰尔立刻明白了什么，他始终感受到的那股不祥的预感并没有欺骗他。是的，并没有骗他——至于那张字条，他当然猜出了是谁写的，只是这一切来得太过突然，让他感到措手不及。其实上，也并不能说“太过突然”，想来在当时，当妻子听到他要赶她走的第一句话后就毫不犹豫地从家里搬出去时，他就清楚地知道妻子是不会原谅他的，她决不会咽下那口气，肯定有一天会回来的，因为她必须维护自己被侵犯了的权利，必定要报复他那句冷酷的要求。尽管他已慢慢将妇人离家的那一天看作大洪水之前发生的遥远事情，尽管已经过去了这么多年，但都无济于事。他从来没有，一分钟都不曾用这样的念头来欺骗自己：艾斯泰尔夫人现在不会再来打搅他了，因为正式离婚的事情“仿佛被她忘记了”。她从来没有提过这件事，围绕这只皮箱上演的这场戏更让他清醒地意识到，“这个荡妇根本就不曾放弃过”。他不得不忍受这出荒诞的喜剧，妇人以为丈夫不知道这个秘密，自从他退休之后，一个星期又一个星期，始终继续为他洗脏衣服，并且委托瓦卢什卡送回来，并假装是从洗衣店取回来的——他出于善良并没有道破这个把戏，始终假装不知。“洗脏衣服，这大概是她唯一能做的有用的事情”，艾斯泰尔当时这样想。然而他现在意识到，自己要为当时的粗心大意付出沉重的代价，因为他很快看到，在皮箱里装的都是妻子的衣服，她以这种丝毫都不出人意料的野蛮方式向他宣布：“今天下午我就要搬回家住。”尽管这件事本身对艾斯泰尔来说就已经足够，但他从中并没有看到真正意义的复仇，只是让他突然感到慌乱不安。艾斯泰尔不明白将会发生什么，最后他从瓦卢什卡断断续续、口齿不清的讲述中终于明白：艾斯泰尔夫人邪恶无比的“计划”到底是什么。不，她通过瓦卢什卡给他传信，她并不打算马上就搬回家来。显然瓦卢什卡很惧怕这个妇人，对她赞不绝口，通过他，她只是委婉地向丈夫暗示，她随时都可以搬回来，不，但是她暂时并不想搬回，只是请他出马，请他站到全民卫生运动的前沿，用她的话说，这场运动“推选他为领导人”。瓦卢什卡热情地补充道，她还托他送来了一份名单，上面写着一串当地居民的名字，必须说服他们立即将房屋四周打扫干净，不要从明天开始做这件事，而是从现在，此刻，马上开始！因为每一分钟都很宝贵，要跟时间赛跑！不要迟疑，她相信他能够做得到，假如他不愿意这么做，她在捎来的最后一句话里隐约地暗示，他们俩“今晚将会坐在一起吃晚饭”。在年轻人讲话的时候，艾斯泰尔皱着眉头一言未发。后来，瓦卢什卡终于停止了对艾斯泰尔夫人的疯狂赞颂，他说她对艾斯泰尔先生“十分忠诚和无比温柔”——可以肯定，这位可怜的年轻人被那个卑鄙、狡诈的可怕女巫给吓坏了。但他还是没有张嘴说一个字，只是默默地躺在华丽的席梦思床上的枕头堆中间，目光重又随着溅出的火星在火炉上方移动。他是否应该予以反抗？是否应该撕掉字条？如果她胆敢走进这栋房子，“就在今天晚上”，他是否应该用斧头把她劈成两半，就像一个脾气火暴的新生对待音乐学校里无人看管的钢琴那样？不行，艾斯泰尔先生自问自答，面对如此狡黠而强大的力量他感到有些无能为力，于是他把被子推到一边，弓着腰坐到床沿上，然后动作缓慢地脱掉身上的睡袍。他的决定让瓦卢什卡感到无以言表的欣慰，他说他有必要暂时中止这种“治疗式遗忘带来的无限快乐”，由于某种“不可抗力”，他迅速作出这个决定，并不是因为他被吓坏了，尽管他这样做既不情愿，也过于仓促，但不是因为他被吓得丧失了理智，而是他立刻就能意识到，自己只需片刻就可以权衡出利弊——他不愿卷入任何的战斗，他必须避免最坏的情况。对他来说，唯一的选择就是毫不反抗地屈服于勒索，这确实不需要过多考虑，然而要他真的做好出门的准备，看上去并没有那样果断。随后，他请瓦卢什卡帮忙“消一下毒”，自己则走出沙龙，把手提箱——紧张地——放到房子里离他最远的角落（“既然他无法驱逐她精神上的存在，至少可以把这个皮箱拎得远一点……”），不知所措地站在衣柜跟前。他并不怀疑自己决定的正确性，只是不知道该从哪里下手，该怎么着手，下一步应该怎么做。就像一个人突然感到大脑空白，好半天想不起来一串规定系列动作中的下一个动作，他只是怔怔地站在那里，盯着衣柜门，打开，关上，又打开，又关上，然后回到床边，好从那里再次动身走到衣柜前，因为此刻他已经意识到了自己绝望的无措。他试图将注意力集中到一个问题上，最后必须作出决定：他应该穿这件与死气沉沉的天空相配的灰色西装，还是应该选那件黑色西装，或许穿着它去执行这项类似守灵送葬的任务更合适？他在两种选择之间犹豫不决，不知道哪个更合适，更不要说之后还要对衬衫、领带、皮鞋，甚至帽子作出一系列决定，要不是瓦卢什卡开始在厨房里摆弄送餐桶发出的磕碰声使他突然一惊，清醒过来，不然他还会继续犹豫不决地愣在那里。既然他无法在灰色和黑色之间作出选择，那么就非常需要有第三种选择，好让他能够像铠甲一样地穿在身上，能够在外面的街上为他提供保护。毫无疑问，即使到天黑他也不可能作出正确的决定，在两件西服之间究竟应该拿出哪一件？对他来说最好不是在西服、坎肩和大衣之间进行选择，而是该在头盔、胸甲和护腿之间，因为他心里非常清楚，这件被迫接受的任务对他来说是可笑的羞辱——现在艾斯泰尔夫人要把他打造成一位城市垃圾的监督员——他会变成一个可怜的矮人，沦陷于致命现实的沉重困境，就像两个月前他最后一次出门散步，出门没走多远，只冒险走到第一个街角就退缩了。当时，他刚一踩到路面，呼吸到外面的空气，感觉到空间的距离感，或听到从“摇摇欲坠的屋脊和总是浆洗过的蕾丝窗帘那令人窒息的温馨”之间传出的熟悉对话，他就立即感到无所适从，更不要说还有更复杂的事情在等着他。他必须考虑到“在街上可能发生的意外”，他肯定会在路上遇到某位居民，先遇到一位，然后第二位，之后更多。他必须一动不动地站在那里听路人寒暄，看他们向自己表达重逢的喜悦，这很残忍，但他必须忍受。这些路人以合理合法的无礼毫无节制地将他们五花八门的精神烦恼一股脑全都扣到他的头上，然而更糟糕的是，他必须——神色忧郁地——像聋子和哑巴那样面对那些令人窒息的无聊抱怨，不能动任何的怜悯心，以免掉入混杂了厌恶的同情陷阱，避免让自己退休以来终于获得的那种得之不易的“神仙般的轻松和惬意”得而复失，再次迷途。他相信自己的帮手也已经卸掉了肩头的重担，瓦卢什卡以自己的方式完成了任务，但根本就没考虑他被迫接受的这项任务到底意味着什么，因为对艾斯泰尔来讲，马上要去领导一个缝纫班或一次盆栽大赛，还是去当一场该死的扫大街运动的领袖没有什么区别，因为结果他都是要集聚起自己全部的力量以抵抗各种光怪陆离的事情。当他最终穿好了衣裳，最后在镜子里瞅了一眼这套无可挑剔的（灰色的）衣服，终于将思绪从马上就要开始的痛苦出行中拽了回来，暂时忘掉了对自己是否还能完好无损地回来的担忧，继续对刚才被迫中止了的那个——由艾斯泰尔夫人这个虽然可以预见，但还是令人感到意外的粗暴要求引发的——关于这个世界令人难以表述的苦涩境况进行思考，比如：从炉膛里溅出的火花如何熄灭？“某种隐伏的邪恶意志”如何能消失？他看到了一点微不足道的可能性，但要克服危机四伏的困难和阻碍，他必须付出巨大的努力。他与兴高采烈地拎着洗干净的送餐桶的瓦卢什卡肩并肩地穿过走廊，从两排每周书都会变得越来越少的书架之间穿过，然后跨出昏暗的门洞，来到街上。他还没走出几步路，冷冽的空气就让他像中毒了一般感到一阵剧烈的晕眩，以至于之后过了好长时间，他才暂时摆脱了自己“布尔乔亚式的歇斯底里大发作”，将注意力集中到眼前这个最简单的问题：他的两条腿能否支撑自己站在这个滑动、混乱、摇晃的空间里？他是否应该马上改变主意，打道回府？“在晕倒之前……”他自言自语地补充道，像是回答另一个问题：他的心、肺、肌腱、肌肉能否支持自己去做这件事？马上回家，将自己关在客厅里，重新舒舒服服地躺在枕头和毯子中间，留在暖和的房子里……毫无疑问，这个念头非常诱人，然而他不可能认真地考虑这一选择，因为他清楚地知道，假如他“不服从命令”，将会导致什么样的恶果，因此——他忍不住又生出另一个念头，“或许真该打死这个婊子，就在今天晚上”——他拄着拐杖，在一脸担忧地赶忙过来帮他的年轻朋友搀扶下（“是不是有什么不舒服，艾斯泰尔先生?!”）他终于重新寻找身体的平衡，打消了所有抵抗的念头，将周围世界的动荡不安视为一种自然的常态，挽着瓦卢什卡的胳膊继续往前走。他继续走着，并且暗想，他的守护天使——无论是因为惧怕那个邪恶的女人，还是因为他很高兴能再次向他展示这个永恒转动的宇宙现场——很愿意把他拖到街上，穿过城市，哪怕他处于半死不活的状态，因此他磕磕巴巴地试图用些毫无意义的话减轻瓦卢什卡的担心（“没，没事……什么事都没有”）。他小声地跟同伴唠叨说，他头晕得厉害，感觉到自己的体质越来越弱，一点气力也没有，但是没有关系，放心吧，走这点路还是可以的，不会有危险。他开始热情地谈论周围包裹着他们的稠密暮色和某种再次展现的迷人魔力，刚才——情况比自己预先希望的要糟糕得多，他真的像是一个聋子和瞎子——他必须将全部注意力都集中到身体的平衡上，迈完这一步怎么再迈下一步？怎么才能不让自己摔倒？他们至少能走到下一个街角休息一下。他觉得自己的两只眼睛都出现了白内障，感觉飘浮在朦胧的虚无里，耳鸣，两腿打战，浑身感到一股燥热。“也许我马上就要晕倒……”他心里暗想，但是他并不害怕自己可能会意识丧失。事实上恰恰相反，他期望那样，期望自己倒在街上，在一群大呼小叫的路人簇拥下被送回家里。他脑子里闪现出这样的场景，那样一来，艾斯泰尔夫人的计划就破灭了，这样他就可以用最简单不过的方式逃出陷阱。他估计走不出十步，这个幸运的转折就会发生。然而遗憾的是，他刚走出五步，就意识到这样的转折不会发生。他们走到了一八四九年大街的街口，他不仅没有崩溃，反而突然感到情况有所好转；他的腿不再发抖，耳鸣也停止了，最令他感到恼火的是，他的头晕也消失了，显然，这意味着他没有借口半路折返。他站了一会儿，重又能看见，重又能听见，他不由自主地环顾了一下四周，并且立刻意识到：自从最后一次痛苦的出行之后，“这片最令人绝望的城市沼泽”肯定发生了什么变化。至于发生了什么，他一时难以确定，但在刚才那阵令人晕眩的混乱中他意识到，哈莱尔夫人讲的话并非毫无根据。与此同时，还有什么人在他耳边低语，告诉他虽然哈莱尔夫人说的话并非毫无依据，但是她并不了解事实真相，因为当他们在一八四九年大街与温克海姆·贝拉男爵大道的街角停了下来，第一次稍作休息时，他对周围“进行了仔细的观察”。与他脑子里挥之不去的印象相反，“他心爱的家乡”看上去并不是在世界末日的前夕，而更像是已经经历了世界末日。让他感到意外的是，行人们脸上挂着一副无精打采、漫无目标的迷茫表情，从窗内向外窥视的邻居们则表现出某种渴望发生什么的永恒耐心。总而言之，他与其说嗅到了那股早已习惯的“精神麻木的粪肥味”，不如说透过温克海姆·贝拉男爵大道和周围几条街道的空荡感觉到某种从未有过的荒凉，人们眼神中“无尽的空虚”则被荒凉沙漠的喑哑所取代。奇怪的是，一方面城中满眼的空寂预示了某种致命的灾祸，而另一方面，日常生活的布景和细节——与即将暴发瘟疫或核辐射的传言相反，人们并未表现出应有的惊慌失措——从本质上讲，既没有变化、也毫发无伤地保留在原地。这一切令人吃惊，并且很奇特，但最让他感到震惊不已的是，当他根据自己“最本能的直觉”意识到自己置身于一个令人难以置信的混乱空间里时，却找不到任何真正的解释或连一个瞎子都能根据经验得出的答案。与此同时，他一分钟比一分钟更加确信，在眼前的场景里隐藏了什么，他即使看到——肉眼看到——也不可能识别出来。而那恰恰是这幅逐渐变清晰的画面中的基本点，从那里你可以追溯到其他的一切，比如喑哑、荒凉和无人的空寂。他们在一扇大门下休息，艾斯泰尔用一只肩膀倚在门洞的墙壁上，望着街对面的房子，盯着门框和窗框上缘与顶梁板之间昏暗的缝隙。瓦卢什卡还在喋喋不休地说着什么，艾斯泰尔则用手仔细触摸背后的墙皮，似乎期望在手指间脱落的墙灰能够向他透露究竟发生了什么。他一会儿盯着街灯的灯柱和广告柱，一会儿望着栗子树光秃的树冠，之后又将目光投向温克海姆·贝拉男爵大道的两端，试图在距离、大小和比例的细微差异之中找到某种解释。然而他并没能找到答案，因此他试图从更远处或更高处进一步寻找这座失序之城的某个有意义的轴心。直到最终他不得不承认，无论他怎么眺望头顶这片——虽然只是午后，但看上去已黄昏——天空都无济于事，仍无法看透眼前的情况。这片天空本身由变化莫测的云团组成，艾斯泰尔暗想，它以无可估量的沉重压在我们头上，不要说本质了，就连它的色调都未曾改变过。他认识到，即使他从地上看出一丝的变化也没有任何的意义，因此他决定收回自己的好奇心，放弃寻找，试图将所谓“最本能的直觉”归咎于自己感官认知的运转失误。他决定放弃，并且认定，即便自己的身体状况有所好转，仍不能指望在注定的不幸中会有万幸。他这样想着，将那此前总是落在别处的目光继续投向天空——用瓦卢什卡悦耳的话说，那是“永远发布好消息的发射塔”，投向阴沉的穹隆。就在这时，他就像荒诞讽刺小说里刻画的教授，终于在自己的鼻子尖上找到了自己的眼镜。他恍然大悟，只须看看脚下，看看地上，因为他寻找的东西就在这里，就在他脚下。他就站在它的上面，他的脚一直都踩着它，等一会儿他也注定要在地上行走。并且他还意识到，正是这个出人意料的距离——就在眼皮底下，实在离他太近了——导致了他这迟来的认知，也正是由于它伸手可及、能够准确触摸的直接性，使他一直没能找到解决方法。他在意识到这一点的同时，也坚信当他最初看到它时感觉到的“世界末日”和“可怕的混乱”是正确的，一点都没有搞错。让他感到震惊的还并不是这个简单的事实，还因为人们达成了某种默契。由于居民们对于“拥有”表现出的热情受到各种严格的限制，因此全城人都把公共区域视为无人区，根本没有人关心所谓的“街道清理”问题，甚至，真正让艾斯泰尔感到惊愕的并不是这片洪水具体组成的异乎寻常的质量，而是它的数量！想到这里，艾斯泰尔只会忍不住默默地叨念一句：“……实在太惊人了！”与艾斯泰尔不同，有两万五千多行人日复一日地走在街上（其中包括哈莱尔夫人；假如有谁也意识到这个问题，不管这个人是谁，她肯定会对他说点什么），这一切都超乎他的想象。“太多了……”他虽然说得轻描淡写，但是在心里感到恐惧，它们清不完，运不走，他所看到的场景，完全超出了正常人理智所能接受和理解的范畴。但即便他感到非常无措与不解，他仍然认为自己有充足的理由大胆地宣布：在这件“恐怖作品”的创作过程中，“毫无疑问，人类极端不负责任的态度和麻木冷漠的破坏力起着不可估量的作用”。“太多了！太多了！”艾斯泰尔惊愕地摇摇头。瓦卢什卡还在没完没了地讲述自己的经历，但艾斯泰尔已经不再假装倾听，他看到的只是这件“恐怖作品”淹没一切的泛滥洪水，他只是现在——大约在今天下午三点钟——他才第一次能够为他最终成功发现的这种特殊物质命名：垃圾。在他视线所及的范围内，由人行道和街道组成的整个交通网络都被一层致密无缝、坚硬无比的垃圾铠甲所覆盖，这是一条被人踩踏、在刺骨寒冷中冻结到一起的垃圾河流，在黄昏晦暗的暮色里闪烁着超自然的光芒。从苹果核、垃圾袋到旧皮鞋，从手表带、大衣纽扣到生锈的钥匙，这里应有尽有，他在心里冷冷地说，人们冷漠无情地在自己身后留下了自己难忘的标记，在他看来这并不是一座“毫无用处的冰冻废品博物馆”，因为在这些废弃物里有的看上去跟新的没有什么差别，表面一层十分光滑，仿佛是苍穹的暗影，不像是大地，泛着金属的银光，在房屋间还可见幽暗的磷火。他知道自己站在哪里，意识变得逐渐清晰，丝毫没有丧失自己冷静观察的能力。他继续仔细查看，不放过每个角落，感觉像在一个肮脏不堪的迷宫里。他心里越来越可以肯定的是，他的“同胞们”根本就没有注意到这是名副其实、彻头彻尾的巨大“毁灭”，因此用“缺乏社区责任感”来指责他们便毫无意义。仿佛是大地自己裂开了，暴露出埋在城市下面的东西，或像地下的沼泽透过柏油路的裂缝渗透上来，像洪水一样吞噬了一切。“沼泽淹没了泥沼”，艾斯泰尔陷入了沉思。现实状况是思考的根基，他一动不动地看着这片洪水，有那么一刻，他突然感到自己也被洪水淹没，房子、树木、路灯的灯柱和广告柱一起都在慢慢下沉。难道这就是最后的审判？他向自己提出了这个问题。没有号角，没有骑士，没有绝望的大呼小叫，我们被自己的垃圾静悄悄地淹没？“这最后的结局，”艾斯泰尔整了一下围巾自言自语，“也并不那么出乎意料。”鉴于自己已作出了结论，考察应该告一段落，他表示“可以继续出发了”。但是当他刚一想到自己要从门洞下坚实的水泥地跨进人行道的泥沼里时，就立即感到踌躇不安，因为路上那层该死的泥沼看上去冻得既很厚，也很薄，既很坚实，也很易碎，踩上去有可能立即破裂。就他的意识而言，这层垃圾很厚，不可能碎裂，他认为眼前看到的是坚硬无比的固体层表面，但是看上去却很薄，他有点担心，怕踩上去后身体得不到有力的支撑。他就这样犹豫不决地站在那里，动身，还是留在原地？心里进行着激烈斗争。最后他再次感到一种厌恶和反抗的情绪，于是决定："由于考虑到不可预测的特殊情况"，他会大幅度简化艾斯泰尔夫人预先写给他的那套操作办法，会将这个名单转交给他将在路上碰到的任何一个人，委托对方以他的名义前去落实，城里路况处于这样的状态，他的身体不允许他亲自出马，可以让别人继续完成动员、组织等其他具体任务。至于他自己，如果可能的话，他必须尽快离开这片月球上的垃圾熔岩，回到家里继续休养，保持自己的身体健康和精神健康。但是遗憾的是，想要在街上碰到什么人，希望确实不是很大，他在温克海姆·贝拉男爵大道上遇见的唯一有生命的活物是一群野猫。它们迈着柔软的步子，摆着或长或短的尾巴，样子慵懒地走来走去，它们摆脱了沉重的生存负担，悠然自得地在冻得硬邦邦的垃圾间寻找残留的食物。它们一只只身体肥胖，目光粗野，仿佛刚从长眠中苏醒过来，由于受到对它们有利的环境变化影响，明显恢复了它们古老的——食肉动物的——猎食本能。在这个似乎永远不会结束的黄昏里，它们是目击者和帝王们，它们成了这座城市新的主宰。在艾斯泰尔看来，"这里普遍衰败的进程已经迅速展开"。无可怀疑，这些猫已经无所畏惧，它们似乎很想展示这一点，不远处有一只摆动着尾巴，从它的嘴里露出半只老鼠，看得出来它并不是那么饥饿。这时候，几只狂妄的野猫竟意识到自己发现了一个捕猎“真正猎物”的机会——它们看到有两个它们曾经的主人在门洞下休息——竟立即斗胆向他们走近。对艾斯泰尔来说，这些野猫并不具有什么特殊的意味，但是他一旦看到它们，还是立即做出驱赶的动作，试图吓走这群肆无忌惮、很可能已经吃饱了的野猫。但是没有成功，凭着身上残留的、实际已丧失大半的昔日主人的威严，他只能让猫群小心翼翼地夹着尾巴向后倒退了几步，他意识到自己无法彻底摆脱它们。因此，当他们休息好后（作为动身与留下的思想搏斗的结果），他俩继续朝电影院和科姆洛旅馆的方向走去。然而那群野猫并没有就此放弃，“基于双方的力量关系和相互地位已经发生了巨大改变的动物意识”，它们跟在两人的身后走出了很远——直到瓦卢什卡拎着送餐桶走进旅馆为艾斯泰尔打晚饭时——它们才对跟踪感到了厌倦，于是丢下他走开了。它们突然散开，跑到一堆新垃圾中间，动用它们敏感的嗅觉本能，开始继续寻找碎肉、鸡骨头和活老鼠。这里看上去仿佛刚举行过一场非常热闹的狂欢节，地上有摔碎的帕林卡酒瓶，旅馆大门外的地上满是危险的玻璃碴，在街道对面停着一辆遭到过攻击的公共汽车，车头撞到了“舒斯特百货店”的墙上，像是车轴断了似的瘫在那里。这时候瓦卢什卡已经打完饭回来了，重新跟他聚到一起。当他们俩走到“如家咖啡馆”门前时，艾斯泰尔不由自主地朝哈莱尔夫人提到的那棵著名的白杨树瞥了一眼（它已经厌倦了永远抓住地面，现在连根拔出，无辜地斜靠在七首领巷旁狭窄的巷子里）。毫无疑问，所发生的一切都触动了他，但是他心里琢磨的却还是垃圾，他用手指着同伴问：“我的朋友，请你告诉我，我看到的这一切你也同样看到了吗?!”他本想与他分享内心的惊愕，但是结果证明他的努力是徒劳的，几乎就在他张口的刹那，他就知道自己的目的不可能达到。在一阵短暂的不安之后（也不知道感到不安的究竟是瓦卢什卡，还是他自己?），只要瞅一眼瓦卢什卡闪亮的目光就不难发现——在他讲完了自己凌晨的经历后——他的整个思绪仍集中在其他事情上。艾斯泰尔暗中推测：显然，瓦卢什卡此前肯定没有看到，因为他对街道上一望无际的“装饰物”早就习以为常了，怎么可能现在会在这般昏暗的光线下发现什么呢?!现在，他从那闪亮的目光中可以清楚地看出，即便他们可悲地在这冰冻的恐怖泥沼上跌撞打滑，艰难地保持身体的平衡，对他的年轻朋友来讲仍是一桩令人欣喜和振奋的事，仿佛他正在向校长先生解释，他看到的景物只是他从自己因体弱和受惊导致的虚妄视角看到的扭曲影像，过一会儿，可能要过很长一段时间，他，艾斯泰尔，将会认识到自己的错误，是幻觉让他在这座熟悉老城里看到一座鬼城。他们俩自从跨出家门，便开始对城中的情况进行认真的观察和暗自判断，谁都没有去听另一方在说什么，如果说他们还能意识到另一方的存在，是因为他们俩挎着胳膊。然而现在，过了这么久之后，艾斯泰尔才突然注意到自己跟前的这个客观存在，这个瓦卢什卡，这件肥大、粗糙、斗篷似的邮递员大衣，这顶帽子，这只快乐悠荡的送餐桶。迄今为止，他一直错误地认为自己是在跟一个虽然无可救药但仍在运转的社会打交道，所以，在此之前他从来没注意到这一点：每天中午、下午的“天使降临时刻”，已经形成了严格、可靠、固定不变的作息规律。这完全是由瓦卢什卡制定的，他的这位年轻朋友每日登门探望的这个既很特殊、又很自然的规律，随时都可能面临某种意外的威胁。自打他俩相识之后，这是他头一次意识到这一点。在经过“如家咖啡馆”的刹那，在这个让人有充分的理由认为是“特殊一天”的黄昏，在意识到自己这位热忱的帮手潜意识中的狂热与偏执之后，艾斯泰尔陷入了深深的焦虑。他看到人类社会结束的这个终极版本，与此同时，他第一次能够理解并想象瓦卢什卡的生活状态，理解这个天真的男孩为什么能够在不知道身处何处、受到什么威胁的情况下而毫无戒备地投身到自己内心的天文世界里（“就像一只稀有的、濒临灭绝的飞蛾在燃烧的森林中执迷于飞行……”），而他，艾斯泰尔自己，则没日没夜地游荡在这个致命的垃圾场上，并只能得出这样一个结论，那就是他不可能依靠自己独立生活，必须得到这位忠实同伴的帮助。于是他在片刻之间就作出了一个这样的决定：假如他俩能够成功地返回到家中，那么他绝对不会再让瓦卢什卡离开自己。几十年来，他始终认为自己是由于自身的才智和品位才毫不犹豫地拒绝接受这样一个由于缺少理性和道德而令人不堪忍受的世界，然而现在，当他从七首领巷走进市政府街死一般的寂静中时，他不得不承认：他总是想探明准确的原因，固执己见地坚持所谓“常识性判断”，现在已毫无意义地走进了一条死路，因为只要这个对他来说代表着外部世界的小城没有改变其致命的现实，那么这个令人痛苦并散发着浓重泥土味的现实就会在他的体内隐隐呈现，看来无可挽回。他必须明白，任何的挣扎都是徒劳，他早已习以为常的艾斯泰尔式思维并不能使他的生活变得幸福。换句话说，他始终试图以此维护的自身优势与孤傲，在这里已彻底丧失了意义，就像光在电力耗尽了的手电筒里熄灭一般，词语的意义消失了，而与之相关的思考主题也连同五十多年的精神重负一起灰飞烟灭，让位于大木偶剧院[①]式的舞台布景，在那里每一个理性的词和理性的思考都在令人不安的混乱中丧失了意义。在一个这样的世界里，“仿佛”“好像”之类的比喻性陈述都变得苍白无物，在这个空洞的帝国里，他们之所以成不了冒险者，并非由于他们的不解或敌意，而是因为他们

①大木偶剧院，指由法国戏剧家、小说家奥斯卡·马特尼尔（1859—1913）于1896年在巴黎创办的一家木偶戏院，以上演表现强奸、情杀等内容的恐怖戏著名。

与之格格不入。一想到这种可悲的“现实”，艾斯泰尔心里就被一股深深的、令人战栗的厌恶与鄙视所席卷，眼前的一切都与他无关——此刻他自己也很难否认，自己在迷宫里踯躅并有尊严的抗议只能被称作怪诞无稽。但是他仍要这样做，继续走在铺满垃圾的街道上。过了一会儿，他俩走到下一个可供歇脚的地方，在市政府街上的书报亭前，他的朋友误解了他，试图对他刚才的疑问作出回答；年轻人用安慰的口气对他说，他知道“街上为什么空无一人”的原因，并立刻开始了激情洋溢的解释。从那一刻起，艾斯泰尔心里所想的只是：自己一旦完成了这项任务，一旦成功地将自己解脱出来，如何能把他们自己关在温克海姆·贝拉男爵大道旁的家中再也不出来？因为他对这里发生了什么丧失了兴趣，对垃圾之后会发生什么也已经不再关心。他对什么都不感兴趣，只希望在“这场戏结束之前”有谁能够鬼使神差地出现在街上。他希望自己能够消失，就像“柔和的旋律消失在喧嚣里”；他想躲藏在房中的某个角落，再也没有人能够找到他；他要把自己藏起来，就像要藏起这个最后的记忆：曾几何时，他曾作为“一个令人焦虑、孤单无助、富有诗意的虚幻想象”的唯一代表切实存在过。无意中他听到瓦卢什卡讲述自己上午的经历，关于科舒特广场上展出的那头鲸鱼，那不仅吸引了当地居民，而且——这是他亲眼所见，一点都不夸张——还吸引来“周围村庄数以百计的人”。但是说老实话，他现在只能应付一个念头：他们需要花多少时间才能将温克海姆·贝拉男爵大道旁的那栋房子改造成一座“能够抵御任何不幸攻击”的军事堡垒？当他们沿着主路朝近几个月来听起来颇具讽刺意味的“水务局”联排建筑走去时，瓦卢什卡对他说：“所有人全都聚集在那里！”突然，年轻人开始用一副热烈的口吻鼓动他，假如他们俩等一会儿能够一起参观那头巨鲸的话，将是一件多么令人兴奋的事情！那将为他们的此次出行赋予特殊的意义！瓦卢什卡不仅描述了那个身穿运动背心、塌鼻子、曾是摔跤手的马戏团助手，说拥向集市广场的人群必须排几小时的队，还描述了那头鲸鱼令人叹为观止的惊人尺寸，以及它超乎想象、童话一般的模样。这些话不仅没能缓和艾斯泰尔先生的焦虑，而且恰恰相反，如同火上浇油；因为根据他的一路所见，再难推测出比这头咒语般存在的鲸尸更令人不安的结果，单说它的存在就是一种不祥，与其说将他们这次苦涩的出行推到了高潮（更不要说“他将要去参观！”），不如说使他因“无可预知”导致的惊恐达到了极点。假如，他沮丧地思忖，假如这个怪物真在那里，那么这群聚集在一起的民众和穿运动背心的塌鼻子摔跤手，不仅生活在瓦卢什卡那些无法解释的、想要填满这片荒芜之地的绝望奇想中，而且这场奇妙的演出并不只是存在于贴在皮货店墙上的海报里（在海报上有人用毛笔或用蘸了墨水的手指涂写了一行大字：狂欢晚会）。他一遍又一遍地环顾四周，所有的迹象全都表明：在这片孤寂的荒凉之地，除了那群流浪猫外，只有他们俩是真正的活物——当然，艾斯泰尔酸楚地意识到，可以将他们自己悲凉的存在简单、笼统地概括为“生活”。因为用不着否认，他们看上去确实相当奇怪，他们互相挽着胳膊小心翼翼地朝“水务局”建筑的拐角处走去。在凛冽的寒风中，他们每迈出一步都必须付出很大的努力，真就像一对相依为命、盲目踯躅的外星生物，而不是一位德高望重的音乐学校校长在他忠实伙伴的陪同下，动身前去鼓励当地百姓投身于一场城市卫生运动。他们必须协调两种步伐和两种速度，这表明他们还要协调两种无奈，因为艾斯泰尔在泛着微光的道路上每跨出一步，感觉都是他的最后一步，所以他的步态越来越像是马上就要停下，因此瓦卢什卡想要加速前行的愿望总是受挫。另外——由于艾斯泰尔显然对他存在依赖——瓦卢什卡被迫隐瞒了这个事实，他感到左臂十分吃力，自己也很难保持身体的平衡，尤其对他来讲，他的热情可以从精神上支撑他尊敬的先生，但是在体力上并非如此。也许可以这么讲，“瓦卢什卡拉着艾斯泰尔向前走，艾斯泰尔则不时拖住瓦卢什卡的后腿”。这么说也不是非常准，或许还可以这么讲，“瓦卢什卡向前跑时，艾斯泰尔站在那里”。实际上分别考虑他俩的行进步伐根本不太可能，因为这种跌跌撞撞、犹豫不定、折磨人的痛苦行进不仅要将他们各自不同的步伐统一到一起，还要将他们或强或弱的身体动律调整到一起，但是不管怎么说，他们动作笨拙的相互搀扶和相互依靠最终还是能以某种古怪的形式将两个人的动作整齐划一，而不会成为彼此无关的艾斯泰尔和瓦卢什卡。总之，他们靠着这种特殊形式的相互依存继续吃力地往前走，就像艾斯泰尔自己所说的那样，“我们就像在另一个世界里精疲力竭的小精灵，挣扎在撒旦的噩梦里”。他们就像是一对跌跌撞撞的影子，共同扮演一个迷途魔鬼的可恶角色，每个人的半个身子跟另一个人的缠在一起，而魔鬼的左手拄着拐杖，右手快乐地拎着送餐桶，他们就这样向前走去。当他们经过“水务局”前的小花园走到劳动保险储蓄所前寂静无声的街角时，有三个站在丝袜厂“精英俱乐部”大门口的男人瞥见了他俩，他们的情况看上去也没有好多少。在彼此的眼里，对方大概都像是幽灵，那三个人的脚仿佛在地上生了根，无助地等待那个可怕的幻影以缓慢得恐怖的速度向自己这边靠近，对他们作出非法的判决。“这三个人很勇敢”，艾斯泰尔跟瓦卢什卡小声说，试图提醒他注意到那三个灰色的身影。然而年轻人仍在滔滔不绝地讲述那头鲸鱼的故事（艾斯泰尔望着年轻人喃喃地说：“看来除了我们，还有别人活着……”），并且再次嘱咐说，他必须在艾斯泰尔夫人发动的这场运动中做些什么。休息了片刻，艾斯泰尔抱着这样的念头穿过马路，不管怎样，他都必须有尊严、有自信地迎接这第一波令人不安的、关乎自身的解脱与荣誉的浪潮。他努力想出几个合适的词语，向三个男人表现出火热的激情，以唤起他们——对他们这种素质的人来说并非总有这种幸运的——伟大觉醒。“我们必须行动起来做点什么！”在一通累人的寒暄之后，他这样大声喊道，并成功地将自己的手从对方的手中抽回来。三个人中，有一个是听力不好的马达伊先生，他根本都不在乎这样的叫喊，因为他早已经习惯了——为了能够“交流意见”——冲着“受害者”的耳朵无情地吼叫，这总要比解释许多次要好。另外两个人对此也表示理解，但是从他们“您说做什么”的反问中可以听出，他们对这件事持有稍微不同的观点。且不说他们正在谈论的具体事情，从威望上讲，艾斯泰尔校长处于绝对的主宰地位。纳达班先生是一个身材矮胖的屠夫，借助于他所谓的“低语般的诗歌”，在城里相当多的一部分居民中享有受人瞩目的地位，他表示，从他自己的个人角度讲，提请在场的诸位必须保持团结。然而沃伦特先生，这个在皮靴厂工作并专注于各种技术问题的工程师，摇了摇头并且强调说，要将头脑清醒作为联合行动的出发点。马达伊先生则向他的两位同伴打了一个“安静！”的手势，要他们闭嘴，随后俯身凑近艾斯泰尔的耳朵，扯破嗓子对他说：“要不惜一切代价地保持警惕，我认为这是我们该做的事情，先生们！”当然，毫无疑问，他们中没有一个人认为，他们现在抛出的“警惕”“清醒”和“团结”之类的重要概念，仅仅只是他们负责任的逻辑思考的一段充满承诺的序曲，他们迫不及待地想要开始阐述各自无可指摘的论据，而艾斯泰尔先生——他为自己至少能在丝袜厂“精英俱乐部”门前遇到三个当地“活着的白痴”而感到欣慰——并不在乎三个人持有不同的观点，但是他也清楚地知道，一旦这几个激动得颤抖的家伙因主要观点产生分歧而爆发争论，后果肯定不堪设想。也正因如此，艾斯泰尔决定冒一点风险，尽快让退缩到一旁的瓦卢什卡接过话茬。为了避免他们进一步发作，艾斯泰尔故意岔开了话题，问他们为什么这样一致地认为（“从你们苦涩的话语里我可以听出来……”他插了一句），世界末日真的已经到来？这个问题显然出乎他们意料，三个人吃惊地你看看我，我看看你，因为他们中谁都未曾想到：他，尊敬的艾斯泰尔·久尔吉校长（他的名字曾被刻到一块纪念牌上），这位因“用自己非凡的天赋让平淡无奇的日常生活得到升华并被写入艺术的史册”而受到公众敬仰的人物，纳达班先生曾专门创作了一首诗歌这样赞美他，称他是“我们灰色生活的阿尔法和欧米伽”……现在看来，偏偏是他对当前的局势一无所知！同时，纳达班心里也能够理解，像艾斯泰尔先生这样从世界嘈杂中隐退的、具有更高精神境界的音乐家，由于他众所周知的独特天性，怎么会知道这样的事？原因就是这么简单！与此同时，这也唤起了他的一股自豪感：这样看来，他们三个是幸运的天选之人，他们将担负起这项重任，将向这位“活着的伟人”报告这座城市的命运发生了什么不祥的变化。“嗯，好，这很简单，只需一分钟时间，您就可以明白，可以惊醒。”现在城里的商品供应已完全不能保证，学校和机关都已停止了运转，公寓取暖也出现了问题，三个人开始你一言我一语地说了起来：由于缺煤，市民们陷入了恐慌。药品匮乏，病人们痛苦地抱怨。公共汽车停运，汽车交通中止，今天早上，电话服务也停止了，居民生活陷入了绝境。“还有更多！……”沃伦特苦涩地说，“不仅如此！……”纳达班打断他。“更重要的是！……”马达伊先生大声喊道：“这个马戏团来了！破坏了我们恢复秩序的最后一线希望！”“这个马戏团运来了一头可怕的大鲸鱼，我们出于善良和轻信，允许他们进城，然而现在要想阻止他们已经不可能了，尤其自从昨晚发生的那件奇怪的事情……”纳达班忽然压低了嗓音。“是的，这很可疑！”马达伊先生点头应道。“这个马戏团让人感觉十分邪恶，是不祥的凶兆，”沃伦特先生皱紧眉头严肃地说，“他们已经到了，很遗憾，他们已经到了科舒特广场。”他们根本没有搭理瓦卢什卡，瓦卢什卡则用时而窘困时而忧伤的眼神看着他们。他们告诉艾斯泰尔先生，这毫无疑问是一个卑鄙的阴谋，然而想要剥开层层的迷雾看到真相，要想了解事情的本质却非常困难。“至少有五百人！”他们声称，而后他们又继续说，这个马戏团实际上只有两个成员，那件吸引人的展品本身恐怕是他们看到过的、世界上最可怕的东西。他们还提到，这头鲸鱼似乎只是这群来历不明的乌合之众聚在一起的噱头而已，等到夜幕降临，他们就会对和平的居民发起攻击。他们一会儿说，“鲸鱼本身并不扮演任何角色”，一会儿又说，“事实上鲸鱼是所有危险的源头”，最终会招来一个“黑帮”，“进行打劫”，他们已经聚集在科舒特广场上了，全体人马已经到达，正静静地站在那里等待号令。艾斯泰尔再也听不下去了，举起手表示要打断他们，他想说两句什么。“人们都很害怕……”但是沃伦特还是赶在他开口之前迅速插了一句。“所以我们不能袖手旁观！”纳达班先生也跟着表态。“对，我们不能揣着手等待灾难降临！”马达伊用他独特的音调补充道。“这里有孩子”，纳达班先生说着流出了眼泪。“还有哭泣的母亲”，马达伊的声音像铜号一样。“对，他们是我们最宝贵的东西，必须把家里的炉子烧热，”沃伦特先生显得非常激动地总结道，“他们全都受到威胁……”难以想象有谁能中止这个大合唱，这首“抱怨大合唱”，假如没有任何事情突然发生，鬼知道它会以什么音符结束？可以想象，但已经无法知道，因为整个气氛沉重得已令人无法呼吸，这时候艾斯泰尔乘机接过了话茬。考虑到他们混乱的精神状态，为了能减轻他们遭受的痛苦折磨，他措辞谨慎地告诉他们：确实存在解决的办法和扭转局势的希望，永远不能丢掉坚定的意志。长话短说，直入主题，他言简意赅地向他们说明了“干净的庭院整洁的家”卫生运动的基本宗旨，简单地说，就是要他们抬头看看头顶上的天空，要替自己说话，表达自己的观点和愿望。随后艾斯泰尔校长郑重其事地邀请他的朋友们分别担任“卫生检查员”“垃圾管理员”“大学垃圾监督员”的要职，并且鼓励他们说，自己毫不怀疑他们三位出色的组织能力。然后，瓦卢什卡向他们交代了需要落实的具体事宜，并将名单交到他们手里，尽可能详细地向他们解释了所要做的事情；三个人兴奋得跃跃欲试。等瓦卢什卡说完后，艾斯泰尔向他们打了一个“告辞”的手势，然后立即拐过了街角，现在，他们开始消化刚才听到的那些话。艾斯泰尔确信艾斯泰尔夫人的种子已经播种到土里，现在他能做的事情就是试图将最后一刻多钟发生的事情尽可能彻底地从记忆中抹去，就在他迅速离开那三个人的刹那，心里感到一股发自内心的意外狂喜，有人在背后冲他们喊道：“对，要克服困难！开动脑筋！因为，没错……要团结……清醒……还要警惕……这是最重要的！”但这时候艾斯泰尔已经听不到了，他从微薄的安慰中汲取力量，在将自己忍耐力发挥到极限之后，终于感到如释重负，重又回到那个尚未完全成型的未来计划，尽量缜密周全地思考，接下来应该做什么？他知道，他必须将“已经成功完成任务”的消息刻不容缓地告知妻子（“再过几分钟就到四点了！”），否则她的那句威胁可能随时兑现。此刻，虽然已经完成了任务，但瓦卢什卡还未从刚才的混乱状态挣脱出来，他试图说服艾斯泰尔，对那个马戏团所抱的恐惧是没有道理的。艾斯泰尔对他说，他已经“很机智地完成了任务”，现在可以回家去了。他意味深长地看着瓦卢什卡，但是并没有向他透露具体的计划，而是用果断的口吻叮嘱说，他一旦去国防军巷捎了口信，就请立刻回来找他！瓦卢什卡当即表示异议，他说，他不能在这样寒冷的天气里将他独自留在街上，另外，“我们什么时候去看鲸鱼?”因此，艾斯泰尔被迫更加详细地阐述自己的立场，放弃了自己策略性的步骤，试图安慰瓦卢什卡，让他放下没有必要的担忧。“你看，我的朋友，”他冷静地说，“我不能说我喜欢寒霜的严酷统治，也不能说我在这里的生存代表了一位注定永远生活在冰雪帝国中的热带人与生俱来的悲剧，因为你知道，这里没有雪，也不会再有雪，所以也用不着去讨论它。”他安慰瓦卢什卡，要他别为自己担心，即便在这样寒冷的天气下，他感觉自己走几步路回家还是可以的。他接着又说，用不着太可怜他，并且补充说，他为这次令人难忘的冒险不能以“参观鲸鱼”的高潮结束而感到遗憾。“我真的很愿意去看这头巨鲸，但是现在必须放弃这个计划，要知道，”他对瓦卢什卡微微一笑，“我始终对生物身体的发展历史很感兴趣，我喜欢看这样的展览，肯定很有趣，但是这次散步已经让我筋疲力尽，所以，明天我再跟你一起去看那头鲸鱼吧。我想，明天也不晚……”他的声音不再像以前那样洪亮，他心里清楚，人在诙谐的时候，很容易被人看出诙谐的愿望。由于在他的话里带着承诺，所以瓦卢什卡尽管有些失望，但还是接受了他的建议，因此在之后那一小段路上，在他俩分手之前，已经没有什么能够影响艾斯泰尔为他们未来的共同生活作激动人心的规划。他心里暗想，应该感谢哈莱尔夫人具有破坏性的打扫卫生，现在他们只须堵住房门，用板条将窗户钉死，就可以舒舒服服地住在那栋房子里。他暗自揣测，“两个人一起的生活将会怎样？”在荒凉的沼泽里，艾斯泰尔一边维持着身体平衡，一边继续将注意力集中在瓦卢什卡身上，他要把瓦卢什卡安排在沙龙隔壁的房间里，让他能尽量地靠近自己。他沉浸在“一切享受早餐的宁静”的想象里，随后又从那里滑进“静谧夜晚的宁和”中。他在眼前看到，他和瓦卢什卡坐在一起，内心宁静似水，每天下午煮咖啡，午饭则会——每周至少一次——吃热餐，他的年轻朋友将一如既往地谈论星辰的历史，他也会继续不以为然地表示他的怀疑，这样他们便能忘记这些垃圾和沉陷中的城市，忘记外面世界的存在……当然他在心里知道，这种想法会让他陷入某种困惑不安，不知怎么，这个实施中的计划——忽然以某种古怪的形式——让他变得很伤感。这时候他不禁环顾四周，回想自己经受过的考验，认为这一切都是由自己衰弱身体的痛苦导致（“我就是一个衰弱的老人”），因此一切都变得可以理解，可以原谅。他从瓦卢什卡手中接过冰冷的送餐桶，再三嘱咐，要他办完事后一定立即过来找他，之后又琐碎地叮咛了几句，望着年轻人的背影在七首领巷的拐角处消失。

他在他的视线里消失，但是他并没有失去他，因为即使有房屋遮挡，瓦卢什卡照样可以看到他十分敬重的这位老先生，在他的搀扶下，艾斯泰尔在街上走了长达一个多小时的路，已在这座城中留下了很深的印迹，以至于没有哪片房屋能够让他的身影消失。一切都表明艾斯泰尔在这里走过，在瓦卢什卡的意识里，老先生始终仍在附近，不管他抬眼朝哪个方向望去，都会让他联想到另一个人的存在，以至于在他们真正分手后的好几分钟里，瓦卢什卡都试图延迟这种分手的感受，继续回味这段对自己来说非同寻常的体验，这能使他在精神上陪伴校长先生回到温克海姆·贝拉男爵大道旁的房子，这时候他又可以重新深吸口气，喃喃自语道：咱们走吧！艾斯泰尔先生的这次出行既出人意料，又令人振奋，尽管途中也“不乏令人悲伤的元素”，但结局还是相当的幸运。瓦卢什卡记得，当他从客厅走进过道，站到他身旁，他亲眼看到艾斯泰尔迈出了最初的几步，他像影子一样跟在先生身后，他当然清楚，这令人期盼已久的出门散步，对艾斯泰尔先生的身体康复有着重大的意义。出发时，当他们从客厅走到屋门口时，瓦卢什卡真的为自己能够成为这一特殊事件的见证者而感到荣幸和自豪，仿佛获得了自己本不配得到的嘉奖。另一方面，他认为这次出行也“不乏令人悲伤的元素”，因为他后来意识到，艾斯泰尔先生每迈出一步，都是痛苦的折磨，因此他起初的那股“身为见证者的荣幸和自豪”逐渐在途中消磨殆尽，最后只留下令人窒息的悲伤。他本来以为，病人终于从床上爬了起来，终于走出窗帘紧闭的房间，这是一个积极的康复信号，表明艾斯泰尔先生重新萌生出对生活的渴望。但是刚走出几步，老人就沮丧地意识到，自己的病不仅不会在下午痊愈，而且让他感觉到病情的严重，他不得不面对这个残酷的事实：他为了发动一场城市卫生运动而毅然决然地走出家门，在当地人中间重新露面，事实上，这不是重返世界的序曲，而是终曲，是自己向世界的最后诀别、放弃与拒绝。从那一刻起，瓦卢什卡陷入了——自他与艾斯泰尔先生相识以来的第一次——最深的忧虑。艾斯泰尔先生一呼吸到新鲜空气就立刻感到身体不适，这确实令人不安，但考虑到他已经两个多月根本就没有跨出屋门一步，这样的反应也还可以理解；然而更糟糕的是，不仅老人的身体每况愈下，城里的状况也变得愈加不堪，这完全出乎他的预料，使他备受打击。瓦卢什卡为此感到深深的自责，因为他觉得自己本该想到这一点，应该让先生提前做好精神准备。他为自己的疏忽感到内疚和后悔，因为自己无视客观现实而总是用“他马上就会康复”的愿望麻痹自己；他越来越自责，假如艾斯泰尔先生在路上万一有个什么闪失，那全都是他一个人的罪过。最后，他心里充满一种不安的羞愧，眼前看到的只有那位深受当地人敬重、拥有无限智慧和精神痛苦的无助老人，而自己能做的唯一事情就是尽快回到他家照顾他，可是现在不行，因为他必须先履行对艾斯泰尔夫人的承诺。正因如此，他们不得不在中途分手。艾斯泰尔难以掩饰他对年轻人的依赖关系，他一言不发地挽住瓦卢什卡的胳膊，以这种方式向对方发出信号，表示承认自己对他的这种依赖关系；瓦卢什卡则这样感觉：假如情况真是如此，那么他除了试图转移朋友的注意力外，别无办法，于是他开始谈论两个小时前他兴冲冲地赶到艾斯泰尔家时怀揣的消息。他谈论日出，谈论城市，谈论黎明的晨曦如何分别唤醒城市每块地方和每个角落的盎然生机。他就这样说呀说呀，不停地说，可是他的词语平淡无味，因为他自己都没有注意到自己到底都说了些什么。他被迫通过另一个人的眼光看世界，被迫不停地追随艾斯泰尔先生的目光，他越来越无奈地意识到，无论他朝哪个方向望去，都无法找到任何的证据能证明他解放的执念，找到的只是对自己冷酷判断的印证。从最初的那一分钟开始他就相信，摆脱了房间的囚禁，对他的朋友来说，他会自然而然地恢复活力，那样一来，他就可以说服他“将注意力转到事物的整体上，而不要偏执于细节”。但是当他们走到科姆洛旅馆时，情况已经变得非常清楚，这些细节——在艾斯泰尔的视线投到那里之前的瞬间——不可能被越来越空洞的话语所遮蔽，所以他决定最好还是保持沉默，用自己虽然无言但很真诚的理解与接受来应对之后更多的考验。然而，他最终并没能这样做到，当他刚一从旅馆里走出来，刚一得到机会，词语就开始更令人绝望地从他的嘴里汩汩流出，因为当他在里面排队领餐时，由于听到了一个更加吓人的消息而陷入了慌乱。确切地说，其实也算不上是一个“吓人的消息”，他听厨房里的人讲，“聚集在广场上的简直就是一帮匪徒”，在十二点后不久，他们打劫了旅馆——具体地说，他们以野蛮的方式砸碎了科姆洛旅馆里所有的酒瓶。他根本就不相信这些话，认为这只不过是“自己吓唬自己的无稽想象”，是“具有传染性的恐惧症和焦虑症”的——对他来说早就已经习以为常的、令人沮丧的——典型症状。然而令他感到震惊的是，当他拎着送餐桶跨出大门来到街上，回到艾斯泰尔跟前时，突然注意到一个在此之前他从来没有注意到的情况：的确，不仅在旅馆里的过道上、大堂内，就连旅馆门前的人行道上，脚下确实铺满了许多亮晶晶的碎酒瓶的玻璃碴。他犹豫了片刻，然后掩饰住内心的困惑，不露声色地回答了艾斯泰尔先生理所当然会问的问题，他先讲述了鲸鱼的故事，然后——终于回到马达伊他们引出的那个话题上——安慰他说，其实那头鲸鱼并没有人们传言的那么可怕。说老实话，他之所以这样讲，是因为他同时也是想安慰自己，因为他很想挥手在空中打一个“根本没有那么回事”的手势，让生活重新流回到原来的河道里。他试图忘掉刚才在厨房里听到的那句话（尤其是厨师长说的那一句：“在夜里上街的那些人，是在拿自己的小命开玩笑！”），但是他怎么也忘不掉。瓦卢什卡认为，将曾经跟他一起在马戏团巡回展车前排了几个小时队的那些“亲切友善的人们”视为“匪徒”和“恶棍”显然是错误的，但是由于迅速传播的可怕流言——甚至连像纳达班先生这样的人都这样讲——还是令他感到心悸，因此他必须立即弄清楚这个问题。所以，他一边在自己的想象中送艾斯泰尔先生回家，一边鬼使神差地从市政府街来到了集市广场，现在他必须在这群始终一动不动地站在这里等待的人中找一个人聊聊这件事，因为厨师长顺口胡诌的那句话始终萦绕在他的脑子里嗡嗡作响，挥之不去（……要清醒……保持警惕……！）。他对身边的一个人说，不管自己的邻居们怎样议论，当地人都误解了所发生的一切。他详细讲述了艾斯泰尔先生的身体状况，并且表示，在场的所有人都应该结识这位伟大的学者。他承认自己非常为他的健康担心，说自己清楚地知道自己对他担负的责任，最后请求对方原谅他的莽撞，并且补充说，他相信几分钟后对方就能以友善的态度听进他说的这番话，并且肯定能完全理解他。对方听后什么也没说，只是直勾勾地盯着瓦卢什卡，目光从头移到脚，然后——或许他注意到瓦卢什卡惊愕的表情——微笑着拍了拍他的肩膀，从衣服口袋里掏出一瓶帕林卡酒，态度友好地递给他。瓦卢什卡疑惑地盯着对方沉默了好一会儿，直到看见男人露出的轻松微笑才松了一口气，感觉自己不该拒绝对方的善意，他应该对这个新搭建的友情作出回应，于是他接过酒瓶，拧开瓶盖。为了赢得对方的信任，为了能让对方相信在他们之间存在着某种“真诚的共鸣”，他不但立即喝了一口，而且从酒瓶里喝了一大口。然而他要为自己的大胆付出代价，度数很高的烈酒刺激得他发出一阵呛咳，感觉整个人像是要被憋死似的。足足过了有半分钟，他才慢慢地清醒过来，试着露出一副抱歉的笑容请求对方原谅。他的词语被一阵又一阵涌来的喧嚣声淹没了。他感到羞愧，担心自己破坏了与这位新结识的朋友间刚建立起的理解关系，他的痛楚是那样的真实和严酷，以至于他在痛苦中想要寻求保护。他不由自主地抓住身边与他交谈的这个人，这种感觉十分有趣，仿佛他不仅从这位交谈者身上，而且还从站在他周围的那些人身上获得了些许的轻松和快乐。他用力深吸了一口气，多少释放掉一些焦虑。他用轻快的语调告诉对方，艾斯泰尔先生——尽管音乐家本人矢口否认——正在创作一部伟大的作品，也正因如此，为了能够继续保持艾斯泰尔先生在温克海姆·贝拉男爵大道旁家中的宁静，他觉得他们所有人都有责任团结起来。随后他将脸转向他的这位新朋友，亲切而坦诚地告诉他，这次交谈对他来说格外受益，他再次感谢对方表现出的友好和善意，并且遗憾地说，他现在必须走了，或许下次可以向他解释要走的原因(因为那很有趣！)。他必须走了，瓦卢什卡和那个男人握手告辞。但是当他想要松开手时，对方却紧紧攥住不放（并且对他说："请你现在就讲，我很想知道！"），因此瓦卢什卡不得不又重复了一遍。他必须得走了，边说边露出一丝不安的微笑，试图从这副出乎意料的"手铐"中挣脱出来。他相信他们肯定还会见面的，而且会很快，即使不能在街上碰到，也可能在"佩斐菲尔"酒馆，在哈哥迈耶尔先生那里，在这座城里——他不解地、略显吃惊地看了一眼那只始终紧紧攥住他的手——他随便可以问问谁，他，瓦卢什卡·亚诺什，当地的所有人都认识他。他实在想象不出，对方到底想从他这里知道些什么？他们这场拉锯战意义何在？当然，他并没有想到最终的结局，不明白这种较量怎么会突然结束？这位新朋友为什么会突然放开他的手，重又跟广场上数以百计的聚集者一起将焦虑的目光投向那辆庞然大物般的巡回展车？瓦卢什卡被刚才那人的意外举动吓了一跳，于是立即抓住那个机会，迅速告辞，转身钻进前面的人群。往前走了几步之后，当他回过头再张望时，那人已被人流吞没了。这时候，一个念头突然击中了他，瓦卢什卡下意识地停住了脚：他做错了事，他很愚蠢，并开始为自己的行为感到羞愧。刚才那人的动作虽然粗鲁，但是显然并无恶意，其实自己没有必要生出那么大的疑心，甚至感觉像是受到了冒犯。现在更让他感到困扰的是，由于自己不可原谅地误解了那个男人善意的举止，他不仅没有回报对方的善意，甚至还没有礼貌地趁机溜走；不过，那人肯定也意识到了自己的莽撞，突然松开了紧攥着他的手，这多少减轻了瓦卢什卡由于自己愚蠢的举止而感到的羞耻。他不明白自己到底怎么了，想来对于陌生人给予自己的理解和耐心，他本来应该表示感激，而不是莫名其妙的怀疑和恐慌，因此——由于他必须尽快将那个重要的口信捎给艾斯泰尔夫人，现在他已经没有时间掉头回到密集的人群里去寻找那个男人，更没有时间向那人解释这所有的一切——他怀着一个坚定的念头继续往前走。慢慢地，他终于为自己关注的问题找到了合理的解释，他清楚地知道，下次如果他俩能够再次相遇，他肯定会纠正自己今天的过错。这时候天已经彻底黑了下来，只有马戏团的后门处投出一束微弱的光，由于团长并没有站在那里，而是站在车头前，所以从远处只能看到一团朦胧的身影。“肯定是他！”瓦卢什卡下意识地停了下来，毫无疑问，那个人就是他，即使在黑暗里他也能确定无疑地辨认出这个肥胖者的轮廓。许多人曾提到过这副罕见的身材，这人看上去的确跟传言中的一切完全相符。瓦卢什卡一时间忘记了自己担负的紧急任务，也忘记了刚刚发生的那些事。为了能看得更清楚一些，他走进了越来越躁动不安的人群里。当他走到很近的时候，怀着巨大的好奇心踮起了脚，屏住呼吸，生怕漏听掉任何一个词。团长的指间夹着一支雪茄，穿着一件拖地的毛皮长大衣，还有他那巨大的肚腩、宽得离奇的帽檐和围着丝绸围巾的肥厚下巴，都立即唤起瓦卢什卡的敬意。然而，显而易见的是，这位与众不同的彪形大汉之所以让广场上的人感到敬畏，不仅是因为他肥胖的身材，还因为人们一刻都不曾忘记这样一个事实：他是什么东西的主人。他带来的这个神奇展览所具有的“非人间”性质，赋予了他某种超凡脱俗的特殊分量。瓦卢什卡望着他，就像看一幅罕见的景象，对于别人心怀惊恐地赞叹之物，他却沉着镇定地掌控于手中。他夹着雪茄，此刻仿佛定在了那里，看得出来，周围的任何风吹草动都不会逃出他的眼睛；奇怪的是，此刻在科舒特广场上，除了他夹在手指间的那支粗雪茄外，几乎什么都看不到，因为在众人眼中，无论他站在什么地方，都置身于那头“世界永恒象征”的鲸鱼影子下。他看上去很疲惫，可以说精疲力竭，但是仿佛他的能量并非消耗于日常的烦恼，而是消耗在一念之中——不管怎样，这显然还是因几十年来时刻准备迎接死神所导致的疲劳和耗损，因为他那多得无法估量的忧虑眼看就要杀死他。他好半天都没有说一句话，肯定是渴望彻底的宁静。过了一会儿，直到广场上一丁点响动都不再可能听到，他才抬眼环顾了一下四周，点燃了那支已经熄灭的雪茄。他的脸因扑面升起的烟雾而显得有些扭曲，他的目光，他那对像硕鼠般投向人群的小眼睛，让瓦卢什卡感到异常惊悸，因为那张脸和那目光——虽然只有不到三米的距离——显得距离自己十分遥远。“好啦，请大家听好，”马戏团团长终于开口说话，但是他的语调听上去却像是讲话已经临近尾声，至少像是在为自己不会发表长篇大论而提前表示歉意。他用深沉而洪亮的嗓音说，“今天的展览活动到此结束”，然后补充道，“明天早晨我们接着售票，向大家致以最好的祝愿，感谢你们热情的关注，请继续支持我们马戏团的活动，但是现在我们必须道别。”他缓慢、艰难地——重又把那支雪茄夹在指缝间——迈开脚步，人群自觉地给他让出一条路。他很快上了车，钻进车厢，在众人眼前消失。尽管他只说了短短几句话，但是瓦卢什卡还是从这寥寥数语里感觉到这位团长罕见的才气（“……一位马戏团团长居然能以这样文雅的方式与观众道别……！”），从广场上人们的即时反应来看，也足够证明——这让人稍微有点吃惊——人群中对团长表示欣赏的人并不仅仅是他瓦卢什卡一个。这时候，广场上响起一片潮水般的喧哗，一浪高过一浪，人们希望团长能够回来，希望他能够就那头神奇的巨鲸讲一点什么，或简单介绍一下马戏团的情况，不要总渲染这股神秘的气氛。瓦卢什卡站在黑暗中，不理解周围人都在说些什么，他紧张不安地调整了一下肩上的背包带，等着这阵骚动慢慢恢复平静。他突然想起厨师长说的话，随后是在精英俱乐部门前听到的那些对话。由于那些不满的声音还在耳畔回响，有那么一刻他突然感觉：也许当地人迄今为止看起来毫无道理的恐惧，也并非那么毫无道理。他很想继续等在这里，等待失望的潮水渐渐退去，或者，至少能够理解其中的些许原委。可是现在他真的没有时间，很遗憾，他必须离开这里，直到他已经费尽全力地穿过人群来到国防军巷的路口，他仍然没有想得太明白。他没有想明白，话说回来，在通向艾斯泰尔夫人住处的人行道上，在空寂无人的小街里，他感到脑子有些错乱，白天看到的各种情景一幕又一幕在眼前无序地闪现，而他却看不出其中的意义。他一想到跟艾斯泰尔先生一起的那段散步，心里就会感到很忧郁；然而，当他转念想到广场时，又被一股因为错过了什么而油然而生的自责感所折磨。这两种情绪在他的体内迅速交替转换，使他距离平时习以为常的思考现场越来越远（几乎被从自己的生活里抛到了其他人的生活中）并迷失在时隐时现的画面中间，以至于在他的大脑里没有留下别的，只有惊惶不解的混乱。他越来越下意识地强迫自己，尽量不去面对无措和混乱。更不要说，当他推开花园小门的刹那，这所有的一切都被一股突然袭来的惊恐一扫而空，因为他此刻才意识到：四点钟已经过了！他很清楚艾斯泰尔夫人固执的天性，她肯定不会原谅他的迟到。但是出乎意料的是，她不仅原谅了他，而且由于他的到来，似乎他捎来的口信也已经变得不再那么重要。看得出来，艾斯泰尔夫人并没有认真听年轻人的讲述，只是不耐烦地点点头，当瓦卢什卡站在门槛上准备向她详细描述他们此行旗开得胜的细节时，妇人打断了他的话，告诉他，“考虑到当前严峻的形势，这件事需要暂时搁置一下”。她说着打了一个保持安静的手势，指着一只板凳让他坐下。瓦卢什卡这时才意识到，自己来得不是时候，这里正在召开一场很可能事关重大的市委特殊会议，他不明白自己为什么需要留下来。既然他的任务已经完成，艾斯泰尔夫人为什么还不放他走？他抱着膝盖坐在那里，不敢发出丝毫的响动。如果说他真的误入了一次重要会议，那么这个市委特殊会议的场景看上去实在有些古怪。市长先生仿佛饱受痛苦和悔恨的折磨，在房间里快速地来回踱步，不住地摇头，在走了两三趟之后突然站住，恼羞成怒地喊叫（他说：“为了来到这里，你们知不知道，堂堂的一位政府官员居然要偷偷摸摸地，具体地讲，要钻进灌木丛，穿过人家的小花园……！”），他的脸色由于怒气憋得通红，时而松开领带，时而将它勒紧。至于警察局长，没有什么可说的，因为此刻他满脸充血，额头搭着一块湿手帕，穿着制服大衣，睁着眼睛盯着天花板，一动不动地躺在床上，身上散发出刺鼻的葡萄酒味。但是表现最古怪的还是艾斯泰尔夫人自己，她一言不发，显然陷入了深深的思考（她还多次咬紧嘴唇）。这时候她瞥了一眼戴在腕上的手表，随后用一种意味深长的眼神朝屋门口望去。瓦卢什卡不安地坐在一只小板凳上，心里只惦记着一件事：由于对艾斯泰尔先生作出了承诺，所以他现在必须离开。但是他又不敢动弹一下，害怕会打搅这次气氛本来就很紧张的市委特殊会议。然而又过了很长时间，房间里什么也没有发生，市长先生至少已经踱了有两百米的步。这时候艾斯泰尔夫人从椅子上站起来，清了清嗓子郑重宣布，“我们不再等了”，她有一项重要的建议。“我们要派他去，”她说着朝瓦卢什卡指了一下，“在此之前，也一直是派他去执行任务，我们必须在哈莱尔到达之前对局势有一个清醒的认知。”“情况令人担忧！你要知道，十分紧迫！”市长先生停下，脸上浮现出苦涩的表情，随后又再次摇了摇头，表示怀疑，他不相信“这位出色的年轻人能够完成这项复杂的重任”。但是她相信（“但是我相信……”），艾斯泰尔夫人无法忍受居然有人会跟她作对，随后她带着傲慢的浅笑转向瓦卢什卡，向他下达任务，“为了我们共同的利益”，要他去一趟科舒特广场，仔细观察那里发生的一切，然后“以口头的形式向‘应对危机特别委员会’汇报他的所见所闻”。“我很高兴能够接受这项任务！”瓦卢什卡腾地从板凳上站了起来，“为了我们共同的利益”这句话让他立即联想到艾斯泰尔先生，并感觉这次市委特殊会议是专为他的那位老朋友召开的，但随后他又感到有些困惑，不知道自己这么做对不对。他小心翼翼地站起来说：他现在就能向他们汇报一些情况，因为他正好刚从广场那边来，不仅能够讲述那里发生的事情，而且还能准确地描述出那里特殊的氛围。“特殊的氛围?!”警察局长听到这句话后突然从床上坐了起来，然后又面容扭曲地躺了回去。他用微弱的嗓音请艾斯泰尔夫人再为他换一下湿手帕，然后给他拿纸笔来，他要做笔录，因为瓦卢什卡看到的那些情况都与他的职业直接相关，他作为警察局长理应“担负起组织与行动的重任”。妇人看着市长先生，市长也扭过头望着她——与此同时，病人的额头上又换了一块湿手帕，并且低声劝慰他，“最好保持冷静”。他们向瓦卢斯卡示意，让他走近一点，艾斯泰尔夫人手里拿着纸和铅笔坐在床边。“地点，时间!”警察局长懊恼地叹了一口气说，妇人当即打断他说，“记好了”，男人心里突然窜出一股怒火，像对门外汉那样用不屑的语调反问道，“记好了什么?!”“时间和地点，这我已经记下来了。”艾斯泰尔夫人烦躁地回应。“我是在问他，”警察局长一脸苦涩地朝瓦卢什卡点了点头，“地点和时间。在什么地方，什么时间？要把这个记下来，而不是我说的‘时间’‘地点’这两个词。”妇人出于羞恼将头扭了过去，显然她处于异常紧张的状态，现在一句话都不想多说，之后稍稍回过神来，意味深长地瞥了一眼始终无法镇定下来的市长先生，然后瞥了一眼瓦卢斯卡，示意他“可以开始讲了”。瓦卢什卡将身体的重心一会儿放在左腿上，一会儿移到右腿上，因为他不明白他们到底想要他做什么，很怕那位身体不适的大人物突然会把怒气撒到他的身上。他努力用“最简单的词语”详细讲述了自己在广场上的所见所闻，但是他才说了几句，刚一提到那位“新结识的熟人”时，就立刻察觉到自己做错了什么，果然，他们打断了他。“别跟我们啰啰唆唆地讲那么多废话，就讲你看到了什么，听到了什么，想到了什么，预感到了什么。”警察局长瞪着一双挂满血丝的眼睛盯着他，眼神里流露出深深的忧伤。“你说，你观察到了什么？那个人眼睛的颜色……？他的年龄？身高……？他有什么与众不同的特征……？他母亲的名字，”说到这里他沮丧地挥了一下手说，“我就问这些。”瓦卢什卡老实地承认，这些具体问题他真的回答不出来，因为他确实不知道，并且为自己辩解说，当时天色已经黑了下来，尽管他表示自己会集中心神，努力回忆起更多的细节，但是无论他怎么努力都无济于事，他记不起那人的模样，只记得他穿了一件灰色呢子大衣，戴了一顶帽子。当仁慈的困意终于征服了警察局长，突然中断了那一连串机关枪扫射似的、流露出越来越大的不满并且令人越来越无法回答的问题时，在场的所有人都如释重负地松了一口气，尤其是瓦卢什卡，因为他不必再面对警察局长那种不容回避、直逼真相的职业审讯。尽管瓦卢什卡仍很焦虑，但他最终还是成功地讲述了后来发生的一些事情。他绘声绘色地描述了马戏团团长抽雪茄的样子，以及他穿的那件皮毛大衣，复述了团长说的那句令人难忘的告别语；他还讲述了从那里离开时广场上的气氛和观众们对这个神奇展览的看法。最后，由于他相信委员会的成员们能够理解他讲述的一切并能产生共鸣，所以他最后坦白地承认，由于在集市广场上的所见所闻以及城市街道肮脏的现状，他很为艾斯泰尔先生的现状担忧。要想让这位杰出的音乐家恢复健康，并能保持他天才的创作能力，必须保证他生活的安宁。安宁，这是他最基本的需求，瓦卢什卡认真地强调说，他需要的不是眼前这幅令他心烦意乱、莫名紧张的混乱景象，就像今天下午，他终于鼓起勇气走出了家门，但是他无可避免地要面对街上的所有一切（“……尽管我尽我的所能想让他相信，情况并没有他想象的那么坏……！”）。所有人都知道，对于像艾斯泰尔先生这样一位具有高度敏感神经的天才来说，哪怕是最微不足道的失序都可能严重影响他的身心健康，使他陷入沮丧；因此，瓦卢什卡在妇人面前坦率地承认，当他看到街上冰冻的垃圾和集市广场上躁动的人群，心里更加为艾斯泰尔先生的健康担心。年轻人的心里很清楚，自己跟艾斯泰尔夫人和委员会成员们相比，在这件事情中能够扮演的角色和担负的任务都微不足道，但他还是恳请他们信任自己，不管他们派他去做什么，他都会无条件地尽力去做。他很想告诉他们，对自己来说，艾斯泰尔先生比什么都重要，并且想说，他始终试图安慰先生，由于这座城市的命运（因而这也是先生的命运）掌握在委员会手中，现在的一切都是可以改变的。但是遗憾的是，瓦卢什卡想说的这些话最终没有机会说出，因为艾斯泰尔夫人打了一个严厉的手势让他闭嘴，并且对他说："很好，你说得很对，不要光在嘴上抱怨，我们必须行动起来做点什么。"随后，他们又向他下达了任务，瓦卢什卡像小学生背课文一样兴奋不已地重复道，他要仔细观察"人群的规模……气氛……还有那个可怕的怪物"。随后他们又再三叮嘱，要求他不仅要观察仔细，而且还要快去快回。瓦卢什卡郑重地保证，答应几分钟后就会回来，边说边踮着脚悄悄退出了开会的房间，生怕吵醒睡在床上的大人物。就在这时，警察局长在睡梦里发出一声痛苦的呻吟。此刻，瓦卢什卡完全沉浸于这份重任给他带来的庄重和荣耀感，他感激委员会对自己的信任，甚至感到一种成功的喜悦，因为应对危机特别委员会不仅理解他对艾斯泰尔先生处境的担心，而且支持他为老先生所做的一切。他继续踮起脚穿过庭院，直到关上身后吱呀作响的院门来到街上后，才恢复正常的步态。尽管他并不能肯定地说，这次他对艾斯泰尔夫人的造访完全令人放心，但至少她表现出的那种果决令人欣慰，对于现在所有的焦虑和不安都起到了医治作用。虽然他并没有得到任何明确的回答，但是他能够感觉到，终于有人可以无条件地信任自己了。在此之前，他还是一个对这个世界所知甚少之人，必须独自理解并且作出决定，然而现在，他要做的只有一件事，就是去完成委派给他的任务，这看起来并不是一件多么困难的事，他心里暗想。他在脑子里认真温习了一遍自己肩负的重任，至少想了十遍，等一会儿他需要观察什么。刚才他还不太清楚领导们说的“可怕的怪物”到底是指什么，现在他刚走出几步路就已茅塞顿开（显然指的是那头鲸鱼）；回想起艾斯泰尔夫人平静的目光，他顿时摆脱了刚才还为“我该怎么办？”而感到的忐忑不安。也正因如此，当他在通向广场的街口跟迎面走来的哈莱尔先生相撞，并听到对方在匆忙中对他说了一句莫名其妙的话（“现在一切都会好起来的，只是像你这样的年轻人最好别在这里瞎转悠！”）时，他只是微微一笑作为回应，转眼消失在人群之中。他本来很乐意跟对方解释说：“……不，你说错了，哈莱尔先生，这里正是我该在的地方……！”现在，广场上燃起了许多堆篝火，在每堆篝火周围都站着一二十个取暖的人，凌晨过后，他们的身体都快冻僵了。火烧得很旺，所以当瓦卢什卡从篝火间穿过，他能够清楚地看到周围的一切，他只需要几分钟就可以把广场上的全部场景记到脑子里。但是在短短的几分钟里，无论他怎么“仔细观察”，还是无法判断出人群的规模。他看着这些围着篝火搓手取暖的人，心里暗想，假如一切都还跟刚才一样，现在他该留意什么样的细节？从“气氛的角度讲”，这些人站在那里，看上去很平和，感觉不到隐伏的威胁。“没有人走动，气氛还不错”，他已经在心里措好了辞，想好了等会儿回去报告时要说的话。但是他越是仔细观察，越觉得眼前看到的都不过是假象。慢慢地，他越来越为自己担负的任务感到痛苦不安。他偷偷地观察这些人，像他们的敌人一样在人群中走来走去，暗中揣测，这些人很可能是流氓或杀人犯，即便他们做出的动作看上去再正常不过，但还是会让他联想到邪恶的事情。因此瓦卢什卡很快意识到：自己无法完成这项重任。如果说在刚才所处的惊恐状态下，艾斯泰尔夫人的清醒理智曾是给予他力量的源泉，那么现在穿行在围着篝火安静地取暖的人们中间，让他突然感受到某种不可名状的家庭温馨，使他终于摆脱掉一种虽然可以原谅，但还是令人羞辱的误解，包括厨师长、纳达班等人以及艾斯泰尔夫人对他的误解，摆脱掉像传染病和强迫症一般的“想要找到合理解释的焦虑不安”（甚至暂时忘掉了自己对艾斯泰尔先生的担心），并让他在马戏团和观众中找到了渴望已久的安宁。可以这样讲，就在这神秘的马戏团和忠实的观众群中，瓦卢什卡不仅了解了自己，而且还清晰地看到了事情的真相，找到了一个既简单明了、又出人意料的确切解释。这时候，他也站到一堆篝火旁，加入一群烤火者中间。但是所有人都沉默不语，他的这些同伴们都低着头，眼睛盯着燃烧的火焰，偶尔朝马戏团的巡回展车方向瞥一眼。他清楚地知道，这一点毋庸置疑，艾斯泰尔夫人他们所说的“可怕的怪物”不是别的，正是那头鲸鱼！这天上午，当他第一眼看到它时，就已感受到一股神秘的力量。这很神奇！他微笑着环顾四周，感到如释重负，他真想快乐地拥抱每一个人，拥抱在场的每一个人！莫非他跟他们一起已经成为这一非凡造物的俘虏？莫非所有人都在内心深处等待着什么，都相信这头神奇怪物的出现预示着某种怪事将要发生？他高兴得就像一个白内障病人突然看清了眼前的一切，迫不及待地想要与人分享这份由衷的喜悦，因此他神情诡秘地眨着眼睛，用同谋式的语调向站在他周围的人宣布，他已被“大自然无穷无尽的造化”所征服；是的，他已经被征服！接着他又补充了一句，就像今天，他重又找回了“本以为早已丧失的一切”。随后，他不等其他人作出回应，就打了一个告辞的手势，大踏步地穿过人群向前走去。尽管他迫不及待地想要跑回去报告广场上的情况，但是根据上级的指令，他还要观察那头鲸鱼（“可怕的怪物！”，当他想到这个词时，嘴角上流露出一丝微笑），所以，为了能够向应对危机特别委员会作出更全面、翔实的报告，瓦卢什卡决定——假如可能的话——马上过去瞅一眼那个将会改变一切的“不速之客”。这一天开始得虽然有些不顺，但是到了晚上，当他离开那几个家伙时，情况已然朝着幸运的方向翻转。货柜的铁门虚掩着，没有插上插销，他无法抵抗这巨大的诱惑，悄悄溜到这头充满魔力的巨怪跟前仔细打量，而不仅仅是简单地“瞅一眼”。现在，只有他一个人与鲸鱼独处，灯泡闪烁着暗淡的蓝光，映照在鲸鱼的身体上。在冰冷的铁皮车厢的墙壁之间，它看上去比任何时候都更巨大，也更可怕。但是即便这样，他已经不再惧怕它了，甚至萌生出一种充满敬畏的迷恋。现在他意味深长地望着它，似乎从第一次相遇的那一刻起，他与它之间就缔结了某种隐秘、亲近甚至可以说是愉悦的关系。就在他准备离开时，从车厢深处突然隐隐约约地传出一个声音，像是在跟他开玩笑（“你看，你惹出了多少麻烦，虽然很长时间你都没有伤害任何人……”）。这是谁的声音？他怔了一下，但是很快就辨别出来。是的，他没有听错，声音是从车厢深处的隔板后传出来的——上午参观时他就已经发现了那道隔板，隔板后是工作人员的休息室。于是他蹑手蹑脚地走到一扇小门前，将耳朵贴在铁皮上，终于听到了几句话（“……我之所以雇佣他，是要他展示自己的本事，而不是听他说这些愚蠢的废话！我不准他出去。你把这话翻译给他！……”），瓦卢什卡可以清楚地听出：这是马戏团团长的洪亮嗓音。这时候，在一阵缓慢低沉、瓮声瓮气的咕噜声后，响起了一阵鸟儿一般、尖锐刺耳的嘀鸣。起初，瓦卢什卡并没有听出这是什么声音，但是过了一会儿他恍然大悟，马戏团团长并不是在关着狗熊和鹦鹉的笼子之间自言自语，而是在跟什么人讲话，那个奇怪的、像鸟鸣一样的尖厉声音其实是人的声音。这时候，前一个缓慢低沉、瓮声瓮气的嗓音用磕磕巴巴、口齿不清的匈牙利语说：“他说：没有人能够阻止他。

而且，他不理解团长先生在说什么……”此刻，瓦卢什卡清楚地意识到，自己成了一次谈话或一场争吵的不请自来的证人，一个越来越难以克制住自己好奇心的偷听者，尽管他并不清楚这些人为什么争吵，不知道团长先生这样情绪激动地在跟谁讲话（现在他说：“你告诉他，我不能再拿马戏团的良好名声冒险。上次的事情是最后一次。”）。接着又是一轮低沉的咕噜声和尖厉的叫喊声，随后他听到的又是几句磕磕巴巴、口齿不清的匈牙利语（“他说：没有任何人可以骑在他的脖子上对他发号施令。他不相信团长先生说的这些话是认真的。”）。这时候，瓦卢什卡已经能够将低沉和尖厉的两个声音区分开来，但是仍不知道它们分别发自谁的喉咙，共有多少人在这间密室里，至少在下一轮交锋前他弄不清楚。“你告诉这个白痴，”团长先生显然已经失去了耐心，瓦卢什卡嗅到一股雪茄的味道，甚至在眼前浮现出一缕像蛇一样盘旋上升的袅袅轻烟，“我不允许他出去！退一步说，即使我准许他出去，他也必须保持沉默，绝对不能说一句话。当然，也不准你给他做翻译。如果他非要出去的话，你留在这里，我带他出去。不然的话，他会被开除，而且你们俩会被一起开除。”听到这句再露骨不过的威胁话语，瓦卢什卡突然茅塞大开，这低沉的咕噜声和尖厉的叫喊声——这时候，这两种声音又按照此前的顺序响了一遍——虽然在他听来十分陌生，但他还是能够断定是人的嗓音，而且可以肯定，密室里除了声音洪亮、态度严厉的马戏团团长外，还有另外两个人在——根据他的想象，这个用铁皮隔出的休息室虽然狭小，但被一看就很讲究的团长先生布置得相当舒适——而且在另外两个人中，那个说话瓮声瓮气的家伙很可能是他上午看到过的那个塌鼻子的检票员，不是可能，肯定就是他！通过这家伙的绰号“多面手”就可以知道，在这个仅由两个人组成的演出公司里，他是另一个重要人物。通过刚才这段剑拔弩张、互不相让的对话，瓦卢什卡似乎听明白了什么（这时在他的耳边有一个声音告诉他：此时他鬼使神差地来到这里，来到这个地方，他所有的问题都将得到答案，因此他越来越迅速地被卷入了漩涡，最终捕捉到这场神秘交谈的实质），他几乎能够清晰地看到那个站在铁皮门后的魁梧大汉，那个曾当过摔跤手的检票员，此刻正心平气和地在两个相互充满敌意的男人中间寻找平衡，试图在团长说的匈牙利语和另一个人说的奇怪语言之间做翻译。然而，瓦卢什卡既听不出后者讲的是一种什么样的语言，也猜不出在这间外人无法靠近的休息室内，检票员究竟在给谁做翻译？这个神秘的第三者是谁？瓦卢什卡不仅对这句回答大为不解（那个嗓音低沉的巨人这样对团长翻译道：“他说：他必须跟我在一起，因为他害怕团长先生会丢下他。”），而且对那个显然正在里面抽着雪茄、喷云吐雾的团长的吼叫也不知所云（“你告诉他，因为他总是捣蛋生事，我对他非常不满！”）。他不仅没有听明白，而且愈发地感到困惑：他们为什么必须带着这个迄今为止都不曾露过面的“鲸鱼随行者”？（甚至通过他们的争吵可以得知：出于某种原因，这个人一直被故意隐藏起来。藏在哪里？莫非在鲸鱼的肚子里？）而且，既然他是被他们雇来做马戏团表演的，那为什么一直都没让他出场？这确实让人难以理解。另外，这个神秘人物的傲慢回答更令瓦卢什卡惊愕不已（因为摔跤运动员又磕磕巴巴地翻译道：“他说：您这么做很荒唐，因为众所周知，守在外面的所有人都是他的追随者，是因为他才跟到这里来，他的追随者们不会忘记他的存在。任何普通人的力量都不可能控制住他，因为他拥有神奇的魔力。”）。瓦卢什卡能够感觉到，由于对方的傲慢反击，使得这个原本看起来颐指气使、不容置疑的团长先生被逼到了一个无处可退的角落里，因为此刻他所面对的这个人凌驾于他的权威之上。“这个不要脸的东西！”团长愤怒地吼叫起来，但声音中掩盖不住他的被动依赖和惶然无助。躲在门后偷听的人也突然被一股惊恐捕获，身子感到一阵战栗，心里暗自揣测，假如不出意外的话，这句声如洪钟、气势可怕的厉声吼叫将会结束这场争论。“他说什么？他的魔力？”这声音继续像沉雷一般地轰隆作响，而且带着不屑的讥讽，“他这个废物，残疾，变态狂，我再慢慢地重复一遍，好让他能够听清楚：他是一个变——态——狂！他不拥有任何的知识和能力，这一点他跟我一样清楚地知道。

至于那个‘王子’的称号，”团长继续用异常轻蔑的语气说，“那只是我出于生意的考虑封给他的！你翻译给他听，他不过是被我编出来的！在我们俩之间，只有我一个人对这个世界多少还有一些含糊的概念，而他却厚颜无耻地假借其名义，用无数的谎言煽动暴民！！！”然而得到的回答是：“他说：他的追随者们就站在外面，他们已经等得很不耐烦了。对于他们来说：他就是王子。”

“那好吧，”团长先生厉声地咆哮，“你告诉他，他被开除了！！！”这场激烈的冲突——尽管冲突的主角和他们争吵的主题对他来说始终是个不解之谜——将瓦卢什卡吓坏了，他像石雕一样定在了铁皮隔板的门外，这时候他才第一次真正感觉到恐惧。他感觉到那些掷地有声的可怕词语，从“变态”到“煽动”，从“魔力”到“暴民”，将他冲向一条不祥的海岸，在那里，他在过去几个小时里未能澄清、无法理解的一切，以及在过去几个月里始终未能破解的现象的意义，此刻都突然呈现为一幅肉眼可视、轮廓清晰的惊悚画面，结束了潜意识中的惶然无知（比如说，铺满科姆洛旅馆大厅地板的那些碎玻璃，就在几分钟前还像手铐一样紧紧抓住他的那只友善的手，聚在国防军巷街口的那些陌生面孔，还有集市广场上耐心等待、相互之间可能并无任何关系的外乡人），由于这些“掷地有声的可怕词语”，本来他通过自己的经验和印象拼凑起来的含混画面在他的脑海里变得清晰起来，就像一片氤氲的雾气正在消散的风景，开始了一个不可逆转的清晰过程——而这所有的迹象都指向了唯一的一个可能性，暗示了“某种巨大的不祥”。然而在这个双方相互较量的阶段，要想准确地说清“到底发生了什么”为时尚早，更何况——即使很快就会知道真相——他也试图抵抗。要知道，他确实在抵抗，似乎有意为自己的认知设置路障，似乎只有这样他才有希望逃避这一种可能，才能抑制住自己的本能而不将追随马戏团聚到这里的陌生人群与当地居民歇斯底里的不祥预感联系到一起。然而这种希望正分分秒秒地慢慢消散，因为此时此刻，马戏团团长的愤怒吼叫已经将他迄今为止的所有经历和感受——从厨师长宣称的那句话到纳达班等人令人沮丧的断言，从那个冷漠、不安的人群的躁动到与那头所谓的“可怕的怪物”相关的广告语——都统统搅拌到一起，烩成了一锅，这所有的一切都自然而然地串联到一起，暗示着同一个令人惊悚的凶兆，仅仅为了迫使他向自己承认：当他对当地人永远的担忧和从昨天开始已经严重到恐惧了的不祥预感报以不屑的微笑，并认为这纯粹属于庸人自扰时，真正错误的并不是他们，而是他自己。在偷听完马戏团团长那番令人惊愕的咆哮之后，瓦卢什卡悄悄溜了出来。在心怀抵触的情绪中他首先冒出的念头是：他总有办法摆脱这种被迫的状态，即使现在也一样，他可以排除这样的可能，即便有证据支持当地居民们的不祥预感。走到国防军巷，瓦卢什卡意识到在自己对艾斯泰尔先生所抱的深深忧虑之中，隐藏着某种“在来这里的途中感染上的”一股普遍性焦虑。直到现在，他都无法让自己的思绪离开那扇密室的铁门，而且他不得不认识到：过去总能与惊恐相伴而生的那种如释重负感现在并没有到来，他必须正视隐藏在这一连串事件背后的真正意味，而对于在那里发生的所有不可思议的事情，他将永远无法摆脱。“他说，好吧，既然您作出这样的决定，”隔板后的较量仍在继续，扮演翻译角色的摔跤手说，“从现在这一刻开始，他将独自行事。他会离开团长先生，不再对鲸鱼感兴趣，而且他还要把我带走。”“什么？把你带走?!”“嗯，我会跟他走，”绰号“多面手”的助手心平气和地回答说，“他说，他的存在意味着金钱。团长先生很穷，想来对于团长先生来说，王子就意味着金钱。”“你不要也跟我说什么狗屁‘王子’!”团长厉声打断了翻译的话，随后沉默了片刻又开口道，“你告诉他，我不喜欢争吵。我会放他出去的，但是有一个小小的条件：他在外面必须闭嘴。出去后一个字都不许说。他必须保持沉默，像坟墓一样。”从这句话的语调里可以听出，刚才的那股愤怒已经变成了无奈。瓦卢什卡清楚地知道：这场激烈的较量已分出了结果，团长先生输了。似乎瓦卢什卡也清楚地知道他输在了哪里，并从那个像鸟一样尖厉的声音里听出了什么。也正因如此，已经威风扫地的马戏团团长想要不惜一切代价地阻止它发生，可是力不从心，情况急转直下，他无力回天。面对这个意外的结局，瓦卢什卡感觉自己如同一只想要穿过国家公路的猫，突然暴露在汽车大灯投射出的可怕强光之下，惊得动弹不得，瘫痪在那里：在冰冷的车厢内，他呆滞、无助地盯着那扇门。“他说，”翻译在里面继续说，“他不会接受任何的条件。团长先生得到了钞票，王子得到了追随者。世界上不管什么东西都是有代价的。为此争论毫无意义！”“假如他带领他的暴民摧毁他们途经的每一座城市，”团长先生身心疲惫地极力劝说，“那么过一段时间之后，他会无处可去的。你把这句话翻译给他。”“他说，他自己哪儿都不想去，”对方很快作出了回答，“是团长先生总带着他到处走。而且他说，他不明白您说的‘过一段时间’是什么意思。他现在就已经没有时间了。他跟团长先生不同，他认为每件事情都有其自身的意义，各不相同。意义存在于单独的事件，而并非存在于团长先生想象的整体之中。”“我什么都没想象，”经过一段长长的沉默，团长回答说，“但是我知道，假如他不控制好这些流氓，而是煽动他们，那些家伙会把这座城市砸烂，让它变成废墟。”“人们用失望和谎言建造城市，以后还会继续建造，”很快，“多面手”将突然变得愈发刺耳的鸣叫声翻译成了匈牙利语，“他们现在所做的和将来要做的事情，也都基于失望和谎言。他们现在所想的和将来所想的事情同样荒唐可笑。他们之所以思考，是因为他们害怕。一个人害怕，就会变得无能无知。他说，他喜欢让一切都沦为废墟。在废墟中涵括了各种各样的建造，因此，失望和谎言，就像冰块里的空气。在建造之中，所有的东西都只完成了一半，而在废墟之中，所有的东西都变得完整。团长先生怕他，而且无法理解他，但是他的追随者们并不怕他，并且理解他说的每一句话。”“请你把我下面的话翻译给他！”这时候团长勃然大怒，“他的预言对我来说完全都是胡说八道，他可以蒙骗那些乌合之众，但是蒙骗不了我。你告诉他，我再也不想听他胡扯，我会放他出去，也不会为他的所作所为负责。先生们，从现在开始你们自由了，愿意做什么就去做什么吧……”“不过我还是想给你一个忠告，”随后团长用力清了一下嗓子补充说，“你最好让你的小王子老老实实地躺在被窝里，给他吃双倍的奶油，然后利用这个机会，找出你的课本，好好学一下匈牙利语。”“王子在大喊，”这时候“多面手”已不再理会团长的话，而是在持续不断、歇斯底里的尖叫声中继续用淡漠的语调翻译说，“他说：他自己始终都是自由的人。他站在万物中间。在万物中间，他能够独自看到完整的一切。而完整的一切便是废墟。对于追随者来说，他是王子，而在他自己看来，他是王子中的王子。只有他才能够看到整体，因为他看到整体是不存在的，他说。另外，对王子来说，他必须……必须总是……亲眼审视世界。追随者们将会制造废墟，因为只有他们才能正确地理解他看到的事物。追随者们理解：在所有的事物里都包含着失望，但是他们并不知道它为什么存在。王子知道，为什么整体……并不存在。团长先生的理解是错误的，团长先生阻碍了他，因此王子感到厌倦，想要出去。”尖厉的鸟鸣声随着低沉的咕噜声的中止也安静了下来，团长没有再说什么。不过他即使说了什么，瓦卢什卡也不会再能听到，因为在听到刚才的最后几个词后，他已经动身向后退去。确切地说，他的耳朵已经不再能听见隔板后的讲话。他一直向后退去，直到撞上架在金属架上的鲸鱼的脸。之后，他感觉到周围的一切都以这样或那样的方式开始运动：车厢从他的脚下滑走，人们在他的身边奔跑。只到当他置身于稠密的人群中，意识到自己无法找到那位新结识的朋友时，周围涌动的画面才静止下来——他急切地想要告诉他：他们即将听到的召唤是邪恶的召唤，他们在这里一直等待的那个人是邪恶之人，他们无论如何都不应该听从那个家伙疯狂的煽动。他找不到他，他感觉到千斤的重担突然落在了自己肩上，在短短几分钟之内，此前他关于这个马戏团、关于这天下午以及整个一天所见所闻的全部思考与认知，突然在他的体内轰然坍塌。他感到头晕目眩，肩膀酸痛，浑身打冷战，他无法看清周围人的脸，只能看到他们模糊的身影。他在篝火之间跑来跑去，但是他的喉咙由于过度的紧张而肌肉痉挛，无论他怎么努力，他说出的话都难以让人听懂（能让人听到的只是“……欺骗……”“……邪恶……”“羞耻……”等没头没脑的词)。他着急地奔跑，尽管他很想帮助别人，但却无能为力。他从来没有感到过这般无助，因为经过最初的无知和轻信，他突然在认识方面不仅赶上，而且远远地超过了他们，想来他不仅知道王子的存在，而且还知道他打算要做什么，但是即便如此也于事无补。“马上会发生可怕的灾难!”他在心里不安地想着，但却无法作出决定：现在自己该朝哪个方向走？他首先想到的是艾斯泰尔先生，并且已经转身朝温克海姆·贝拉男爵大道走去，但是他随即又改变了主意，掉头往回走。刚走出几步，又停了下来，他似乎突然意识到，还是自己的第一个念头是明智的。如果说刚才涌动的画面已经静止，那么现在又重新开始涌动起来：篝火的光焰在他周围闪耀，并旋转，人们又在他的身边奔跑起来。他一边试图绕开他们，同时又感到广场上笼罩着反常而巨大的寂静，因为他什么都听不到，只能听到自己急促的喘息。这种喘息声发自他的体内，急促有力，就像一个人弓着腰站在磨坊前听转轮的转动。后来，他发现自己回到了国防部巷，转眼已经在敲艾斯泰尔夫人的房门。他前脚刚一跨过门槛，就急不可待地重复说了好几遍(“马上会发生可怕的灾难！艾斯泰尔夫人，请您听我说！艾斯泰尔夫人，请您听我说，马上将会发生可怕的灾难!”)。然而无论是女主人，还是重要的来客，谁的注意力都没能被他的话吸引住，似乎没有人能确切地理解他说的是什么。“你是被那个……可怕的怪物吓坏了，对吧?”妇人用一副颇为自信的口吻笑着问他，这时候他开始面色惊恐地冲她连连点了几下头，女人只是轻描淡写地安慰他说：“哦，这并不奇怪。并不奇怪!”随后她自信的笑容倏然消失，脸上浮现出一副心事重重、责任重大的神情，并将瓦卢什卡领到房间里唯一的一张空凳子前，不容分说地将这个不知所措的年轻人按到了凳子上，并且轻声地安抚道，“在哈莱尔先生还没有给我们带来好消息之前，即使在我们这个应变能力很强的小圈子里，也有一些朋友难免会感到不安和焦虑”。她接着又说，现在瓦卢什卡尽管可以放心，因为（“感谢上帝!”）就在不久前他们已经得到了承诺，这个到处惹是生非的马戏团将在一个小时之内带着他们的鲸鱼和王子一起离开我们的城市。然而瓦卢什卡听后使劲地摇头，并且从凳子上跳了起来，重复了一遍那句一直都在他脑海里如警笛一般嘶鸣的话，然后尽他所有的可能用“尽可能清楚的词语”解释说，他无意中亲耳偷听到一场激烈的争吵，并且由此可以判断，王子是不会离开这里的。“情况已经发生了变化，”艾斯泰尔夫人一边说着，一边重又将并不愿意顺从的瓦卢什卡用力按回到凳子上，并将自己的左手掌重重地压在他的肩膀上，想以此让他能变得更清醒一些。她完全理解那个被称作“王子”的罪犯的出现为什么会令他如此沮丧，那是因为，“如果我没有搞错的话，”她露出一丝得意的微笑轻声补充道，“你现在才真正抓住了问题的根本。”她完全可以理解他，女主人不容置疑地抬高了声调，而压在瓦卢什卡肩头的那只手使得他动弹不得。她之所以能够理解他，是因为跟所有第一次看到这个伪装成马戏团巨大怪物（“……看到这匹特洛伊木马，你们应该知道我指的是什么……！”）的人们一样，她自己也有过同样的感受，他的这种感受对她来说一点都不陌生。“就在半个小时之前，”艾斯泰尔太太洪亮的嗓音在小房间里嗡嗡震响，“我们有充分的理由相信，没有人能够阻拦住马戏团团长手下的那个恐怖狂人，那个——正像我们从哈莱尔先生嘴里听到的那样——被无可指责的马戏团团长称作‘农夫怀里的蛇’的卑鄙小人实施他的险恶计划；但是与此同时，并且与之相反，我们现在也有充分的理由相信马戏团团长已经意识到了自己重大的责任，他必须立即采取行动进行干预，他会很快帮助我们摆脱这只恶魔。”“多亏了哈莱尔先生从中斡旋，我们已经知道，”艾斯泰尔夫人继续情绪激昂地说下去，内心的兴奋溢于言表，从她的话语中可以感觉到，她之所以这样讲，并非为了给在场的人鼓劲，而是为了强调自己此时此刻无可置疑的重要存在，“我们已经知道是什么东西隐伏在我们中间，并且令人不安地威胁着我们，因此我们可以大胆地宣布，已经没有什么东西可以让我们畏惧的了，因为幸运的是，我们现在所要做的事情只是等待马戏团从我们这里撤走的消息，因此我建议大家不必再这样惊慌失措。”她边说边冲瓦卢什卡微笑了一下：“你要让自己放松下来，我们所有人现在应该想的是，在未来我们将要做些什么？在今天发生的事情结束之后，我们应该吸取什么样的教训？”她将犀利的目光投到神色萎靡的市长身上。“我们要对所有问题进行全面的反思。当然这并不是说，我们现在就有能力马上针对所有问题作出最终的决断，不，当然不能，”艾斯泰尔夫人果断地摇了摇脑袋，“这么想是不切实际的，但是不管怎样，幸运的是我们可以这样讲，所发生的危机已经得到了解决，无论从哪个角度讲，我们这座遭到了诅咒的城市（‘对于优柔寡断的诅咒！’作为艾斯泰尔夫人的老熟人，哈莱尔先生大声地插话），绝不能再像以前那样管理城市了！”毫无疑问，这场演讲早在瓦卢什卡到来之前就已经开始，修辞华丽，语调高亢，情绪激昂，尽显演说者所向披靡的自豪和自信。此刻，这场郑重其事、逻辑自洽、充满魔力的演讲无疑已经达到了高潮。艾斯泰尔夫人的眼神里充满了得意，对自己演讲的效果十分满意，现在是该结束的时候了。市长先生一脸困惑地盯着前方，在角落里用力地点头表示支持，但是从他痛苦的神色中可以看出，他始终都在如释重负的渴望与极度不安的焦虑之间摇摆。警察局长的观点也不言而喻，尽管他暂时还不能用词语表述出来，此刻他头朝后仰，张大了嘴巴，始终躺在床上沉睡于他正义的梦里，正因为这个他无法作出表态：对于艾斯泰尔夫人阐述的观点，他毫无疑问会举双手赞同。因此，在场唯一的一个完全拥有行动和说话能力的人是哈莱尔先生，他是艾斯泰尔夫人绝对的、无条件的追崇者，对她“令人震惊的透彻阐述”由衷地赞同（假如她的眼睛和心脏可以说话的话，肯定还会说得比现在更多更好），是他接受艾斯泰尔夫人的派遣前去调查情况，是他带回了好消息。此刻，哈莱尔先生满脸涨红地站在他们面前，那堆积着大大小小脂肪球的胖脸上显露出一副困窘的神情，似乎仍然为自己成为大家注意的焦点而感到一时难以适应，然而他在这件事上扮演的角色，绝对值得受到如此的关注。他双膝紧夹地坐在衣架下面，一只手托着充当烟灰缸的沙丁鱼罐头盒，另一只手夹着香烟，不停地往罐头盒里弹烟灰，似乎生怕将一丝烟灰落到打扫干净的地板上。他就这样一口接一口地吸着，吸着，吸了一口又一口，只有当他断定自己可以安全地、不会与女主人的目光相互碰触的时候，才会从低处抬起眼皮瞅一眼艾斯泰尔夫人，随后迅速移开自己的视线，再次弹弹手里的香烟。看得出来，在尽量躲避的同时，他心里实际渴望能与她有眼神的交流。他偷偷地希望，早晚会有那么一刻，他俩的目光会不可避免地碰撞到一起，就像在法庭上等待法官判决的当事人，很想能够壮起胆子勇敢地直视法官的脸。的确，他给人留下的印象确实就像一个怀揣犯罪的秘密、正在无望中呻吟并渴望救赎的人，此刻对他来说，比集市广场上的情况更重要的是，无论艾斯泰尔夫人对他说什么，他都会不假思索地表示“真心赞同”。因此不难理解，当哈莱尔先生如饥似渴地听完女主人的每一句慷慨陈词，并在她话音落下后短暂的沉默中感觉到，市长试图用他磕磕巴巴的话语“扰乱”艾斯泰尔夫人描绘出的清晰前景，在哈莱尔看来，这不仅是对他自己诚实度的质疑，更是对女主人尊严的粗暴挑衅，因此他忍不住腾地站了起来，手里夹着冒着烟的烟卷，愤怒地做出一个“让市长闭嘴”的手势，一时间忘记了自己与对方相差悬殊的等级。“但是，”市长先生边说边紧张地揉搓自己的太阳穴，然后焦虑不安地在自己肥大的脑袋上摸来摸去，从额头摸到后脖颈，“如果这个所谓的‘王子’改变了主意，还是要留在这里该怎么办?!”他将脸转向哈莱尔：“你们也知道，他想怎么说就可以说什么，但是承诺对他来讲并不意味着任何约束。谁知道我们需要面对的是一个什么样的人？我们现在就这样下结论，会不会太草率？唯一令我觉得不安的是，对我们来说——请恕我直言——这个消息来得有点太早了，太突然了……！”“这个口信，”艾斯泰尔夫人的语调变得严厉，就在这时，由于瓦卢什卡再次想从凳子上站起来，她用一种母亲安慰儿子的温情姿态轻轻靠在了年轻人身上，随后她接着说道，“这个口信，哈莱尔先生已经一字不漏地捎给了那个马戏团团长，他们现在仍在这里，还没有离开这里半步。我们已经清楚地向他表明：对于他提出的希望警方协助的请求，不管我们这位生病了的警察局长昨天答应了他什么，‘很遗憾，都没有落实的可能性’。”原因很简单，艾斯泰尔夫人强调说，当地警察局总共只有四十二位警员，无论他们多么勇敢，都不可能控制住广场上万一爆发骚乱的人群，这一点他应该在采取任何行动之前周全地考虑到，“另外，正如我们从哈莱尔先生那里知道的那样，他仔细考虑了这个问题”，也正因如此，他决定应我们委员会的要求马上离开这座城市。她，艾斯泰尔夫人本人，对此没有丝毫的怀疑，她相信他们说到就能做到，因为他们不是第一次遇到类似的情况。他们清楚地知道，如果他们不这样做，将会面临什么样的后果，因此，他们会马上离开这里的。“是我见到的那个人，拜托，而不是您，”这时候哈莱尔先生也插话道，不仅因为他感到自尊心受到了伤害，而且更是为了帮助艾斯泰尔夫人辩护，“团长是一个非常强势的人，只要他对其他人挥一下夹着雪茄的手，那些人就会像蝗虫一样地扑上去！”对于哈莱尔的挺身而出，女主人嘴里表示真心感谢，但脸上却显得冷冰冰的。她说，虽然哈莱尔先生在这个问题上对于她的观点给予了坚决的支持，但还是请他言归正传，给大家讲一讲他与马戏团团长会面的情况，除了他刚才所讲的那些，有没有漏掉什么细节忘了讲述。“哦，还有就是，”哈莱尔压低了嗓音，上身稍微前倾，像是要透露什么机密的事情，“人们在背后偷偷议论，有人说他长了三只眼睛，体重只有十公斤。”“好啦，说正经的！”艾斯泰尔夫人恼火地厉声制止，“是不是需要我再换一种问法，你才能明白我的意思？除了我们已经知道的这些，团长先生还对你说过些什么？”“嗯……没了。”信使受到了惊吓，立刻垂下了眼皮，又开始往罐头盒里使劲弹烟灰。“鉴于这种情况，”艾斯泰尔夫人稍微沉思了片刻，随后开口说，“我提出以下建议：您，哈莱尔先生，请您现在就去广场，一旦马戏团动身离开，就立刻过来向我们报告。我们，市长先生，我们当然继续留在这里。而对于您，瓦卢什卡·亚诺什，我想提一个个人的请求……”在过了足足有一刻钟之后，她终于松开了瓦卢什卡的肩膀，但还是没有放开他，而是紧紧攥住他的胳膊。在场的所有人都令他害怕，哈莱尔先生，市长先生，警察局长先生，现在他对艾斯泰尔夫人也感到畏惧，他很想冲向屋门，夺路逃走。现在，女主人向他投来鼓励的目光，并且以某种亲密的方式向他靠近。她对他说，假如他已从刚才的震惊状态平静了下来，那么，现在他也可以担负起一项重要任务，具体地说，是替她去完成一项任务，尽管她很想自己去完成，但是现在，她无法离开自己的岗位，她实在无法脱身。“警察局长先生，”她指着那张散发着酒气的床铺对瓦卢什卡说，“他之所以陷于这种可悲的境地，并不完全是因为喝了多少酒。”她解释说：“醉酒只是表面的现象，实际上是因为他肩上担负了太多的责任，因而身心疲惫，并导致他无法履行自己父亲的责任。”艾斯泰尔夫人继续解释，她想说的是，在这个艰难的夜晚，局长家里还有两个小孩子没有人照顾，他们需要有人照顾，而且，现在已经快七点钟了，孩子们肯定很饿，很害怕，并且需要有人哄他们睡觉，因此她立即想到了瓦卢什卡。“这是一件小事，”她用温暖的声音附在瓦卢什卡耳边小声说，并且幽默地补充了一句，“即使是件小事，我们也不会忘在脑后。”如果他能够答应她，愿意接受这项任务，她会感激不尽的；想来他也看到了，现在她到底有多忙。瓦卢什卡当然会同意，即使不是因为别的，只是为逃离艾斯泰尔夫人他也会同意，因此他毫不犹豫地想要答应，想说“好的”。可是他还没有来得及开口，屋外突然传来爆炸般的轰鸣，窗玻璃被震得嗡嗡颤动。毫无疑问，轰鸣声是从广场那边传来的。未等声音落下，小屋里的所有人都清楚地知道：广场上肯定发生了什么，不然人群不会发出如此震耳欲聋的喊叫。所有人都突然僵住了，等待彻底安静下来，并且屏住呼吸，不知这喊叫声是否还会爆发。“他们要走了。”哈莱尔先生率先打破了轰鸣后的寂静，但是他定在原地一动未动。“他们留下来了。”市长用哽噎般的声音说，他说他很后悔从家里出来，现在他不知道该如何回去，“穿过花园”的那条路线肯定行不通了。他突然一步跨到床前，用力摇晃沉睡者的大腿，冲他大喊：“醒醒！赶快给我醒醒！”在此之前，确实没有人可以抱怨他用他的过度兴奋增加了应对危机特别委员会会议的紧张气氛，即使现在被人拼命地摇晃大腿，他也没有失去那副无人可比的镇静。局长先生慢慢地坐起身来，将胳膊肘支在枕头上，用眯成一条缝的、发炎了的眼睛环视了一圈，然后带着自己独特的口音说，没有关系，在州里的援兵没有到达之前，他不会采取任何行动，随后重又倒在床上，迅速坠回到刚被莫名其妙中断了的梦乡里。对他来说，梦是恢复健康的唯一机会。只有艾斯泰尔夫人没有表态。她将自己严肃的目光投到天花板上，并且耐心等待。随后她慢慢地、逐一审视了一下在场者的每一双眼睛，薄薄的嘴唇上流露出一丝若隐若现、掩抑不住的兴奋笑容，她开口说："先生们，现在正是关键时刻。我相信，我们正朝着解决问题的正确方向行进!"哈莱尔先生再次热情地表示赞同，然而市长先生似乎始终心怀疑虑，他烦躁不安地整了整领带，忽左忽右地摇晃了两下脑袋。只有瓦卢什卡一个人似乎并没有为女主人一本正经的表态所感染，因为他的手已经攥住了门把手。这时候女主人已经下达了出发的命令，他从屋门口含糊地说了一句什么（"……可是，嗯……艾斯泰尔先生……?"），然后带着一副苦涩、失望的表情紧跟在神色匆忙的哈莱尔先生身后出了门，仿佛整个世界都在他的体内土崩瓦解。他的每一个动作似乎都在表明，他之所以动身，是因为实在不能忍受继续留在这里。然而令他绝望的是，现在他并不知道自己该去哪里。事实上，有一个世界确实已经在他的体内土崩瓦解，因为他在痛苦与绝望中曾寄希望于艾斯泰尔夫人和应对危机特别委员会，然而结果太令人失望了：想来他们犯下了悲剧性的错误（“情况已经发生了变化……”在他的脑子里始终回响着艾斯泰尔夫人说过的这句话），他们喋喋不休地兴奋争论，并将消息得到的时间弄颠倒了，把他听到消息的时间放到了哈莱尔先生报告的情况之前。他们本来对他就不信任，根本不把他说的话当一回事，甚至在混乱的状态下，谁都没有注意到他的存在。由于气氛过于紧张，以至于艾斯泰尔夫人直接堵住了他的嘴，因而他失去了最后能够帮助他们的机会，而且他很快（当艾斯泰尔夫人对市长先生合理的怀疑表示不屑的时候）就惊愕地意识到：想要影响女主人自以为是的顽固念头是完全不可能的，他在广场上偶然获知的可怕秘密，现在只能烂在他自己的肚子里了。他突然变得孤独一人。而且他清楚地知道，在这里，没有一个人会对住在温克海姆·贝拉男爵大道旁的音乐学校前校长的命运感兴趣，因此他也只能独自留在艾斯泰尔先生身边——似乎正因如此，一阵巨大的沉默笼罩住这个房间，就像不久前笼罩在广场上一样：他虽然看到周围人在讲话，但是他什么都听不到，而且他根本也不想听到他们在说什么，因为他别的什么都不希望，只希望能够摆脱紧紧抓住他肩头的那只手，最终离开这个他本来就不应该来到的地方，只希望能够将自己可怕的无助感扼杀在路边“那些围着他的脚步疾跑的房屋的速度里”。与此同时，他对自己从马戏团巡回展车的休息室外偷听到的疯狂计划感到束手无策，不知道应该如何应对。因此最后能做的，真的只有将他的无奈扼杀在“那些围着他的脚步疾跑的房屋的速度里”。他在院子门口稍稍迟疑了片刻，然后怯生生对另一个人说，“哈莱尔先生，别去那边……！”（但哈莱尔就像是一个聋子，根本没有听到他说的话，只自言自语地嘟囔“多棒的女人！多棒的女人！”，并径直朝着科舒特广场方向跑去）。目送哈莱尔先生的背影远去之后，瓦卢什卡调整了一下肩上的背包带，然后转身沿着狭窄的人行道，朝着与集市广场相反的方向出发，与他的房东越行越远。他开始撒腿奔跑，房屋和院子的栅栏重又在他的身边飞速闪过。但是与其说他看到，不如说他感觉到这疯狂的飞奔，因为现在他眼里什么都看不见，就连踩在脚下的水泥方砖都看不见。树木歪斜着在身边跑过，光秃的树枝在杀气腾腾的凛冽冰霜中瑟瑟抖动，路上会不时有电线杆跳到他的面前。一切都在奔跑，一切都在疾驰，不管他走到哪里都是一样，所有的一切都如风驰电掣，无论房子、水泥地砖，还是电线杆或树木（连同瑟瑟抖动的树枝）都不愿停下它们飞奔的脚步，甚至他自己也希望能够摆脱一切，将它们甩到身后。但事实上他觉得自己什么都没能摆脱，它们一次次出现，一次次地戏弄他。先是医院，然后是溜冰场，之后是埃尔凯尔广场上的大理石喷泉在他的眼前飞速闪过。但在这混乱交叠的图像里，即使他已然经过了那里，他自己也无法作出肯定的判断，感觉自己始终没能逃出艾斯泰尔夫人所住的街区。但是不管怎样——他始终下意识地想要远离“王子”，远离他盘踞在科舒特广场上的那个可怕帝国，想要尽快靠近“自己的领地”，想让自己的愿望能够最终成真——他突然发现自己站在温克海姆·贝拉男爵大道与一八四九年大街交叉的十字路口，并从他一直试图逃离的、令人绝望的迷宫里稍稍清醒过来。现在他站在了弗劳姆夫人居住的公寓楼大门口，并且鬼使神差地按响了对讲器按钮。“妈妈，是我……”他冲着麦克风大声喊道。在按了几次门铃之后，他从喇叭里传出的噼啪声猜到，对方已经拿起了话筒，只是还没有对着话筒讲话。“妈妈，是我，我只是想告诉你……”“这么晚了，你还待在街上做什么?!”对讲器里突然传出一声斥责的咆哮，由于声音太大，以至于让瓦卢什卡忘记了自己想说的话。“我在问你，这么晚了，你还待在外头做什么?!”“出大事了，妈妈……”他尽量靠近对讲器的话筒，试图向她解释，“……我只是想说……”“出什么大事了?!”喇叭里传出一句不耐烦的反问，“你还知道出事?！既然你知道，那为什么还要在这种时候在街上闲逛?！告诉我，马上告诉我，你又在外头做了些什么?！难道你想彻底毁掉你的妈妈?！之前你对我做了那么多的混账事，难道还不够吗?!”“妈妈……妈妈……，请你听我讲……”

瓦卢什卡结结巴巴地对着话筒，“我真的……真的不想伤害你，我只是想……想告诉你……你一定……一定要锁好门……不要放任何人进去，因为……”“你又喝醉了!!!”喇叭里又传出不满的咆哮，“你又喝醉了，可是你已经向我发过誓，再也不会沾一滴酒！可你还是喝了。尽管你已经有了一个小小的住处，但你还是不懂得珍惜，不知道悔改，你又喝酒了，又像流浪汉似的在街上晃荡！那好，我亲爱的儿子，”对讲器里发出刺啦刺啦的噪音，“既然如此，那我们就换一种谈话的方式！如果现在你不马上给我回家去，那你就永远别想再跨进那个门槛！你听明白了吗?!”“听明白了，妈妈……”“那你就好好给我听着！如果再让我知道，你听懂了吗？如果再让我知道你继续在外头东游西逛，再在外头惹上什么麻烦，我会下楼去找你，我会揪着你的头发把你送到那里……把你关起来……你知道我说的‘那里’是哪里?！我不会忍受你的，你听懂了吗？我不会再让你继续给我丢脸!!!”“我没喝酒，真的没喝，妈妈!”“你永远别再叫我‘妈妈’，马上给我滚蛋，赶快回家去!!!”“好的……再见，妈妈……我这就回去……”瓦卢什卡对着麦克风答应道，但是心里并不踏实，因为他没能让母亲意识到目前情况的严重性。所以他迟疑不决地站在那里沉思了一会儿，决定转身回去再试一次，直到母亲能够恍然大悟：她的儿子都经历了什么，目击到了什么，什么正在发生，什么将要发生。他要向母亲解释刚才没能解释清楚的那件事；但是话说回来，即使他对艾斯泰尔夫人，也没有办法解释清楚。他没有办法解释，因为关于“王子”和马戏团的一切，无论他说什么母亲肯定都不会相信的，如果她不相信，那就又会冲着他发火，向他大喊大叫。这在瓦卢什卡看来也是可以理解的，不能责怪母亲对自己的儿子不耐烦，因为若不是他自己亲眼看到、亲耳听到，恐怕他也会持怀疑态度，很难相信世界上竟会有这种事情发生。然而，传说中的“王子”确有其人，瓦卢什卡在空旷的街道上一边踯躅一边思忖，这致使人们无法对任何事情作出理性的判断，那个家伙既不需要谎称自己是“神的使者”，也不需要展示任何能够摧毁人类的邪恶欲望，他只需要通过自身的存在就足以改变周围的世界，迫使人们放弃用自己的标准判断事物存在的习惯，并且鼓励人们相信：地球上存在其他的法则，某些常被人们贴上“骗术”标签的自然法则。与此同时，“王子”的简单存在也包含了妖言惑众和邪恶欲望、矫情饰诈和怫然怒色等元素，瓦卢什卡继续思维奔逸地想下去，这些元素在他与团长傲慢少礼的争执中并没有进行刻意的掩饰；但是即便如此，也不能将这些与之等同，因为从本质上看，他还包含有某些超人属性——毫无疑问，这些超人属性既令人震惊，也让人畏惧，强大得足以操纵一切，完全超出了瓦卢什卡的想象范畴，自然也不可能用任何支离破碎的词语进行描述。他从一条街走到另一条街，脑海里一次次响起“王子”说过的那些话。毫无疑问，他完全赞同马戏团团长的观点，他说的很对，“王子”的行为是邪恶的，但也可以肯定，马戏团里那个最为神秘的成员肯定不是一个简单的骗子，并不仅是利用追随者轻听轻信、容易上当的本性而享受自己拥有的权力。与团长先生不同的是，在瓦卢什卡看来，在“王子”所说的那些话背后隐藏着某种十分可怕的东西，而他那听起来陌生、异常冷酷的铿锵嗓音更是令人毛骨悚然，再经过一个匈牙利语并不怎么流利的翻译之口，不仅句子变得磕巴，意思也不连贯，从而显得更加高深莫测，无可阻拦，而且……里面还透出某种我行我素、放荡不羁的气质，任何想要与之作对的努力都是徒劳的。之所以说徒劳，是因为“王子”仿佛是从事物的阴影里诞生的，在那里，可触摸世界的所有法则全部失效，充满了不可能性和不可理解性，因此从他身上辐射出巨大的能量，由此可以解释他在“自己人”中间享有的特殊威望，在所有马戏团表演中享有的无可替代的重要地位。一个人想要理解他根本就不可能理解之事，这种愿望无疑是徒劳无望的。就在这时，瓦卢什卡感觉周围的房屋、树木、水泥地砖和电线杆都突然开始减速，眼前又浮现出集市广场上那些焦虑的目光。他安静了下来，心里设想：随着一道可怕的命令，那些家伙将会摧毁这座城市，而且也会闯进艾斯泰尔先生的家（想来正是他本人无意中引起了他们的注意！！！），而艾斯泰尔先生对此一无所知，毫无戒备，现在，让他听之任之，袖手旁观——此刻，他周围的一切都静止了下来——他感觉，这样不可能。他又听到刺耳的鸟叫声，这给他带来了新的恐惧，于是他置身在这种恐惧里，清楚地知道，他要做的事情只有一件，告诉所有的人："锁好你们的门，不要出来!"他要告诉所有的人，他下定决心，从艾斯泰尔先生到"佩斐菲尔"酒馆里的兄弟们，从铁路局的员工到上夜班的搬运工，他要警告每一个人——包括警察局长的孩子们。他脑子里突然跳出了一个这样的念头，随即环顾了一周，判定自己与孩子们之间只相隔一个街口，于是他决定，先要从警告孩子们"不要外出"开始，然后去找艾斯泰尔先生，最后再告诉别的人。警察局长住在一栋公寓楼的一层，隐蔽得很好，没有人会想到这里竟住着一位大人物：墙皮已经剥脱殆尽，抬头往上看，缺了很长的一截排水管，至于楼门，很容易理解，有什么必要总是开门关门，因此早就没有了门把手。要想靠近这栋楼，必须从邻居们乱扔的垃圾堆中间穿过，从人行道拐向楼门的路上，而且正好就在大门口前，有一根被人丢掉的铁棍横在地上。既然楼外是这个样子，楼里也不会好到哪里去，瓦卢什卡刚一走进楼梯井，就迎面吹来一股巨大的穿堂风，立即吹飞了他头上的鸭舌帽，似乎大自然在提醒他：在这里，它是主宰。瓦卢什卡开始沿着水泥台阶从底层爬向一层，穿堂风不但没有减弱，反而变得更加难以预测，一会儿几乎彻底停了，一会儿突然发起猛烈的攻击。迫不得已，他只能将鸭舌帽攥在手里，尽可能用鼻子吸气。他终于爬上了一层，按响了门铃，迫不及待地等着房门打开，仿佛像要逃离真正的风暴。然而并没有人把门打开，随着刺耳的门铃声，屋内刚还响起哒哒的脚步声，很快重又归于宁静。瓦卢什卡又按了一次门铃，屋里又响起脚步声，年轻人开始紧张起来，担心屋子里出了什么事。但就在这时，他听到钥匙在锁眼里转动的声响，接下来又是一阵哒哒哒的脚步声，随后再次归于平静……推门进屋，公寓里很暖和，甚至可以说相当热，墙上贴着花卉图案的壁纸，踢脚线上面的部分由于地面返潮，墙纸上可见一大片斑驳的污迹。瓦卢什卡小心翼翼地绕开堆在地板上的外套、报纸和鞋子，穿过狭小的门厅，并朝厨房里瞥了一眼。他一边走一边好奇地东张西望，最后终于来到了客厅，已经冻透了的身体突然开始剧烈地打战，以至于他一时间说不出话来。他朝侧面拽一下背包带，解开大衣纽扣，用力搓了搓麻木了的四肢，试图阻止自己的身体发抖。这时候他突然感觉到，好像有人站在他的背后，他突然吃惊地转过身去，果真，他没有弄错：客厅门口站着两个小男孩，他们正一言不发、一动不动地盯着他。“噢，天哪！”瓦卢什卡大声叫道，“你们把我吓了一跳！”“我们以为是爸爸回来了……”他们回答，并且继续盯着来人。“你们爸爸回家时，你们也总是躲起来吗？”瓦卢什卡问。男孩们没有回答，只是一脸严肃、目不转睛地盯着他。一个孩子看起来大约六岁，另一个看起来大约八岁；弟弟是金发，哥哥是棕发，但是两个孩子都遗传了警察局长的圆眼睛。他们的衣服大概是从邻居大孩子那里得到的，尤其是裤子，还有衬衫，看上去已经洗过无数遍，由于严重褪色，几乎难以辨出原来的颜色。“你们知道，”瓦卢什卡有些困窘地向他们解释，因为他感觉两个孩子不仅只是盯着他看，而且在用怀疑的眼神打量他，“你们的爸爸今天晚上会晚一点回来，所以他派我……派我来告诉你们先睡，不用等他……”“我还有事情，马上就走，但是有一件事情非常重要，你们一定要听好，”说着他又哆嗦了一下，“我走之后，你们必须把门锁上，无论谁按门铃都不要开门，绝不能放任何人进屋……所以……”最后他更困窘地补充了一句：“你们现在应该上床睡觉了！”他稍微整了整自己的外套，清了清喉咙，感到有些手足无措，他不知道应该做些什么，才能够让两个男孩不再这样盯着自己。他试着冲他们微笑了一下，这时候弟弟终于放松了一些，凑近瓦卢什卡问：“你的书包里有什么？”这个问题让瓦卢什卡感到意外，他打开背包，自己先朝书包里望了一眼，随后蹲在地上，撑开书包给孩子们看：“里头只有……报纸。没有别的……我经常挨家挨户地送报纸。”“他是邮递员！”这时候哥哥带着一副傲慢、不屑的表情告诉弟弟。“他才不是邮递员呢！”弟弟反驳哥哥说，“他是个白痴，爸爸说的。”随后他重新转向不速之客，用怀疑的眼神上下打量他，“你……真是白痴吗?”“哦，我当然不是!”瓦卢什卡使劲摇摇头，随后站起身来，“我不是白痴，你们可以自己看一看，你们看我像白痴吗?”“很遗憾，”弟弟失望地瘪着嘴说，“我想成为一个白痴，然后告诉国王说，他的王国很糟糕。”“胡扯!”哥哥一脸挖苦地打断了弟弟，瓦卢什卡也试图得到他的好感，于是问哥哥：“为什么是胡扯？那你说说你想当什么呢?”“我？我……正义的警察。”他自豪地回答，同时又带着几分羞怯，似乎并不愿意向陌生人袒露心扉。“我会把所有人都关到监狱里，”他双手抱胸，靠在门框上，“把所有的酒鬼，还有白痴!”“对，我也把酒鬼关进监狱!”弟弟兴奋地表示赞同，随后又说，“判处酒鬼死刑!”他开始大声叫着，在房间里转着圈地蹦跳。瓦卢什卡觉得，现在他应该说点什么，既然他终于获得了孩子们的信任，那么他们应该会听从他的话，赶快上床睡觉。然而，他想不出自己应该说些什么，于是合上了背包，再次努力冲他们微笑，然后走到窗前，向外眺望漆黑的街道。他猛然想起，自己早就该上路去艾斯泰尔先生那儿了，于是他立刻失去了耐心。“很遗憾，”他举起因焦躁而微微颤抖的手，稍稍摘下他的帽子，向脑后梳理了一下头发，“我必须得走了。”“我已经有我的制服了!”哥哥应道，他看到瓦卢什卡准备离开，立刻追到门厅补充说，“叔叔，如果您不相信的话，我穿给您看！”“还有我！还有我！”弟弟也蹦蹦跳跳地大声喊道，并模仿汽车拐弯的姿势和脚踩油门的嗡嗡声，跟着哥哥来到门厅。瓦卢什卡感到无可奈何，他刚朝门厅迈出几步，就听到身后有扇门被猛地推开，又砰地撞上，转眼之间兄弟俩重又出现在他面前，像军人一样挺胸立正，面带微笑地仰头望着他。两个人都穿着真正的警服：弟弟的警服下摆拖到了地上，哥哥的警服只到膝盖，尽管看上去有些滑稽，想来——用俗话形容——“一件里头可以装进三个”。两件制服都做工精细，比例得当，他们只需要长到制服的尺寸。“让我看看……真够帅的……”瓦卢什卡赞赏道，他边说边往门口走，但是弟弟拦住了他，并从背后亮出一只匣子，斜着眼睛仰头看着他，只说了一句：“你看这个！”之后，瓦卢什卡不得不赞美一根削尖的棍子。他被告知，他们可以用它“扎瞎敌人的眼睛”；他必须承认，瑞典剃须刀的刀片“可以割断敌人的喉咙”；最后他还需要知道，他们只须将积攒在罐子里的碎玻璃碴——哪怕只是一半——偷偷地装进敌军的饮料里，“就可以撂倒一大片”。“胡扯……！这是我给他的，幼儿园小朋友的游戏……！”哥哥站在厨房门口轻蔑地说，“叔叔，如果您想看看什么有趣的东西，那么请看这个！”男孩说着从警服口袋里掏出一把真的左轮手枪。他把枪平放到瓦卢什卡的手掌里，然后慢慢用手指攥住枪柄，扣住扳机，瓦卢什卡惊得不由自主地向后连退几步，一下子说不出话来：

“这个……你从哪里搞到的……?!”“现在这个问题并不重要!”男孩耸了耸肩膀说，他试着想用食指拨动转轮，但是没有成功。由于他的动作幅度太大，枪哐当一声掉到了地板上。“我很希望你能把它捡起来，递给我……”瓦卢什卡吃了一惊，立刻弯腰去捡，但是男孩抢在了他的前头，一把抓起手枪，并将枪口对准了他。“这个东西很危险……”瓦卢什卡连忙解释，并且伸手做出一个“制止”的手势。“你不可以玩枪！这很……危险……”然而，枪口还是一动不动地指向他，两个孩子就像刚才他刚走进客厅时那样充满敌意地盯着他，瓦卢什卡开始不由自主地往后退，一直退到门口。“嗯，那好，”他边说边按下身后的门把手，“……你真的把我吓坏了……但是……现在……”他打开了门，“……请你把枪放回到原处，不然的话，你爸爸……会生你气的……你们赶快上床睡觉去……”他从门缝里溜了出去，“……好孩子，听话，快去睡吧……”他终于小心翼翼地关上了房门，然后惊魂未定地小声叮嘱他们，感觉更像是自言自语：“……把门锁好……别让任何人进来……”他听到屋里爆发出笑声，听到钥匙在锁眼里转动，然后他紧紧攥着鸭舌帽，顶着猛烈的穿堂风下到底层。他始终能够看到那两双死死盯着他的圆眼睛，无法摆脱它们清澈而犀利的目光。如果说刚才在孩子们的疯狂帝国里，他是由于太热而不停地打战，现在他一跨出公寓楼的大门，立刻感到寒风冰冷刺骨，有一个念头也令他脊背发凉：在他看来本是风马牛不相及的两样东西——两个孩子与冷酷无情的冰冷激情，实际上是那么和谐自然。他将背包挪到了另一侧的肩膀上，系上大衣的纽扣，因为如果不这样做，他感到自己无法承受这一种激情。他尽量不去想那把将枪口指向他的左轮手枪，不去想门后响起的那阵嘲笑声，而是一心想着尽快赶到温克海姆·贝拉男爵大道旁的那套公寓，去见艾斯泰尔先生。尽管他克制着自己尽量不去回想，但是那两个身穿巨大警服的男孩形象总是在他的眼前跳跃，他突然感到良心的谴责，或许他还是不该将那把可能已经上了膛的武器留在那里，他犹豫不决，不知自己是不是应该掉头回去。直到他终于从阿尔帕德街拐上温克海姆·贝拉男爵大道时，他才彻底放弃了这个念头。这时候他突然注意到，就在不远的地方，大概位于市中心方向，就在房顶的上方，天空变得一片通红。一个可怕的念头在脑际闪过："他们开始纵火烧东西了！"刹那间，心里所有的愧疚与挣扎立即烟消云散，他紧紧抓住身上的背包，不让它在奔跑时在胯上拍打。他从一群躲到一边的流浪猫中间疾步跑过，朝艾斯泰尔先生家的方向跑去。他拼命奔跑，来到了门口，但是他张开手臂站在了门前，而后——所剩不多的判断力提醒他，假如自己这样冒冒失失地闯进去，肯定要把毫无戒心的男主人吓坏的——他决定留在门口，心里怀着一个苦涩的愿望：守在这里！不管谁敢接近这栋房子，他都会奋起抵抗，保护还蒙在鼓里的艾斯泰尔先生。至于怎么反抗，他心里没有一点底。有一阵子，他无法解释自己内心对无法预测的攻击的巨大恐惧，唯一可以解释的是，他被那个“他们可能开始纵火”的念头吓坏了（因为他还无法确定到底发生了什么）。与此同时，天空还是一片赤红，随时准备出击的瓦卢什卡在大门前不安地来回踱步，往右四步，往左四步。无论是往哪个方向，全都不能超过四步，似乎在迈出第五步时，他会马上意识到另一个方向将在浓密的黑暗中失去防守。之后情况急转直下，似乎所有事情都发生在片刻之间。他听到整齐划一的脚步声，似乎有数以百计的皮靴大军正朝这里靠近，疲惫地在地上唰唰地擦蹭。随后，一群男人站到他的面前，慢慢将他包围。他看到他们的手和他们粗壮的手指，他想要说些什么。但是就在这时，从那些人身后传出一个嘶哑的声音（那人说：“你们等一下！”），他用不着看到那人的脸，只从那件灰色的呢子大衣就可以认出他来，他立即知道，这个正分开密集的人群朝他走过来的男人不可能是别人，只会是他下午在广场上结识的那个朋友。“用不着害怕。你跟我们一起来！”男人附在他的耳边小声说，并且搂住了他的肩膀。瓦卢什卡惊得说不出话，身不由己地跟着他们一起出发了。另一个人也没有说话，只是在他的前面探过身子，用闲着的那只手推开了一个正咧嘴笑着、试图在黑暗中从另一侧靠近瓦卢什卡的人。他听到身后有数百人的脚步声，所有人都拖着疲惫的双脚在地上擦蹭。他看到脚下的流浪猫在无声举起的铁棍前惊恐地四下逃窜，别的他什么都感觉不到，只有搭在他肩膀上的那只手，在皮帽和皮靴的洪流里被裹挟向前。“用不着害怕。”那个人又重复了一遍，瓦卢什卡迅速地点了点头，抬头朝天空望了一眼。就在他抬头的刹那，突然冒出这样一种感觉：天空并不在它本该在的地方。他惊恐地再次抬头望了一眼，大吃一惊，在天空应该在的地方确实什么都没有。于是他低下了头，顺从地走在皮帽和皮靴的洪流里，似乎恍然意识到，无论怎么寻找都没有意义，因为他寻找的东西早已不在，已经被大地，被这次游行与许多细节的合谋所吞噬。

“许多细节的合谋。你必须了解细节，专注于细节。”艾斯泰尔用不带任何特别情绪的语调自言自语道，似乎想要摆脱自身的愚笨。在他一生中的这个决定命运的夜晚，为了完成封堵门窗的“防御工程”，艾斯泰尔握在右手中的锤子已经第二十次凿在了自己的左手上。攥着疼痛的手指，他将目光投到胡乱钉在窗户上的木条和木板上，对于自己身为“外行人”完成的这件蹩脚作品他感到有些无可奈何，不愿继续咀嚼这段痛苦难堪的经历。说起来有些难堪，他已经许多年没有干过这样的力气活了，他忘记了应该怎样正确地用锤子钉钉子，但是好在这个工作已经告一段落。刚才他回到家后，稍微休息了几分钟，然后就从院子里抱了一些准备用来生火的废木头堆在屋内的书架之间。他选了一些尺寸大概合适的木料，甚至周密地想到是否需要备一些小块的木料用于“微调”——他的这个想法源于对无意义事情进行的有意义的思考，是他在三个小时前在大门洞里进行的、对过去的思考具有根本性修正和重新评估性质的重新审视的自然产物，甚至他认为刚才的思考可以说是“具有革命性的”。在钉最后一扇窗户时，他将一块大小、形状都很合适的木头放到已胡乱钉好的板条之间，然后咬紧嘴唇又举起了锤子，他希望这一次能够完美无误地击中钉头。当然光有愿望还不够，他认真调整了一下抡锤的角度，以确保凿击的力量和方向都准确无误。“必须控制好这条弧线，才能确保锤子能够不偏不倚地落到钉头上……”他沉思了片刻，然后默默地叮嘱自己，思绪慢慢又回到了“微调”上，他用受伤了的左手用尽全力将木板顶在窗框上，使出蛮力挥起右手中的锤子。结果并没有造成太大的伤害，甚至钉子钉得更深了一些，但是最终他还是认为，这个听起来颇有道理的、“将自己本来就经常走神的注意力集中到这条弧线上”的想法，最好还是放弃为好。话说回来，他手中的锤子握得越来越不稳，实验结果越来越让人难以预测，因此，在经过第三次努力之后，他不得不承认：一连三次锤子都没有凿偏，根本不是集中注意力的结果，而是纯粹出于运气，或者用他自己的话说，归功于某种“暂停对我的手指进行系统性损毁的仁慈恩典”，因为从之前的失败中他能清楚地看到，只专注于工具运行的理想路径，并不能确保这条理想路径在操作过程中不会发生偏差。他补充道，因为控制锤子的轨迹也不过意味着（考虑到这一动作当时被低估了的意义，尤其是他在观点上发生的彻底转变，有必要这样咬文嚼字）“陷入到一个还没有发生的情景里，确定一个只是将要发生的事情进程”，从而重复一个显而易见、再典型不过的错误，在犯了六十年的愚蠢错误之后，并没能让他对回到家之前的最后几步路做好充分准备……就在那一刻，有什么人对他低声耳语，假如他在这个问题上使出更大的力量，那么他肯定会做得更好。“使出更大的力量”，艾斯泰尔自言自语道，他永远都不会想到，远离即接近，与涉及生命本质的小小困境保持一段距离，实际上会使他更接近它。即便他此刻的存在毫无意义，也不排除实用的理性思考，至少可以让他将注意力集中到眼前的事情上。他这样认为，即便自己虚弱得两腿发软，也不必彻底放弃“专注于弧线的思考”，因为之前失败的原因，“不是出于内容上的，显然是出于方法上的错误”。于是他的目光从锤子移到钉子上，然后又折返回来，从钉子移到锤子上。他检查了一个，然后再检查另一个，看看在这条弧线上到底有没有一个点可以让他将全部的注意力都集中到那里，从而使这个动作变得可控。之后——因为他很快就找到了两个这样的点——他需要作出决定的只是：在这两个点之间，他应该将注意力集中到哪一个点上会更加保险?“木板上的钉子是固定的，而锤子的位置是变化的……”他一边望着天花板，一边在心里默默沉思。这沉思似乎有了结果，显然他应该将注意力集中到后者上边，但是他要以搜肠刮肚的警醒头脑进一步思考这个问题，再次努力观察锤子落下的角度。他不得不酸涩地承认，即便锤子在他手中握得很稳，以这种方式钉钉子，击中钉头的概率也不过只有十分之一。“所以，重要的是，”他试图纠正自己的想法，“我想将锤子凿到哪里……也就是说……我想将什么凿进木板里，”他被这个想法吸引住了，“这才是唯一重要的事情!”他感到自己终于找到了问题的正确答案，他盯着目标，几乎让目光钻进了木板，于是他自信地举起握着锤子的手。这次落锤十分准确，甚至，他满意地认为，准确得已经不能再准确了，由于确定了凿击的动作要准确无误地指向目标，因而此前始终未能形成的体系的相关动作也一下子同时得到了纠正：他意识到自己握锤子的姿势始终不对，因为，如果握住锤子手柄的末端，动作会变得更加自如。另外，他现在知道了一次凿击需要使出多少力气，需要多远的距离才能让抡锤的动作最切实有效；与此同时他还意识到，如果他用拇指从下边扶住钉子，将被凿的物体固定，那他真的没有必要将整个身体都伏在上面……他让自己保持住这样的动作和姿势，所以不难想象，最后两块木板他以闪电般的速度钉到了窗上。随后他在房间里巡视了一圈，颇为得意地审视自己的工作成果，并在对一些不太令人满意的地方进行了有历史性意义的、非常必要的调整和修正之后，终于回到了灯光昏暗的过道里，遗憾地意识到，他还未能真正地享受到成功的喜悦，封窗户的工作就已经完成了。然而他真的很想继续抡锤子，钉钉子，因为他心里确实充满了“终于找到解决方案的、令人兴奋的成功喜悦”，那是他在锤子、钉头、弧线的误导下经过了几个小时的笨拙尝试之后才终于得到的，尽管是在最后一刻，但他还是解决了那个难题。另外他在自己的巡视将要结束的时候恍然悟到：尽管这个方法，仅是揭示了一项十分简单的工作中隐藏的十分微小的奥秘，但是从一个极其特殊、令人困惑的意义上讲，将他引向了正确的方向，并且让他弄清了那个——在那次令人震惊的出门之后，在他作为“刚获得新生的艾斯泰尔，彻底无牵无挂的艾斯泰尔”（他自己这样称呼自己）跨进家门槛的刹那突然捕获到的那个——“革命性思考”。的确，这是一个突如其来的觉醒，然而就像所有这类的觉醒一样，并不是完全没有预兆的，想来在他动身出门之前，他只是感觉自己的这种努力无疑是荒唐可笑的，主要是为了避免自己的左手被彻底毁掉，他背着沉重的思想负荷去执行一项毫无意义的任务。后来他很快意识到，即使动用自己全部、敏锐的洞察力也于事无补，仍然难以完成这项任务，或者至少让他意识到事情的可笑之处还在于自己过去对于工具和工具的使用一无所知。这是一个事关重大的、复杂而深刻的问题，实际上提前引导他掌握了准确无误钉钉子的技术。他的大脑在疯狂转动，努力回顾每一个阶段，即便在这种时候，他还是出于“常规的心态”继续怀疑：任何最终的解决方案，都不会完全归功于他对该问题的理性思考。这种怀疑始终在他的脑际萦绕，挥之不去，因为每当他习惯性地提前动用自己理性思考的精神武器时，用他自己的话讲，“一位意志坚定的击剑选手表面看来的掌控能力”会在决战的过程中逐渐与“动作调整的实际反应链”相脱离，直接作用于抡锤动作的并非理性思考，而是一种完全不受任何外在因素影响、同时能时刻随机应变的超智能；尽管这种超智能可以忍受他理性的努力，但是并不予以理会。从表面上看，他自己总结说，这件事本身不过是一项微不足道的小小任务，但却能给人以重要的启迪：不断灵活应变的动作组合才是胜利的关键。没有迹象表明，他找到的方法是错误的，而且迫使他找到一系列应对措施的，并不是他“伟大的逻辑推理”，而是他以解决问题为目的的、一次又一次的探索行动——事情就是这么简单，艾斯泰尔又在家里转了一遍，想要检查一下有没有钉得不结实的木板需要加固，看来没有哪里需要加固的。身体的控制系统，那个将我们与现实世界联系到一起的、上足了油并运转良好的内脏系统指挥他不由自主地走进了厨房，它将勤奋的大脑与执行命令的手联系到一起，并隐秘地藏在它们之间。它隐藏得是如此微妙，用他的话说，“令人眼花缭乱的事物隐藏在眼花缭乱的视线里，我们有没有可能将令人眼花缭乱的事物清清楚楚地识别出来?”看起来，在不同的想法之间进行自由而审慎的选择，决定了这个从弧度到角度、从角度到钉子的实验过程，而在一方面（他一边想，一边检查了一下佣人房间内的两扇小窗），事情的结果取决于实验过程，取决于对可采用的各种方法以及经过精密测算的诸多可能的教条主义认知，或者简单粗暴地说，决定于“尝试”本身；而实验的过程（或者说“尝试”）决定了这些“自由而审慎的选择”，而这些选择既不是自由的，也不是能够选择的，因为在这一系列事件里我们所能做的除了进行自以为是的强行干预外，我们唯一的任务就是对这种尝试进行感知和评估，这样一来（“用比较尖锐的话说……”艾斯泰尔用比较尖锐的措辞在心里想道），这个过程就可以迅速地变得人性化，从而能够培植信念，即便在最无足轻重的发现中也是一样。就拿这个正确钉钉子的方法而言，这些步骤可以让我们感觉到：我们通过自己的“聪明才智”和“伟大认知”，将成败掌握在我们自己手中。其实并不是我们，艾斯泰尔继续在房间里巡视，他这样想着朝客厅走去，并不是我们控制了过程，而是过程控制了我们，这个过程并未影响“我们控制了它”的表象，至少在我们雄心勃勃的大脑里这样认为，对这种“控制的假象”不抱任何怀疑，觉得它真的被把握在我们手中，我们的大脑继续履行它简单的义务，以可以接受的方式感知与评估。至于别的，这时他按下客厅的门把手，会心地笑了，别的什么都跟它无关，想到这里，他感觉自己像一个严重弱视的患者突然看到了东西，能够看透事物间真正关系的王国。面对眼前的景象，他愣在了敞开的房门口，闭上眼睛，完全忘记了自己身在何处。他看见了数以亿万计的事物正在发生着躁动不安、永不止息的变化，它们之间进行着无始无终的对话；他看到亿万种事物中的每一个，看到亿万种关系中的每一种，亿万个事件中的每一件；他看到亿万种事物，但始终存在于一种关系，而且在这唯一的关系里，他看到了其他所有的事物；他看到两种事物之间相互搏斗的依存关系，一种以自身的存在反抗，一种则以成为自己试图战胜这种反抗。他看到自己站在这个万物殷富、生机勃勃的辽阔世界里，看到自己站在过道里的最后一扇窗前，此刻他才意识到，自己被什么样的力量裹挟，被卷入什么样的漩涡，这……到底是什么？因为就在这一刻，他领悟在这一切的背后，到底是什么东西在驱动？强迫是存在的动力，动力催生准备，准备则为参与铺平道路，在规定的关系里积极地参与，我们的存在试图通过一系列研究性的、预先设定的反射来选择对自己有利的东西，至于能否实现，则取决于这类所期望的关系是否真的存在。

当然他还想到，取决于耐心，取决于搏斗过程中许多细小的偶发事件，想来对于事业的成功，对于非个体存在而言，他对此已经看得很清楚，的确，“运气”绝对重要。他望着眼前这幅无边无际、清晰、明澈的风景，其无可比拟的、前所未有的现实感震撼了他，使他感到荡魂摄魄，因为对于一个人来说，很难越过无穷无尽的焦虑不安看到现实世界的边界（至少这边界是对我们而言）。边界，其实哪里都不存在边界，也不存在中心，我们只是置身于这个拥有亿万生命的空间里，靠我们拥有的指导我们行为的条件反射相互协调……但是当然，如果他注目观看，所有的一切都会转瞬即逝，就在凝视的那一刻，明亮的画面眨眼之间就消散：消散，如同火花，这让他联想到炉膛里正在熄灭的烬火，噼啪作响，倏然明灭，好像它没有存在的价值，在唯一的一次闪光中死去。但是它之所以这样，似乎要用那一次性的耀眼光亮照亮一切，照亮他在回家路上沉思时，在楼门洞下剖断时所看到的一切，正像他自己所说的那样，这一切都是“致命的错误”。他走到炉子前，检查了一下炉膛里的烬火，往里面扔了三块木头，尽力让炉火继续烧下去，随后他朝窗户走去。但是他走过去发现毫无意义，因为无论他多么认真地查来看去都无济于事，他并没有看到木板和钉子，看到的只是他自己。他看到自己站在“如家咖啡馆”前，看到连根拔起的白杨树和脚下的垃圾，因为在这不寻常的一天，在这戏剧性的午后，他看到自己遭到驱赶。对，驱赶，这个词用得非常准确，他被从家里驱赶到街上，这是他宣告失败的时刻，是他被迫投降的时刻。在那里他不得不承认：不管他思想的重炮有多么强大，他的观察有多么冷静，不管他的所谓“清醒的判断力”的理论大军摆出什么样的阵势，无论面对什么，他都束手无策，注定会失败。就是在这里，他第一次宣告失败，他既不明白，也无法遏制衰败的幅度。就是在这里，他第一次承认了这一点，然而（“就像一个患有遗传性失明的人……”）他并没有意识到，正是他的所作所为，使他的精神无能登峰造极，这是真正的失败。因为他疏忽了这一点，对于自己“几十年来通过脱臼的形式预言的衰败”，他本来没有什么好大惊小怪的，他一直以下述的方式——这符合他自己过去的立场——避免承认自己的失败：他始终认为，他在街上看到的一切、体验的一切根本就不值得自己去关注，既然这座城市在发生变化的过程中，如此显而易见地忽视了他这个具有“聪明智慧和良好品位”的人的存在，那么他唯一可以选择的办法就是反过来也无视它的存在。当时他相信，而且他完全有理由相信，这种“秘不可宣的阴谋”显然就是针对他的，目的是要彻底粉碎他内心的一切，因为他心里始终抗拒那种卑鄙邪恶、具有破坏性的力量；那种力量想要碾碎他的理智，剪除他自由而清晰的思考，夺走他得以保持自由与清醒的最后一个避难所。想到最后的避难所，他觉得命运让自己与瓦卢什卡靠得更近了，他在巨大的焦虑和担忧中作出一个决定，他要拆除自己与外部世界尚存的几座早已很少使用、本来就摇摇欲坠的桥梁，更加严格地恪守自己很早以前就已订下的与世隔绝的规则，带着他的同伴一起彻底远离这个已无法律可循的严酷世界，逃离这场危险、致命的混乱。他们将搬到河对岸，艾斯泰尔在路上就已经想好，搬到自来水厂旁边，同时在心里反复考虑，如何将他在温克海姆·贝拉男爵大道旁的这套房子改造成一座名副其实的堡垒，他要竭尽自己的一切所能努力保护自己宝贵的安全不会被剥夺。他不能失去，或者说他要夺回所有那些自己由于外面噩梦般肮脏、荒凉的街道和那棵被连根拔起的白杨树而对之产生怀疑的东西，同时还要坚守住希望，让自己可以矢志不渝、毫不动摇地继续下去。但是他夺回一件东西，是以失去另一件为代价，想来他要为保护自己宝贵的安全付出的代价恰恰是他不能像现在这样继续下去。不能够继续，而且他也无法继续，因为在回家的路上，当他们在俱乐部门前接受那场考验时，在他的心里萌生出一种截然不同的感觉，他们未来共同的生活会是什么样子？他对那种“简单而平静的快乐”产生了好奇感。仿佛从肩上卸下了千钧的重担，他感觉自己越来越轻松。自从在七首领巷拐角处与瓦卢什卡分开，这种轻松感始终引导着他的脚步，他听之任之，跟随它的引导，一点都没有感到后悔。这种感觉使他明白了自己是谁，开始沉潜，无可救药。要想彻底沉潜，不再浮上来，他还必须做最后一件事：他必须考虑好下一步该怎么办。而且这个他也想过，已经下定了决心，之后剩下的事情就是从容地搬到河对岸，他作出了决定，他应该“将现实中的失败视为胜利”。既然外面的世界已经成为一个令人痛苦的腐败之地，那么他就不得不退缩到内心的堡垒，他必须放弃想要干预的强迫愿望，因为行动的高贵意义已经被意义的彻底缺失侵蚀殆尽，他要保持距离，因为一个健康头脑的唯一选择就是反抗，所以，他要退出，决裂，远离。艾斯泰尔在回家的路上顶着寒风默默思忖，与此同时，在这个越来越失去意义的天空下，他并没有放弃对事物的观察和永远的审视，因为回避无异于懦弱，就像用屈从代替误解一样，都是为了逃避现实：不管他如何反抗“这个已无法律可循的严酷世界”，可他一刻都不曾想过与它失去联系。他嘴里絮叨，他从来不曾放弃对它的责问，他想知道它为什么那么不合情理；这絮叨就像一只苍蝇，总是围着他嗡嗡叫，永远无法摆脱，然而现在他不想再听那嗡嗡声了，因为这时他已经明白，就在他坚持不懈地探究或抵抗事物本质的时候，并没有用锁链将世界拴到他的智力上，而是将他自己拴到了世界上，成为它的囚徒。是他自己错了，就在艾斯泰尔离家只有几步路时，他终于作出了判断，当他认为情况的本质是不断的衰败时，他就错了，因为这些年来无论情况怎么样，他都始终认为：这世界上还存在，或者说还存留有某些好的东西。然而这次散步让他清楚地明白，这根本就是不可能的！之所以说“不可能”，并不是因为好的东西丢失了，而是因为“这片风景”无论变成什么样子，本来就不具任何意义。它不是建立在意义上的，而且也并非建立在其他任何东西上。艾斯泰尔一边这样想着一边在家门口放慢了脚步，它既没有瓦解，也没有腐烂，想来它以自己的方式永远完美，它的所有组成部分都很完美且毫无意义，就像一个本就没有自身秩序的东西，只有混乱；因此，他可以用自己思想的重炮对准它日复一日地轰击，愤怒地起诉那些并不曾存在也将不会存在的东西，睁大眼睛盯着，盯着，直到盯得眼球爆裂。这种盯视不仅令人筋疲力尽，——这时候艾斯泰尔将钥匙插进门上的锁眼——而且毫无意义。“我要放弃思考，”他朝自己身后瞥了最后一眼，“就我自己而言，从今往后我要放弃一切自由、清醒的思考，就像丢掉该死的愚蠢，我要拒绝继续使用心智，从这一刻起，我只享受在放弃了一切之后难以言喻的巨大喜悦，只有喜悦！”艾斯泰尔跟自己重复了一遍。“终于可以安静了，不再喧哗，绝对的安静。”随后他按下门把手，走进去，锁上身后的大门。此刻，他仿佛卸下了沉重的负荷，甚至在跨过门槛的时候，一种美妙的如释重负感就已经涌遍他的全身：仿佛他将自己过去的一切，全都忘在了屋外，身上突然恢复了力量。重新找回了自己宝贵的安全感，因用木板钉死窗户失去的东西，他全都可以在这里，在客厅的窗前重新找回来，但是现在以其他的形式：他不是作为一个评判者，带着某种优越感评判“这片风景有太多可怕的缺陷”，而是作为一个推测者，解释自己为什么这样想。然后谨慎地说，事实就是如此：最后的结论。被他称作“革命性”的东西到底意味着什么？在钉钉子的过程中他对许多细节进行过的思考、调整以及由此获得的非凡认知，最终使他意识到：他在大门洞里称之为“革命性”的思想，现在看来不过是自己的高傲。正是他的这种高傲，使他无法理解事物之间并不存在质的差异，这种骄傲——由于他始终活在自己超凡绝尘的精神世界里，几乎不食人间烟火——使他经历了几近致命的苦涩。然而这种苦涩并没有什么真正的原因，艾斯泰尔一边这样想着，一边轻轻抚摸一块木板，或者说，苦涩的原因并没有什么特别，也许跟惊奇的原因差不多，也就是说：没有原因，因为人类的心智总难意识到“要适应自己与事物之间的真实关系”，但这并不一定意味着隐含在这些真实关系中的普遍焦虑缺少任何的合理性。由此说来，“人类主体只是这种永恒焦虑的温顺奴仆”这一事实，并不一定导致苦涩或惊奇。即使那个充满魔力的寒冷帝国在一闪之后就转眼消失，在他心里都不掀起波浪，即使在消失之后，他仍旧站在这呼之欲出的末日景象的洪流中，心中感受到的既非苦涩，也不是惊奇，而是献身。他对那幅图景的接受远远超过了他自己，是耐心，是在一种特殊仁慈中获得平静，使他只去理解他所能理解的东西。就在那一刻，他明白了自己在大门洞下作出的重大决定很是幼稚和愚蠢，他关于事物的可理解性、相辅相成以及正常运行的“严重欠缺”的观点是严重错误的，是他“六十年”的错误。在这六十年里，他始终活在白内障的症疾中，这自然使他无法看清他现在能清楚看到的东西：这个头脑，他忽然盯着一块木板上复杂的纹路陷入了沉思，与其说是世界的一个不无痛苦的缺失，不如说是它不可分割的一部分，是世界的阴影。它是世界的影子，因为在这无休无止、兴奋不安的对话里，它与支配我们存在的反射同步运动，它的任务就是以精细复杂的方式对这种现象进行解释，而不会泄露这场对话的目的，因为它作为影子跟随的东西，不会泄露关于自身的更多信息，只会告诉我们它自身的运动。这只是镜子里的一个影子，艾斯泰尔准确地解释说，在那里图像与镜子完全重合，但影子还是试图将它们分开，分开两个永远相同的东西，分开，剥离，一分为二，然而这终归是不可能的，从而失去了被席卷其中的那种失重的快乐。这时候，艾斯泰尔从客厅的窗前离开，像是要去寻找关于永恒的知识，以替代“参与永恒”的、比羽毛还要轻的优美旋律。他朝门口走去，好吧，那就这样，他低着头慢慢地朝屋门方向走去。就像一份已经收到的邀请又被收回，这种“角色被取消”的认知突然使他清醒过来并开始思考“自己”，以及其他，比如在经历了万般挫折之后自己的存在，审视自己这个此时正在迷宫中踯躅并试图将这个“既被邀请又被拒绝”的混乱记忆抛到脑后的人。好吧，那就这样，艾斯泰尔一边慢慢地迈步，一边陷入深思：从这个难以破解的对话里，从对我们来说“世界”神秘莫测的内容里，又引发出一个无法解答的难题：“那么，到底意义何在?”对贪欲的警告，向无限撒网，用语言捕捉灵感，就这样一会分成二——事物本身，及其意义。意义就像一只手，在一团乱麻中找到线头并解开它，然后缠成团；意义将事物集聚在一起，成为一体，就像水泥固定住一栋房子。只是，艾斯泰尔想到这里微微笑了，他已经感觉到炉膛里散发出的热气，他向炉子伸出一只手，继续想下去：假如那只手，就像他现在这样伸出去，松手放开了试图解开的线头，那么相互较量的对话不会中断，房子也不会倒塌。不会倒塌，就像自己也不会垮掉一样，他现在这样感觉到，他需要放开自己迄今为止执着不放的一切，因为只有这样才能获得这个简单的认知：思考，要么导致天马行空的幻想，要么导致认识到知识，要么导致全面的幻觉，要么导致莫名其妙的抑郁。当艾斯泰尔从客厅回到过道时，他没有再进行——真正字面意义上的——“思考”：这并不是说他已经“放弃”了思考或“收回”了他曾经思考过的事情，只是有意识地将自己从沉思的激情中解放出来。这种解放，就像有一天下午当他遇到弗拉赫贝尔格时逃离了音乐那样，现在——现在或许真的是以“革命性”的方式——彻底结束了幻想，结束了他的抑郁症。结束了数不胜数的清醒时刻，在那些时刻里，他顽固地维护自己想象中的地位，一次又一次地失败；结束了总要被迫进行评判的蠢事，因为现在他终于能够正确地“评判”自己的处境了。结束了，结束了，一切都结束了，艾斯泰尔自言自语，而且他几乎可以“听到”，在这个极其特别的夜晚，他的整个生活轰隆隆地在自己周围坍塌。在此之前，他生活中的每分钟都狂奔——狂奔“向前”，“为了什么”，“逃离什么”。他的巡视工作完成了，重又回到他钉过的最后一块木板前，他已经确信无疑地认为：他终于停止了狂奔。站在那里，他感到自己的双脚终于落地，而不是重又腾空，他终于成功地从“准备”去到“某地”，变成了抵达“某地”。他站在昏暗的灯光里，垂着胳膊，攥着锤子，怀着“成功的喜悦”看着其中一枚十分惹眼的钉子，或者更确切地说：凝视着一个令人愉悦的微笑光点，这个光点大概来自从忘记关了的客厅门涌进来的光，也可能是悬在他头顶上的那盏灯泡投到那里的微弱的光。他凝视着它，仿佛这个光点是一句话的句号，要知道，此时此地，它不仅标志着他巡视的结束，而且标志着他最后思考的结束。因此，他在走了很长的弯路并最终“摆脱了沉重的思考”之后，终于回到了他出发的地方：带着从未有过的轻松感归来。因为他洞察到了真实关系的帝国，经历了理解和领悟的冒险，意识到自己过去付出的都是无能的努力，都是用不恰当的方法替代了本可让他获得关键认知的恰当方法；然而现在，在钉子头上那一点愉悦的光亮让他油然生出一种隐秘而难忘的感觉，让他走在归来的路上。尽管这座被诅咒了的城市肮脏得令人无法忍受，但他还是第一次意外地感觉到：即便如此，他还是为纯粹的生存感到高兴，他在……呼吸，是啊，他在呼吸！这让他感到很高兴，过不了多久，瓦卢什卡也会在他的身边轻轻地呼吸：他为房间里的温暖感到高兴，热气最先在客厅中弥漫；他为这套房子感到高兴，从现在开始，这里真的成了他的家，这是他的家，名副其实的家。艾斯泰尔环顾了一周，这里哪怕最细微的事物对他来说都具有特定的意义。随后他把锤子放到地板上，脱下哈莱尔夫人打扫卫生时穿的白大褂，并将它挂在厨房内的衣架钩上。他回到客厅，在动手为瓦卢什卡的房间生火之前，他想先稍微休息一下。这是一种隐秘的感觉，由此他周围的一切都以再自然不过的方式重新获得了原本的意义，窗户重又成为可以向外眺望的窗户，炉子重又成为散发热量的炉子，客厅也不再是逃避“灭顶之灾”的避难所，就像外面的世界也不再是“令人难以忍受的考验”的现场。外面的世界也不再像过去，瓦卢什卡还在那里游荡，假如他能信守诺言的话，也许此刻正在朝这里匆匆赶路。艾斯泰尔慢慢地躺到床上，此时此刻，在他的脑子里突然闪过一个念头，窗外的景象真的已经跟他下午看到的不一样了。今天下午他看到那片“魔境般泥沼”的雾气和毒素，似乎全都被他吸收掉了，有什么东西在他耳边低语，街上那些梦魇般的垃圾也许只是病人看到的悲凉幻象——出自病人的幻觉，只是他在长期黑暗等待中碰巧找到的、可以投射其病态幻想的对象而已，想来病态的幻想既可以投射到垃圾上，也可以存在于丧失了清醒理智的市民心里。他这样想着，话说回来，非理性的困惑和恐惧最终也可以像垃圾一样地被清理掉。但是这个大扫除的愿景只是一个片刻的闪念，就像瞬间的失神，未能持续太久，很快他又将注意力全部集中到了客厅上，家具，地毯，镜子和枝形吊灯，天花板上的裂缝，还有在炉膛快乐跳跃窜动的火苗。无论他怎么努力，都难以解释这种“第一次来到这里”的感觉，都不明白这个“躲避人类愚蠢”的避难所怎么会突然变成一座这般和平、静谧、充满感恩式乐足的、不可侵犯的岛屿。他已经考虑到了一切：衰老，孤身独处，或许存在的死亡恐惧，还考虑到对某种终极平静的向往。看到他可怕的预言成真时可能感到窒息的恐慌，他还想到了自己发疯的可能性，想到自己生活中的突然转变也许意味着某种胆怯的退缩，是为了逃避继续思考本身的真正危险，总之在这所有一切共同作用下，他知道不管自己怎么想，都不会让自己的处境变得更好。他甚至认为，鉴于自己目前的状况，确实没有什么会比他此刻审视周围世界的态度更清醒、更审慎的了。他抻了抻穿在身上的长睡袍，将两只手的手指交叉，抱在后脖颈上。当他听到手表微弱的嘀嗒声时，突然意识到自己的一生除了逃避，别的什么也没做，他总是撤退，为了逃避愚蠢他撤退到了音乐里，而后从音乐撤退到自我惩罚，之后又从自我惩罚撤退到纯粹的推理，最后他从纯粹的推理中也逃了出去。一次次撤退，一次次逃避，似乎他命运的守护天使以他自己的独特方式引导他走到撤退的反面，使他接受了最简单的快乐。他终于明白，其实没有什么东西需要他明白，他已经知道，“世界的意义”（如果真的存在这种意义的话）远远超过他自身的意义，因此他只须注意并观察自己已经拥有的东西就足够了。再说，他确实“撤退到了事物最简单的快乐之中”，因为现在，如果闭上几分钟眼睛，他不会感觉到别的，只会感觉到他家天鹅绒般的轮廓：头顶上屋顶的保护，各个房间之间可以安全地通行，摆满了书架、总是光线昏暗的过道，这条过道以直角忠实地追随拐弯的建筑，似乎传递着那座现在虽荒芜但到了春天肯定会鲜花盛开的花园的宁静。他重又听到了脚步声，哈莱尔夫人的系扣拖鞋，瓦卢什卡的皮靴，这些声音深深地刻入他的耳朵里，现在他又再一次听到；他在屋里就能嗅到外面空气的味道和尘土的味道；他能感觉到地板轻微的鼓起和枝形吊灯的灯泡周围哈气般的雾气：这时候他感觉到所有这些气味、颜色、声音，总而言之，感觉到自己周围保护层的那种仁慈的甜蜜。它与幸福记忆带来的快乐所不同的只是，它不需要一次又一次地被唤醒，因为它不会消失，因为它一直存在，艾斯泰尔相信：它还会继续存留下去，就这样睡意降临，几个小时后醒来时，感觉脑袋下枕头的温暖。他没有马上睁开眼睛，因为他以为自己只睡了几分钟而已，只是打了几分钟的盹儿。由于枕头的温暖，他重又感觉到自己睡着前房间里的那种守护的氛围，并可以继续之前被中断了的丰富、感恩的思绪。他觉得自己重又有时间沉浸在平和的、像用毯子紧裹住身体的宁静里，沉浸在坚不可摧的永恒秩序里，一切全都保持着原样，家具、地毯、镜子和枝形吊灯都静静地等候着他，而且他有时间关注最微小的细节，发现他数不胜数的宝藏中的每一样每一件。他在想象中测量从这里通向过道的距离，而这个距离似乎在逐渐增加，很快将会有人进来，这个人将会赋予这里的一切以意义：他就是瓦卢什卡。因为这种“仁慈的甜蜜”中所有的一切都与他有关，不管他心里想什么，目标都会指向瓦卢什卡，尽管对此他一直有许多猜测，但还是未能清晰地意识到，现在看起来更像是，他生命中的终极转变并不是由于某种无法把握的偶然导致的，而是要感谢这位独一无二、多年来每天都登门造访他的人，这个人——针对自己日复一日变得愈加精致的苦涩——充当了某种无从解释、有求必应的神秘解药。对于这个人令人担心的脆弱、脸庞真实的轮廓的惊人本质，他只是刚刚，只是在半睡半醒的状态下才清清楚楚地感知到，或者更加确切地讲，他只是在今天，在从“如家咖啡馆”回到家的路上才突然意识到。在从那里回到这里的路上，确切地讲，最早是在七首领巷路口，在他看见咖啡馆和连根拔起的白杨树后不久，当他被眼前的景象震撼并感觉到自己很孤单时，脑袋里突然冒出过一个这样的念头：不，不对，他实际并不孤单。虽然那只是一个转瞬即过、一闪即逝、几乎只是在潜意识层的微妙意识，对他来说却是那般突然，那般深沉，以至于立刻转化为他对同伴的担忧。那个过程发生得如此迅速，以至于他很快就忘掉了，将之隐在了——他在目睹城中那幅令人无法忍受的衰败景象后作出的——“撤退决定”背后；之后，作为这种顿悟的不可名状的证据，他甚至都没有怀疑过自己为什么要顺从，就这样径直逃进了他们未来生活的计划里。这种含糊不清、迷雾一般的感觉后来始终缠绕着他，再没有消失，伴随着他在回家路上的每一步，无论是下午还是晚上发生的事情，它都隐伏在那里，就像一个解释，解释了当他与瓦卢什卡分手时为什么突然会感到感伤，他回家时的步履为什么会变得“从未有过的轻松”；在大门洞下作出的决定里，在之后在钉板封窗的每个步骤和动作里，在后来的检查和调整的过程中，全都体现了这一点。最后，他的财产、这栋房子的每个犄角旮旯，都再次拥有了丰富的意义，总之现在，在这个即将消失的半梦半醒的微光中，再也没有什么能够遮掩：瓦卢什卡站在他决定命运之日的轴心上。他觉得自己从一开始就清楚地知道，自己不仅看到，而且立即抓住了触动他的某样东西，一个现在就在他眼前、像一个雕刻在石头上的形象，他不仅从中汲取养分，而且他的人生在其引导下完全转换到另外一个方向。现在回想，他不能说自己对此一无所知，因为就在那个“突然闪过的念头”冒出的一刻，他就在不知不觉中被一股巨大、无声的汹涌浪潮所席卷，将他向前冲卷，无从挣扎，只能顺流而下。就在那个特殊的时刻，当他离开“如家咖啡馆”，经过那棵被连根拔起的白杨树，在咖啡馆和皮靴厂之间的某个地方，他，艾斯泰尔，停下了脚步，出于一股再也压抑不住的愤怒和绝望一声不响地突然站住，并且抓住瓦卢什卡的胳膊，迫使年轻人也停下了脚步。他说了一句什么，用眼睛指了指地上的垃圾，好像问同伴是否也注意到了他看到的东西，然后扭过头看了一眼瓦卢什卡，发现他那已经黯淡了的目光——用他的话讲，那道“闪光”——重又回到了他的脸上。某种本能悄声告诉他，就在一秒钟之前，在朋友身上发生了什么，但是对于这目光，艾斯泰尔并没说什么，而是用力盯着它，但是并没有发现任何能够印证自己预感的东西，于是他继续往前走——现在他依从自己潜意识的指引——没有怀疑任何事情：真的没有怀疑。现在一切都弄清了，他心里暗想，这时候他已经从半睡半醒的状态下完全清醒过来，关于瓦卢什卡的整件事情全都变得脉络清晰，在他简洁而感人的讲述里，终于为下午和晚上发生的所有细节都找到了合理的解释。当时他感受到的，现在他看到了：他可以信赖的护卫者站在他身旁，他垂着肩膀、耷拉着脑袋，周围环绕着七首领巷的房子，就像另一个他，他那位身体虚弱的老朋友艾斯泰尔正用手指着地上的垃圾；他垂着肩膀、耷拉着脑袋，但看上去并不像突然发作的抑郁症，但是，这一认知让他心碎，他正在休息。休息，因为他感到很疲惫，感觉就像背着一个自己不能用自己的腿站立的人，所以他要休息，偷偷地休息，似乎对自己不得不休息而感到有些羞耻，似乎无法想象要承认自己的弱点，担心会增加朋友的负担。当他看他的时候，重新又跟以前一样。他看到那副垂着的肩膀和邮递员斗篷，斗篷在他弓着的背上隆起，有的地方破了；他看到耷拉着的脑袋，几缕头发从拽到额头的帽子下露出，垂在他的眼睛上；他看到背包斜挎在他的肩膀上……接着，再往下看，是破旧的皮靴……他觉得，关于这幅令人揪心的画面，他可能知道的一切，他已全都知道，他可能理解的一切，他已完全理解。之后又看到了瓦卢什卡，是在很久以前的某个时刻——六年，七年，或在八年前？他已经记不得具体时间了，有一天早晨哈莱尔夫人向他提出建议（“你听我讲，这里需要一个送餐的人!”），当天下午，他就第一次出现在客厅里，紧跟在哈莱尔夫人身后。他紧张不安地介绍自己做什么工作，再三坚持，他不想收钱，甚至不管艾斯泰尔先生有什么事情需要他做，他都很乐意“免费”替他完成任何差事，比如去商店，去寄信，或者定期收拾院子，如果需要的话，而且，他愿意像管家那样帮他。他显得有些羞窘，似乎他知道对于自己的提议，在别人听来理由感到有些奇怪，而后他做了一个自嘲的手势，咧开嘴笑了。就这样，一种不言自明的善意不仅经常性地进入了他的院子，搬进了他的房子，而且影响了他的整个一生，并使他对之变得依赖。这是一种具有自我牺牲精神的，无影无形、不可动摇、永远劳碌的关怀照料，他以自己特别的方式——就像哈莱尔夫人帮他收拾房子一样——自发地保护他主人的领地免遭毁灭，他这么做了六年、七年，或八年？他细想了一下：已经七年了。另外，他总是尽自己所能保护他，总是出现在他的生活里，即使他不在这里的时候也一样，因为艾斯泰尔知道，此刻他正在来这里的路上，为了让他免于伤害，更准确地讲，为了减轻或治疗艾斯泰尔先生由于自己大脑具有的自我伤害倾向所导致的严重后果，阻止他时刻不停的、“关于世界”的灾难性思考，力图将他从这种自我蛀蚀的致命思考中拯救出来——总而言之，他拯救了他。他，艾斯泰尔，就是一个鲜活的范例，他试图以自己愚蠢的傲慢重新定义人类体系中的每一个概念，并用他自以为“能永远用来阐释万物”的思想彻底粉碎这座无望的城市，甚至这个早已命中注定了的国家。他就是这样在自我强迫的偏执中毁掉了自己——假如瓦卢什卡，这个“睁大眼睛凝视存在的非凡艺术家”，没有在今天早晨将他唤醒，他很可能真的就会这样，为这座城市和这个国家付出惨痛的代价，因为他所有强大缜密的思想、所有强迫性的想象，所有那些要求他必须在许多的限制之间看清“世界”并作出判断的思考、生活、无法定义的财富，都会彻底粉碎自己周围存在的各种“真实关系”的原生结构。不过幸运的是，瓦卢什卡确实在今天早晨把他叫醒了，或者更确切地讲，从回忆起“如家咖啡馆”的那个令人难忘的时刻开始，直到后来半睡半醒时的顿悟，总之让他清楚地看到，并理解了瓦卢什卡对他的忠诚和……爱如何保护了他，而且让他不得不承认：他长久以来始终“基于智慧和良好品位的灵魂”，基于他所谓“自由和清晰的思维”和他一直暗中相信的精神翱翔的能力的自身存在，实际上根本就狗屁不值。那一刻他不得不承认，除了他朋友对他忠诚的爱之外，再没有什么别的东西会更让他感兴趣了。在过去的大约七年时间里，每当他想到这位年轻朋友，总是将他视为“从神界下凡的天使的隐秘化身”，纯粹的空灵，纯粹的精神，纯粹的飞行，仿佛他根本就不是有血有肉的生物，而是某种值得进行科学研究的非物质生灵，他就像一个善良的精灵每天进出他的住所。然而现在他对瓦卢什卡的看法彻底发生了改变：他头上戴着鸭舌帽，身上穿着下摆垂到脚踝的邮递员斗篷，他在午饭时间进屋，先轻轻敲门，打一声招呼，等完成了工作之后，拎着叮当作响的手提式饭盒，即使穿着笨重的皮靴也会踮着脚走路，生怕扰乱客厅内的宁静，他继续往前走，走到大门口。至少在他下次来访之前，房子里的气氛已经变得轻松，瓦卢什卡用他神秘的仁慈、体贴的关怀和复杂的“单纯”化解了因房子主人的执念而变沉重的空气——瓦卢什卡的“简单”或许稍微显得有点滑稽，但却带着感人的细腻，他会以再自然不过的方式满足主人的所有需求而无须被人意识到，他会尽心尽力、持之以恒地提供绝对意义上的服务。此时的艾斯泰尔已经彻底清醒了，但依旧一动不动地躺在床上，因为这个时候，瓦卢什卡的脸突然浮现在他的眼前，在他想象的画面里，他看到瓦卢什卡脸上的那双大眼睛、童话人物似的长长鼻子红鼻头，嘴角总是带着温和的微笑，额头很高——在他看来，就像是终于在房子里发现了自己的家，现在他第一次看到了隐在这张面孔背后的真实面孔，他第一次发现了瓦卢什卡隐在“天体关系”（不过在艾斯泰尔狂热的妄想里，它被想象为“天使之光”）背后那副面孔的尘世内容。也就是说，在他看来，这张脸就是一个微笑或一阵严肃的凝视，之后他重又意识到：确实就是这么简单，没有什么可琢磨的，因为一个微笑、一副严肃或愉快的目光就足够了。艾斯泰尔明白，自己对“天体关系”已经不再那么感兴趣，对他来说只有这张脸最重要：瓦卢什卡对宇宙的看法已被瓦卢什卡的目光替代。那是一副严肃的面孔，艾斯泰尔想，它表现出关心似乎永远是如何保持住被客厅主人一次又一次破坏了的秩序。艾斯泰尔从中看到了谨慎与认真，随时做好处理各种小事的准备；现在，他自己也已经考虑好了，并且完成了准备工作，他睁开眼睛，从床上坐起来，环顾四周，开始盘算在朋友到来之前，自己应该做些什么来迎接他。他原来的计划是，在用木板封好窗户并生好炉子后，再想办法将大门和门洞朝向庭院的那个门也全都封死。封门钉窗的意义已经发生了根本性的变化，因而从这一刻起，修建堡垒的计划变成了纯粹的概念，已经完成的封窗行动，只不过是对他几十年毫无缘由的愚蠢的可悲纪念。他决定将全部注意力都集中到为瓦卢什卡准备房间的问题上，他将住在这里，所以有必要稍微整理一下，准备好被褥，等待热心的助手回来——此刻，瓦卢什卡还在城里东奔西走，忙着“完成他的任务”——艾斯泰尔耐心等待，等着自己的“心灵支柱”回到温克海姆·贝拉男爵大道旁的这栋房子里，正如年轻人在分手时所承诺过的那样。他理所当然地认为，瓦卢什卡跟平时一样（现在也是）还一直在忙他的事情，正走在某条街上的某个地方，或者心血来潮地跑去参加了七首领巷广告柱上预告的狂欢活动。艾斯泰尔朝挂钟瞅了好几眼，心里突然感到一阵隐隐不安，这才意识到自己并不是打了几分钟的盹儿，而是熟睡了近五个小时。差不多睡了五个小时！艾斯泰尔吃了一惊，立即从床上跳下来，真想同时能够分身朝两个方向跑，一个方向是冲到隔壁房间生火，另一个方向是——由于窗户已被封死——冲到大门口看一看，瓦卢什卡怎么还没有来？然而这两件事他一件也没做，因为他注意到客厅内的炉火已经熄灭，所以他先是跑到客厅，动手生火。他在炉膛里塞了尽可能多的木柴和几张报纸，然后点燃。可是火很难点着，火苗着了一会儿又熄灭了，所以折腾了好长时间——他两次将炉膛里的木柴和报纸掏出来，再塞进去，重又点了两次——火焰终于开始燃烧起来，然而这跟在隔壁卧室为他等待的人生火相比，客厅里遇到的这点困难真算不上什么，由于那个房间里用的“卡罗尔牌”煤炉已经多年未用，因此他忙活了一个小时也没能成功。他努力回忆哈莱尔夫人采用的生火方法，但是无济于事，木柴就是拒绝燃烧，无论怎么点都点不着。他尝试了所能想到的各种办法，把木柴堆成一堆，或松散地摊开并搭在一起，试着推拉炉门，或用尽全力吹气；但都没有用，还是什么都没有发生，除了冒出一股浓烟，一切如旧，仿佛“卡罗尔”在漫长的等待之后，忘记了自己原有的功能，不记得在这种情况下该怎么办。但是现在，瓦卢什卡未来的小窝看上去就像一个战场，地板上扔着挂了煤灰的木柴，烟灰落得到处都是，他在滚滚的浓烟中继续努力。为了能够吸到新鲜空气，他每隔几分钟就会跑进客厅一趟。有一次，他在去客厅喘气的途中，忽然注意到自己身上的睡袍很容易被弄脏，于是想起了哈莱尔夫人留在厨房里的围裙。但是就在那一刻，他惊喜地听到炉火燃烧的噼啪声，他掉头去看：这一场努力并没有白费，好像有人突然拔掉了堵住烟囱的塞子，“卡罗尔”突然工作起来。由于生炉子花了太长时间，他认为已经没有足够的时间拆除朝街方向的窗户上的木板，因此他敞开了所有的屋门，好让浓烟通过佣人房间和厨房飘向过道，然后飘到屋外去。之后，他试着掸掉挂在睡袍上的烟灰，但结果只是把睡袍抹得更脏了。等到房间稍微变暖和些之后，他穿上哈莱尔夫人的围裙，一只手拿着搌布、扫帚和簸箕，另一只手拿着一只垃圾桶回到瓦卢什卡的房间里，开始收拾地上的残局。这间屋子里摆了一圈古色古香的玻璃橱，从橱柜里摆着的瓷器、餐具、贝壳和海螺收藏，到房间里的雕花餐桌和木床——在哈莱尔夫人的守护下——至今仍称得上是“艾斯泰尔家族遗产博物馆”。现在整个博物馆给人以“烧焦了”的感觉，仿佛救火队员们刚刚带着遗憾离开这里，因为他们在这里并没有太多事可做。煤灰和烟灰落得到处都是，艾斯泰尔像是中了“哈莱尔夫人的咒语”，一会儿用扫帚扫，一会儿用搌布擦。当然他心里清楚地知道，这并不是什么“哈莱尔夫人的咒语”，而是都怪自己过度的兴奋与粗心。他的心思并没有放在手中的活儿上，每做一个动作，都会竖起耳朵听一下他等待已久的客人是否在敲客厅的窗户。敲窗，这是他俩的约定，因为门房会在晚上锁上大门。他大概扫净了床上的烟灰，并且把“卡罗尔”也收拾干净，他决定结束这份徒劳的工作，等瓦卢什卡到来之后跟他一起收拾吧。于是他回到客厅，搬来一把椅子，坐到火炉旁取暖。他每分钟都要瞅一眼墙上的挂钟，有时这么想，“都已经两点半了”，有时又那样宽慰自己，“还没到两点三刻呢”，他觉得太晚，或者还不太晚，取决于他那一刻的心态。有那么一刻，他认为朋友今晚肯定不会来了，要么是因为他忘记了诺言，要么就是因为他知道自己不能及时赶到，无论如何，他不会在半夜三更来打扰他。过了一会儿他又认定，瓦卢什卡肯定还坐在火车站的报刊分发站等新报纸，或者他正在科姆洛旅馆跟门房聊天，夜里他每次从那里路过，总是会进去待一会儿的。于是艾斯泰尔开始盘算，如果真是这样，那他现在可能正准备离开，再需要多少时间会到达这里？后来还有过这种情况，他不再去想“还差一刻钟就四点了”或“现在还不到四点呢……”，因为隐约听到有人在敲窗户，所以急忙跑出去开大门，朝外张望，断定狂欢正在进行，因为在电影院和科姆洛旅馆那边可以看到灯火明亮，有一大群人站在那里。瓦卢什卡肯定去参加狂欢了，艾斯泰尔心里这么想着，失望地掉头回到家里，重又坐回到火炉旁。有时他还会冒出这样的念头：也许，在他昏睡的时候，瓦卢什卡已经来过这里，但是敲窗户没有听到他的回应，由于不想太打搅他，所以回家去了。当然也说不准，艾斯泰尔继续揣测：也许他在“狂欢”中喝醉了，这样的情况并不少见，也许他在“哈哥迈耶尔”酒馆，想来他每天都会去那儿，他不想醉醺醺地站到他面前。艾斯泰尔一会儿留意到一些蛛丝马迹，一会儿又发现了太多重要的线索。他就这样想着躺倒在床上，但不时会爬起来为两个炉子添柴加煤，然后揉揉眼睛，避免自己再次睡着，然后在瓦卢什卡下午曾经坐过的那把扶手椅里坐下来。但是他没能坚持太长时间，他的腰开始疼，受伤的左手也阵阵灼痛，他决定不再继续等下去了，但是没过多久又改变了主意：还是再等一会儿吧，等到长针走到十二——当他再次醒来时，挂钟显示七点过九分钟。就在这时，好像真的有人在外面敲打玻璃窗。他站起身来，屏住呼吸，在寂静中仔细听了听。这回他能确定不是自己的想象，不是他紧张的神经再一次捉弄他：第二阵敲门声彻底扫净了他所有的疑虑和他因守夜感到的疲倦。当他走出客厅，从口袋里掏出钥匙并穿过走廊时，他重又恢复了清醒的意识，变得精神抖擞，充满兴奋、欢快的情绪，在霜晨刺骨的寒冷中朝大门走去，似乎那让他感到漫长无尽的许多小时的等待，都是为了迎接这一刻的到来，为了现在能够向来访者讲述他悟出的一切——瓦卢什卡还不知道，他已经不再是访客，而成为房客了。他这样想着，转动了插进大门锁眼里的钥匙。结果让他大失所望，站在门口的不是瓦卢什卡，而是哈莱尔夫人，而且哈莱尔夫人显得异常焦虑，举止也很古怪。还没等艾斯泰尔反应过来，妇人就已从他身边溜进了大门，始终没作任何解释：她一清早来这里到底想做什么？哈莱尔夫人绞着双手跨进门厅，径直走进客厅，在那里做了一件她从来没有做过的事：她在一张扶手椅上坐下来，解开外套的扣子，表情绝望地看着他，仿佛丧失了说话的能力，只能默默地坐在那里，用一种无法掩饰的、惊慌失措的神情望着对方。她穿着平时常穿的那套衣服，双层保暖的厚绒裤、柠檬黄的开襟线衣和砖红色大衣，这一切都让艾斯泰尔回想起昨天上午哈莱尔夫人离开时的情景。当时她完全确定自己已经做完了所有该做的事情，然后脱下系扣的拖鞋，换上带衬里的皮靴，从门口向他喊了一句“我星期三再来！”，然后拖着脚步出去了。此刻，妇人一手捂在胸口，另一只手无助地垂在身边，充满血丝的眼睛下面带着明显的黑眼圈。艾斯泰尔吃惊地注意到，妇人的开襟线衣的纽扣没有扣好，这是过去从来没有发生过的事——总之，此刻哈莱尔夫人给他的印象是，这是一个饱受折磨、痛苦不堪的女人，她被什么事情彻底吓坏了，以至于她都不知道自己身在何处，也不清楚自己到底怎么了，只是苦苦地想要得到答案。“我还是很害怕，校长先生！”她喘着粗气，绝望地摇摇头说，“但是我始终不敢相信，末日真的来了，”她的声音断断续续，“军队也已经开进来了！”艾斯泰尔手足无措地站在火炉旁边，他一句话都没有听懂，只是意识到妇人马上就要哭出来，他向前走了一步，试图安慰她，但是随后又改变了主意——因为他想，她若真的想哭，自己也无力劝阻。他走到床前，在床沿上坐下。“我现在已经不知道自己是死是活，相信我，校长先生！我说的是真话……”哈莱尔夫人抽泣着，从外套口袋里掏出一团皱巴巴的纸巾，“我真的很害怕，因为我丈夫说，现在生死攸关，必须挺住，但是我，实在没有办法……既不是活人……”她抹了一下眼睛，“也不是死人……”艾斯泰尔清了一下嗓子问：“到底发生了什么事?”哈莱尔夫人苦涩地挥了下手说：“我之前就已经说过，这件事将会发生。您还记得吗，校长先生？当贡德奇花园里的水塔发生摇晃时，我当时就已经说过了。这不是什么秘密。”艾斯泰尔开始失去耐心。显然，她丈夫又喝醉了，他心里暗想，一定是她摔倒了，脑袋磕到了什么东西。但是……这跟军队又有什么关系？她说这话是什么意思?！难道真的发生了暴乱?！他现在很想躺下来休息，至少再睡上几个小时，直到瓦卢什卡出现，现在他可以肯定，瓦卢什卡会跟往常一样在中午过来。“镇静一下，哈莱尔夫人，告诉我究竟发生了什么!”听了这话，妇人又悲伤地抹了一下眼睛，然后将手放在大腿上。“我实在不知该从哪里说起。要想讲清楚这件事，真不那么容易。事实上昨天我从早上开始直到晚上，整整一天都没见到我丈夫的影子，于是我心里暗想，那好，他就等着瞧吧，等他回到家后，看我怎么收拾他！我想校长先生会理解的，对我来说，这是多么大的打击！这家伙将家里剩下的最后一枚硬币都带走了，唉，他这么做，怎么对得起我啊？我拼命地工作，想起这些实在令人沮丧，当然谁都不会对酒鬼抱什么希望。我拿他没有办法，什么办法也没有，我能做的只有成天地想他，等着他回家，藏起我的烦恼。我不住地看表，六点，七点，七点半，到了八点，我告诉自己，他肯定已经喝醉了。喝酒就像喝自来水，每天都会冒着在宿醉中猝死的风险，因为他的身体很虚弱，心脏不好，这个您也知道。但是，我跟他说，至少不要死在满城都是面目可憎的暴徒这一天，当他醉步蹒跚地往家走时，肯定会遇到什么事情，还有头鲸鱼，也许它还有别的名字，他们怎么叫那个该死的怪物？我早就说过，这个我也说过。的确，我早就猜到可能会发生什么了！我不时抬头看厨房里的挂钟，当时我已经洗完了餐具，开始扫地。我打开电视，看轻歌剧，那是电视台应观众的请求昨天重播的。我再次进到厨房里时，看了一下挂钟，九点半了。那时候我真的已经非常担心，因为他从来没有在外面待过这么久，即使他真的喝醉了像一头猪，也总会回到家里。因为他一旦喝醉了，不能像别的人那样撑下去，他便会睡觉，之后被冻醒，那时他会回家的。但是昨天晚上他没有回来，我只好坐在那里看电视，但其实我什么都没有看进去，因为我的脑子里始终在想，他到底怎么了？发生了什么？他毕竟已经不年轻了。我想，他应该有点脑子，总不会这么晚还在街上闲逛吧，更不要说，城里还有这么多面目可憎的暴徒在闹事，因为我已经清楚地知道将会发生什么。因为我早就说过，校长先生，您还记得吧，当水塔发生摇晃的时候，但是……”哈莱尔夫人揉搓着手里的纸巾，“钟已经敲响十一点，我还坐在电视前头，已经开始奏国歌了，我只能继续提心吊胆，这么晚了他还是没有回来。唉，这时候，我再也忍受不了干坐在家里等着他，于是穿上衣服去找邻居，说不定他们知道些什么。我按门铃，敲窗户，但是他们好像没有听见，房子里毫无动静。但我肯定他们在家，在这种时辰，他们不可能到别处去，夜里霜冷刺骨，鼻子都要被冻成冰。于是我大声叫他们，好让他们知道是我，那样就可以让我进去。最后他们终于打开了门，让我进屋，但是当我问起我丈夫时，他们什么都不知道。之后邻居问我，你知道城里发生了什么事吗？我说， 我怎么会知道？ 嗯，是这样，城里很动荡，发生了叛乱！到处都在打砸抢，邻居告诉我。我听了十分着急，因为我丈夫还在外头，您知道吗，校长先生，当时在邻居家里，我险些瘫倒在地上，两条腿发软，费了很大气力才回到家里。一进厨房，我就瘫在了椅子上，如同一只麻袋，我用双手抱紧脑袋，感觉它马上就要炸裂。我想到各种各样的可能，当然也想到好一点的情况，最后一个可能，他也许已经回家了，只是躲到了瓦卢什卡住的那间洗衣房里。以前他确实这么做过，而且不止一次，他躲在瓦卢什卡那里，就像是躲避，瓦卢什卡会照顾他，他会躲在那里直到头脑稍微清醒一些。当然，假如预先知道将会发生什么，我丈夫就不会出去了，因为我很了解他，即便他也喜欢喝酒，而且会偷拿家里的钱，但他确实是个诚实的男人，这一点我不能否认。我回到家看了一圈，还是不见他的踪影，于是我回到屋里。那时候我已经很累了，已经劳碌了一天，更不用说担惊受怕了，我感到疲惫得马上就要晕倒，所以我静下心来想了想，至少应该心疼一下自己，稍微休息一下，煮一点咖啡，这能给自己提一点神。您看，校长先生，您已经认识我这么多年了，工作上我从来都是干净利落，不拖泥带水，但是跟您实话实说，天知道我昨晚怎么了，我花了足有半个小时的工夫，才把该死的咖啡壶放到煤气炉上。我几乎没有力气拧开咖啡罐的盖子，我的胳膊一点力气都没有，而且动作笨拙，因为我已经丧失了注意力，忘记了自己想干什么。折腾了好久，最后我终于把咖啡壶放到了煤气炉上，点着了火。我喝了咖啡，洗好杯子，再看一眼时间，已经是午夜了，我想，我必须得做点什么，总比坐在厨房里等着要好。我敢肯定，我在家里再怎么等他，也等不回来。校长先生，您肯定知道盯着指针转动的那种感觉，可以说，差不多快有四十年的时间，我除了干活儿，就是看时间，别的几乎什么都没干，总是盼他回家，想知道他到底什么时候回来。我不明白为什么上帝总是通过他惩罚我？为什么让我找这么一个丈夫？他也知道，我本来可以过更好的生活。不管怎样，我下决心去找他，穿上了衣服，就是现在您看到的这一身。但我刚在街上走出几步，就看到在离我不远的地方，在最近的一个街角，站着大约有五十来个人。不用说我就知道这些家伙都是些什么人，当我听到一声巨响时，我就已经知道了。我没有时间左顾右盼，掉头径直回到家里，锁上了大门。我告诉自己，还应该把灯关上，就这样，我坐在彻底的黑暗中，心脏怦怦狂跳，马上就要从嗓子眼里跳出来，因为我听到哗啦哗啦的破碎声，而且离我非常近。我不会听错那个声音，校长先生，您都无法想象，当时我都经历了些什么。我坐在那里，屏住了气，几乎不敢呼吸……”哈莱尔夫人说到这里又忍不住哭了起来。“当时，我一个人……孤身一人……待在空荡荡的房子里，没有人能够帮助我。那个时候，我想再跑到邻居那里都不可能，只能坐在家里等待命运的处置，鬼知道将会发生什么事情。屋里漆黑，一片死寂，我闭上了眼睛，因为我什么都不想看见，光听声音就吓死人了。楼上的两扇窗户被他们砸中，破碎的玻璃落到地上；楼上的窗玻璃是双层的，所以两扇窗户，总共有四块大玻璃，要知道，当时我没想到会为此花费我们整整一周的薪水。我坐在那里向上帝祈祷，我真的很害怕，但愿他们不会闯进这个院子，鬼知道他们会干出什么事情，假如他们想拆房子的话，很可能真会把房子拆掉。但是后来上帝听到了我的祈祷，他们走了，我一动不动地待在那里，心脏仍为那两扇被打碎的窗户咚咚狂跳。过了一会儿，我听到他们在砸邻居家的窗户，我还是不敢开灯，上帝保佑，之后我将近一个小时都没敢动弹，再后来，我摸索着走进房间，躺到床上，感觉就像死了一样。时间一分钟一分钟地过去，我一直竖着耳朵听远近的响动，担心那帮暴徒回来砸我楼下的两扇单层玻璃窗。我现在都不知道该怎么描述，既没有时间，也没有办法告诉您我脑子里所想的一切。这是世界的末日，地狱之门已经打开……好了，不说这些废话了，即使我不说，校长先生也肯定清楚我都在脑子里想了些什么。我像一块木板似的静静躺了好几个小时，但是我的眼睛还是没能闭上。尽管我知道最好的办法是睡觉，脑子里别去想那么多，耳朵里也不要听什么，可是我根本就办不到，直到我丈夫回来。他是在凌晨回到家的，那时候我已经不知道该怎么为他高兴了，他不仅还活着，甚至没有喝醉酒，居然是头脑清醒地站在床旁边。他坐到了被子上，他就这样穿着衣服，穿着他那件棉大衣坐在了床边，试着让我平静下来，因为他看到我躺在床上，几乎显示不出多少生命的迹象。我告诉自己，要振作起来，没关系，现在他已经在家了，在家就好，我们就应该谢天谢地。他从厨房给我端来一杯水，我喝完水后，开始慢慢地整理自己的思路。于是，我们终于打开了房间里的电灯，因为之前我不允许他这么做，但我丈夫说，现在是时候应该冷静下来了，无论如何我们都应该打开灯。反正厨房里的灯是开着的，我没有必要为两扇被砸碎了玻璃的窗户头疼，回头市政厅会支付修缮费用。他上楼进屋，一眼看到被砸的窗户。他当然会看到，就连门口的地上都溅满玻璃碴，而我直到现在都不敢去看。后来，我丈夫将水杯放回到厨房，然后回到屋里跟我说，回头市政府会处理这事，因为现在他在那里有说话的资格。这时我才镇定了一些，可以从床上坐起来，我问他：'到底发生了什么？整个晚上你都去哪儿鬼混了？怎么连一点人性都没有？'我抱怨他说，'你把我一个人丢在家里，空空荡荡，你却没心没肺地在外头鬼混……不过我还是想说，感谢上帝，你回来就好，没有出事。'只是，校长先生，您知道吧，那帮面目可憎的暴徒把我的两扇双层玻璃窗砸得粉碎。但我丈夫只是坐在那里听我抱怨，并用一种奇怪的眼神看着我，我问他，看在上帝的分上，告诉我到底发生了什么？ 这到底是怎么回事？我正要告诉他楼上的窗户怎么被砸和昨天夜里发生的一切，但是我丈夫却说，都过去了，都过去了。他伸出了手指，您看，就这样，并且告诉我说，从今天开始你要对我另眼相看，因为我已经进入了市政府组织的委员会，准确地说，是他们邀请了我。他还说，我也会获得什么嘉奖。总之，您可以想象，校长先生，对于他说的那些话，我一个词都没听懂，我只是怔怔地盯着他。他得意地点了点头，接着又说，他们整个晚上都在讨论这件事，不是在酒馆里，他说，而是在市政厅，在市政厅里有一个什么，一个特别的什么，这个我也说不清楚，好像有一个要将这座城市从暴徒们手中拯救出来的委员会。哦，我听了之后回答说，这太好了，你在开会，而我只身一人待在这里，在这空荡荡的房子里，外面是各种危险的野兽，我连电灯都不敢开。他说，你别再这么抱怨了，为了你们的安全，我也是一夜没有合眼，然后问我，家里有没有能喝的东西？这时候我悬着的心已经放下了，为他能平安回家感到高兴，而且，他现在就坐在床沿上，坐在被子上，坐在我身边。我告诉了他酒放在哪里，他起身去了储藏间，从一堆水果罐头瓶后取出了一瓶帕林卡酒……因为，您知道，那是我平时藏酒的地方，很遗憾，我必须把它们藏起来。我问他那些人是谁，我指闯到我们街上的那些人，我丈夫说，是邪恶势力，但是我们阻止了他们继续搞破坏，他们现在正被围捕。我丈夫告诉我说，因为军队已经赶到，正在抓捕他们，现在已经安全了。他说这些话时，已经往肚子里灌了快一瓶酒。外面现在到处是军人，他说，你都想象不到，他们还开来了一辆坦克，就停在大教堂前的神父街上。我让他又喝了一口，然后警告说，够了！别再喝了！我把酒瓶放在床边的地上。军队怎么会来这里？我问他，因为无论如何我都想象不出会有一辆坦克开到这里。他说，是因为马戏团，一切都是马戏团惹的祸，如果马戏团没来这里，军队永远都不敢这样进城。但是他们开进来了，为了对付这帮暴徒，我丈夫说。看得出来，他也惊魂不定，他解释说，坦克开来……是为了平定暴乱，他的脸色阴沉下来，那帮家伙四处洗劫、纵火……更让我感到震惊的是，他还告诉我，可怜的萨博・尤迪特和她的朋友，在电话中心，他们也成了受害者。萨博・尤迪特，校长先生也认识她，”说到这里，眼泪又从哈莱尔夫人眼里涌了出来。“是的，她也遭到了攻击。有的人已经死了，我丈夫说，所以，我都不知道我自己是死了，还是活着，我还听说，”哈莱尔夫人继续讲述说，“军队不仅占领了邮局、车站，还占领了其他的重要建筑物。据说，他们找到了一个女人，您能想象吗？还有一个孩子，但是之后的事情我不忍再听了。我质问他，你不是说你跟什么委员会一起开会了吗？你们是怎么维护这座城市的安宁的？他回答说，假如没有委员会的人，尤其是，假如没有校长夫人像狮子一样地投入战斗，至少我丈夫是这么说的，假如没有她在，假如没有她说服两位警察悄悄地开车溜出城求援，那么就不会有军队开来，很有可能，我们遭受的损失就会远不止这两块玻璃……不是两块，是四块！我纠正他说，他接着又说，假如军队没来，那么可能会有更多的人死亡或受伤。要知道，当时所有的警察都不见了。我丈夫说到这事时十分痛心，他们就像被什么东西吸收了，蒸发了，这是我丈夫的原话，哪里都见不到他们的影子，后来我好不容易才找到了两个，派他们赶紧去州府告急……警察之所以乱作一团，如同没头苍蝇，是因为他们真的没有了头。这么讲一点也不夸张，他们没有了头，我丈夫意味深长地强调说，警察局长先生，他故意将‘先生’的第一个字母发音拉得很长，带有挖苦的口吻。我知道这是因为什么，因为我丈夫很讨厌他，至少已经有两三年，他是那样地讨厌警察局长，以至于提到他时，简直就像变了一个人，连我都几乎认不出来他，讨厌到了憎恨的地步。我从没有见他这样恨过一个人，说出来肯定都没有人会相信。在外人眼里，他们俩的关系非常好，我不知道这是怎么回事，他嘴里从来不承认。总之，警察成了无头苍蝇，没有了头，警察局长就是他们的头，他解释说。我能看出他强烈的恨意，他说这话时，脸涨得通红。我丈夫说，警察局长喝醉了，喝得烂醉如泥，所以睡了整整一天，没人会相信，整整一天！即使偶尔能叫醒他，但是那也没有用，因为他什么事都不做。后来一直到了凌晨，他才离开了委员会。每个人都以为，包括校长夫人在内，都以为他去采取什么行动。但是没有，根据那两个带军队回来的警察透露，他们看到警察局长又喝得酩酊大醉，人事不省，用我丈夫的话说，公务对于警察局长来说狗屎不如。我丈夫承认，他自己也喝酒，可一旦涉及公务，他肯定能够控制住自己，保持头脑清醒，可是警察局长先生，他又故意拉长了‘先生’那词的第一个字母，他不会这样，他不仅又在哪里喝醉了，而且没有人知道他后来的情况，因为他只是叫那两名警察将他扶出了警局，大概回家去了。我只是躺在床上，听我丈夫讲述所发生的一切，那是我这辈子听到过的最可怕的事情，但是更可怕的还在后头。我丈夫继续说，那些家伙造成了巨大的破坏，而且是毁灭性的，现在没人知道具体死了多少人，多少人受伤，另外还有失踪的人。我丈夫无奈地摇摇头，感到十分沮丧。因为，比方说，当军队已经开进城里，坦克已经停在大教堂前，当人们又敢冒险来到街上时，就在温克海姆·贝拉男爵大道上，就在纳达班肉铺门前，校长先生，我丈夫在赶回家安慰我的途中遇到了维拉格夫人，她看上去同样沮丧。因为她正在寻找她的女邻居，维拉格夫人告诉他说，她的女邻居整个晚上都坐在窗户前，看着外面发生的许多可怕事情，后来因为感到害怕，所以叫她过去陪伴。维拉格夫人说，她俩一起坐在窗户前，但要是没坐在那里就好了。维拉格夫人说，因为午夜过后，温克海姆·贝拉男爵大道上又出现了一群暴徒，他们挥舞着棍棒。鬼知道他们手里拿的是什么，他们在人行道上把流浪猫打得脑浆迸裂，维拉格夫人告诉我丈夫，就在那时，她们突然看见了他。我丈夫故意不提具体的名字，只是说，她们看见维拉格夫人女邻居的儿子，他就说了这么多，我当时并没有怀疑什么。这也正是我丈夫希望的，他不想让我心里生疑，所以他只说了这些，然后伸手去抓床边的酒瓶子。我拦住他说，你现在不要碰那个瓶子。我问他，你说的肯定是维拉格夫人？对，他回答说，维拉格夫人。我的脑子飞速旋转，但是无论我怎么想，还是什么都没有想出来。她们看着窗外，我丈夫继续说，根本不敢相信自己的眼睛，维拉格夫人的女邻居的儿子正走在暴徒中间。你肯定不会相信，他说，你用不着乱猜，你也猜不出来，在我们怀里一直揣着一条毒蛇。我只是不解地盯着他，始终不明白这话什么意思，他在指什么？所以我向他追问，他回答说，维拉格夫人告诉他，女邻居顿时气坏了，从未见过她这么失态，开始大声吼叫：够了！她已经受够了他！不管她儿子干什么，她都不感兴趣！因为儿子只会给她带来耻辱，一辈子的耻辱，但是现在已经到达了极点，她再也无法忍受下去了。她说着就要去穿外套，维拉格夫人向我丈夫描述说，无论她想怎么阻拦都没有用，她还是穿上外套出去了。”讲到这里，哈莱尔夫人朝艾斯泰尔惊愕的脸上瞥了一眼。“我真想抓住她的头发把她拽回去，她已经疯了，我丈夫说，维拉格夫人真的吓坏了，只是站在纳达班肉铺的门口，不知所措。她说，女邻居是在午夜过后追出去的，但是一直还没有回来，也不知道那伙人有多少。我丈夫叹了口气说。后来，他离开了维拉格夫人，沿着温克海姆・贝拉男爵大道走了一段路，那里发生过暴乱。我丈夫佝偻着身子坐在皱巴巴的被子上说，当他拐进约卡伊・莫尔街时，迎面遇到了平暴士兵。当然，他说，既然是我们请来维持秩序的部队，当然不会检查我的身份，而是给我看了一份名单，上面写有通缉犯的名字和对相貌特征的描述，因为当时他们已经在市政厅询问了一些证人，一些目睹了夜间暴乱的居民。我丈夫解释说，士兵们被分成了几个中队，在城里巡逻，维持治安，抓捕罪犯。但士兵们在约卡伊·莫尔街向他展示的那个名单里，我丈夫说，只提到一两个具体名字，其余的都是文字描述，因为名单里提到的几乎没什么本地人，基本上都是外地来的暴徒。他只是盯着这份名单，不敢相信自己的眼睛，就像刚才他也不愿相信维拉格夫人一样。当士兵们问他名单里有没有认识的人时，我丈夫吓坏了，回答说：没有。实际上有。当我听到那个名字时，我躺在床上，不愿相信自己的耳朵，他肯定是疯了，我想；但我丈夫说，没有时间可以浪费，因为他们正在搜捕这个人。他说，他回家就是为了能让我放心，但是现在我应该镇定下来，穿上衣服，赶快将这个消息告诉校长，因为您和他，您和我丈夫，全都欠他那么多……我只是怔怔地看着他，不知道他这是想干什么。我告诉自己，我知道，我一直都知道，最后会是这样的结果。当我第一次看到这孩子时，我就说，不行，带一个白痴来家里住，以后会闹出乱子来的。但是我丈夫当然不会听我的，您看出事了吧！当时我想，为了那个白痴，即使给我钱我也不会去，我哪儿也不去，我一步都不会离开家，我实际也是这么跟他讲的。但是我嘴里说着，人已经下了床，穿上了外套，就像一个根本没有脑子的人。我们已经走出家门，门口有很多碎玻璃。我丈夫说，他想出去找他，但是又要马上去市政厅一趟，因为他已经向校长夫人保证，他最迟七点钟会赶到那里。嗯，我明白了，我抱怨说，你要七点钟到，你又把我一个人丢下，要我不得不一个人去。但他一再解释，说他现在必须按时赶到，他只能这样，因为那里将会为他颁奖，即使出于礼节也必须去。并且安慰我说，从现在开始，他在市政府也有了发言权和影响力，他已作出承诺，肯定会在七点钟前赶到那里。因此，不管我这么央求他都无济于事，这时候我们已经走到了约卡伊街和温克海姆·贝拉男爵大道的交叉路口，但我感觉自己就像是对着墙说话，他根本不听。后来，我们走到了火车站前，他催促我赶快来这里，说也许我能够帮助校长先生做点什么，而我，不管一路上我怎么跟自己说，我不去！我不想去！但是我的脚步还是拖着我继续往前，而且心慌意乱，顾不上左右，就像个瞎子似的径直往前走，一直来到这里，甚至我慌得都忘了在大门口跟您打招呼。不知道校长先生怎么看我，我一大清早就这样突然冒失地闯来，连招呼都不打，而且也不说我来做什么。校长先生，请您原谅，我的脑子已经乱成了糨糊，毫无头绪。校长先生，我们应该怎么办？军队现在还在这里，”哈莱尔夫人压低了嗓音，“还有那辆坦克……”艾斯泰尔身体僵硬地坐在床沿上，女人感觉他的目光可以穿透一切。“他一动不动地就像一根木桩”，大约正午时分，哈莱尔夫人回到家，这样告诉哈莱尔先生说。过了一会儿，她看到艾斯泰尔先生突然跳下床，冲到衣柜前，从衣架上扯下他的外套，感觉就像他要对所发生的一切负责似的。他朝哈莱尔夫人投去一个被迫逃亡的眼神，然后一声不响地冲出了房门。屋里只剩下哈莱尔夫人，她呆呆地坐在扶手椅中，惊愕地眨着眼睛。当她听到房门在他身后砰的一声猛地撞上时，不禁打了个冷战，又哭了起来。过了一会儿，她掏出手帕，擤了下鼻涕，环顾了一眼客厅。直到这时，她才注意到被木板封死了的窗户。她慢慢地站起身来，稍稍向一侧歪着脑袋，因为她根本无法理解这些木板为什么会被钉在那里，因此她好奇地拉长了脸走过去，站到木板跟前，不解地注视着它们。她用手摸了摸其中一块木板，随后断定，这是真的，之后她又依次敲了敲另外几块木板，似乎突然明白了一切，就像一位不可能被误导的专家，她咬着嘴唇，想起家中被砸碎的四块大玻璃若有所思地嘟囔说：“应该从外面钉，不应该从里面钉！”她拖着步子重新回到炉子旁，望着炉火，往炉膛里扔了几块木头，然后摇了摇头，关上电灯，最后又向已被笼罩在黑暗中的客厅内瞥了一眼：“应该从外面……不是从里面……”

这并不只是简简单单地出去，而是离开一个已经沦为废墟的地方，他们刚才显然是被那块不同寻常的店招牌（“矫形康复”）旁缺了卷帘的展示橱窗吸引住了。这时候，在角落里有一双眼睛盯着前方愤怒地吼道：“你们从哪儿来，就滚回哪儿去吧！滚回到地狱的最深处！”那张因遭到殴打而变肿胀的嘴不停地咒骂，“你们滚吧”，“从这里滚出去”，“赶快滚蛋”，他们站在这个已被砸烂了的作坊铺里，若不是听到这一连串绝望的喊叫，他们早已忘了这位惊恐万状的鞋匠。就像他们刚才闯进来时一样，暴民们无声地相互交换了一个眼色，决定离开这里。他们穿过被推倒的装满皮革的柜子和被掀翻的工作台，跨过扔了一地的矫形鞋、矫形靴和矫形拖鞋，所有人都重新回到了街上。即使他们并不能够看到彼此，但是通过几小时前他们分头行动时的记忆，通过时远时近、可以听到的噪音，他们能够感觉到其他的同伴——每一队的人数都大致相仿——都站在那里，站在漆黑的夜幕下，一个都不少。而且，如果说他们已有所准备，换句话说，他们已经为本能地、独立于同伴的独立行动做好了准备，积聚、膨胀的愤怒使他们丧失了方向和目标，鼓动他们在毁灭的道路上前进。他们的行为越疯狂，他们的邪恶也越获嘉奖，就像现在这样，他们在砸毁了这家制作矫形鞋的作坊铺之后，每个人的精神都已被狂热的激情所操控，开始寻找下一个适合他们攻击的目标。他们掉头沿着栗子树成荫的街道朝市中心方向挺进。电影院还在燃烧，不时地窜出股红的火焰；有三队暴徒像群雕似的一动不动地站在街道中央，如同兴奋的观众，一脸邪恶地注视着火光。但是，就像后来所发生的那样，他们的同伙在正熊熊燃烧的小教堂前与另一支人数更多的队伍相遇，他们在这里相遇，在那里会师，他们最终以一种可怕的方式会聚到一起，并以令人惊惧的缓慢速度、充满威胁的一致步伐、排山倒海的坚定气势朝着同一个方向进发，去完成他们尚未完成的冒险。这股洪流先从电影院涌到进入广场的路口，然后经过燃烧的礼拜堂，涌向寂静空荡的圣伊什特万大街。他们之间谁都不说一句话，只是偶然有人划着火柴，点燃的香烟头殷红地闪烁。他们的眼睛要么盯着前面人的后背，要么盯着脚下的地面。他们不由自主地调整步伐，随时跟其他人的步伐保持一致，在寒冷刺骨的冬夜里沉默地行进。他们已经完成了第一阶段的行动，即为自己拉响警报，进入战斗状态。他们砸碎了路边的所有窗户，甚至有人闯进屋内，现在他们只是步伐整齐地往前走，几乎什么东西都不再碰，一直走到了前面第一个拐角处。就当他们绕到引起他们注意的街区时，看到一扇漆成蓝色的铁门，他们向结满霜花、杂草遍地的花园里张望，看到几座黑漆漆的建筑物。他们挥舞铁棍，只需几下就砸掉了铁门上的挂锁，并且彻底砸烂了传达室小屋，显然，守门人几个小时前就已经跑掉了。然而当他们穿过花园里的一条小径，想要闯进离大门最近的一栋建筑时，才发现事情并不那么简单，因为在那里，他们在冲破了外面的院门后，还要继续砸开两道门。毫无疑问，建筑内的居民早就听到了从城里传来的坏消息，因此不仅用钥匙锁了门，还将许多桌椅堆到一起，抵在门后，他们似乎预感到不祥，必须竭尽全力抵抗将要闯进来的暴徒。只可惜这些防卫措施的效果有限，野兽们已经蜂拥而上地冲向楼梯，扑向猎物。狭长、供暖的病房楼道里一片漆黑，值夜班的护士在有行走能力的病人们帮助下，刚一得知暴徒们闯入，就立刻关掉了所有病房内的床头灯。护士听到越来越近的脚步声，在最后一刻跑向楼道尽头的一扇后门，试图逃走。但是护士和病人们所做的这一切，都表明他们始终抱着一个幼稚的信念，以为锁门、堵门、关上床头灯就足以保护自己的安全了。尽管他们听说街上发生了暴乱，但还是没有人真的愿意相信，暴徒们竟会如此卑鄙、邪恶到打砸医院的地步。然而事实是，他们闯进了这里，而躺在被子下的病人们似乎是被自己的沉默出卖了，一旦病房楼内的最后一扇门被砸开，走廊里被关掉的电灯也随即被打开，暴徒们立即在走廊右侧第一间病房里找到了蜷缩在被子下的患者。他们将所有的病床全部推翻，但是就在这一刻，暴徒们的脑子一片空白，想不出该怎样对待这些在地板上痛苦扭动的人：如果动手去抓，病人会手臂痉挛，两腿没有一丝蹬踹的气力。所以这也表明，他们充满破坏力的愤怒再也找不到可供发泄的对象，由此产生的无奈使他们越发意识到，他们的破坏行动变得越来越荒唐可笑。因为，到头来他们距离自己在这里想要做的事情越来越远。于是，他们只是愤怒地穿过走廊，继续往前走，或将插头从墙上扯下来，将所有嘀嗒作响、嗡嗡低鸣、指示灯闪烁的医疗仪器砸到墙上，然后将床头柜里的东西扔得到处都是，将桌上的药瓶、体温计和最为无辜的私人用品——包括眼镜盒、家庭合影、装在纸袋里的甚至已经腐烂了的水果——也全部扫到地上。他们有的时候散开行动，三个一群，两个一伙，有的时候又聚到一起，如洪流一般滚滚向前。但是一旦遇到一个完全手无寸铁的受害者，他们就会立刻失去方寸，愣在那里不知所措，不明白到底发生了什么。面对这种极度忍耐的可怕沉默和抵抗能力的彻底缺失，他们反而觉得自己变得瘫痪，手足无措，能力丧失，站在无条件投降的泥潭边缘——这是迄今为止给他们造成的最为苦涩的快乐——他们无论如何都必须撤退。他们站在走廊内幽幽闪烁的霓虹灯下，站在极端的寂静里（在一扇关着的门后隐约可以听到从远处传来的护士的尖叫）。然而，他们并没有在愤怒的狂乱中继续抓捕猎物，也没有继续再往楼上冲，而是等着他们的最后几个伙伴都跟上来，随后脚步纷乱地离开了这栋楼，就像一支失去了秩序和纪律的败军，垂头丧气地穿过花园回到铁门处，在那里犹豫了很长时间，面面相觑，第一次如此明显地表露出无措的茫然：他们已经不知道接下来应该去哪里，不明白为什么要去，有什么必要去。那是因为——就像那几群精疲力竭地站在电影院前面的暴徒——他们被迫认识到，并且不得不承认：这种地狱般的邪恶使命已无以为继，他们杀气腾腾的凶煞气势突然丧失。他们刚刚洗劫了这座城市，他们的首领只挥了一下手，他们就血脉债张地冲进了黑夜，但是他们知道，他们并没能完成毁灭一切的任务，现在，他们突然感觉到，在自己身上增添了难以承受的心理重荷。经过一阵犹豫不安的踌躇，他们终于从医院的大门口离开。他们的情绪已彻底改变，他们所做的这一切，包括他们残酷无情的破坏行为，似乎全部失去了意义，使他们迷失了方向，不仅再也无法找回之前整齐划一的步伐，而且他们之前形成的强大联盟也开始解体，行进的队伍变得涣散，从纪律严明的军队变成了混乱的乌合之众，逐渐增强的厌恶感将一支大部队瓦解成二三十拨散乱的人群。他们无从猜测，无从知晓，而且也不关心接下来将会发生什么，因为他们已经走进了一片空旷无边的荒野，既无法从那里逃离，也不想逃离，根本不可能逃离。最终，他们还是闯进了一家商店（店门口的上方写有“HAJD ZALON”[①]）。但是当他们撬开铁栅栏，砸开店门，他们的每个动作似乎都表明，他们之所以来到这里，并不是开始新的一轮洗劫，而是撤退到这里，仿佛他们每个人都被一枚致命的子弹射中，

① “豪伊杜沙龙”，中间缺了两个字母，豪伊杜是冷战期间匈牙利著名的国产洗衣机品牌。

成了残疾，现在垂头丧气，由于无法忍受痛苦的折磨而到商店里寻找最后避难所。事实上，他们刚一跨过门槛，就打开了电灯，环视了一圈，发现屋子里别的什么都没有，而是摆满了“豪伊杜牌”洗衣机——这里看上去更像一个仓库，而不是专卖店。在他们的眼神里早已没有了之前的那种冷酷无情，而是像他们自己成了俘虏，无所谓被关在这里，还是被关在别的地方……过了很长时间，他们只是面无表情地听着背后的店门吱呀作响，仿佛被关在了一个避难所内，直到远远就能被人听到的、断断续续的警报声在冰冷、寂静的店面里慢慢消失，他们才壮起胆子向门口挪去。他们中间有一个家伙，好像突然从一股令人作呕的晕眩中突然清醒过来，或是第一个意识到同伴们陷入的可悲处境的严重性，他一脸轻蔑地撇了撇嘴角，扭过头从牙缝里骂了一句（“……混蛋！……”），然后在墙角处转身，咚咚咚地迈着沉重的脚步掉头回到街上，像是表达某种抗议，假如不得不投降的话，他有权利投降；另一个人像是接到了发起进攻的命令，猛地抡起手中的铁棒冲着一台洗衣机狠狠砸去，很快他找到了洗衣机的薄弱点，先是砸碎了塑料外壳，而后一把将发动机拽了出来，然后将发动机砸得稀巴烂，零件横飞；然而其他的人——对于这两个同伴的行为没有作出任何反应——没碰任何东西，只是忐忑不安地迈开脚步，小心翼翼地穿过洗衣机中间的狭窄过道，尽量与其他同伴保持一定距离。此刻，他正盯着自己匍匐在地板上的影子怔怔地发呆。显然，要想在这片排列整齐的洗衣机丛林中跟其他人保持既看不到对方，也不让对方看到自己的安全距离——尽管他此刻很想这样——几乎是不可能成功的，对瓦卢什卡而言更是如此；更不要说——尽管这已经没有任何意义——瓦卢什卡清楚地知道，那些家伙之所以不会放掉他，比方说与他相隔了一条“过道”的那个家伙此刻正从拐角处盯着他看，然后低下头，神情苦涩地在一个捧在胸前的黑皮本里迅速记下了什么。那人之所以这么做，很可能是因为他之前结识的那个“保护人”，那个在所有人眼里最冷酷无情的陌生男人已经离开了他（只将他的背影、他的帽子、他破旧的呢子大衣、皮靴等可怕记忆留给了他），现在他成了自由的猎物，可以供人争猎，因此必然会有人盯着他，监视他的一举一动。这些家伙打算怎么处置他，会不会决定在这里干掉他？或者不是现在，而是过一会儿再动手？这对瓦卢什卡来说没有什么区别，他已经感觉无所谓了，心里已经不再有恐惧，也没有逃跑的企图，想来在这个可以称作“血腥治疗”的夜晚他已经清楚地意识到，他不想逃走，因为他根本就不可能逃走。本来他有机会逃离他们，是的，本来有过很多机会可以这么做，但是他没有，因为即使逃走，他也无法摆脱自己身上可怕的重负。从这个角度讲，他永远都不可能逃脱——因为对一个人来说，这种重负是可以感知的；因此，在他可以获得“新生”的重要转折点，在需要作出决断的那一刻，他会犹豫不决，变得彻底失明。正当他在艾斯泰尔先生的家门口感到可怕的无助——后来他才反应过来——时，他在集市广场上认识的那个朋友救了他，那个男人用胳膊紧紧挽住他，将他拽进了沉默行进的行列，伴着高筒靴和马丁靴的咚咚步伐，沿着温克海姆·贝拉男爵大道向前走。没过一会儿，大约走出了几百米后，仿佛听见一道无声的命令，人群开始对街道两旁的房屋发起绝对意义上的进攻。这时候瓦卢什卡突然感到再也无法忍受，并且冒出一个绝望的冲动，想要冲到人群的最前头阻止他们。然而压在他肩头的那只大手阻止了他，那个陌生朋友的手指不时抓住他的肩膀，分明是在警告，将他幼稚的念头掐死在萌芽之中。几乎就在同时，他一方面想要保护那些被暴打的人，另一方面又想成为施暴者，这两个相互矛盾的念头使他陷入无助的绝境，很快坠入了恐惧的深渊。这种无奈既让他无力反抗，也使他无力逃跑，甚至使他无力怀疑这个看上去几十年来都在幻想的丛林中踯躅的傻瓜，而这个傻瓜不是别人，正是他自己。而恰恰就是在这个地狱之夜，他将以这种冷酷的方式被带出丛林。当时，瓦卢什卡并不清楚这些人要去哪里，要做什么，但是他很快就注意到，暴徒们又砸开了一扇门——刚开始时，当这队人马刚刚出发，他们只是用石头砸沿街所有的窗户和大门口的灯——并且所有人都冲进了一栋房子里。那个邪恶的“保护人”始终跟在瓦卢什卡身边，并带着冷酷无情的快感推搡他，迫使他跟着其他人一起卷进一个狭小的空间，他感到自己的周围，一切都以不可思议的缓慢速度发生着：连声音也是，一位老妇人走到他们跟前，冲着他们愤怒地叫喊，还有一对夫妇朝这边走来，脸上带着某种难以容忍的冷漠。他还看到在他们中间有一个人自然而然地挥起了拳头，而那位妇人试图后退躲避，但却定在那里动弹不得。他还看到，那只挥舞的拳头在人们的头顶上落下，哪怕是一个最小的动作都似乎力重千钧，他转过头去，将目光落到这个寂静无声的房间内的某一个角落。在那个角落里什么也没有，只有一个模糊不清、形状混沌的影子慢慢倒下，倒在与腐烂的地板呈锐角相交的墙壁上。那个角落是裸露的，没有任何家具遮挡，没有床铺，没有衣柜，那只是一个光秃秃的、散发着酸腐味道的房间角落而已，但是即便这样，在瓦卢什卡的眼中，那里却充满了恐怖，仿佛已经发生的和可能发生的所有一切全都浸透到他的内心，仿佛与他对视的是一头狰狞的怪物，而且此刻他第一次知道这个怪物的存在。他无法将目光从那里移开，无论他在房间里被人群推搡到哪边，他的眼睛始终盯住那里。就从那一刻开始，除了他在那个角落里看到的那个再清晰不过的细节外，其他的什么都没有看到，那个影子一动不动，就像一个蜷缩在一团黑暗、浓稠蒸汽中的侏儒。那个影子在他看来明亮刺目，深深烙印到他的意识里，将他的目光牢牢地铸住，即使现在他已离开了那里也无济于事，因为无论他走到哪里，那个影子都会跟他铸在一起，他只能无法挣脱地拖拽着它……如果其他人迈开步伐，他也迈开步伐，如果其他人停下脚步，他也停下脚步，但是无论他做什么，或是其他人对他怎么样，他都毫无意识。从那一刻开始，在从天而降的巨大沉默中，很长时间他都意识不到在自己的眼前到底都发生了些什么。长达几个小时，事实上那段时间漫长得根本无法用分钟或世纪来衡量，他只是拖拽着这个可怕得令他难以忍受的影子，其他的什么都感觉不到，甚至都分辨不清到底哪个更为强大，是绑缚他的锁链，还是他紧抓不放的痛苦绝望？有那么一刻，仿佛自己被人从地上抬了起来，但是由于许多只手用力不均，他挣扎着试图维持身体的平衡，因此有人恼火地抱怨，“这家伙怎么这么轻?”，随后他被放了下来，更准确地说，是被人恼火地扔到一边。之后过了很长时间，他感觉自己躺在人行道上，有人正在往他的嘴里灌白酒，于是他又站了起来，那只手再一次搭在他的肩头，或搀在他的腋下。毫无疑问，正是这只将他紧紧钳住的大手已经不止一次地阻止他逃跑，现在它又有力地抓住了他，一刻不放。其实这么做根本没有必要，因为即使瓦卢什卡真的能重新清醒过来，意识到自己的存在，他也无法摆脱那个痛苦的画面压在他身上的沉重负荷，那个光秃秃的、散发出酸腐味道的房间角落始终强有力地控制着他的意识：无论他怎么被人推搡，被人拖拽，他眼前看到的都只是那个墙角，至于其他的一切，比如队伍的行进，人群的奔跑，火焰的燃烧，其他所有的一切都只是在朦胧迷雾中闪烁即逝的一簇簇微光。无论他怎么想要摆脱那个画面，都不可能，因为他总是刚要忘记，又马上想起，不管他在哪里都是一样，始终都像玩偶一样受到它那令人瘫痪、无法摆脱的力量操控——而后，他突然感到死一般的疲倦，冻僵的脚趾在冰冷的靴子里开始疼痛，他想立即躺在人行道上（再一次?），但是那个穿呢子大衣的男人挠了挠自己满是胡茬的下巴，并用讥讽的语调冲他吼叫（因为他感觉到，直到现在瓦卢什卡仍未完全接受他为自己的“保护人”）。对瓦卢什卡来说，那是能够穿透他意识的第一句话，嗓音里带着不无道理的嘲弄（那人说：“怎么了，傻瓜？是不是又想喝帕林卡了?!”），这句话再次提醒了他：现在他在哪里，跟谁在一起，那个痛苦的墙角连同散发出的那股永恒的酸腐味道已经变成了一个可怕的黑夜舞台，他终于在梦魇般的光线里看到了自己这个“精神导师”可怕、扭曲的面孔。不，他不想喝帕林卡酒！如果说他真的想要干什么的话，那就是睡觉。他想躺在人行道上好好睡一觉，一直睡到被寒夜冻死，那样他就用不着去理解这段已经开始在脑海中勾勒出清晰轮廓的可怕经历，他只是想让这一切“结束”，仅此而已，别无所求。然而幸运的是，还没等他认真考虑这个问题，他就不得不暂时将它搁下，因此——

仿佛有人想要知道他的真实的愿望——瓦卢什卡使劲地摇了摇头，站了起来，不由自主地打了个寒战。他感觉到同伴的手又搭在了自己的肩膀上，于是他脚步跌撞，顺从地走到那人身边。他仔细审视这张脸，连同它背后的那个黑暗刺眼的角落；他注意到那秃鹫般的鼻子、下巴上的浓密胡茬、红肿的眼皮，左侧颧骨下严重起皴的皮肤，他身上最让人感到畏惧的复杂之处，并不是隐藏在他脾气背后的、深不可测的意图，而是现在这张脸与昨天在广场上偶遇时看到的那张脸的同一性。他必须承认，就在昨天他与艾斯泰尔先生分手之后，有一股无法预料、突然发作的焦虑将他引到了科舒特广场，引到那个男人身边。让他万万没有料到的是，恰恰就是这个人，不仅作为这场无法遏制的“仇恨大狂欢”的指挥者，现在，在这里，还成了——也许并非有意识地——割断他的整个生命的“冷血外科医生”，毫无疑问，昨天和今天的是同一个人；这是一个无可掩盖的事实，眼前这副令人畏惧的五官轮廓不仅在昨天、前天都属于同一个人，而且可以由此一天天地追溯，日复一日，年复一年，一直追溯到一张最纯洁无辜的原来的脸。正是这许多许多面孔的逐日累积，才有了今天的这张面孔，这副既神秘冷峻、又富于人性的特殊神情，他不但有着令人无可置疑的坚定目光，还拥有比任何人都更具胆识的严酷自信，因此他能够在这场焚巢捣穴的暴乱中不动声色地指挥这支愤怒队伍中每一个人的每一个举动，包括瓦卢什卡所经受的折磨和考验。显然，无论是对瓦卢什卡的痛苦挣扎、几近崩溃的绝望，还是对自己——通过挎紧瓦卢什卡的胳膊（似乎以此告诉他，这就是他为了医治另一种痛苦所付出的代价）——上演的这出野蛮粗暴的训导戏，他都感到自鸣得意。瓦卢什卡盯着这张脸仔细审视，看着看着，忽然开始明白了，在这副“冷酷阴森的表情里”，令人难以解释的秘密越来越少，因为这不知道何为仁慈的目光或许就是一面不会说谎的镜子，照出了他三十五年里浑浑噩噩、始终无法看到的东西。也许是这样，瓦卢什卡暗想，但是他马上又修正说，“不是也许，是完全肯定！”，于是，随之而至的是一个决定性的时刻，就在这一刻——仿佛坠落到过去的自我——他终于从旷日持久的昏厥中苏醒过来，当然，也是从甜蜜的梦中醒来。喑哑的寂静终于被打破，刺眼的墙角连同他的“保镖”身后一动不动的影子一起熄灭了，这时候，周围的景色才逐渐变得清晰，这是一座花园，有一条小路，然后是一扇铁门。当他只感觉到孤单的自己和难以容忍的失明，而感觉不到聚集在医院门前的这群外星人时，瓦卢什卡心里已不再感到震惊。既不感到震惊，也丝毫没有逃跑的冲动，因为就在最初那一刻涌遍他全身的巨大空虚，仿佛瞬间就可以将他摧毁，让他支离破碎，灰飞烟灭，化为乌有。现在他唯一能够意识到的，只有他上颚感觉到的清醒的辛辣和苦涩味，以及双腿的疼痛，尤其是左腿。魔障般的迷雾已经散去，聚集在温克海姆·贝拉男爵大道上的那群身形扭曲的黑暗斗士们，看上去就像一堆充满毁灭力量但又不真实的虚幻生物。此刻，他的目光突然变得清晰锐利，无论现在看着他们，还是像刚才那样看着数以百计、汇成洪流的人群，他都可以作出清醒的断定：在这些家伙身上，从来就未曾拥有过任何超凡绝尘、来自其他世界的力量，而且不仅是他们——其中包括他们那个“充满了毁灭力和魔力”的首领在内——已经丧失了自身可怕的“恶魔属性”，就连瓦卢什卡自己也永远摆脱了逐年加重、伴发着内斜视的白内障，摆脱了那种使人嫣然入梦的可耻幻觉，正是这种幻觉“对他隐藏了事物的真相”，从而将他置于愚蠢的境地。他的觉醒很快，真的可以说是幡然醒悟，茅塞顿开，他意识到了“自己一直原以为是自己的那个人”已经不复存在，这一点毋庸置疑，完全彻底。就这样，他跌跌撞撞地走了很长一段路，跟着裹挟他的那队人马一起迅速离开了医院大门，所有的房屋、电线杆和每一块铺路石都回到了原来的位置，似乎原本混沌不清的某些东西自行变得豁然开朗。根本就不言而喻，他意识到“自己渴望对事物作出重新判断的大脑”不再万念俱灰，而是准备以一种沉着冷静的态度看待事物。此刻在他的眼里，几十年来曾支撑他日常生活的那些支柱只不过是些早就坍塌了的断柱而已。因为上午和下午、晚上和夜里都坍塌到了一起，直到昨天还让人感觉处于永恒的稳定状态、如同一台无声运行的机器在不为人所察觉的情况下精密运转的事物，今天转眼就变得贫瘠、粗粝、冰冷和令人厌恶，同时呈现既耐人深思、又一目了然的意义：从他的住处，从花园后小屋内散发出的各种让他喜欢得不容怀疑的魔法咒语都倏然消失，不留一丝踪迹。此刻，他在漠然告别的最后一刻才回过神来，那里除了发霉、斑驳的墙壁和鼓出大包的天花板，别的什么也没有，那不过是哈莱尔家的一间洗衣房而已；院子里的那条小径再也不会通到他脚下，就像世界上没有哪条路会通向什么地方，对一个过去在天上云游的人来说，所有的缝隙、窗户和门都已被封堵，然而在康复病人的眼前，能轻而易举地找到“可以进入世界的真实可怕的入口”。走在浓稠的黑夜里，走在身穿大衣和棉衣的暴徒们中间，他盯着脚下的人行道，心里想着“佩斐菲尔”酒馆、报刊分发站和科姆洛旅馆的门房，意识到这些地方对他而言，都将是再不可能跨入的地方；每一条街道，每一座广场，每一个拐角和路口都土崩瓦解，灰飞烟灭，然而与此同时，他曾经游荡过的每条曲折的路线，现在都看得清清楚楚，就像看地图似的一目了然。由于原来的街景都已在地图下消失，被取而代之，所以他再也无法像过去那样迈出半步，因此他想，他最好忘记，像一个新生儿那样脚步趔趄、摇摇晃晃地返回到这座荒凉、陌生的小城，回到昨天……回到昨天之前……甚至更早的……某个时候……某个地方。他会忘记清早的时辰，忘记半梦半醒的滋味、缓慢的苏醒、出门前圆点图案水杯里蒸汽腾腾的热茶，忘记铁轨上逐渐向远方延伸的晨曦、蓝色晨雾中报刊分发站里报纸的味道，以及大概从清晨七点到上午十一点之间城中各家各户的邮箱、门把手、窗台、门缝和他早已习惯了的上百种不同的动作，他日复一日地将居民订阅的报纸按时送到他们手中（别在门把手上，放到窗台上，塞进门缝里，甚至有两个地方需要压在门口的脚垫下）。他不会再想起哈哥迈耶尔先生，也不会再给任何人演示日全食了；他既不会想起酒馆的柜台、廉价的陶瓷酒杯，也不会想起在低声交谈的声浪上空缭绕的烟雾，更不会在打烊后动身出发去水塔那边……他跟其他的那些人一起被“皮靴和紧身裤的擦蹭声”所席卷，当这个已失掉锐气的人群跨过克罗什运河，途经马洛蒂广场旁边他母亲所住的公寓楼院子的围栏时，在他眼前既没有浮现出母亲惊恐的面孔，也没有听到楼门口对讲器里传出的母亲的声音，只有房子、院子和光秃秃的树木……至于掩映在院落深处的两间出租房，对他来说就更没有意义了，他连瞥都没有瞥一眼。他从记忆里删除了早已习以为常的那句问话，每当他动身出门时，都要问哈莱尔先生，“到中午了吗?”，还删除了在艾斯泰尔家厨房里送餐桶磕碰的声响和在科姆洛旅馆厨师跟前排着的长队。他要将温克海姆·贝拉男爵大道两旁的房屋、大门、走廊、轻轻的叩门声统统丢到脑后，让它们被风吹走，让不朽的巴赫和钢琴都见鬼去吧，让昏暗的客厅变得彻底漆黑。他什么都不想看到，不想看到自己生活中曾经住过、到过的任何地方。就在瓦卢什卡暗下决心的同时，那个身穿呢子大衣的可怕男人始终跟在他的身后，距离他只有一步远，“为了告别的巡视”戛然而止，他猛地从思绪中回到了现实，因为他们已经到达了马尔洛蒂广场——突然间！——有这样一种感觉突然袭来，令他不知所措，如果他继续这样想下去，一种背信弃义的苦涩会使他彻底崩溃。那是一种危险、神秘、刀割般的剧痛，正是这种剧痛否定了“告别过去”的可行性。这不过是绝望的自欺欺人，他想，因此这种“颓丧的打算”，这种“冷静的思考”，将会面临严重的危险，因此，他立刻直面了这种“危险、神秘、刀割般的剧痛”，打消了想要“忘记”任何事情的念头，认为这种“充满危险的可能性”，毫无疑问是最疯狂的妄想。归根结底，最重要的保证还是他自己，因为只有他才可以“结束这种彻头彻尾谎言的海市蜃楼”，没有人会看出他在想什么，也没有人知道他在“告别”中感受到的危险和苦痛。现在已经没有什么东西能够威胁他了，想来他已经吸取了这个可怕的教训，因此，“他也可以宣称，现在自己也已经跟其他人一样”。若不是他现在疲惫得要死，他很想立即告诉他们：他们尽管可以对他放心，“他的心”已经“死了”。他想告诉他们，从现在开始，他们再怎么嘲笑他也没有意义，因为他已经学会了

"脚踏实地地站在地上并且理解了所有的一切"，他不再相信"世界会有魔力"，因为他已经懂得了这个道理：暴力是一种看似无形但切实存在的绝对力量，世界上只有强者法则，不存在比暴力更强大的力量。虽然他并不否认自己被这些暴民吓坏了，但是他觉得自己有能力适应，并且"为能够看到他们的世界而心怀感激"。于是他继续跟他们一起从马尔洛蒂广场出发，耐心等待重新恢复体力，而且他想对他们解释，自己始终活在一种多么幼稚的误解里，并用这种虚无的幻想来安慰自己。他看到一个寂寥无边的宇宙，地球只是宇宙中一个尘埃似的小点，驱动宇宙运行的终极力量则应是宁静：宁静"永恒浸润着每一个星球和每一颗星星"。在人们的眼里，他是一个相信一切都很美好的人，而且他还有一个神秘的中心，它不是意义，而是一种那样的……要比哈气更轻更细腻的物质，散发着不可思议的光芒。如果有谁没能感觉到它，那是因为他没有注意到；但否认它的存在，是没有道理的。他非常希望这个执念能够随着他极度的疲惫一起消失，因为他也很想告诉他们，在经历了这个——对他来说——毫无疑问的可怕夜晚之后，他已经彻底清醒了；他想告诉他们，"你们知道，你们应该这样想象一下，我就像一个始终闭着眼睛生活的人，当我睁开眼时，那些数不胜数的恒星和行星，那个宁静的宇宙突然消失不见。我看到了医院大门，然后是街道两边的房屋和树木，还有你们也在我的周围，于是我立刻知道，真正存在的所有一切，都在我心里找到了位置；我望着屋顶之间那道几乎看不见的地平线，不仅那个神秘的宇宙从那里消失，而且我也消失了”。然而三十年来，他无时无刻不在思考它，无论他将脸转向何处，除了宇宙之外，他再看不到任何别的东西，然而现在，他周围的一切都呈现出原本的形状，就像“在电影结束，放映厅里的灯突然亮了”。可以这样形容，他感觉自己仿佛是从一个“巨大星球”的无限空间，突然来到荒凉平原上一个四面封闭的畜栏里，起初他真的吓坏了；或者说，他从一个虽然有点病态但也很有趣的梦境里苏醒过来，发现自己在一望无际的沙漠里，在那里，所有的东西除了拥有可以触摸的形体之外，不具任何其他的品质。没有任何一种元素可以超越自身，而且他会这样补充说，他终于意识到，除了在这个地球上，在地壳表面分布的物质之外，其他任何东西都没有存在的位置，然而那些存在之物，全都携带着自身可怕的重量、力量和自身崩解的意义，这不需要用外力证明。他想，他会要求他们相信自己：他跟他们一样，现在也已知道，“既不存在天堂，也不存在地狱”，因为除了真实存在的东西之外，无须引述别的什么。只有对坏事有解释，对好事没有，因此“既没有恶，也没有善”，所有的一切完全都受另外的法则所支配，永远是“强者法则”，“只有当一个人变得更强大时，才能够把握它”。既不可能，事实上也不必从这里得出任何重要的结论，甚至都不能说“一个看上去是自己感情奴隶的人，是一个被剥夺了一切的人”；根本不是这么一回事，他会解释说，因为他第一次意识到自己心里已经没有了任何的感情活动，但他还是需要一点点时间——并不是拖延！只是需要时间——直到他病态的大脑终于开始正常地工作，因为此刻它只是搏动、轰鸣、捶打，没有能力做它该做的事情，比如说破解：如果一切都已经坚硬如铁，那么为什么本来可以不言而喻的事情却变得如此令人费解？为什么本来应该再清晰不过、再明了无疑的东西却失去了轮廓？昨天夜里发生的那一切，怎么会同时既那么明亮，又这般黑暗？……但是当他想到这一点时，他们早已经不再沿着主路行进，而是在邵伊波克先生开的、被叫作“凯拉威尔[①]”的商店里，坐在许多的洗衣机中间。但是由于他一直专注于“紧张的脑力劳动”，因此没有注意到那个穿呢子大衣的男人早已离开了这里，而接替他的新保镖正在本子里写最后几页。他估计了一下，时间大概过去了一个小时，过了一会儿，当他确定“其实怎么都无所谓”，他又继续揉搓自己已被冻僵了的脚。他脱下皮靴，背靠在离他最近的一台洗衣机上。他坐在那里，就像一个决定永远搬进来居住的人，要在这个低矮的售货厅内与洗衣机为伴的人。他盯着那个手拿笔记本的家伙看了一会儿，

①凯拉威尔（KERAVILL）是匈牙利著名的商品批发与零售公司和连锁商店，20世纪50年代成立，冷战期间建立了庞大的连锁店系统，2004年终止运营。

然后重新穿上皮靴，系好鞋带，因为他知道这样下去会有生命危险，他必须想尽办法不让自己在不知不觉中睡着。决不能睡着，他提醒自己，无论怎样都不要睡着！四肢难以支撑的疲惫终会过去，脑壳里砰砰的搏动总会平静，他还会重新开口讲话，因为他无论如何都要告诉人们，必须告诉他们，假如他听了那些掌握他命运的那些人的话，今天他就不会待在这里，不会晕倒在这里，而会充满自信地做其他事情，其实他什么都不用做，只须……听从那些良好的建议，只须接受。他会提到自己的母亲，尽管她总是训斥他，警告他，但是根本没用，因为他从来不听母亲的忠告，最后母亲将他永远赶出了家门。甚至就在前一个晚上……她也没错过警告儿子的机会，她说，如果他还不回到“正常的路上”，那么她会揪住他的头发使劲摇晃，直到他能够“懂得事理”，这是关于他的母亲。当然，还有艾斯泰尔夫人，他今天实在太傻，没有效仿她，想来她并不是他此前一直以为的那个人，而是一个能够横扫一切障碍、所向披靡的人：她坚韧，聪明，果敢。现在他第一次看她看得如此清晰，并且理解了警察局长，理解了她洪亮的嗓音和手提箱的意义，而且明白了自己不该这样崩溃，应该看清局势，从中吸取教训，比如说昨天下午在国防军巷的房间里，她顶住市长先生的反对，说服了大家，或多或少为清除广场上的人群付出了努力。然而最重要的是，他必须告诉他们关于艾斯泰尔先生的智慧。许多年来，艾斯泰尔先生始终不厌其烦地向他解释说，他所看到的东西并不存在，他认定的一切都是虚假的，可是自己愚蠢的脑袋并不相信他；在他的想象中，艾斯泰尔先生的思维早已被谬误所严重侵害，然而时至今日他才发现，他自己才是谬误的牺牲品。因此他必须谈谈他，谈谈他们中最杰出的艾斯泰尔先生，艾斯泰尔先生看得要比任何人都更清楚，现在回过头看，在他身上所发生的一切都不足为怪，由于他知道事物的真相，所以才会忧愁满腹，绝望地病倒，很遗憾，但确实如此。要知道有许多次，瓦卢什卡坐在扶手椅里听老先生讲："任何一个相信世界是由善良和美好维系的人，请听我说，我亲爱的朋友，很快都会变得心灰意冷。"艾斯泰尔先生每天都会（没有一天不会）跟他这样说："请听我讲！每个人都是如此，人们从来都不会吸取教训，这简直令人难以置信。"当然，对于艾斯泰尔先生的这些话，他一句都没有听懂，他是个瞎子，对于那些本该使人警醒的谆谆话语，他完全是一个聋子，因此现在，当他回想起自己与艾斯泰尔先生一同度过的岁月时，他突然觉得十分惊讶，关于光，关于天空，"关于宇宙令人着迷的天体力学"的那些没完没了的喃喃自语，自己居然从来都没有厌倦过。不过，瓦卢什卡心想，假如他的那位忘年老友现在能够看到他（或者更确切地讲，在他刚恢复了体力后不久），肯定会对此感到意外的惊喜：他花费了那么多时间对这位入门弟子进行耐心教导，现在终于能感到欣慰，他无数次喋喋不休的告诫并没有完全浪费，因为他亲眼看到，从这一天开始，他的弟子终于可以完全“按照他在客厅里听到的东西来看世界”。可是，艾斯泰尔先生什么时候能看到这一切呢？他无从知道，因为对他来说，温克海姆·贝拉男爵大道旁的那栋房子现在已跟他没有任何关系，因为他最终属于这里（“这已经决定了……”）：是的，这已经决定，瓦卢什卡点了点头，然后揉着灼痛的眼睛，将两只脚抵在对面的一台洗衣机上，因为他突然感觉到，脚下冰冷的地板好像开始剧烈倾斜。这时候他恍惚觉得，有一个人走到站在他旁边的那个新保镖跟前，拿过他的笔记本翻了几页：“这是什么？”他的保镖嘟囔说：“我怎么知道？……你的遗嘱……”随后两个人慢慢地咧开嘴相视一笑……那人丢下了笔记本……他听到他们说的最后几句话：……“凛冽寒霜”……？……“晶莹闪光”……？还有，“别瞎划拉了，你听到没有？”这是他听到的最后一句。现在冰冷的地板已经倾斜得非常厉害，他控制不住自己的身体，已经开始往下滑，滑倒，翻滚，之后掉进一个无底的深渊；这个过程持续了很长时间，只是坠落，挣扎，十分无助，最后终于触到了坚实的地面。发现自己又回到了冰冷的地板上，这时候他睁开了眼睛。他已经不是靠在洗衣机上，而是躺在洗衣机旁，像一只刺猬似的蜷缩成一团，感到很冷，冷得每条肌束都在颤抖。他意识到，并不是地板在倾斜，而是他自己虚弱不堪，再难以支撑，并不是坠落，而是疲惫地睡着了。醒来之后，瓦卢什卡感到有些恍惚，还不是很理解究竟发生了什么。当他惊惧地从地上爬起来时，发现自己独自待在邵伊波克先生的商店里。他不知所措地在一排排洗衣机之间的过道里穿来穿去，很快就不得不承认，他并没有搞错：其他人都走了，把他一个人丢在了这里。现在他真的是孤身一人，他不明白究竟发生了什么，大声问自己："现在我该怎么办？"他的声音在寂静的售货厅里回荡。之后，为了能让自己冷静下来，他强迫自己放慢了脚步，尽量心平气和地慢慢踱步。就这样过了几分钟后，他的心情确实平静了许多。因为他想，即使他们此刻并没有在这里，也没有什么能够改变"他属于他们"的这一事实：他是他们中间的一员，他与他们之间的纽带是牢不可破的。因此他决定，趁着他们没在这里，自己稍微休息一会儿，等他们回来，并且利用这段时间认真地回想，试着更准确地将自己从他们那里学到的一切再温习几遍，直到更明白为止。于是他又踱步回到"自己的那台洗衣机"前，重又靠在那台洗衣机上，伸直两腿，准备陷入认真的思考。但是就在这时，他看到离他几米远的地方，在地板上，在离他那个新保镖刚才站的位置不远，躺着一件熟悉的东西。他马上意识到，是那个被丢掉的笔记本。想到这里，他忽然感到一阵强烈的兴奋，因为他未曾想到，它的主人，或者说是"它的作者"竟会像丢掉一张随手乱画的、毫无价值的废纸一样，将这个笔记本丢给了它的命运。但他随即又想，也不一定真的是随手乱扔，有可能是故意留给他看的。他走过去，捡起来，轻轻摸了一下皱巴巴的封皮，然后回到“自己的位置”，将本子放在大腿上，开始看上面潦草的字迹。他很快忘掉了周围的一切，既严肃又紧张地开始阅读。

……那时候，无论我们向左走还是向右拐，都已经无所谓了。我们如同洪流一般涌过每条街道和每个广场，但是不管走到哪一个街角，我们一次又一次迎面撞见的都只是我们自己空洞的恐惧和想要投降的可怜愿望。既没有命令，也没有目的，既没有风险，也没有威胁，因为我们已经没有什么可以再失去的，因为一切都已然变得令人无法容忍，无法承受，这所有的一切——所有的房屋、栅栏、广告柱、电线杆、商店和邮局，甚至从面包店里飘出来的清香气味，都令人难以忍受；所有的秩序、规则、戒律和看似微不足道的义务，都令人难以忍受；还有持续不断的无望努力（无论我们怎样目的明确地付出努力，结果都会适得其反，目标变得更加险阻重重或遥不可及）和那些莫名其妙的、用以支撑人类社会行为的基本法则，更是让人忍无可忍。任何尖叫都无法帮助我们——在缓慢笼罩在我们身上的巨大沉默中——找到丝毫的缝隙，因此我们一言不发地在凛冽寒霜的晶莹闪光中迈着整齐刺耳的脚步继续我们摧毁一切的行进，势不可挡。紧张的弦马上就要绷断，我们走在沉闷、漆黑的街道上，既看不到其他人，也不看彼此。即使偶尔看彼此，也只看另一个人的手或脚，因为我们已经是同一副身体和同一双眼睛，我们怀着毁灭一切的共同渴望，抱着同样残酷、致命的愤怒冲动。没有什么力量能够阻挡我们，坚硬的砖块在空中无坚不摧地横飞，砸碎了商店橱窗和居民住宅昏暗闪烁的脏玻璃，成群的野猫仿佛被明亮的反光刺瞎了眼睛，肌肉瘫软地蜷缩在地上，等着我们将它们勒死，就连脆弱易折、恹恹欲睡的小树也被从裂开的土里拔出了树根。我们被卷入并沉浸在迷惑、焦虑和可悲启蒙的无意识愤怒中而不能自拔，不管我们怎么寻找，都不可能找到合适的对象来发泄我们的厌恨与绝望，我们怀着越来越难以控制的怨恨扑向路上所能看到的一切：我们闯入商店，将所有可以移动的东西都从窗户扔出，在柏油路上踩烂，对于挪不动的东西，我们就用卷帘窗的金属条和铁棍砸毁砸烂；我们踩着铺满街道的吹风机、肥皂、面包、外套、矫形鞋、罐头、图书、手提箱、儿童玩具和各种根本难以辨识的残体碎片，我们将停在路边的汽车掀翻，扯掉墙上的公司招牌，占领并打劫了电话局，因为那里晚上还亮着灯，直到两名女接线员被人踩在脚下昏迷过去，我们这才离开大楼，加入挤在门口的人群里。那两个女接线员躺在地上，双手紧抱在胸前，就像两块被扔掉的破布毫无生气，乱成一团的电话线从血迹斑斑的桌子上牵拉到地上，总机的接线箱柜被推倒在地，一片狼藉。我们看到，现在没有任何事情是不再可能的，我们相信，所有的日常经验都毫无用处，我们明白，没有什么事情能取决于我们，因为我们只是浩瀚无垠的空间中一个闪烁即逝的受害者，因此我们无力通过自己闪烁即逝的短暂生命去丈量那个浩瀚无垠的空间的大小，因为单纯的速度不会感知一粒被吹卷的浮尘，因为运动与物体是无法相互感知的。我们将能够砸碎的东西全都砸得粉碎，直到我们又回到了出发的起点，但是我们并没有停止，没有刹车，由毁灭带来的令人盲目的欣狂感一次又一次地迫使我们超越了自己，让我们不知满足、始终沉默地继续行走，走在铺满街道的吹风机、肥皂、面包、外套、矫形鞋、罐头、图书、手提箱、儿童玩具和各种根本难以辨识的残体碎片中间。为了能一次再一次地将更多的破烂扔到街上，多铺上几层，这些破烂已经在整座城市里连成了一片，铺开一张巨大无比的垃圾网。为了让我们能向奴颜婢膝的低贱和卑鄙谎言的泥沼发起进攻，保卫那些根本无法保卫的东西。我们重又来到通往教堂广场的那几条街道，笼罩在我们周围的是无法穿越的夜幕，充满了肆无忌惮、杀气腾腾的暴力冲动，伴随着毁灭行为的宣泄与释放，反抗秩序的快感与狂热，以及挑战带来的亢奋与压抑。几条街巷呈放射状朝向一个点汇聚，其中一条巷子的另一头，黑暗中有三个轮廓不清的人影出现在我们眼前（走近几步我们发现，那是一个男人、一个女人和一个孩子的模糊身影）。当他们发现一群暴徒正迎面朝他们走过来，立刻吓得停住了脚，然后贴着墙根向后退去，想要不被人察觉地消失在浓稠的黑夜里；但是为时已晚，已经没有什么可以帮助他们隐身，尽管在此之前，他们在回家的途中曾经借助于街上昏暗的角落成功避开了捕猎者的视线，但是此刻他们已无处可逃，他们的命运已经注定，因为在我们作出无情审判的地方，便不再有他们的存身之地，因为我们清楚地知道，我们必须扑灭这个家庭本来就即将熄灭的微弱烬火，因为想从我们的眼皮底下“逃走”是不可能的，是绝对无望的，因为无论他们如何躲藏，怎样希望都无济于事，因为他们所有的天伦之乐、开心的笑声，所有虚假的和睦、圣诞的温馨都将会无法挽回地彻底丧失。我们几个，大概有二三十人，走到队伍的前列，加快脚步迅速追上了他们。我们走进了教堂广场封闭的四方形空间内，仔细打量了一下这三个逃跑者。我们穿过成堆的垃圾和废墟朝他们走过去，他们已经穿过广场，走进对面一条巷子里。从他们僵硬的体态一眼就可以看出，尽管一家三口的勇气正在迅速衰减，但是为了避免惊惶奔逃，他们尽力保持回家者习惯的从容步伐，至少看上去很自信。如果我们真想追上他们的话，只需眨眼的工夫就能追上，根本不用花吹灰之力，但是如果那样，我们就不得不放弃——到现在为止——从我们身上散发出的那种黑暗、冷酷而神秘的魔力，而这种魔力意味着充满了诱惑的风险、机会与刺激的“冬猎”，就像一位猎人耐心地花费很长时间追猎一头鹿时，嘴里始终念着这句咒语：等到野兽筋疲力尽，最终接受自己的命运，它会无可奈何地祭献出自己的性命。因此，我们没有必要马上扑向他们，而是应该让他们误以为能够避开危险，能够逃离我们窥伺的“死亡磁场”，最终可以摆脱噩梦。我们对他们构成的到底是真正的威胁，还是只是一个可笑的误会？当然他们暂时还无法确定，但是这种状态在大约持续了几分钟后，他们惊恐地意识到：不，这不是误会，他们并没有误会，他们的危险预感是准确的，只是刚才还不太肯定："受威胁的对象"就是他们自己！现在确定无疑，我们跟踪的就是他们，他们就是这个冷酷、沉默的狩猎大军锁定的目标，因为在我们冲进大门，冲进那些正躲在厚厚的墙壁间瑟瑟发抖的居民家里之前，街道上除了他们，除了这三只离群的羔羊之外，并没有其他的行人出现在我们视野里。他们偶然遭遇的不幸，不仅能够减轻，而且同时还能增强我们痛苦的饥渴，我们渴望得到一种成比例的惩罚性清算。孩子摽着妈妈，女人挽着丈夫，男人出于惊惧，越来越频繁地朝着他们正在逃离的方向回头张望；但是无论他们怎么回头，他们与我们之间的距离并没有缩短，事实上，我们不时地故意放慢一点脚步，我们之所以这么做，是为了等一会儿能够更刺激地接近他们，因为这可以让我们感到一种奇特而野蛮的兴奋，就像将这一家三口在希望与失望的两极之间迅速地抛来掷去。他们在第一个路口右转，拐进一条小巷，这时候，显然已经十分绝望的妇人紧张地挽住丈夫的胳膊，不时用惊恐的目光望望落到身后、被迫小跑起来的孩子。假如他们不想摔倒，她就必须跟上丈夫逐渐加快的步伐。当然，男人始终没有下决心撒腿奔逃，因为他显然担心的是，一旦自己奔跑，尾随在身后的那群家伙也会跟着跑起来，那样一来，他绝对没有希望将自己和家人从一场难以想象的可怕交战中拯救出来。这是一种苦涩、邪恶的快感：我们看着这三个孤单无助的人影在我们的前方晃来晃去，但他们并不知道什么样的命运将会降临。这种快感，甚至超过了这座被摧毁城市的悲凉景象散发出的全部令人迷狂的魔力，超过了所有被我们踏在脚下的破碎物品带来的快感。因为在那种持续不断的克制忍耐里，在那种刻意延迟的贪婪快感和地狱般折磨人的拖延中，我们品尝到了某种诡谲、神秘而古老的滋味，它为我们哪怕最为细小的动作也赋予了惊人的尊严，为一个偶然集结、或许明天就会解散的乌合之众或野蛮部落带来了无可置疑的自豪感。今天，已经没有人可以阻挡住他们，即便他们遭到最后的审判，也不会将自己的死亡交到别人手中，哪怕到此为止，生命终结，上天堂也好，下地狱也罢，即使永远伴随不幸与悲伤、自豪与恐惧，即使永远背负那种不容放弃、渴望自由的“野蛮而诱人的沉重负荷”。这时候远处传来一声低沉的轰鸣，随后很快又变得安静。我们看到前面有几只流浪猫正悄悄地穿过栅栏的缝隙，溜进静寂的庭院里。寒夜冰冷刺骨，干燥的空气让人的喉咙感到刺痒。孩子开始咳嗽。这时候——毫无疑问，他们现在走的这条路线并不是回家，而是出城——男人也显然意识到他们的处境越来越无望：偶尔，他会在一两栋可能有熟人居住的大门口前驻足，但每次都只短短的一瞬，不难猜测，他虽然很想敲门或按门铃，希望有谁能放他们进去躲避追猎，但是他也很清楚，我们肯定会在他们等人出来开门的那段时间里追上他们，冲到他们跟前，更不要说。他应该明白，这种显然幼稚的解决办法最终不会有好的结果。他之所以没有叫门，是因为此刻他不得不最终接受这个事实：不管他做什么，不管他想怎样尝试，结果都注定会失败。就像一头遭到围猎的野兽即使在最后一刻也不放弃逃生那样，这个男人也没有放弃：这位想要保护自己家人的父亲仍在绝望中拼命地想出一个又一个逃生的策略，然而一个个刚一燃起，就很快熄灭了的希望，最终导致了一次次迟疑不决的动作，之后迅速放弃，因为他知道自己的计划注定会失败，每个希望都是虚幻。他们突然向右拐进一条狭窄的小巷，但是现在我们对这座城市也已经非常熟悉了（甚至，在我们当中还有本地人！），所以我们肯定能够截住他们。我们有五六个人飞跑着绕过这片房屋，赶在他们跑到温克海姆·贝拉男爵大道之前，我们已经封锁住通向警察局的那条街，这样一来，他们别无选择，只能逃向火车站那边；他们的目光越来越惊恐，越来越被身后令人毛骨悚然的寂静吓坏了。男人抱起了踉踉跄跄的孩子，然后在下一个拐角处，迅速将孩子递给了妇人，并且冲他们大喊了一声；但是妇人刚在另一条街里消失了片刻，就迅速又跑回到丈夫身边，似乎她意识到自己无法独自完成带孩子逃跑的任务，显然她已经感觉到，不管发生什么她都可以承受，唯独不能与丈夫永远地分开。或许他们认为，我们想将他们朝某个危险的方向驱赶，这使他们作出了错误的判断，因此他们放弃了在下一个路口改变逃生路线的可能性，他们本可以拐进另一条小巷，掉转方向逃回城里；也许他们寄希望于安全地抵达火车站，然后在那里找一个避难所。我们逐渐缩短与他们的距离，他们逃得越是精疲力竭，我们追得越是兴奋欲狂。即使在黑暗中，我也能隐约辨认出男人微驼的脊背、妇人甩到身后的毛围巾的流苏和挎在胳膊上的那只不断拍打她身体的手提式女包，还有伏在父亲肩头的孩子头戴的那顶带护耳的皮帽，已经松开了围巾被寒冷的夜风吹得上下飘摆。他们也惊恐万状地不时回头向我们张望，他们能够清楚地看到：我们身穿厚重的棉大衣和沾满泥污的皮靴，人群里，有的人肩膀上搭着死猫，有的人手里攥着铁棍。当他们终于逃到火车站前空旷的广场上时，距离我们只有十步到十二步远，之后他们又走出最后几米，猛地拉开火车站入口沉重的大门，飞奔着穿过寂静无人的大厅，径直冲到黑洞洞的、拉着窗帘的售票窗口前。然而，他们剩下的最后一线希望也很快破灭了，因为这里见不到一个活物，所有门窗上都挂着笨重的铁锁，候车室里响着空空的回声。他们冲出候车室，冲到站台上，假如他们没有注意到值班室里亮着微弱灯光的话，他们的故事和我们的故事肯定会在那一刻不可避免地结束。但是不管怎样，时间没过多久，我们忽然听到火车站建筑的一侧传来一扇窗户被推开的吱呀声，随后我们看到一个男人匆促的身影，毫无疑问他是要去求救。那个身影飞跑着穿过铁轨，从一列很长的货车中部两节车厢间的挂钩处钻了过去，试图在我们的眼皮底下消失。我们三个人立即丢下其他同伴，让他们去撬车站管理处楼门上的挂锁，我们径自去追那个逃走的男人。后来，我们追到火车站后边一排像营房一样展开的房屋前，我们彼此稍微拉开一些距离，同时从三个方向逼近他。那人的鞋底滑蹭地面发出的吱吱声，还有他呼哨般的喘息声准确地向我们暴露了他每时每刻所在的位置。我们三个人都绕到那栋在寒夜中沉睡的建筑后面，来到一片耕地，轻而易举地追上了他。这时候，男人也已经意识到自己的危难处境：继续在耕地里冻得坚硬如铁的田埂上跑了一小段路，但是后来，他好像跑到了

一堵砖墙的墙根下，从那里只有回头的路，他猛地转身，与我们面面相觑……

瓦卢什卡一页接一页地不停翻看笔记本，恨不得把里面写的每个词都吞进肚子里，每读完一页，便将读过的这页翻开并折到后面，接着再看下一页。就这样，当他将这个不厚的、螺旋装订的记事本全部读完之后，当下一页又回到了第一页时，这让他回想起自己前一天令人不安的愧疚，并从这段似乎重又回到开头了的记录文本里认识了今天最可怕的人物。他也可以掉头，重新开始，并且相信第一次没能做成的事，第二次将会成功：首先，必须克服对“句子里的所有第一人称全都使用复数”感到的难以抑制的厌恶；其次，要像小马驹在奔跑中逐渐跟上母马的速度，紧紧跟上这篇关于“痛苦逃亡”的记述本身势不可挡的步伐；最后，他会更加详尽、彻底地理解这部专门为他撰写的“教导书”里更深层的意义，从而让自己力量倍增，目标更明确：他只有咬牙挺住，才能跨出这里的门槛，去跟战友们会合，一起投入“外面正在激烈进行的战斗”。他又读了两遍，但是由于纸上的字句开始在他的眼前变得重叠、模糊，所以他不得不暂时停止学习。但是即便如此，他有一点能够确信，即使他不能——彻底地！——“克服他的厌恶，增强他的力量”，他也能够十分准确地理解隐藏在信息中的“暗喻”实质。于是他将笔记本揣进大衣口袋，揉了揉四肢，然后强忍住那股再怎么努力都难以消除的瑟瑟颤抖，吃力地从地上爬起来，开始在洗衣机中间缓缓踱步。走了几个来回，但是并没有太大帮助，他很快放弃了这种尝试，走到商店门口，推开店门，抬起头，将目光投向街对面屋顶的上方，投进虚无的夜空。他凝视着虚无，凝视着被扼杀了的黎明，浓稠的晨曦还没有蔓延开来，而是悄悄地浸染东方的天空。他就这样出神地凝视着，并不在乎这预示着新一天的开始：天已破晓，他想，“战争正在进行，只有那些冷酷之人，才值得在将要结束的黑夜里苏醒过来”。他的视线在街边的屋顶上扫了一遍，心里暗想，战争，将一切都拖入一场没有规则的冲突，战争，要求一方不断地向另一方发起攻击，除了胜利之外，其他任何的目的都毫无意义。在这场战斗中，只有那些不问理由的人才可能站稳脚跟，这样的人有一种特殊的能力，就像他，能够平静地接受战争的事实而无须获得任何的解释，因为事实如此。他忽然想起“王子”的手势，根本就不存在解释。现在他终于理解了艾斯泰尔先生，承认他的观点是正确的，因为世界最本质的自然状态就是混乱，由于永远不会有终结，因此你也绝不可能预测事件的结局。但是，也没有必要预测，瓦卢什卡想，他稍微活动了一下在冰冷皮靴里冻疼了的脚趾。无论预测，还是判断，都同样没有意义，因为就连“混乱”和“结果”这样的词也同样是完全多余的，没有什么可以作为它们的参照物，这意味着“给事物命名”的行为本身，就足以消解其自身的意义，因为“所有的一切都只是这样一件件相互地堆砌在一起”，因为它们彼此间所有混乱、矛盾的关系都深深烙印在其自身的意义之中。他站在敞开的店门口，凝视着粉红色的霞光并且看到，那里面“所有的东西是怎样胡乱地堆积到一起”：最下面是楼门口的对讲机，鲸鱼，艾斯泰尔家的窗帘和送餐桶，左轮枪和一根冒烟的雪茄烟，无法后退的老妇人，帕林卡酒的味道和“王子”的尖叫声；上面是他在哈莱尔先生家睡的那张床；再往上是温克海姆·贝拉男爵大道旁那栋房子里的过道和黄铜门把手；最上面是一件呢子大衣，黎明，马路对面的屋顶，还有口袋里揣着笔记本的他自己。所有这一切都在唯一的一台巨大压榨机中被压成残渣，碾为齑粉，咬碎，嚼烂，撕成碎片，一切都是如此真实和无可预测。战争已经爆发，战斗正在进行，残酷的冲突接连不断，瓦卢什卡凝视着眼前被压榨的景象，当他在这堆经过压榨的垃圾顶端看到了自己的本质时，在这里发生的每一件事都已经变得不言而喻，不会再感到丝毫的奇怪，他可以坦然地接受这一切。现在，城里已经开进了一辆坦克，后面还跟着几十名士兵。马达的轰鸣，他几分钟前就听到了，当时他刚好绕过报刊亭（已经被推离了原来的位置）拐上主路，这时候他只瞥了一眼，仅仅一眼，就立即退回到店门内，退回到洗衣机中间，之后迅速想了一下，快步走到售货厅的尽头，推开一扇他也可以轻易打开的后门，来到商店的庭院里。任何人都会说，他被履链沉重的坦克吓破了胆，然而事实上，瓦卢什卡根本就不肯相信这会是真的，他根本就没有做好充足的准备。作出这个突然决定的唯一目的，就是想做“深呼吸”。“必须争取时间”，当坦克在外面的街上嘎啦嘎啦地驶过时，这个念头在他的脑海里嗡嗡作响；“必须壮起胆子”，因为假如他一旦能够成功，那么还有什么能够阻挡他也以某种方式参与到外面这场持续进行的冲突中去？可能有人会说，现在他从庭院的小门翻了出去，然后在一条狭窄的巷子里撒腿飞奔，看上去就像是那个笔记本里描述的人物。可能肯定，他们之所以会这么想，是因为看到自己此刻的表情和每一个动作，都跟那个遭到追猎的男人一模一样，疲惫，绝望，看上去就像是一个被彻底压垮了的人。然而他自己的回答可能是：不，根本就不是那么回事，这只是表象而已，他根本没有被压垮，更没有逃避！他只是……想要避开公开的冲突。直到昨天，他还在无休无止地原地转圈，从来不知道——想来他从来也不需要知道——自己坐在的确切位置。然而现在他完全清楚自己此刻的位置，而且还知道他正要去的地方，这是他通过对周围情况进行周密而准确的评估之后确定的。就这样，他从商店庭院旁的小巷里出来，来到一条窄街上。这是一个正确的决定，并且这也成为他后来选择路线的原则，尽量走小街小巷，永远不冒险走到大路上，甚至他还绕开了附近街区。假如有的时候不得不直接穿过去，那么他会这样做，就像夜里街角路灯下的猫：先要偷偷地窥视，竖起耳朵细听，谨慎地判断，然后才迅速溜过去。他时而蹑手蹑脚地往前走，时而撒开两腿迅速疾奔，时而放慢速度，迟疑不决，好像马上就要停步，即便他清楚地知道自己在哪儿，知道在下一个路口该怎么做，而不是犹豫“之后该朝哪边走?”，但他还是时刻警惕地做好停下来的准备。他在心里这样想，他并不是在逃离什么，尤其不是在逃向哪里，因此他似乎接受了这整个的事实，接受了自己的行动“有方向、没目标”的悖论性质。在这个问题上，他绝对没有自欺欺人，而是承认所有的一切都是以最大的秩序运行着，也就是说，所发生的一切都是必然的，都存在于事物本身自然的混乱状态里，在那里，他也必须无条件地做些什么，很快，马上，稍后，在他能够有机会做好准备、积攒力量，或者说能做“深呼吸”了之后。只是让他担心的是，这个机会来得会越来越迟，因为他总是“不得不手忙脚乱”，时而奔跑，时而被迫放慢速度，所以他始终没有片刻宁静。无论如何，他都不相信自己会遭到追猎，正在被通缉，他不相信自己是众多被追捕的人之一，但是他不得不面对这个事实：无论他朝哪个方向出发，全都摆脱不掉厄运的纠缠，他总会撞上平暴的部队，不管他怎么想要绕开，都无济于事，他永远无法摆脱他们，他们迟早都会拦住他的去路。最后，他感觉到自己像在一座迷宫中奔跑，无论怎样都找不到出口。从市中心开始，仅在大概半个小时内，他就遇到了他们三次，先是在约卡伊街，然后是阿尔帕德街，再后来是通向裴多菲广场的一八四八年大街。每次都是出于一个偶然的原因化险为夷，有时藏在一个很深的门洞里，有时躲进面包房的庭院。后来他安慰自己说，不管情况多么危险，他总能在被他们发现之前在附近找到一个个的避难所。当然，他这样鼓励自己，为让自己冷静，能够一动不动、大气不出地等待坦克和士兵们从眼前经过。瓦卢什卡退回到卡尔文巷的岔路口，向右转，然后从法院（也是监狱）后面兜了一大圈，安全地穿过几条僻静的小巷，从肉食厂向东，四通八达的巷子几乎在整座小城里勾连成网。这时候，他突然又听到马达的轰鸣，毫无疑问，坦克就在附近。他听到轰隆声、脚步声和喊叫声，并看到在卡尔文巷的路口，也有一队军人站在药店门前，不过他们并没有发现正从一口井后探出的脑袋。他环顾四周，再一次感谢自己的幸运，并且颇为自豪地认定，自己的条件反射机能已经训练得越来越好。刚一发现情况，瓦卢什卡就立即向后扭头，匍匐在地，屏住呼吸，等待这些接到什么指令的士兵跑步进到卡尔文巷内，随后他立即以冲刺般的速度沿着巷子向北跑去，决定去到吉卜赛人城区，估计在那里可以安全地躲避一段时间。这个计划看上去很有吸引力，直到他在一个街角差一点与一辆拦住他去路的钢铁怪物迎头相撞。这一刻，他的情绪突然崩溃，突然感觉到自己无路可逃，不管自己逃向哪里，坦克都好像对他的计划了如指掌，早有预料，总是会出现在他的前方。随之而来的潜在念头是，不愿投降，同时这也意味着：他受到追捕。他并不是“笔记本里的男人”，并没有人对他作出“有罪的判决”，因此他在心里否认，自己不是一头“鹿”，坦克和士兵们也不是猎捕他的“猎手”。这一点没有必要证明，当他现在掉头回到“圣三位一体公墓”的围墙边时，他暗中琢磨：“这究竟是真实的威胁，还是一个可笑的误会?” 他不仅有能力作出决定，而且决定得十分断然，他不会在任何一个“可能有熟人居住的大门口前驻足”，而是每隔一段时间就在寂静的夜色中竖起耳朵，判断是否有坦克继续向前行驶时发出的轰鸣。尽管他已经筋疲力尽，但是既没有“被吓得瑟瑟发抖”，也没有“听天由命”，尤其不会像一头“被围猎的野兽”，“孤独无助”。然而，他又不得不承认：已经过了相当长的一段时间，他“前进”的方向早已不是由他自己决定了，他离自己可能停下来稍微歇一口气的地方不仅没有靠近，反而越来越远。而且，无可否认的是，现在他正接近的方向就是火车站，这个本来并不很重要的事实却让瓦卢什卡感到隐隐不安。由于此刻的情况与记事本里记录的是如此相似，因此他果断地决定：为了不让写在本子里的那些话继续烦扰自己，他决定干脆找一个地方将记事本丢掉，因为在这样至关重要的关头消耗自己剩余的能量，无疑是一个严重的错误。这时候，他距离火车站大概只有一百米远，他的身体状况与刚才相比又差了许多：皮靴里的两只脚已经磨破，为了能稍微减轻一些剧痛，他不得不将自己身体的重量放到他的左腿上，一瘸一拐地走路，每呼吸一次，胸口都会感到尖锐的刺痛，脑袋涨痛得无法忍受。他的眼睛燃烧，嘴巴干渴，而且由于他弄丢了邮递员挎包（鬼知道被他丢在了哪里，什么时候丢的），他再也不能紧紧抓住它寻求安慰了。因此可以想象，当哈莱尔先生低沉的嗓音从他身后的一个门洞里传出来时，他惊得险些晕厥过去，魂飞魄散，以为自己遇到了鬼魂。事实上哈莱尔先生什么也没说，只是冲着瓦卢什卡刚刚走过的背影“嘘！”了一声，随后激动地挥手招呼他过去，一把将他拽进门洞里，随后机警地朝火车站方向瞥了一眼，站在那里一动不动，沉默了足足有半分钟之久，这才开口说道：“可爱的孩子，我帮不了你什么，万一你被他们抓到了，就说我们没见过面，你必须这样对他们讲，从昨天开始你就没有见到过我，也没有听到过关于我的消息！你必须这么说；你不要出声，如果你明白我说的话，点点头就行。情况是这样……”随后，哈莱尔先生附在他的耳边开始低声地咕噜。瓦卢什卡仍然惊魂未定，始终以为自己遇到了鬼魂，只是有一点让他纳闷，从对方嘴里飘出的一股口臭味让他觉得十分熟悉。“我们确切地知道你都做了些什么，”鬼魂跟他小声地说，“假如没有那位善良的夫人，高贵、可敬的艾斯泰尔夫人，恐怕你就没命了，因为你的名字上了通缉犯名单，幸亏尊贵的夫人有一颗金子般的心，所有的一切都多亏了她。所有的一切，你明白我在说什么吗?!”瓦卢什卡知道他应该点头，但是他的确一句话都没有听懂，因此又不得不摇摇头。“你有很多事情都要感谢她，一切，你明白我的意思吗?”瓦卢什卡知道他应该点头，但因为他实际上什么都不懂，所以他摇了摇头。“他们在到处抓捕你！你会被他们吊死的！！你还是没有听明白我说的话，对不对?!”哈莱尔先生丧失了耐心，看上去，他恨不得现在马上就掉头走开，越快越好。“好，你听我讲！尊贵的夫人这样叮嘱我，快去，去找找那个倒霉鬼。实际上当时她还不知道，你已经上了通缉犯名单，但是也许她有预感，所有人都看到你整个晚上都跟那帮流氓混在一起。她跟我说，快去找找他，万一他被士兵们先抓到，他们可不会听他的解释，肯定会把他吊死的，就像掐死一只燕雀！你现在明白了吗?!”瓦卢什卡惊惶不安地点点头。“好了。不管怎样，你现在必须离开这里，不管向南，还是向北！”哈莱尔先生随手往远处指了一下，“你必须赶在他们前边，赶紧逃走，逃得越远越好，马上从这座城里消失，现在，马上。你要感谢尊贵的夫人，赶快走吧。在火车站那里要小心点，然后沿着铁轨走，沿着火车道走，因为那里没有军队把守。听懂了没有?!”瓦卢什卡再次点点头。“那好。希望如此。至于怎么能溜到铁轨那边，那是你的事情，跟我没关系，我根本就没有出现过。你去吧，小心点，去到铁轨那边，一定要沿着铁轨走。千万不要去别的地方溜达，沿着铁轨，你记住没有?能逃多远就逃多远，然后找一座谷仓，或其他什么地方躲起来，尊贵的夫人这样说，之后我们再看看能有什么办法帮你。”“哈莱尔先生，”瓦卢什卡终于小声应道，“不必为我担心，我现在很好……我的意思是说，我什么都明白……我很快就出发，然后等待消息……我只是想说，我实在有点累了，最好找个地方稍微休息一会儿，因为……”“你说什么?!”哈莱尔先生立即打断了他，“什么？你还要休息！你想等绞索套在你的脖子上吗？你听我讲！就我个人而言，你愿意做什么就做什么，你跟我无关，但你一定记着，我们没有见过面。你跟谁都不能说，我在这里见过你……你记住没有？那你再给我点一下头！咱们走吧!”最后这句话就像是这个鬼魂对自己说的，随后倏地从门洞里溜了出去，等到瓦卢什卡彻底醒过神来，他已经消失得无影无踪。刚刚的这位哈莱尔先生已经无法让他联想到过去的那位，反正完全变了一个人，而他的突然消失，感觉真像是一个不真实的幻影。不过他心里很清楚，对于这类事情（“想来现在是战争时期……”）根本没有必要感到大惊小怪，然而，在瓦卢什卡的耳边突然回响起那句警告：“他们会把你吊死的!”这让他突然感到了恐惧，而且重又变得形单影只。当他从掩体似的大门洞里出来，动身继续朝火车站走去，一股巨大的力量压到他的身上，他不得不承认：他的警惕性远不如从前那么“敏锐”，事实上就连“最低水平”都难以维持。他再次感到头晕目眩，脚步蹒跚地走出了几米，直到脑海里响起那句可怕的话（“他们会把你吊死的！”），脑子里才开始安静下来，于是他停了下来，试图赶走不断浮现在眼前的坦克画面，将注意力集中到铁轨上，而且——尽管这话已经不能对哈莱尔先生讲，但至少可以对自己说——只说了这么一句：“不会遇到任何麻烦的。”放心吧，不会有问题，他继续朝火车站前的广场走去，是的，他最好遵照哈莱尔先生的建议，马上离开这里——并不是永远离开，只是暂时躲避，直到重新恢复秩序——沿着铁轨出城，躲开那些士兵。他来到了空无一人的站前广场，背贴着墙壁，比以往任何时候都更仔细地审视四周的每一个角落，然后抓住一个最佳时机，深吸一口气，快步跑到广场对面。转眼之间，他已经躲到了对面一条小街里，从那里他就可以在铁路工小屋那里靠近铁轨了。他成功地冲了过去，可以肯定，谁都没有看到他。就在他正要继续奔跑时，突然在他旁边，从比他低一些的位置，有一个微弱的声音从一堵墙的墙根传到他的耳朵里。这个声音本身并不吓人，这个怯生生的嗓音里（“对不起……是我们在这儿……”）确实不带任何的威胁，但是由于出乎意料，瓦卢什卡还是出于自卫的本能朝与声源相反的方向，朝路体那边跳开一步。就在这时，他的右脚踝在马路沿上崴了一下，有那么一瞬，险些摔倒在石头沿上。但他费了好大力气，挥舞手臂，最终还是保持住了身体的平衡，站稳了，随后转过身去，看见了他们。然而他第一眼并没有认出对方是谁，但是当他认出他们后，简直不敢相信自己的眼睛，甚至心想：现在并不像刚才遇到哈莱尔先生那样，说不定看到的可能真是鬼魂。警察局长的两个孩子站在那堵墙的墙根下，两个男孩都穿着裤腿像手风琴一般堆在脚踝处的肥大裤子，还有不久前曾穿给他看过的那件令他永远难忘的、成年人尺码的警服。此刻，他们再次盯着他，一言不发，而后弟弟突然哭了出来，哥哥虽然也快绷不住自己，但还是极力掩饰，愤怒地举起手来威胁弟弟，要他别哭。同样穿着那身警服，同样还是那两个孩子，但眼前这对小兄弟跟昨天晚上他在那个供暖过度的公寓里见到的两个孩子相比，好像完全是另外两个人。但是即便如此，瓦卢什卡还是走到他们跟前，并没有问他们到底发生了什么，只是说了一句："现在……你们必须赶快回家！"随后他又立刻重复了一遍，只是通过他的语调告诉他们，现在没有解释的时间，说着，攥住他俩的肩膀，轻轻推了一下，催他们上路。但是两个孩子定在那里一动不动，仿佛没有听懂他的话。弟弟不停地抽泣，哥哥也嗓音哽咽着回答说，他们不能离开这里，因为他们的父亲在凌晨时将他们叫醒，给他们穿上这套衣服，然后用左轮枪朝着天花板开枪。命令他们在火车站前边等着，并且大喊大叫，说所有人都是间谍或叛徒，正在进行清洗，说完就“砰”的一声撞上了他们身后的门，说他要一个人保卫自己的家。“但现在我们太冷了，”哥哥哽噎着说，“哈莱尔先生刚才到过这里，但是他没有理睬我们。我弟弟一直这样浑身哆嗦，不停地哭泣，我不知道该拿他怎么办。我们不想回家，请你带上我们吧，直到我爸爸在家里清醒过来为止！”瓦卢什卡谨慎地扫了一眼广场，然后将目光投向相反方向的街道，之后认真地盯着脚下的人行道地砖。在离他的脚趾几厘米远的地方，他发现了一块棕色的小鹅卵石，周围的混凝土差不多全都被磨掉了，看上去似乎没有任何东西固定住它。他用皮靴的一侧轻轻拨弄，鹅卵石从土里滚了出来，翻滚了几下，然后侧躺在那里。他并没有弯腰去捡，但也无法将视线从石子上移开。“你的背包在哪儿?”弟弟问他，有那么一刻止住了哭泣，但马上又接着哭了起来。瓦卢什卡没有回答他，而是看着那块鹅卵石，然后轻声地催促说：“快回家去吧!”他只是稍稍偏了一下头，示意他们该朝哪个方向走，随后冲他俩挥挥手，示意他们快走。他自己则朝着相反的方向出发，感到自己现在已经不那么空虚，而是“忧郁”。他在铁路工小屋那里拐弯，站住，叫兄弟俩不要跟着他，随后不再理会他们——就这样，三个人沿着枕木继续往前走，一个孩子吸溜着鼻涕，另一个孩子不时地抻拽，以免让弟弟落到后面，第三个人走在前头，距离后边两个男孩大约十步远，左脚一瘸一拐，完全沉默不语。

人们全都一言不发、惶惑不安地向他摇头，而且大多数时候都垂着眼帘，好像由于什么事情而感到羞惭，或是故意隐瞒自己知道的什么，即便偶尔有人嘟囔两声（“……往那边？……不对……”）。总之，不管艾斯泰尔怎么询问，人们还是保持深深的沉默。“莫非他们有什么事情不想告诉我？”当他来到裁缝铺杂货门前，脑海里突然闪出一个绝望的念头，“莫非他们不敢跟我实话实说？莫非他们对我撒了谎?!”他突然冒出一股无措的怨怒，因为根本没有人关心瓦卢什卡可能会在哪儿。最令他感到绝望的是，这种如迷雾一般缠身的无所不知的喑哑，这种从人们躲闪的目光中流露出的某种隐在同情心背后的拒绝或某种难以掩饰的忌怨，从一副副显而易见、充满指责的眼神里，他什么都能够读出来，但唯独不能读出的是他真正想要知道的事情。他从一个大门口走到另一个大门口，一遍又一遍地急切问询。他踯躅在温克海姆·贝拉男爵大道两旁的房屋之间，但是无论他怎么追问，人们还是一问三不知，不愿意透露任何消息，他开始感觉到在自己与人们之间隔有一堵墙，从这条路上他既不能左拐，也不能右拐，但是沉默恰恰表明，他找对了地方。但是随着敢出来开门的人逐渐增多，情况也变得越来越明朗，他得到的所有回答都是否定的，从居民们的嘴里他永远无法得知到底发生了什么。所有人都朝集市广场的方向张望，当他走过电影院门口，在消防车前停了下来，试图跟手攥胶皮管的消防员搭话。但是对方不耐烦地耸耸肩膀，与其说是给他指路，不如说想摆脱他的纠缠。士兵们也是想也不想地随手一指，所以他不再问路上的任何人了，因为现在几乎可以确定，他要找的那个人正身陷某种可怕的境地。想到这里，他攥住身上外套的衣襟，加快了脚步，几乎跑了起来，朝着被人流席卷的方向，经过科姆洛旅馆，然后跨过克罗什河小桥，穿过两排横眉立目、令人心惊胆战的面孔，一直走到他能走到的地方。有一队态度不太友好的军人严密把守在温克海姆·贝拉男爵大道的路口，他们背对着他，肩并着肩，手握冲锋枪的枪口指向广场，所以他无法进到科舒特广场。当他试图从戒严队伍中间钻过去时，跟前有位士兵扭过头冲他说了一句什么，当那人看到口头的警告没有用时，突然转过身来，与他怒目而视，并且猛地拉上了枪栓，立即将枪口指向他的胸口粗暴地喝道："退回去，老家伙！这里没有什么热闹好看！"艾斯泰尔惊得朝后退了一步，开始想要解释。但是他的这种不顺从立即让对方感觉到威胁，紧张地拉开准备进攻的架势，攥紧冲锋枪，用尽可能严厉的嗓音再次威胁说："退回去！广场已经封锁了！严禁穿行！马上滚开！"从对方威胁的口吻听出，根本就不容他多说一句话，这种高度的戒备状态，几乎已然一触即发。他意识到，假如自己不听从对方的命令离开戒严区域，自己一个错误的动作就可能导致对方扣动扳机；于是他不得不原路返回，朝克罗什河桥的桥头走去。他转身离开，但是还没到达桥头就突然拐弯，因为即使戒严也不会把他吓倒，而是更让他增强了一种即使绝望也决不放弃的决心，他认为阻碍对自己来说仅仅意味着：虽然第一次未能成功，但是他还是想要再尝试一次，换一个方向，直到最终有一次成功。他从另一个方向，从主街那边，他一边激动地想着，一边迈开两腿，在肺功能允许的情况下以最快的速度奔跑，一直跑到运河边，绕过广场，喘着粗气，脑子里嗡嗡作响。之后他想，既然没有其他的办法，那他无论付出什么样的代价都必须突破警戒线进到广场上去，他要亲眼查看自己的年轻朋友是否会在那里，说不定他真在那里。事已至此，他不必害怕最坏、最极端、最可怕的可能性。他沿着运河的河岸跌跌撞撞地往前跑，一边跑一边提醒自己：无论如何都不要丧失理智，越是这种时候越需要冷静，绝不能让内心的恐惧将自己反噬。他知道，要想实现自己的目标，根本用不着去做别的什么，只需要像他之前所做的那样不去多想，不用左顾右盼，只是看着前方。因为的确，自从他穿着那件破旧的大衣，既没戴帽子，也没拿拐杖就冲出了家门朝市中心奔去，他已经注意到城中遭受破坏的严重程度，但他还是强忍着说服自己不要扭头去看。他并不是害怕看到那幅景象，其实现在他根本就不在乎，对他来说，他来街上除了寻找瓦卢什卡之外，对别的什么都不感兴趣，这里已没有什么东西会令他害怕。他之所以避免去看，是因为他担心万一在废墟里突然看到了什么，会从中得到某种暗示，知道发生了什么，并因而发现他遭遇了什么。他担心会在哪堵墙的墙根找到一顶鸭舌帽，或在人行道上看到一块来自斗篷似的邮递员大衣的深蓝色布料，或在街上看到一只皮靴或一个背包，背包的扣帕开着，从包里掉出几张皱巴巴的报纸，就像被汽车撞死的野猫内脏从裂开的肚子里流出来。对于别的任何事他都不太关心，或者更准确地说：他根本无法理解在自己周围到底发生了什么，因为哈莱尔夫人讲述的一切已经不再能够影响到他，通过自己对因果的推测，他已经不再害怕，不再关心那群暴徒都砸毁了什么，不再在乎那些家伙是什么人，因为任何想要知道（哪怕只是猜测！）昨天夜里在这座城市里到底发生了什么的努力，都超出了他只能聚焦于一点的专注力。他承认，在眼前这种令人震惊的苦难状态下，与其他居民相比，自己的精神状态根本就算不上什么；他承认，当他想到关于瓦卢什卡的那一串如警报声刺耳的问题（“他在哪儿?”“他现在怎么样?”）时，他感到降临的灾难是如此深重，以至于能让他不顾其他任何人。然而，他觉得不能原谅自己的是，他准备不足，每走出一步，这个问题都在深深地折磨着他，而且……它把他囚禁在运河的河岸，它迫使他一直向前狂奔，它使他陷入一种这样的境地：即使监牢有一道缝隙，他也无力向外张望。在这个问题里还隐藏着另外一个问题，这个问题也是他不得不背负的重荷，这个问题是：万一发现哈莱尔夫人误导了他，或她丈夫在暴乱中获得了错误的信息，不管出于什么原因，那位黎明的信使（尽管并不是他的过失）并不真正了解他房客的命运，那又会发生什么样的事情？他必须直面这个问题，与此同时，他还要不断否认哈莱尔夫人的说法，认为妇人说的情况很不可靠，因为，她如若真的知道真相，那她必须置身于昨夜暴乱的现场，必须亲眼目睹野蛮攻击的全过程，必须作为目击者参加到这场惨无人道的闹剧中去。然而事实是，她现在还在城里某个地方游荡，并且毫发未伤，这在他看来简直是个奇迹，至少觉得不太可能，至少跟与之相反的另一种可能一样令他难以接受。这个想法也始终困扰着他，他担心自己由于“醒来太迟”而未能保护他年轻的朋友，他可能会因此永远地失去他，假如真是这样的话，那么自己几个小时前刚刚获得的一切，一下子又将彻底失去，“一无所留”。因为对艾斯泰尔来说，他也同样经历了一个具有决定性意义的夜晚，今天早晨，在他看到自己“完全隐退”的最后一幕之后，现在他真的只剩下了瓦卢什卡，除了这个年轻人，自己不再需要其他任何人，他只想重新得到他。但是要想达到这个目的，他明白，显然自己必须更谨慎地行事，比如说，当他从运河的河岸沿着墙根来到主街时，他想，他要克制自己所有可怕的冲动，克服所有的不理智，重新恢复自制力，而不是通过任何“暴力行为”强行“冲破警戒线”。他不会硬来的，他已经作出了决定，等一会儿他将彻底改变自己的做事方式，不是要求对方必须做什么，而是心平气和地询问。他会先描述一下瓦卢什卡的相貌特征，让他们能对瓦卢什卡有一个“大致印象”，然后他会要求跟平暴部队指挥官见面谈谈，向他解释一下瓦卢什卡到底是一个什么样的人，自己可以为他的生活和品行做证，因此他们不应该将他视为一个“暴乱参与者”，他肯定遭到了暴徒的裹挟，别无出路。他们应当将他视为“暴乱受害者”，应该马上把他救出来，因为对他的任何指控都是出于误解或诽谤，他们应该将瓦卢什卡作为一件“失物”交还给他，因为没有别人愿意认领，只有他——艾斯泰尔自己，校长先生本人——愿意认领。直到现在，他心里想的只是应该选择什么样的策略和方式，如何巧妙措辞，说服对方，但是他根本没有去想：万一他的朋友并不在这里该怎么办？在科舒特广场的一段警戒线前，当他向排成两道人墙、荷枪实弹的士兵描述了瓦卢什卡的相貌之后，对方十分肯定地摇摇头，这使他突然坠入更深的惊恐。“这不可能，老先生！他们中间没有您说的这个人，”一位军官说，“这里只有戴毛皮帽的流氓无赖……您说……邮递员大衣？……鸭舌帽？……没有……”士兵边说边用冲锋枪向艾斯泰尔示意，他必须马上离开这里。“……这里没有您要找的人，肯定没有。”“请允许我再问一个问题！”艾斯泰尔打了一个手势，表示自己会服从命令，马上就会离开，“这里是唯一的一个拘押点吗？是不是……还有其他地方？”“所有行凶闹事的混蛋都在这里了。”军官轻蔑地回答，“当然，确定还有一些家伙逃跑了，或者已被射杀，已经死了。”“死了？！”艾斯泰尔突然感到一阵晕眩，他忘记了指挥官要他马上离开这里的命令，而是沿着戒严部队排成的人墙跌跌撞撞地往前走，想要透过密集的人头朝广场上张望。可是士兵们的身材都很高大，无论他怎么想透过缝隙或越过头顶，最终都是白费气力，什么都没看到。他必须寻找一个能从那里看到整座广场的位置，于是他转到集市广场另一端的街角，站在“黄金药店”被砸坏的门前。这时候他注意到——始终像一个梦游者——在几米远的地方立有一个石头基座，上面的雕像已经被人推倒。基座并不是很高，上沿与他的腹部平齐，但是以他的年龄，尤其是现在，他的全部体力几乎已经耗尽，要想爬上基座绝非一件容易的事。然而现在没有其他选择，他必须爬上去，为了能立即向自己证明那名军官的说法显然是错误的，瓦卢什卡就在广场上（“他肯定就在那里，他不在那里，还会在哪儿？！”），于是他伏在基座上，动作笨拙地尝试了几次，最后终于将右侧的膝盖放到了基座上，休息了几秒，随后用力猛蹬左脚，同时紧紧抓住对面那侧的上沿。但即使这样他还是有两次差点滑下来，最终，艾斯泰尔还是费尽气力地爬了上去。他又感到一阵晕眩，当然这是由于他登高消耗了太多的体力。他向广场望去，只看到一片黑色的浪潮，同时怀疑自己能否站稳脚跟，之后画面开始慢慢变清晰。他看到士兵排成一个半圆形的双层警戒线。在他们身后的一侧，在左侧，在考拉楚尼·亚诺什大街和被烧毁的教堂之间，停着几辆吉普车，还有四辆或五辆装有帆布篷的军用卡车。最后，也是在最里面的一圈，是挤成一团、双手抱颈、完全沉默、一动不动的人群。当然，从这么远的距离，不可能从那片密密麻麻的毛皮帽和农民大衣里挑出某一个人，但是艾斯泰尔仍然坚信，只要瓦卢什卡在那里，他就可以找到他，他的眼睛不会看错：即使在稻草堆里找一根针，他也能找到，只要那根针是瓦卢什卡。但是，无论他在这堆稻草里怎么找，都没找到，他在仔细查看了那个人群之后终于意识到，“他丢失的东西”确实不在这里，尽管刚才士兵的回答已经足以令他失落，而最后的那一句现在看来更是板上钉钉。他难以承受这巨大的打击，只是站在那里，盯着那个人群，即便他明知道再怎么看都是徒劳的。他想挪动身子，从基座上爬下来，但同时他又害怕这么做，因为留在这里，目不转睛地盯着这个对他来讲毫无意义的人群，即便在他们中间没有瓦卢什卡，那也不会比离开这里，面对这令人难以忍受的事实更糟糕。他在那里站了足足好几分钟，是走是留，始终犹疑不定，每当他刚要挪动身子，就有一个声音对他低语："不要走！"但如果他刚要顺从这个声音，另一个声音又立即响起："赶快走吧！"直到当他意识到自己已经在走，已经离开基座二十步远时，他才意识到自己已经在这件事上作出了决定。至于应该往哪个方向走，他心里没有一点的主意。话说回来，无论他往哪个方向走，都会在心里这样想：假如刚才选择另一个方向，现在肯定已经快见到瓦卢什卡了。他告诉自己，自己能做的只有像刚出家门时那样，既不左顾，也不右盼，而是眼睛盯着路面一直往前走。但是他即使这样走也徒劳无功，他抬起头来，因为他不得不意识到，这种像盲人一样走路的方式根本救不了瓦卢什卡。他必须做好准备，他告诫自己，这种在信心问题上的不断拖延只会将情况变得更糟，尤其当他意识到，这样很荒谬。但是当他从吉普车和坦克之间穿过时，他下过的所有决心都一扫而空。当他经过一个开向广场的街口时，他朝考拉楚尼·亚诺什大街内匆匆瞥了一眼，他看到一幅混乱景象。在街口处，在瓦尔纳男装裁缝店被砸毁的门前，许多外套、西装和裤子堆在人行道，还有马路上，不远处有几栋房子，至少有三四十人站在一起，显然都是从附近大门里出来的。他们显然是围着什么，但是从艾斯泰尔这边无法看到，不管那是什么，他不久前刚作出的"一定要谨慎行事"的决定转眼间就被忘到了脑后，所有的闸都同时失灵，突然抬腿朝那边走去，脚下磕磕绊绊、不时打滑地踏过那些被丢得满地都是的外套、西装和裤子等障碍物，伤心欲绝地向那堆人跑去，因为他并没有意识到自己在体内无声地呐喊，除此之外，别的他什么都听不见。每迈出一步，都会感到更加绝望，因为那些人并不想立即给他让道，或至少给他闪出一个能挤过去的空隙。更不用说，就在他马上就要跑到那里，就要冲进人群之前，一个手里拎着急救箱、身材矮胖的男人突然从密集的人群里走出来，一把抓住艾斯泰尔的胳膊，然后将他拽到自己跟前，离开人群，并用头朝街道对面指了指，示意有话想对他说。医生的名字叫普罗沃兹尼克，他的出现——尽管他的动作有些出乎意料——丝毫没有让艾斯泰尔感到惊讶，并不是因为“他的家就在附近”这个简单的原因，而是他的在场不言自明地印证了他内心的恐惧与忧虑，他猜到了自己将会看到什么，医生的在场本身就已说明了一切，用不着解释，难道还会发生别的什么?！士兵们正在街上往来巡查，正将哈莱尔夫人提到的“遇难者”与受伤的人分开。“您要知道……”当他们走到自认为“距离人群已足够远”的地方，普罗沃兹尼克终于站住，他的手还攥着艾斯泰尔的胳膊，并且将脸转向他，无奈地摇摇头继续说，“……我不建议您过去看……这类的场景不适合您，请相信我……”他用训练有素的专家口吻劝阻说。他心里很清楚，一个不学医的人在缺少戒备的情况下目睹这类场景，越是外行，会越受刺激，反应也更歇斯底里，尽管经验告诉他，这种善意的警告往往会导致与愿望截然相反的效果。随后发生的情况恰恰印证了医生的经验，因为艾斯泰尔不但没有被他的善意忠告所吓倒，而且恰恰相反，如果说在艾斯泰尔身上至此还残存了少许的自控能力，但医生的最后两句话却彻底将它瓦解了，他试图挣脱医生的束缚径直冲向人群，必要时他会突破包围圈看一眼究竟；但是由于普罗沃兹尼克不想轻易放开抓住他的手，因此艾斯泰尔又挣扎了几下仍未能挣脱，最终突然放弃了努力，懊丧地低下头，只问了一句："他出了什么事?""现在还不太好说，"医生沉吟了片刻，若有所思地回答，"但是可以推测……很可能是被掐死的，至少现在有证据证明这一点。""显然，"这时候，他放开了已经平静下来的病人的手，愤怒地摊开两臂，"可怜的人大声呼救，怎么都不肯闭嘴，所以被凶手掐死了。"但是艾斯泰尔已经听不到了最后两个词，他重又朝着人群走去。普罗沃兹尼克看到他稍稍平和了一些，多少感到安慰，不再试图阻止他，只是无奈地挥了一下手，跟了上去。虽然艾斯泰尔还不能完全地平和下来，但确实没有刚才那样冲动了；他没有跑，他走到人群门前，并没有将挡在他前面的人用力推开，只是轻轻拍了拍几个人的肩膀，人们立即将他和随后赶上来的医生放了进去，他们扭头望去，并一声不响地闪到一旁，就这样，密集的人群让出一条通道。艾斯泰尔终于来到了圈子内，身后的人墙重新闭合，他成了俘虏，就像掉进了陷阱，已经无路可退：他不得不看那副趴在地上的躯体，那人两臂摊开，嘴巴张大，眼珠瞪着，脑袋从人行道耷拉到马路上；他不得不承受那充满恐惧的凝视他的目光，现在那人已经无法说出凶手是谁，她已经不能够说话了，只能沉默，那张已经僵硬得变成石头的脸也透露不出更多的信息，一时间艾斯泰尔也说不清楚，到底什么更令他震惊。他怔怔地看着，似乎理解了“生命以如此可怕的方式离开一个人的身体”的真实意味，或者还是——尽管在这个特殊时刻，在这里，他看到的是他“熟悉得不能再熟悉的人”——他找到的这个人，并不是他想找的那个。她身上没有穿大衣，只有一件法兰绒长裙和一件完全拧巴在身上的绿毛衣，由于没人知道她已经在这里躺了多久，估计很快就要冻僵，也可能已经冻僵了，当然这需要普罗沃兹尼克作出专业性判断。他绕开艾斯泰尔，继续刚才中断了的检查，似乎现在最首要的问题是，能不能运走？众人将这副蜷缩成一团的躯体围得水泄不通，交头接耳，小声猜测，她的胳膊、腿和脖子有没有折断？每个人的视线都追随着医生的每一个动作。圈子里的空间变得越来越狭小，有两名士兵站在受难者旁边，只是希望能跟这位惨遭摧残的女人尽可能地多说几句话。他们中断了问询，要求看热闹的好奇者让开一些，因为“不然的话，他们会下令让他们解散”。当围观者好不容易听从了指令，他们也不再继续听取这位用手帕遮脸的证人抽泣得快要窒息的回答，而是也将注意力转移到普罗沃兹尼克身上。医生先是小心翼翼地掰掰她的下颌，然后动了动她的四肢。艾斯泰尔对眼前发生的一切都毫无感觉，花了很大气力才将自己的目光从对方可怕的凝视中挣脱出来，尽管他只能在医生围着那副躯体走动时偶然挡住他视线的那一两分钟里才能免于看到这幅令人毛骨悚然的死亡画面。从那一刻起，对他来说除了普罗沃兹尼克之外，其他人都不复存在。他的眼睛紧盯在医生身上，生怕重又看到这幅可怕的画面，哪怕一秒钟都再难忍受；而且他确信这位临时验尸官刚才并没有误解他，而是故意误导他。因此，当医生跟他一起又绕过尸体，然后蹲下来继续进行检查时，他站在医生身后喊了起来：“我找的是瓦卢什卡，医生！告诉我，有没有找到瓦卢什卡?!”听到这个名字，人群立即安静了下来，女人惊恐地瞅了一眼士兵。两名士兵也互相瞅了一眼，似乎他们刚才说的正是这个话题，而医生连眼皮都没有抬，只是向艾斯泰尔打了一个否定的手势（而后用警告的口吻低声说：“但据我所知，最好现在不要谈这个……”）。其中一位士兵掏出一张纸，用手指头指着从上往下看了一遍名单，然后在纸上的某个位置戳了戳，给他的同伴看，随后他盯着艾斯泰尔，用洪亮的嗓音问：“瓦卢什卡·亚诺什?”“对，”艾斯泰尔将脸转向两名士兵，“没错，说的就是他。”随后士兵要求他讲述他所知道的、“关于这个人”的一切，不得有任何保留。艾斯泰尔以为自己能从士兵的嘴里得到普罗沃兹尼克不想告诉他的消息，于是他又向士兵问：“我想知道的是，他是否还活着？”并且立刻开始为瓦卢什卡进行早有准备的复杂辩护，但是他并没能解释太多。没过一会儿，他们就打了一个手势打断了他，一方面这里是由他们提问，另一方面他们对什么天使、邮递员斗篷或送餐桶都不感兴趣，如果他说这些的目的是转移当局的注意力，那么他“这样的胡言乱语”对他自己没有好处，他们只想知道瓦卢什卡的下落，他在哪里？但是艾斯泰尔误解了他们的意思，回答说，他们尽可以放心，对瓦卢什卡来说，没有比自己的家更好的地方了。这时候，士兵们已经失去了耐心，恼火地互相交换了一下眼神，意识到从艾斯泰尔嘴里不可能找到答案。他要他们相信，他的立场与他们的立场其实相差不远，他自己也认为，不管作出什么样的决定，都要尽量确保对每个人都有利。在这件事上，他们当然可以指望得到他的帮助，但是他们也应该清楚，他们必须告诉他关于瓦卢什卡的全部真相，然而他看得出来，他们不会就这件对他来说至关重要的事向他透露任何信息。然而这本来应是他们的责任，因此怪不得他直言不讳：假如他得不到明确的回答，他也不会继续回答他们的提问。两名士兵都没有作答，互相又看了一眼，而后其中一名点了点头说：

"那好，我留在这里。"他的同伴只说了一句："嘿，我们走吧，老先生！"然后抓住艾斯泰尔的胳膊，将他推到前面。人群立刻让开一条通道，士兵押着艾斯泰尔从两侧惊愕的面孔中间穿过。艾斯泰尔并没有表示抗议，因为通过这个突如其来的转折，他误认为对方接受了自己提出的条件，接受了他的最后通牒，虽然他们对待他的粗暴方式并没有发生本质性的改变，但是他并不在乎，即便他们像对待囚犯那样对待他。两个人这样走出约三十步远，士兵走在后边，他走在前边，这时候士兵冲他大喊："向左转！"于是他们从考拉楚尼·亚诺什大街拐向运河方向，虽然他不清楚他们这是要去哪里，但他乐意服从命令，无论被带到哪里，"到了那里，一切都会真相大白"。他们继续往前走，决定暂时不去多想。但是到了运河边时，他又忍不住开口问（"至少让我知道，他是不是还活着……！"），但是押解他的士兵态度粗暴地打断了他，他不得不接受现实，最好还是先保持沉默，等一会儿再问不迟。他一声不吭地按照指令的方向继续往前走，在遵从一道新的指令走上了铁桥，跨过运河，到了对岸之后，很快拐进一条不长的巷子，他开始猜测：至少现在看来，目的地可能还是主街。但是从那里再去哪儿？他无论怎么都猜不出来，因为在紧急情况下，任何一座公共建筑都可以当作监狱或太平间，而这种徒劳无功的猜测，只会让他重温刚才那可怕场景的痛苦折磨。不同的只是，现场不在"一片废墟”中的某个“墙根”，而是在他想象中的临时停尸房。正如他猜测的那样，他们来到了主街上，这时候他下定了决心，最好停止各种猜测，驱赶走那些可怕的画面，必须对围绕它们旋转的混乱思想进行梳理：他必须仔细筛查自己此前所有的记忆，到底什么才会是真相？他试图理解那些朦胧不清的预感对他的暗示，他仔细认真地权衡每一个字、每一个眼神和每一个看似微不足道的细节。艾斯泰尔努力回想，唯恐疏忽掉任何一个可能打消他不祥预感的只言片语，总而言之，也许在哈莱尔夫人、普罗沃兹尼克医生和士兵们说过的那些话里，暗示了瓦卢什卡只是遭到了抓捕，此刻他正坐在某个地方等待获释，在整个这场事件中没受任何伤害：虽然受到了惊吓，但毫发未损？然而无论艾斯泰尔怎么想，他的年轻朋友能够安然无恙地回到他身旁的希望——除了哈莱尔夫人说的那些情况之外——缺少任何实质性的支撑。因此他不得不承认：他听到的那些话和他观察到的那些细节，要么使他陷入更深的疑虑，要么——他又想起趴在人行道马路沿的那具尸体——彻底铲除了任何的希望。当他们绕过水务局办公楼，拐进市政府街时，他已然开始后悔，要是没有冒险“梳理自己的思想”该有多好啊，因为无论他多么努力地想要避开那具对他来说意味非常的尸体，可还是一次又一次无可逃脱地迎头撞见。他必须一次又一次地辨认，或者说，他不得不直面这个事实：那个人是谁？因为他还在考拉楚尼·

亚诺什大街时，别的不说——除了那股令人感到可耻的如释重负感外——单单受害人的身份就足以令他感到惊骇不已（丝毫没能让他的思绪转向平和）：沉痛，恐怖，赤裸裸的杀戮。至少现在对他来说，他并未失去自己的目标，甚至像是获得了某种暗示，在这条路的终点等待他的会是什么，他必须为此做好准备。女人遭受的无情残害，距离瓦卢什卡实在太近了，即使并不清楚背后的缘由，但他也感觉到一个人的命运已然预示了另一个人的命运，他再也不能回避这个残酷的事实：那个头朝大街趴在人行道马路沿上的女人是弗劳姆夫人。因此没有什么可以阻止他将自己对瓦卢什卡的想象投射到他母亲已变得僵硬、惨遭暴行的尸体上。那个女人怎么会半夜三更出现在街上？他无法找到任何合理的解释，尤其是她，弗劳姆夫人，一方面她跟他自己不同，肯定知道街上发生了什么；另一方面她作为一个女人，即使他不很了解她，但也可以肯定，她会跟城里的其他女人一样，不会在天黑后离开家门。因此他实在无法理解，这不合常情；于是他又考虑到另外一种可能，也许暴徒闯进了她的家，但为什么要把她拖到街上去呢？这实在太奇怪太神秘了，而在他看来，母亲与儿子之间的关联又似乎不言而喻。当然，没有什么能够证明他这种想当然的推断，事实上他也认为自己应该证明什么，正如他的直觉告诉他的那样，自己无法摆脱自己的直觉，因此他无论作出怎样的努力，都无法阻止事情的发生。他试着摆脱这种折磨人的不确定性，结果从自身可悲的意义上讲，他完全成功了，对于潜在可能性的反复探究，最终导致所有可能性的瓦解。他不再相信会有一个良好的结果，在离目的地还有最后几步路时，他再也不想自欺欺人了，对于结局，他不再歇斯底里地抱任何希望，而是心平气和地准备接受可能发生的任何事情。这时候士兵又冲他喊了一声："向右拐！"他服从指令，顺从地走进市政厅的大门。在台阶下，另一名荷枪实弹的士兵加入进来，他们将他带到楼上，在那里，维持秩序的军人和许多当地居民围成一圈，等在一扇门前，押送他的那名士兵进到屋里，很快又从屋里出来，随后将他带进一间高大宽敞的大厅内，让他在一间办公室门边的椅子上坐下，坐在另外四个人中间。押送他的士兵完成了任务，行了一个军礼就离开了。艾斯泰尔顺从地坐在那把指定给他的椅子上，环顾了一圈，但是连脑袋都没有抬，似乎连抬头的力气都没有了，他忽然感到身体很不舒服，就像昨天下午刚从寒冷刺骨的街上回到温度过热的房间里时那样；也许因为这一路走得很累，现在终于坐了下来，哪怕是一阵暖风，也会引发他生理系统的抵抗。过了好几分钟，这种虚弱和晕眩才逐渐消退，并且重新恢复了一点气力，这时候只需一两秒钟，他就已经意识到：他们并没把他带到他以为"应该带去的地方"，而等待他的，也不是他所预料的结果，他的所有焦虑和猜测，所有希望和绝望，看起来都是多余的，至少被证明过于草率：这里既不是监狱，也不是太平间；他不会得到任何答案，只会接受更多的审讯。事实上，说再多的话也没有意义，待在这里本身就没有意义，因为，艾斯泰尔环顾四周，连瓦卢什卡的影子都没有看到：既不见死的，也不见活的。在他的对面，在大厅的另一边，临街的高窗上挂着厚厚的窗帘，光线昏暗，大概在门的位置，好像有一条看不见的分界线将大厅分割成两部分：在这一半空间里，他和另外四个人靠墙坐着；正中央站着一个身穿棉外套和高筒靴、被打得鼻青脸肿的男人，在他前面一步远的地方，站着一名背着双手的年轻军人（根据艾斯泰尔有限的经验判断，那是一名军官）；在他们身后，在后面靠墙的角落里，他看到一个人，这不是别人，正是他的妻子。看得出来，她对正在发生的事情并不感兴趣，而是将焦躁的目光投向大厅的另一边，昏暗之中——至少从这个角度，第一眼望去——除了一把高靠背、雕花扶手、背冲着他的宽大座椅之外，艾斯泰尔并没有看到别的什么；在他的印象中，这把华丽的座椅是历届市长尊严的化身。与艾斯泰尔并排坐着的，紧靠左侧是一个膀大腰圆、异常肥胖的男人，喘气时发出尖细的呼哨声，仿佛想借此让自己本来就已困难的呼吸变得更加沉重。他不时吸一口散发香气的雪茄烟，随后是一阵剧烈的咳嗽，他一次又一次地用目光寻找烟灰缸，但是没有找到，最后总是将烟灰弹到地毯上。坐在艾斯泰尔右侧的三个人，始终显得焦躁不安。当艾斯泰尔认出他们，并且主动地小声打招呼时，他们只是谨慎、冷淡地点了下头，仿佛不愿意承认昨天曾在丝袜厂的“精英俱乐部”门前遇到过他。很快他们将脸掉转过去，目光在艾斯泰尔夫人、军官和大堂另一边的昏暗之间扫来扫去。他们继续关注形势的发展，偶尔悄声地议论，等一会儿谁先开始？“这个变态、无耻的罪犯的嚣张气焰一旦被击垮”，这话好像是沃伦特先生说的，“少尉先生”肯定会给他们说话的机会。要想弄清这句话的意思并不很难，现在看来，瓦卢什卡的命运已经注定无可挽回，这一苦涩的认知，使艾斯泰尔对这里发生的一切都已不抱任何的好奇心。他也将视线投到议事厅这一半的中央，投在那个鼻青脸肿的家伙和掩饰不住内心烦躁的军官身上。他几乎在第一眼就已经看出，三个男人脸上的愤怒情绪，显然是由于身穿棉外套男人那股“嚣张气焰”，而这种“嚣张气焰”的强度，则使这场审讯看上去更像是一场决斗（毫无疑问，它确实就是一场决斗），显然不会令在场人满意地很快结束。由于艾斯泰尔的到来，“少尉先生”被迫暂停审讯，稍微休息了一会儿，直到艾斯泰尔坐好，过了一小段时间，他也将注意力转向了他们，但是并没有说一句话，而是面肌抽搐地俯身凑近受审的暴徒，用充满威胁的目光死死盯着对方的脸，似乎在无奈之中想用这坚韧、犀利、钢铁般的目光，不仅逼迫对手屈服，而且要将顽固的敌人彻底消灭。然而那个人并不畏惧，更不退缩，甚至连眼皮都不眨地与军官怒目而视，仿佛在说，没有任何东西能够把他吓倒。面对这张鼻青脸肿的脸上流露出的冷酷、嘲讽的蔑视表情，少尉也感到再难以忍受，愤怒地放过了他，而在男人的脸上浮现出一丝倏然即逝的得意微笑。显然，无论这个胸前别着闪亮军阶、眼里放射出充满毁灭力量的钢铁般目光、心中越来越蒙受挫败的军官如何在他面前咆哮或威胁，他都毫不在乎：无论什么都不会令他屈服，哪怕再将他交给那些打手（艾斯泰尔想，从这家伙的伤势就可以看出，这已经不是第一次了）。任何手段的殴打都无法撬开他的嘴，无法“打破这邪恶的沉默”（这时沃伦特先生的声音忽然飘进了艾斯泰尔的脑际）。军官向后退了一步，淤积在心里的怒气突然爆发，他声嘶力竭地冲俘虏咆哮（“你为什么还不张开你的狗嘴?!”），男人也凶悍地吼叫着回答：“我已经说了。如果你给我一把上了膛的枪和五分钟清场的房间，我就会好好说话……”然后耸了耸肩膀，好像在说，“我不想跟你讨价还价”。他只说了这么一句，但这足以让艾斯泰尔明白在自己到来之前这里发生了什么，这场决斗的目的是要让这个穿棉外套的男人供出真相。在场所有人（坐在墙边的几个人）都出于强烈的好奇心竖起了耳朵（尽管他们自己也渴望讲述）。他们想从这个人嘴里了解昨晚发生的事情，他很可能是士兵们从集市广场那群“邪恶的暴徒”中挑选出来的。他们想要了解细节，想要知道——就像少尉，当他对俘虏提出的条件给予了肯定的答复（“你想死就死吧！”）之后，要求他说出——“事实、情况和准确的信息”，最终根据他们掌握到的情况拼凑出事件的全景画面，给市民、士兵和所有人一个真实可信的解释。然而艾斯泰尔，他根本就不想知道这些，他什么都不想知道，因为他相信所有那些“事实、情况和信息”，无论最好的，还是最糟糕的，都不会跟瓦卢什卡有什么关系，不会帮助他找到他年轻的朋友，因此在双方商量好了能够确保审讯进行的条件之后，艾斯泰尔真想捂住耳朵，因为由步步紧逼、刨根问底的快速提问和厚颜无耻、缺少人性的冷酷应答组成的对话开始了，先是经过很长时间的沉默，后来逐渐变得顺畅。

“你叫什么？”

“你问这个干吗？”

“说出你的名字！”

“饶了我的名字吧。”

“住址？”

“你不想知道我妈的名字吗？”

“请你回答我问的问题！”

“好了，你问够了吧，小辣椒扬奇？”

“你冒犯的不是我，而是政府部门！”

“见鬼去吧，政府部门。”

“我们已经商量好了，你将回答我的提问。但是如果这样下去，你得到的不是手枪，而是我要割掉你的舌头。我可不开玩笑。你给我站直了。你来这座城市的目的是什么？”

“我来玩。我对马戏感兴趣。一直都很喜欢。”

“谁是王子？”

“我不认识什么王子。我谁都不认识。”

“不要撒谎！”

“为什么不能撒谎？”

“因为那只是浪费时间。你不要抱侥幸态度，之前我已经审过你的几个同伙。”

“噢，原来是这样。那我们就可以结束了吧。你答应给我的那把枪，就是皮套里装的那一把，对吧？”

“不对。王子有没有给你们下令，万一暴动遭到镇压，你们要开枪自杀？”

“王子从来不下什么命令。”

“那他做什么？”

“什么做什么？这跟你没有一点关系。”

“你必须回答！”

“为什么？反正你也什么都听不懂。”

“我要警告你，无论你耍什么花招，你都不会激怒我的。你第一次参加马戏团的活动是在什么时间？什么地点？”

“你别以为能够威胁我。”

“你第一次见到王子是什么时候？”

“只有一次；看到他的脸。因为每次他从车里走出来，走向我们时，总是把自己裹在毛皮大衣里。”

“为什么要裹在毛皮大衣里？”

“因为天冷。”

“你说，你看到过一次他的脸。那你描述一下！”

“描述一下？你不仅愚蠢，而且无聊。”

“他的第三只眼睛长在哪儿？在后脑勺上，还是在额头上？”

“如果你有胆量找到他，那就把他带到这儿来，然后我指给你看。”

“我为什么要怕他？莫非他能把我变成青蛙？”

“你已经是癞蛤蟆了，还有什么必要给你施魔法？”

“也许我会改变主意，把你的脑浆子捣出来。”

“你可以试试，小辣椒扬奇。”

“耐心一点。昨天王子从马戏团大货车里出来时，是几点钟？”

“几点钟？我说了，你什么都不懂。”

“你亲耳听到过王子讲话？”

“只有站在他跟前的人才能听到他说的话。”

“那你从哪里知道他说了些什么?”

“有人能听懂。总会有人大声地解释。”

“比如,昨天晚上他说了什么?”

“像你这样的癞蛤蟆,没有必要知道。”

“是他命令你们:砸烂一切。对不对?!”

“王子从来没下过什么命令。”

“他对你们说:你们要在废墟上建立一个新世界!对不对?!”

“好家伙,你知道得还真不少啊,小辣椒扬奇。”

“这话什么意思?你给我解释一下:你们要在废墟上建立一个新世界!”

“给你解释?别做梦了。”

“那好。你是干什么的?我看你不像一个住在下水道里的流浪汉。”

“你为什么这么说?你以为你看上去比我好一点吗?你胸前戴的这些是什么破玩意?我可不会穿成这样到处走。”

“我问你是干什么的?”

“我给你们耪过地。”

“但你不是农民。”

“我不是,你是。”

“从你的讲话里听得出来，你是一个受过教育的人。”

“你说的这话很不着调。你是一个很无聊的小坏蛋。”

“是不是你想让我把你像条野狗一样地毙掉，嗯?!”

“你猜得很准。”

“为什么?”

“因为我不想继续给你们耪地了。”

“你这话什么意思?”

“我的意思是，你也是个耪地的。就像屎壳郎，在土里钻啊拱啊刨啊，是你喜欢这样，不是我。”

“你这话是别有所指，是吗?!”

“你还说我是受过教育的人。别有所指……我的结局会很糟，我有预感，因为我已经恶心得要吐。”

“回答我：当你们送王子回到车上后，你们就立即离开了广场。谁下的命令？如实招来！是谁告诉你们应该做什么的？在邮局那里谁是组织者？谁把你们分成了几个小分队?”

“你的想象力可真丰富啊。”

“谁是你们的指挥者，告诉我他的名字!”

“我们只有一位首领。你们永远抓不到他。”

“你怎么知道他逃跑了？他跟你们说了吗？他去哪儿了？”

“你们永远都抓不到他！”

“难道王子是从地狱来的妖魔吗？”

“没有我们想象的那么简单。他是有血有肉的人，只是他的血肉与我们的不同。”

“既然对你来说已经无所谓了，那就跟我解释一下：他对你们施了什么样的魔法，竟能让你们对他如此迷信？你们的王子到底存在不存在？你们为什么要破坏整座城市？为什么要来这里？难道就为了打砸抢吗？赤手空拳？你们究竟想干什么？我不明白。”

“我一下子回答不了这么多的问题。”

“那你回答：你也参与了杀戮吗？”

“参加了，只是参加得不够。”

“你说什么？！”

“我说：参加得不够。”

“你们在火车站杀死了一个孩子，我不是作为审讯官，而是作为一个人问你：对你们来说，难道就没有一个让你们敬畏的神吗？！”

“作为一个人对一个人讲话，我可以告诉你：没有。你什么时候把手枪给我？”

“我想，最好我还是拧断你的脖子。”

“那个孩子跟我无关。那你就拧吧。”

“在广场上有一百多人，都像你这样?”

“我怎么知道?”

“你真令我作呕。”

“看来你终于失去了耐心。你的脸为什么这样抽搐? 你怎么连军纪都不讲?”

“你给我站直了!”

“我倒是想要站直呢。我的鼻子很痒痒，但是你把我的手铐到了背后。”

“我的审讯结束了! 我们将把你交到军事法庭! 到门口去!”

“你刚才承诺给我手枪。”

“到门口去!!!”

“你是个狡诈的兵痞，骗子。军事法庭。你想什么呢? 他们没有告诉你吗，现在一切都停止了运转? 还说什么军事法庭。”

“我再说一遍：到门口去!!!”

“你看你的脸有多红。我说了，你是小辣椒扬奇。对我来说无所谓。这样也好。再见啦，小辣椒扬奇。”

当穿棉外套的男人走到门口，两名士兵站在那里，他们从两侧抓住他的胳膊，将他从大厅里拽了出去，随手关上了身后的屋门。他们押着他下楼时，传出咚咚的脚步声。后来一切都安静了下来，少尉整理了一下他的军服，其他人全都看着他，想知道他能否控制住自己险些就要爆发的怒气。谁都不清楚将会发生什么，不管怎么说，在场的所有人——只有一个人除外——都在等待少尉对他们每个人进行单独的审讯。穿棉外套的男人表现出的肆无忌惮，客观上起到了将他们打铸为一体的效果，所以他们都想要表达各自的愤怒。只有艾斯泰尔一个人例外：刚才的审讯对他来说没有产生丝毫的影响，在两个人问答的过程中，那个双手被铐在背后的俘虏非但没有激起他的愤怒，反而将他带入了一个比之前更加淡漠的状态，因为他最担心的事情得到了证实，瓦卢什卡已经跟这些家伙混到了一起。所有的迹象表明，在这件事上他肯定在劫难逃。现在，艾斯泰尔不仅不想再跟自己解释什么，而且也没有什么好解释的，但是不管怎样，他都不会加入这阵愤怒的低吼——这场群情激愤、“将他们打铸为一体”的情绪大爆发。现在，少尉终于还是冷静了下来，恢复了自制力——然而“单独的审讯”并没有发生，准确地说是被忽略掉了，坐在墙边的几个邻居按捺不住表达的渴望，异口同声地斥责“这家伙是一个多么禽兽不如的恶棍”，然而对艾斯泰尔来说，他根本就不在乎“这样的人会不会遭到枪决?!”。坐在他身边的沃伦特先生认为那是他罪有应得，他附在艾斯泰尔耳边小声说：“对于这个不敬畏神的恶棍，死亡都是便宜了他，不是吗?”对于这个友好的姿态，艾斯泰尔不带任何情绪地点了一下头表示回应，仍旧一动不动地坐在那里，与身边人的窃窃私语显得格格不入，即使当身边的几个人突然安静下来，他仍一脸苦涩地盯着前方。门开了，但他没有听见，有人悄无声息地从他跟前走过去，但是他并没有抬起头看，就连少尉将他们中的一个人从墙边叫到大厅中央，他都没有注意到，因此当他终于抬起头来，十分吃惊地发现他的胖邻居已经站到了刚才俘虏所站的那个位置上，而在大厅后面的角落里，他看到了哈莱尔，哈莱尔似乎正情绪激动地向艾斯泰尔夫人讲述着什么；然而在艾斯泰尔脸上并未流露出任何的惊讶，对他来说，演员阵容的突然变化，并没有将他从面对现场发生的情况所处的冷漠态度中唤醒，因此他并没有看到哈莱尔的出现会有什么特殊的意义。这时候，艾斯泰尔夫人从角落里离开，向少尉跟前走过去，大概是为了告诉他最新得到的重要信息，哈莱尔先是冲艾斯泰尔眨了眨眼睛，然后做了一个不太可能误解、让他放心的手势，“一切都好”，哈莱尔试图向他传递某些令人慰藉的消息。当然，他不知道发生了什么情况，也不清楚哈莱尔为什么要在对面角落里冲他又挤眼睛，又打手势，到底想要告诉他什么。他实在猜不出来对方的意思，但是不管哈莱尔是什么意图，他都保持一脸淡漠，无动于衷；哈莱尔显然感到很恼火，将视线从他的身上转移到了别处。艾斯泰尔的注意力则在少尉身上，少尉一边听取艾斯泰尔夫人带来的消息，一边不停地微微点头，但是他俩之间的谈话内容始终是个谜，直到少尉用信任的眼神对悄声报告消息的妇人表示感谢，并且中断了对那个新证人的审讯，走到市长宝座前，打了一个立正并报告说："中校先生，我们派出去的人回来了。根据他获得的消息，警察局长目前还在自己家中，但是由于宿醉未醒而无法带队。""你说什么?!"一个愤怒的声音突然烦躁地响了起来，仿佛声音的主人被粗暴地从沉思中惊醒。"报告，他烂醉如泥。我们前去寻找的那个警察局长喝得酩酊大醉，根本没有办法叫醒他。"艾斯泰尔暗吃一惊，他虽然瞪着眼睛观察了这么半天，居然没有注意到还有一个人坐在大厅另一边的昏暗里，因为从他坐在的门边位置根本无法看到。事实上，艾斯泰尔自从进来之后，始终没有看到那把椅子里坐了人，直到现在他才发现，是这把专为巨人打制的高大扶手椅的椅背挡住了他的视线，没错，现在他敢肯定，扶手椅里坐着一个人。费了好大气力，艾斯泰尔才在昏暗的光线里看到一只手，此刻它正在黑暗中疲惫地从右侧扶手上缓慢地垂下。"真是个废物!"那个声音又刺耳地响起来。"一个胆小得钻进了黄土，另一个吓得蜷缩在家，即使有人护送都不敢来这里……你觉得我们该怎么处置这种胆小如鼠的败类?!""必须追究他们的失责，中校先生!""你说得对!给这两头蠢猪戴上手铐，立刻给我带到这儿来!""遵命，中校先生!”少尉立即磕了一下鞋跟，严肃立正，随后向守在门口的两个士兵下达了指令，然后问，“我可以继续审问了吗?”中校回答:“你问吧，亲爱的盖佐，继续问吧。”在艾斯泰尔听来，这句话的语调流露出某种低落的情绪:这个坐在市长宝座上的隐形人既认识到完成规定程序的必要性，同时又希望对方能够感觉到自己内心的不忍，因为自己大材小用地迫使少尉去完成这项本来不该由他执行的任务。艾斯泰尔只是在过了很久之后，当他第一次从漫长的沮丧中挣脱出来并能将目光投向外部世界时，他不仅确信所发生的一切都是真实的，而且还很快——哪怕只是间接地——找到了对“中校此前为什么没能引起他注意”的合理解释，因为就在刚刚过去的两分钟内，他唤起了自己的全部好奇心，仔细观察了议事厅内充满神秘氛围的周围环境，最终成功地发现:摆放在空荡大厅中央的这把高背扶手椅，不仅能够使负责这次审讯（甚至负责整个这次军事行动）的指挥官巧妙地隐在“幕后”，而且在那张高大座椅的对面，在这间留下许多历史记忆的著名大厅一侧的墙壁上，挂着一幅尺寸巨大、镶嵌在金色木框内的深绿色壁毯，它通过一场历史性战役的全景画，再现了这座城市昔日的尊严。这就是他在第一分钟里所能记录下的全部内容，别无其他——而且即使这些印象也带着许多不确定性的成分——随后他在脑子里继续琢磨与这个古怪的国防军校官显然有关的更多问题，比如说“怕光”的问题，既然（“或许出于安全的考虑……”）已经拉上了窗帘，为什么不打开悬挂在天花板上的两盏枝形吊灯呢？另外，在这个光线昏暗的临时军事指挥部里，中校先生背对着在场的所有人，而面对墙上这幅鏖战正酣的历史场景，到底想要干什么？但是他怎么都找不到答案，即使哈莱尔先生从对面的角落里匆匆溜到了他跟前也无济于事。哈莱尔坐到校长先生旁边那把空出来的椅子上，似乎他只是对刚还坐在艾斯泰尔身边的那个“胖邻居”（现在少尉已经回到他的跟前）的审讯和供述感兴趣，目光片刻不离地盯着他们，同时清了一下嗓子，试图向艾斯泰尔示意：他之所以溜过来，是因为有一个重要消息，艾斯泰尔无论如何都应该知道。刚才他冲着他又挤眼睛又打手势，但都没有成功。“那个人一切都好！您知道我的意思，”哈莱尔小声说，但他的视线始终盯在少尉身上，现在不仅是指挥官，就连坐在他们旁边的三个男人，也都将注意力转移到大厅里正在发生的事情上，“……但您一个字都不能提，校长先生！您必须装作什么都不知道！如果他们问您，您就说，从昨天开始您连他的影子都没有见到！明白吗？”“不明白！”艾斯泰尔不解地望着他，“你在说些什么？”“现在不要看我！”哈莱尔提醒他，几乎无法掩饰心里的焦虑不安，他并不想说出那个名字，于是，他用解释的语调又重复了一遍：“那个人！我在火车站见到他了，我告诉他该往哪个方向去，估计已经逃得很远了，如果他们问您，您要做的事情就是否认一切！”他语速很快地悄声叮嘱，这时候他朝沃伦特那边瞥了一眼，似乎对方注意到了他们的耳语，于是简单地补充道，“一切！”艾斯泰尔露出一副不解的表情，怔怔地盯着前方（“我有什么可以否认的……？你说什么？……那个人？”）。过了一会儿，他突然感到身体里涌入一股热流，猛地抬起头来，忘记了哈莱尔要他小心谨慎的提醒，虽然强忍着没有喊出来，但是他的声音还是足以让所有人将目光投到他的身上：“他还活着？！”看到少尉愤怒的目光，哈莱尔尴尬地咧嘴一笑，抱歉地摊开两只手，像是推卸自己的责任，表示这个动静是他旁边的人弄出来的。旁边的人一时不知所措，而哈莱尔脸上那抹越来越难以消失的尴尬笑容非但没有削减军官的怒气，反而更加激怒了他。更让哈莱尔担心的是，校长先生并未注意到气氛的变化，仍继续追问，因此哈莱尔认为自己还是离开他为好，于是立即起身，屏息静气地踮起脚，生怕鞋子的咯吱声会打搅审问。他蹑手蹑脚地回到对面的角落，坐回到一直盯着自己丈夫的艾斯泰尔夫人身后。艾斯泰尔很想跟着哈莱尔过去，但是刚刚站起身来，还没迈开脚步，少尉就冲他大声咆哮起来（“安静！”），所以他不得不重新坐下，然后以闪电般的速度迅速想了一下刚才听到的话，意识到：继续向哈莱尔追问已经没有意义了，因为他只会重复那种绕来绕去的说话方式。他用不着再听一遍，“那个人”，“火车站”，还有“估计已经逃得很远了”，他当然听懂了这些话，但是失望带来的恐惧提醒他：要保持冷静，还是不能立即允许这些话进入自己的意识。他十分谨慎地咀嚼它们，由此作出决定，他必须尽可能地调查清楚这一消息的可靠性。但是很快这个消息一下子冲破了这座摇摇欲坠的怀疑堤坝，并将他所有的恐惧都冲得一干二净，也让他打消了要调查“哈莱尔的消息”真实性的念头。因为这又让他回想起哈莱尔夫人讲述的事情，那一刻他就毫不怀疑地相信，她讲的情况肯定是真的。现在，他刚得到的这个消息，恰恰证实了自己在黎明时得知的一切，反之，也印证了这个最新消息，对他来说这一切确信无疑：他眼前突然看见了哈莱尔，看见他正朝火车站走去，在跟瓦卢什卡交谈，然后他看到了自己年轻的朋友已经离开了城市。这让他突然感到一种如释重负的解脱感，仿佛从肩头卸下了沉重的负荷。要知道，自从他跨出温克海姆·贝拉男爵大道旁家门的刹那，就一直扛着这沉重的负荷。在如释重负的同时，他还立即被某种全新的兴奋所捕获，因为他在仔细想了一下这件事后，很快意识到，这是将瓦卢什卡带到自己大本营的最佳机会，一次偶发事件——更确切地说是一场误解——将他引领到那里，那会是他最好的去处。只要朋友到了那里，他就可以帮助他澄清一切，假如真有人对瓦卢什卡提出错误的指控，他可以说服当局放掉他。之前他感到的绝望无助，现在已经烟消云散，甚至过度放纵自己的想象力，开始沉浸在瓦卢什卡归来的丰富细节中。他振作起精神，命令自己清醒，重新将注意力集中到议政大厅内继续进行着的审讯上，因为在他看来，自己可以综合不同证人的供述作出更准确的判断，勾勒出事件的清晰轮廓并找到合理的解释。他将全部精力都集中到正在进行的审讯上，几句话之后，他恍然大悟：此刻正在录口供的证人，这个膀阔腰圆、刚才还坐在他身边的胖男人，不是别人，正是马戏团团长兼艺术总监！他所表现出的异乎寻常的礼貌风度和颇有修养的绅士举止，不禁让艾斯泰尔联想到中世纪巴尔干地区的庄园主，少尉手里拿着一沓被称作“营业执照”的文件，并且无论对方怎样不厌其烦地努力纠正，他都称他为“公司负责人”，试图用一个接一个的问题打断胖男人滔滔不绝、难以阻拦、如雪崩一般爆发的长篇大论。不管少尉怎么接二连三地责令对方“你只回答我问你的问题！”，结果都是徒劳的，军官显得愈加疲惫，就连想插进一句话都不大可能，更不要说打断了。因为每听到军官的一次警告，艺术总监先生都会点头哈腰地连连应和，“好的好的，当然当然”，但在应和之后根本不作任何停顿，总是准确无误地接着刚被打断的地方继续滔滔不绝地往下说，而且在遭到不耐烦的打断之后，不仅无法返回到问题的原点，甚至都不会偏离自己思维的岔道。他讲话的音调越来越高，像是有意说给坐在大厅另一头的人们听，他一再强调“有必要帮助在场的军官们更好地理解艺术——特别是马戏表演艺术——的本质”。他谈到了艺术的本质，以及数千年来由于对艺术的忽视所导致的、人们对本应给予艺术的自由产生的误解（“就拿我们自己为例！”），他用夹在指间、已经熄灭的雪茄在空中画了一个大圆圈，然后解释说：“别出心裁，标新立异，令人叹为观止，自古至今都是伟大艺术品不可或缺的一个重要特征！也正因如此，当观众们面对具有革命性的新潮艺术，经常会感到‘突如其来’和‘难以预测’，任何种类的艺术表演也是如此，”他说到这里，又对尝试打断他的少尉点了点头，“必须面对公众的无知，然而这并不意味着公众的艺术鉴赏力是不可以培养的。正如刚才几个当地的证人所相信的那样，随着想象力丰富的创作者对世界一次又一次的重新发现，会不断地破除这种无知，另外——基于自己积累了多年的丰富经验，”艺术总监自信地表示，“公众除了无知之外，还抱有很大的好奇心，他们总想看到超乎寻常的东西，越新奇越好，越刺激越好，而马戏团表演恰恰能够满足他们不断增长的这种渴求。”胖男人说，他喜欢置身于那种能够让他畅所欲言的男人中间，因此，他必须再说一句看似有点跑题，但实际与少尉提出的这些问题密切相关的话：尽管这话很难说出口，但他还是必须承认，在前面提到的“艺术家的自由”与“公众的无知”之间存在的观念性冲突中，他并不想过早地下结论，但也不得不承认，他对能否找到令人满意的解决方案并不抱太多的希望，因为“造物主仿佛将他们永远封固在了琥珀里”，公众在无知中变成了化石，因此，凡是以这种方式将自己的生活建立在非凡的表演能力上的人，都会以悲惨的命运告终。悲惨的命运，胖男人用洪亮的声音说，如果少尉先生，他态度恭敬地用夹在指间的雪茄烟指向军官，并且问对方，他自己和他那些十分敬业的优秀同事们在这种情况下一起谦卑地工作，这到底是一种英雄主义精神，还是令人尴尬的荒谬？其实他并不想发表这么多的长篇大论，他相信他们能够理解这一点，但是不管怎样，他相信自己就当下紧张的局势已经作出了充分的解释和必要的补充，现在真的没有什么别的可说的了，他确信自己的马戏团在前一天发生的、令人遗憾的事件中显然是清白无辜的——对马戏团的指控，仅仅出于当地人的狭隘观念。好了，不多说了，他清楚地知道自己是在浪费宝贵的时间，想来在他开口说话的那一刻，他们就会让他闭嘴。请允许他先说明一下，他点燃了剩下的一节雪茄后继续说，他制作的节目，除了马戏艺术之外，与其他任何事情都毫无关联，然而对他提出的这项指控，认为他的所有演出都只是一个幌子，只是一副面具，这些指控显然是错误的、虚妄的，而他，身为这个创作团体的负责人和精神之父，除了要用自己“非凡存在的这一现实”不断满足日益扩大的观众全体的期待之外，他从来都没有过，而且也永远不会有其他的任何野心——假如允许他开一句苦涩玩笑——“这对他来讲已经心满意足”。如果说对他提出的第一项指控如此缺乏逻辑，那么第二项指控更是如此，如果他没有理解错的话，他在之前进行的听证过程中了解到，那些义愤填膺的当地人认为，在他的艺术团体里有一个艺名为“王子”的成员，说到这里，他当着少尉的面吐出一团烟雾并挥手驱散，随后接着说道，他们认为这个人是昨日骚乱的幕后煽动者，这不仅绝不可能，而且极其荒谬！对不起，请原谅他直话直说，他之所以说荒谬，是因为他们指控的只是一个舞台角色而已——要知道，由于“王子”过于逼真地扮演了这个角色，以至于在马戏团内部也引发了争议——他也担心事态会朝暴力方向发展。当“王子”意识到团长的担忧是有道理的，公众已将他扮演的角色误认为是现实，因此很容易被煽动，被影响，所以他开始担心，担心人们会丧失理智，最后会将愤怒和责难转向他，因此当暴力行为的苗头刚一出现，他就在同事的帮助下逃走了。说完这一席话，胖男人将手放到背后，不得已又将烟灰弹到地板上，然后接着又说：尊敬的调查委员会负责人，希望你们已经明白，用不着我再说多余的话，毫无疑问，对马戏团的所有指控都是虚妄的，毫无根据的；那些困惑不安的艺术家应该努力地镇定下来，重归自己的技艺领域，至于其他的，对于事件的调查分析和对罪责的追究判定都交给那些最有能力承担这项任务的人。当然，他会尊重权威，服从指令，会履行自己的职责，毫无保留地讲述他所知道的一切，不管怎么说，昨天发生的事情让他感到很沉重，因此在告辞之前，他有重要的情况想要举报，相信会有助于破案的成功。他要举报的是有二三十个该死的流氓，他们中的每一个都非常可恨，他曾近距离地观察过他们，他们都是一些无法无天的恶棍，自我们开始在南方平原巡演的第一站，他们就开始跟着我们，从一座村庄到另一座村庄，每场表演他们都坐在观众中间，试图将每场演出都卷入危险。这些家伙始终跟着马戏团一起到处巡演，在此之前并没有做出太过火的事情，但是昨天晚上不知道他们为什么突然疯狂起来，利用他们的影响力和忠实观众们偏听偏信的弱点到处散播谣言，声称“我那个优秀的艺术家同事并不是假扮王子，而是一个真正的王子”，说到这里，艺术总监无奈地咧嘴笑了笑，而且是一个真正的“地狱王子”，就像一位主持审判的大公在人间巡查，接待前来向他投诉的人并作出“审判”。正是他，愤怒地将双手举向天空，用他出色的表演才华向人们祝福，随后又慢慢放下手臂，立刻在众人中唤起愤怒的共鸣，“他患有格外严重的身体残疾，因此他的日常生活完全依赖他人的帮助，不能自理”，没想到竟能做出这等事情！从这一点也可以看出，他边说边严肃地瞪了少尉一眼，这帮家伙是多么地卑鄙、险恶，正如之前我听说的那样，对他们来说，没有任何东西值得敬畏，“不存在任何的神明”。幸运的是，他作为马戏团团长，自应邀巡演开始就注意到了他们，非常清楚他们的危险，每到一个地方都会向当地政府寻求帮助，请他们出面维持秩序，以确保马戏团的演出能够顺利进行。而且不管在哪里，他都能得到警方的协助，因此十分自然，他在这座城市也采取了同样的措施：他最先去的是警察局。但是，当他将一份请求他们为艺术家——他补充了一句：艺术表演！——提供安全保证的公文递交到某个局长手中时，他没有想到对方竟是一个没有能力履行自己职责的人。他对此感到失望和震惊，他说，因为警察局要做的事情只是管住那二三十个流氓……然而此刻他站在这里，他的马戏团已经解散了，他的同事们惊恐万状地“四下奔逃”，他不知道谁会赔偿他因此遭受到的经济损失，尤其是在发生了这一切之后，谁来弥补他的道德损失？当然他很清楚，他说，现在不是讨论和解决个体伤害和损失的时候，但是不管怎样，他相信会有那么一天，能够轮到他讨还公平正义。这一天很快就会到来，他希望能够留在这座城市里，只要他的许可没有到期，他就不会走。最后作为结束语，他请求长官先生们继续秉持正义，追查犯罪分子，严惩不贷，现在，在向他们告辞之前，他希望——他边说边将一份公文的副本递交给队长，不知道能不能用得上——能够尽自己微薄的力量帮助尊敬的调查委员会澄清事实，调查罪犯。团长的讲演终于真的结束了，他从宽大的皮毛大衣里的内兜里掏出一张纸，递给已经完全精疲力竭、无可奈何地站在那里的少尉手中，同时拿回了那张“演出许可证”，然后指间夹着那根再次熄灭的雪茄转身离开。他先向大厅另一端，而后朝坐在门边的证人点了点头，而后大步走到门口，出门的时候扭过头来说了一句，“我住在科姆洛旅馆”。无论审讯者还是受审者都哑口无言地愣在那儿，看上去就像是一支被征服者击败了的小部队。可以看出，从哈莱尔到沃伦特先生，在场的每个人都被马戏团团长滔滔不绝、无可辩驳的话语说服了，与其说是说服，不如说是被他摆事实、讲道理、对所发生事件的分析阐述等汇集到一起的综合力量所压倒，所震撼，所埋葬，现在只盼望有谁能来将他们解救出来。因此并不奇怪，他们花了好长时间才慢慢恢复了意识，清醒过来，那种瘫痪了的麻木感才逐渐从他们的身上消散。这时候少尉也刚反应过来，怒不可遏地拔腿去追那个自作主张擅自离开的演说家，但后来他看了一眼攥在手里的文件，半途中又停了下来；艾斯泰尔夫人与哈莱尔先生只是对视一眼；沃伦特先生他们则像复活了的雕塑，露出一副难以置信的表情并摊开手臂，几乎同时像开闸了的水一样开始喊喊喳喳地议论。然而艾斯泰尔依旧没被卷入身边虽然轻微，但还是揭示了证人们愤怒心态的这阵骚动，因为他还不能对任何事情作出任何判断，远远不能，他能做的只是汇总并分析所得信息，对他来说，似乎刚才的讲演和身边人的反应都同等重要，但是——由于他的请求要根据调查委员会的情绪作相应调整——尤其必须注意的是，将对瓦卢什卡案作出令人难以预测的判决的这两个军官会怎样看待马戏团团长的陈述和随后引发的骚动。但是这话说起来容易做起来难，因为这时候少尉也显得不知所措，他走到他的上司跟前，磕了一下脚跟，打了一个标准的立正问："中校先生，我要把他带回来吗？"中校只是懊丧地挥了下手权作回答，也许这意味着带不带回来都没有意义，也许只是无可奈何的流露。随后，经过一段长时间的沉默，他用一种听上去明显带着苦涩的声音问："告诉我，盖佐，你有没有仔细看这张画？"少尉用军人的回答掩饰内心的困惑，他大声说："报告，中校先生，没有。""那你就仔细看一看，"这声音中带着忧伤的渴望，"最上面的是作战序列，在右上角。炮兵，骑兵，步兵，这可不是流氓滋事，"中校突然脱口叫道，"而是战争艺术！""是的，中校先生！""你看到那队骠骑兵了吗？在中间，在那里，你看到了吗？这支龙兵团兵分两路，左右包抄！你看一下站在山丘上的将军们，还有战场上的士兵们，你会发现肮脏的猪圈与战争之间的区别！""是的，中校先生！我马上就结束审讯。""我不是说你，少尉！我再也无法忍受在这个肮脏的猪圈里听更多的哼唧、尖叫和这么多该死的废话！还剩下几个？""我会加快速度，中校先生！""赶快，盖佐，"中校忧郁地催促说，"速战速决！"虽然直到现在，艾斯泰尔还是只能看到搭在扶手上的那一只手，但是他已经清楚地知道中校一直都在做什么。中校作为在场的最高级别的军官，不得不坐在那里听完整个的审讯过程；他很不耐烦，艾斯泰尔断定，当他发现中校一直在昏暗的光线下审视这幅重要画作时，心里顿时镇定了许多。在他看来，命运将中校先生带到了这里，从某种角度讲是不公平的，因此他想，假如他能够将自己的请求精简浓缩成短短两三句话，那么他有可能赢得指挥官的欢心，从而达到目的。事情的发展并不取决于他，他设想的一切，结果都是一场空，无论他怎么谨慎小心，他的陈述都不足以获得军官们足够的同情，因为在他之前的三个证人，当他们在少尉的招呼下走到大厅中央并开始陈述时，很快就击碎了他的想象。他们开口的第一句话都是，“我想澄清一个事实”，少尉的脸立刻抽搐了一下，将不安的眼神投向市长宝座；随后他们继续说，他们完全不能接受“用这样厚颜无耻的谎言污蔑这座悲情的城市”，更令人难以容忍的是，提出这样指控的人恰恰是造成这场灾难的人，他的嘴唇随之抽搐起来。他们还说，毫无疑问，马戏团和这群乌合之众是一个不可分割的整体，在这个世界上，谁都无法（“没有足够多的清水！”马达伊先生尖叫道）为这个肮脏的团体及其流氓帮伙洗白，他们试图用“捕鲸者”的无辜来蒙骗大家，这样的努力不仅卑鄙，而且徒劳！因为谁也骗不了他们这些头发灰白的老人，想来他们经历过太多的风风雨雨，他们可是用特殊材料制成的，“一眼就能看透这样的破筛子”。“纯粹是谎言!”他们你一句我一句，完全没有理会本来就对他们缺少好感的少尉的命令，少尉要求他们只陈述事实；“纯粹是谎言!”他们争先恐后地大声指责，这场恐怖的灾难是由多个邪恶分子挑起的，究竟是谁以“最后审判”的名义发动了这场地狱般的攻击？答案再清楚不过。而最大的谎言，三个人用更神秘的口吻揭露说，他居然声称那个“邪恶的巫师”没有参与这场可怕的暴乱（他们只顾激动地抗议，却没有注意到中校这时已经不再隐身，而是从市长宝座上跳起来，怒气冲冲地朝他们走来)，总之，谁都知道，他们板上钉钉地说，袭击无辜市民、摧毁这座城市的绝不仅是“二三十个流氓”，而是那个“魔鬼的化身”。在过去的几个月里，已经出现过无数的迹象和预兆。他们可以具体地细数一下：“受到远方未知因素的影响，水塔发生摇晃；已经停摆了几个世纪的教堂大钟，突然莫名其妙地重新开始运转；街道上的许多棵大树被连根拔起”。紧接着他们宣称，至少他们“已经准备好与撒旦的伎俩进行搏斗”，并且“伸出他们瘦弱的手臂支持正规部队”。然而，他们陈述的时间已经没有了，此刻，他们刚刚提到的“正规部队”的指挥官已经走到了他们跟前，用马达伊先生也能够听清楚的嗓音大声吼道：“好了，现在已经说够了吧，你们这些该死的傻瓜!”中校壮实的身躯俯向被吓得连连后退的班达尔先生。“你们以为我永远能够忍受这种没完没了的絮叨吗?!

你们以为自己是谁？居然胆敢挑战我的耐心?！从天刚亮开始，我就一直听你们这些弱智者的胡言乱语，难道你们真以为可以这么不受惩罚地耍弄吗?！你们想要耍弄我吗？你们知不知道，前天我刚在泰莱克盖伦达什村将所有的傻逼白痴都关进了疯人院?！你们真以为我会饶了你们?！别做梦了！我将彻底封锁这个臭气熏天的地方，这个肮脏龌龊的猪圈，在这里，每个被神抛弃的白痴都会大言不惭地吹牛，以为自己站在世界的中心，以为自己是童话里的勇士，是上帝的宠儿！这简直是灾难！当然！最后的审判！别胡扯了！你们自己就是灾难，你们自己就是最后的审判，因为你们连自己的脚都不能够着地，都给我闭嘴，你们这些梦游者！我们打个赌吧，”中校抓住纳达班先生的肩头用力摇了摇说，“恐怕你都不知道我在说什么!!！因为你们连一句正经话都不会说，但却会交头接耳，愤怒咆哮；你们不会上街，而会‘疯狂奔走’；你们哪里都不会进去，而会‘跨出门槛’；你们既不觉得冷，也不觉得热，但却‘浑身颤抖’，‘大汗淋漓’！我已经听你们磨叨了好几个小时，但没有听到一句正经话，假如有个流氓将一块砖头砸进你的窗户，你马上就会作出‘最后的审判’，因为你的脑子已经进了水，因为你的灵魂已经出窍。即使有人将你打倒，鼻子栽到狗屎堆上，你能做的也只是仔细地看哪，闻啊，并且大喊‘巫术!’，真正的巫术。真希望有人能够叫醒你们这些愚蠢得无可救药的家伙，能叫你们意识到自己不是住在月球上，而是住在匈牙利，叫你们知道上面是北，下面是南，一星期的第一天是星期一，一年里的第一个月是一月份！可是你们这群人狗屁不知，甚至都不能从放成三堆的气步枪里认出迫击炮来，只会喋喋不休地大谈特谈什么‘世界末日的大灾难’或别的什么垃圾话题，而我却带着两百名训练有素的军人从琼格拉德州赶到韦斯特，就为了从一群流氓手里救出你们这群蠢货！！！”“你看看这个家伙，”他指着沃伦特先生对少尉说，并将自己的脸凑到对方的脸上，“今年的年份是什么，嗯?！谁是总理，嗯?！多瑙河可以走船吗?！你看，”他又将脸转向少尉，“他们什么都不知道！他们所有人都是这样，全城的人，整个这个麻风病国都充斥着这样跳蚤般的城镇！盖佐，”他的语调变得冷漠而苦涩，“把马戏团的大货车拖到火车站，把这些案子交给军事法庭的法官们吧，在这里留下四五个小队，留在广场上，将这些流氓无赖赶出这座城市，因为我想……彻底结束这一切！！！”三位先生就这样站在中校面前，仿佛被地狱的雷电击中，感觉连气都喘不上来，更不要说为自己辩解了，当中校转过身去时，他们的身体僵硬得不能动弹；在这种情况下不难看出，如果没有外界的帮助，他们三个谁都不会知道自己接下来该怎么做，幸好少尉果断地抬手指了指门口，他们这才恍然醒悟，三步并作两步地迅速走出大厅，似乎他们已经不再需要更多的帮助，自己就可以从这里高兴地回家。但是艾斯泰尔并非如此，中校突然爆发的火气，无情打破了自己可能得到理想裁决的希望，他一时不知道该怎么办，坐也不是，站也不是，不知道在这种情况下自己应该是走是留。此刻，他依旧对别的什么都不感兴趣，一心只想以最合适的方式为瓦卢什卡陈情，让他免于责罚，然而在刚刚发生的这些事之后，即便再短小再精辟的措辞，恐怕也不会有任何好的结果，因此他只是坐在那里，像是随时做好了离开的准备。他看着那个身材短粗、脸膛通红、捋着修剪整齐的唇须的中校气呼呼地转身朝站在角落里等他的艾斯泰尔夫人走去，少尉紧紧地跟在他身后。在这副魁梧的身躯上，在高大的议政大厅里，挺括的军服上看不到一条皱褶，仿佛整个人都被熨平了，不仅熨平了外边，还熨平了里边。他迈着果断的步伐，身板笔直，嘴里骂骂咧咧，说话口无遮拦。这所有的一切都产生了同一个效果，勾勒出一副中校认为的“最理想的军人形象”，他符合这种理想，为此感到洋洋自得。此刻，他用一副铿锵震耳、抑扬顿挫、无可置疑、不容违抗的命令式口吻对艾斯泰尔夫人说：“告诉我，夫人，像您这样一位务实的女人，怎么可以忍受年复一年地待在这里？”显然，这句话并不期待得到回答，但是可以看出，艾斯泰尔夫人的目光投到天花板上，若有所思地想说什么。但是不管她想要说什么，最终都没能说出口，因为这时候中校看到在大厅的另一侧还坐着一个证人没有走，他沉下脸来冲少尉吼道："我跟你说了，把所有人都撵走!!!""中校先生，我想报告一下瓦卢什卡·亚诺什的情况，"艾斯泰尔紧张不安地站了起来，看到中校已经向他转过身来，两臂交叉抱在胸前，于是他将准备要说的那些话浓缩成了一句，轻声补充道，"他完全是无辜的。""关于他我们了解多少?"中校不耐烦地转向少尉大声问道，"他也参与了?!""根据证人们的一致供述，他参与了，而且，"少尉回答，"他还在逃。""那就交给军事法庭处理!"中校打断说。但是，就当他以为这件事已经处理完毕，正要继续他之前的话题时，不想艾斯泰尔夫人插了一句："中校先生，能不能让我作一个说明?""尊敬的女士，您很清楚，"中校向艾斯泰尔夫人微微点了下头，"在这个地方，只有您的声音我最愿意听，当然，除了我自己的声音之外!"他补充了一句，并露出了一丝得意的浅笑，表示自己开了一个玩笑，紧跟着是一阵大声的狂笑。沙哑的笑声在墙壁间嗡嗡回荡，似乎想让在场的所有人都感到惊讶，他完全掌握情况，不仅能用自己坚不可摧的控制能力，还能用自己的智慧令他们眼花缭乱。"刚刚提到的这个人，"艾斯泰尔夫人在这阵笑声结束之后说，"难以预料。""这话什么意思，夫人?""我是说，他有精神病。""那就把他关到疯人院吧。"中校耸了耸肩膀回答，"至少关一个人我们还是可以的。"他补充说，并用隐在胡须下的微笑提示大家，他忍不住又要开一句玩笑："既然我们没办法把全城的人都关起来……”随后忍不住又是一阵大笑。艾斯泰尔盯着他们，尤其是那个连自己的丈夫都没有瞧一眼的女人，他明白一切都已成定局，无可更改，他在这里已经无事可做，他不可能说服这几个嘻嘻哈哈的家伙作出更通情达理的决定，他最好不再说什么，赶紧动身回家。“瓦卢什卡还活着，这是最重要的，别的什么都无所谓……”他心里这么想着，一言不发地走出大厅。在大厅的门外，他从站在那里的一群当地人和士兵中间穿过，走下台阶，耳畔始终回荡着艾斯泰尔夫人和中校先生此起彼伏的笑声。沉闷的回声越来越远，逐渐变弱，穿过底层空荡荡的走廊。当他来到街上时，机械而盲目地依从直觉的引领，出门右拐，朝阿尔帕德街方向走去。他深深沉陷到自己的思绪之中，耷拉着脑袋从街上的人们跟前走过。站在门洞里的居民中间不时会有一两个人能成功地克制住内心的惊愕（因为他们看到这座城中最让人引以为豪的这位杰出人物，居然显出这样一副颓丧的模样），他们神情不安地跟他打招呼：“您好，校长先生……”

别的什么都无所谓，

艾斯泰尔想，由于他在市政厅里一直穿着大衣，身子很暖和，因此当他走在阿尔帕德街的中段时，开始在刺骨的寒风中瑟瑟发抖。

都无所谓，

他一边走一边不停地自言自语，后来，即使当他回到自己住在温克海姆·贝拉男爵大道旁的家门口时，当他像个盲人一样在直觉引领下幸运地回到家，嘴里叨念的仍是这句话。他推开院门，随手在身后轻轻带上，从衣服兜里掏出过道的钥匙，但是当他按下门把手时，发现哈莱尔夫人——肯定是出于某种考虑（有可能担心主人在清晨匆匆出门时忘记了带钥匙）——故意没有把门锁上，所以他又将钥匙揣回到大衣口袋里，推开门，走进过道，穿过两排书架，没有马上脱外套，想要稍微暖和一下身子，坐到了客厅的床沿上。过了一会儿，他起身回到过道，站在书架前歪着脑袋看了看书名，然后进到厨房，将放在水槽边的玻璃杯往里推了推，以免一不小心将杯子打碎。这时候他已经决定不再穿外套，于是把它脱了下来，拿了一把衣服刷子，仔细地除掉上面的灰尘，随后带着它回到客厅，打开衣柜，取下衣架，把外套挂回到原处。他看了一眼火炉，炉膛里还有烬火，他扔进几块柴火，希望它们能燃起火苗。因为不饿，所以他没有回到厨房做午餐，而是决定等一会儿吃一顿冷饭，他想，那样就挺好。他想知道时间，但是由于昨天晚上忘记了给手表上弦，所以表针仍指着八点一刻。他以前也遇到过这种情况，根据他的旧习惯，想要望一眼福音派教堂塔楼上的钟，但是窗户都已用木板钉死，无法打开。因此他拿来一把斧头，撬开了木板，将窗户彻底推开，并探出了身子；随后——他望一眼教堂的钟，看一眼自己的表——将指针调准，并拧紧发条上好弦。这时候，他的目光落到了施坦威钢琴上，心想，现在没有什么能比坐下来“弹一首约翰·塞巴斯蒂安的曲子”更好的休息了，但是不像他在近几年所做的那样，而是“像约翰·塞巴斯蒂安本人在他生活的时代所做的那样”。然而钢琴走调了，他必须调琴，重新调好“所有的韦克麦斯特和声”。于是他打开琴盖，找到调音扳手，并在柜子底下找出音频显示器，取下乐谱架（好给调音扳手留下操作空间），然后把音频显示器放在大腿上，坐下来开始工作。他惊讶地发现，用现在这种方式重新给钢琴调音，要比几年前按照亚里士多塞诺斯[①]的和声理论调钢琴要容易得多。但是即便如此，他还是花费了整整三个小时，才将每个音符调到它们该在的位置。他是那样地全神贯注，以至于当过道里响起一阵相当大的噪音时，他也只是隐约听到，但还是吓了一跳，有一股巨大的穿堂风将房门砰的一声撞上，他似乎听到艾斯泰

①亚里士多塞诺斯，公元前4世纪后期的古希腊逍遥学派哲学家，古典时期首位音乐理论大师，现存作品有《和声学原理》《韵律原理》等残篇。他认为灵魂之于躯体，就像和声之于一件乐器的各声部，认为音阶中的音符不应用数学比率判断，而应用耳朵判断。

尔夫人的声音，那声音喊道："把这个放这儿！那个放在那边就行，等一会儿我再收拾！"然而艾斯泰尔对这一切都已经不再感兴趣，对他来说，他们怎么摔门怎么喊叫都无所谓，"他们觉得怎么尽兴就怎么来吧"。他又迅速按着音阶顺序检查一遍琴键的音准，然后翻开乐谱，翻到准备弹奏的那一页，将手指放到一尘不染、令人慰藉的键盘上，敲响了《降E大调前奏曲》的第一个和弦。

墓前致辞

推导/结论/结局/尾声

她最喜欢吃朗姆酒味的水煮樱桃。别的她也喜欢吃，但是现在，在经过了整整两个星期的紧张准备之后，这一天终于来到了。就在这个至关重要、意义非常的午后事件发生之前，她有足够的时间考虑一遍所有的细节，他已经跟哈莱尔夫人一起以“社会用途”的名义分掉了昨天从弗劳姆夫人的公寓里搬运到市政府地下室里的“很容易腐烂的那部分遗物”，现在她需要作出决定：除了熏肉和腌肉外，在她特意留给自己的、储藏到临时的书记办公室文件柜里的煮水果罐头之间，她更喜欢选哪一瓶配早餐？最终，她果断地选择了水煮樱桃，但并不是因为水煮桃和水煮梨的质量不如水煮樱桃，而是因为当她品尝“命运悲惨的弗劳姆夫人”生前精心制作的美味时，浸泡在朗姆酒中的水果连同那股“微妙而刺激的酸甜味”——这让她联想到大洪水前夜的那次登门造访——立刻在她嘴里化成了沁人心脾的胜利滋味。当时她来不及细品这胜利的滋味，然而今天，她终于可以静下心来悠然自得地坐在巨大办公桌后咂摸品味，涵泳玩索，她有一整个上午的时间，因为除此之外她无事可做。她俯身就着玻璃瓶，手拿勺子，将樱桃一枚接一枚地捞出来，小心翼翼地放进嘴里吸吮着，咬破，生怕溅出一滴果汁。她沉浸于这完全不受侵扰的、“终于大权在握”的享受之中，悠然自得地回顾着自己走过的每一步、经过的每一站。在她看来，毫不夸张地说，如果将在过去十四天内发生的事情称作“名副其实的权力转移”的话，那么具体地说，是将她这个“当之无愧的人”一下子从国防军巷内每月付租金的出租屋里，从虽说颇有前景但毕竟微不足道的妇女委员会主任的职位直接送进了市政府的书记办公室。这么说一点也不夸张，她一边这么得意地想着，一边又将一枚樱桃咬成两半，然后把果核吐到拽到脚边的垃圾筐里。想来她能获得这份殊荣的实质不是别的，是“对她清醒洞察力的承认和证明”，这意味着她已经拥有了不容抗拒的绝对权力，意味着她一战成名、一劳永逸地掌握了这座城市的命运。事实证明她有这种资格，毫无疑问，她可以按照自己的意志掌管这座城市（她几乎可以这么说：“她想做什么就能做什么”）……所以，为了小城的现在和未来，她，艾斯泰尔夫人，就在两个星期之前，她还被人以不可饶恕的方式排挤到领导层的边缘，而如今她已经成为掌控时局的绝对主宰（“……另外，让我们补充一句，”

她试图露出一抹微笑地补充道，“一口气摘取了所有的桂冠……”），事实证明她是对的。当然这并不是说，“烤乳鸽自己掉到她的嘴里”，而是她为此付出了代价，想来她冒了所有的风险。然而她能够走到今天这一步，能够坐进这间办公室，确实有种“乘火箭感”，对此她并不否认，因为当她回想起所发生的一切，自己也找不出比这更准确的比喻了。掐指算算，她只用了十四天就让整座小城“拜倒在她的脚下”，十四天，或者更确切地说，只是一个夜晚，甚至可以这么讲，仅仅几个小时就决定了一切，决定了“谁在这里拥有真正的权力”。是啊，仅仅几个小时就决定了一切，就连艾斯泰尔夫人自己都惊叹不已，在那个决定命运的晚上，或者更准确地说，是在下午的早些时候，某种天启突然告诉她，她的任务并不是阻止正要发生的事件，而是恰恰相反，应该顺其自然，让它去发生，该怎么发生就怎么发生，因为她在她的神经末梢里都能感觉到：聚集在集市广场上的“那三百多个面色丑陋的流氓无赖”对她来说可能意味着什么，当然她必须正视这个事实，“他们可不是一帮听妈妈话的胆小鬼，不会因为发生了什么意外而被自己的影子吓得四散奔逃”。这些家伙，她靠在椅背上继续回想，他们确实天不怕地不怕，然而她一旦作出行动的决定，一刻都不会头脑发昏，她会清醒地考虑到每一种可能性，“在需要的时候，她会绝对安全地迈开脚步”，她会以工程师的稳重准确地朝着“情况”

最理想的方向迈进，以至于有的时候，尤其是在夜里，她开始隐约感觉到：好像是她在组织并指挥那帮家伙，而不是她在利用事态发展中对她有利的重要因素。她向前俯身，又将一枚樱桃放进嘴里，她清楚地知道自己的价值，没有人能够指责她傲慢虚荣，她心里暗想，至少现在“他们应该听她的”。她一边吃着樱桃一边独自思忖，“不仅归功于她想出来的天才的主意，还归功于她具体、细致的安排和工作”，离开了这些，再宏伟的计划也注定会失败。她承认，在那个令人难忘的下午，在国防军巷内她租住的小屋里，在由她提议成立的应对危机特别委员会紧急会议上，她用不着动用太多的脑筋就轻而易举地让屈指可数的几位委员会成员（尤其是那个被吓得浑身发抖的市长）围着她的手指尖转；并且她没有花多大的气力，就趁其他人没有注意时——看上去只是陪他出去办事——将那个到了晚上还“清醒得危险”，“准备派人增援”的警察局长偷偷带到自己租住的地方，并在那里成功地用很难喝的葡萄酒“灌醉了”他，用美梦一直将他留到天亮。“一切都在我的掌控之中”，艾斯泰尔夫人得意地撇了撇嘴，她轻而易举地诱使哈莱尔先生盲目而顺从地去找那个“脑子有病的瓦卢什卡”，让他闭嘴，让他赶紧离开，因为她担心瓦卢什卡会用他“混乱的大脑”察觉到什么，担心他会拼凑出某种事实，从而破坏她正进展顺利的“好事”。艾斯泰尔夫人想到这里暗自得意，她根本没花太多的心思，就紧紧牵住了这帮有头有脸人物的鼻子，她总能随机应变，见机行事，不管遇到什么问题都会迎刃而解。女书记得意地用勺子轻轻敲了敲桌子，简直如有神助！总而言之，一切都处理得天衣无缝，机器上的所有齿轮都加了油并正常运转，“随机应变，见机行事”，扫清了横在“她的联盟”面前的所有障碍，也正因如此，她的名声越来越响亮，从而将她推到了反抗运动的领袖位置。因此，即使“用很谦逊的话说”，她得意地捋了一下耷拉到前额的一条发绺，她取得的成就也“绝非寻常”。好啦，她想到这里挥了一下手，让自己停止这种自鸣得意的感叹，对她来说用不着过多的解释，万一在某个“事关未来成败”的关键步骤上稍有差错，之前事无巨细的全部努力都将付之东流，想来白天的情况已经显示得很清楚：除了所有细节要相互协调之外，成功还取决于重要的时机、理性的判断、敏锐的感受。感受到最恰当的时刻，比如她派哈莱尔先生跳上已在奶粉厂后面准备了几个小时的吉普车，“以警察局长的名义”跟两名不知详情的警察一起赶去州府请求“立即增援”……假若“解放部队”来得太早，那么暴动只会是一场“蹩脚的骚乱”，只会砸几扇窗户，第二天的生活依然如旧；假若军队来得太晚，战争的规模有可能扩大，她本人也有可能因失控而受挫，那样一来她所有的计划、细致的工作、绞尽脑汁的协调都将付诸流水。因此，当艾斯泰尔夫人回想起当时“惊心动魄的情景”时心生感叹，当时，她必须在两个极端之间选择一个恰到好处的时间点。想到这里，她得意地环视了一圈书记办公室，另外，确实要感谢哈莱尔先生的通风报信，他总是能在关键时刻搞到最新的信息，而且每个信息都很有用。当她得知军队已经整装出发，于是立刻将“面色煞白、急于回家的市长先生”放了出去，然后发出一系列指令，静等两名警察传话过来，“请当地力挽狂澜的英雄前往市政府议事”，于是她迅速抵达。现在回想起来，或许最令人惊叹的时刻是当她站到中校面前，无须任何修饰地如实陈述了事情的真相。事实上，她除了陈述事实也别无选择，因为就在他们见面的第一刻，她怦怦狂跳的心脏就已经告诉了她：这个部队指挥官不仅将“解放”这座城市，还会“解放”她自己。直到那时，一切就容易得像挥一下鞭子，而且在开场白中，她故作谦逊地说自己不敢接受对方如此慷慨的褒奖（她说，她并不是英雄，她只是做了一个柔弱妇人在这种情况下应该做的事，说这话时在她的脸上露出一抹因无助、无措、柔弱而泛起的羞红），需要她做的只不过是按照时间顺序简明扼要地讲述由于“政府方面的疏忽”所导致的“可悲的事实”。别的不说，“警察局在该行动时并没有行动，”她向中校先生抱怨，“否则，正如您所知，不可能让一小撮暴徒煽动人群制造出这么大的一场灾难。”她详细讲述了事件的经过，之后补充道，这种无政府状态并不是这座城市的常态，只是“居民们普遍性的纪律松散”让这些暴徒钻了空子。就在这个“无论从哪个角度讲都是一个辉煌的黎明”里，她朝议政厅门口的方向打了一个手势，对中校先生说，假如他有耐心听听等在门外的那些当地人的证词的话，很快就会惊讶地发现，在过去的几十年里，为了维护“秩序与理性”的崇高法则，她不得不跟这样一群胆小鬼打交道，努力让他们认清真相，将“陷入幻想泥沼的市民们”拯救出来，让他们恢复气力，付诸行动，遵循现实主义法则。女书记继续兴奋地自说自话，这要求“清除”所有那些自欺欺人者、头脑不清者、行动无能者，还有那些胆怯地想要逃避“真正的生活责任”的人，以及无视法则的人，根据这一法则，生活就是一场战斗，有赢家，也有输家，那些软骨头躺在自己编织的、关于安全的虚觉迷梦里，用柔软的小枕头阻止自己呼吸“任何一缕新鲜空气”。他们身上增长的不是肌肉，而是脂肪和赘肉，他们用卑琐自私的斜视替代清晰的目光，总而言之，用甜蜜的幻想替代真实的感觉！她并不想过多地谈论自己，但是这里的氛围实在令人窒息，艾斯泰尔夫人忍不住向中校苦涩地抱怨，他简直无法想象，在这里，她生活在何等恶劣的环境中，当然，她也清楚，正如俗语所说，一条鱼从头臭到尾。街上的情况，想必调查委员会已经看到了，不称职的领导竟能让一座城市卷入什么样的漩涡，无疑他会从中得到所需的结论……说着说着，她的脸涨得绯红，已经意识不到自己嘴里在说什么，因为她越来越被中校迷住，他——在这个“当地的女英雄”感到窘迫之前——轻轻点头感谢她的报告，并用一副“意味深长的眼神”邀请她参加审讯。是的，她被他迷住了，一股热流涌遍女书记的全身，他的微微点头更是让她激动不已，因为“她的心脏”何止用怦怦的狂跳，简直是在用霹雳的雷声告诉她：虽然在她五十二年的生涯里始终没有人有能力“触发这个机关”，但是现在居然有人做到了。没错！这个人一下子就将她迷住了，在刚刚见面的“前几分钟”，他们就建立了“无声的对话”；这个人可以让她的美梦成真（不，不是“可以”，而是“已经”，她红着脸默默纠正自己的措辞），这要在过去，她连想都不敢想，“感觉这真是一个奇迹”，天底下确实存在“一见钟情”，并不仅是小说里愚蠢的煽情，而且还要“永远”“盲目”地坠入爱河。她木讷地站在那里，好像被雷电击中了，并且痛苦地想要知道对方是否也有同样的感觉。因为她，从一开始，自从审讯开始，已经在议政厅里“站了”好几个小时，真的“就这样站在”议政厅内，尽管在调查过程中她注意到自己有着越来越多的优势，但是她“最基本的”注意力还是主要集中在隐在背景里的中校身上。他的身材？他的风度？他的言谈举止？她很难准确地说清楚，但是不管怎样，直到“他们的命运终成定局”之前，她的心始终在“他在想我！”与“不！他根本就没有注意到我！”之间遭受痛苦的研磨，时而升上天堂，时而坠入地狱，现在！现在他站了起来，朝她这边走来，像是给出某种无声的暗示，几乎是在表达爱意！在她的心里充满了火焰，熊熊的火焰，时而感觉站在山巅，时而感觉落在深渊，然而没有人能从她脸上看出内心的跌宕。即使没有发生各种尴尬的小插曲，即使在处理瓦卢什卡的事情时，她都能做到沉着镇定，不露声色，对她来说尤其庆幸的是意外搅入、倒霉透顶的艾斯泰尔并没有坏了她的好事（他始终没有透露自己的名字）。然而，他们通过某种默契的合谋，先后以委派重要任务为借口支走了哈莱尔先生和少尉，最后大厅里只剩下他们两人；然而，即使此刻，她仍能控制住自己的面部表情，即使不能控制住她的情感，也能控制住已流露于嘴角的幸福微笑，此刻已经没有任何强势之人能够阻挡住她。她又取出一枚樱桃，放进嘴里，但只是含着慢慢吸吮，并没有咬破。与此同时，在她眼前回放着空荡荡的大厅内最后十到十五分钟发生的情景：中校为他刚才的发脾气而请求她的原谅，她则回答，这完全可以理解，一个真正的男人在这么多小羊羔似的胆小鬼中间忍不住发脾气是很自然的事，随后他们谈论起国家的现状，并且很快调动起了情绪。在那段短暂的谈话中，“其中一方”充满感激之情地否认什么，“另一方”则热情洋溢地一再强调，她戴的“那副小耳环”与她的气质是多么地相配。他们谈到了小城的未来，在这个问题上两人均无争议：“毫无疑问，这里需要一个铁腕的人来领导。”至于具体的任务，他们或许应该在今天，“找一个相对安静的地方具体商量一下”，中校别有深意地望着她的眼睛说，而她在稍稍考虑了片刻后，欣然接受了这个提议，并且说，既然她的个人生活总是服务于她所承担的公共事务，因此她认为位于温克海姆·贝拉男爵大道三十六号的自家公寓，将是再恰当不过的谈话地点，他们可以一起喝一杯热茶，吃些小点心……就这样，一切全都安排妥当，艾斯泰尔夫人洋洋自得地微微点了点头，用舌尖将樱桃抵到上牙膛并慢慢地碾碎，想来没有任何东西可以用来解释这种相互的吸引，这种情感的涌动。此刻，她已经可以确信无疑地说：他们在彼此身上都找到了这一触即发的爆炸力，因为除了全部纯粹的快乐之外，对她来说，还有今天仍能感受到的和谐默契，以及对彼此天性的这种迅速认可。最为神奇的是，他们都以不可思议的速度被卷入同一股洪流，正像被很快证实的那样，不仅是她，对于他们两个人来说，都是在第一秒钟内就决定了“一切”，正像中校后来对她小声说的那样：其实在第一秒之后他们根本就没必要再花费十到十五分钟只为“搭几座浮桥”。她没有犹疑不决，没有反复权衡，而是立即着手为晚上的重要会面做准备：她一方面果断处理了几件“过渡期”内不容拖延的紧急事务，在大门口发表讲话，安慰死者家属，宣布“从明天开始重建城市”；另一方面安排哈莱尔先生——现在除了他，她还能将这类琐碎的差事分派给谁？——将她早已收拾好了的皮箱和行李迅速从国防军巷搬到温克海姆·贝拉男爵大道的房子里，随后将已经彻底丧失反抗力的艾斯泰尔先生安排到厨房旁边的佣人房间，然后扔掉旧家具，将她自己的床、椅子和桌子摆放到客厅里。她穿上自己最漂亮的衣服，一件黑色天鹅绒长裙，背后有一条长长的拉链。她烧好了茶水，在铺了餐巾纸的铝盘里摆放了几块蛋糕，随后精心地将头发梳到耳根后。她能做的就是这些，没有时间准备更多，因为中校分秒不差地在八点钟整准时到达，而她，早已迫不及待地等待两股纯粹的激情汇聚到一起。激情，除了激情再不需要别的什么，两个灵魂，从现在开始将永远地结合到一起，通过“身体的结合”表达出来。她压抑地等待了五十二个春秋，但是她没有白白地等待，因为在那个美好的夜晚，她从一个真正的男人那里知道，“没有了灵魂的身体一文不值”，因此这场一直持续到黎明的难忘搏斗不仅意味着令人晕眩的感官享受，而且——她并没有因为在天光破晓时使用这个词而感到羞惭——意味着爱的苏醒。她从来未曾想象过，自己居然熟知“如此甜蜜的搏斗技巧”，世界上居然存在如此美好的浪漫帝国，更不曾想到自己的“心潮”竟会如此“起落”，洒脱得醉人。现在，她闭上了眼睛，脸又涨得绯红，并且幸福地承认：那把能够打开她连自己都不了解的心扉的钥匙，一直掌握在中校的手中。就是这个中校，她已经亲热自然地直接叫他“彼特”，她八次将自己的头枕到他强壮的手臂里，至少八次！她用塑料薄膜和橡皮筋重新将玻璃瓶的瓶口密封好，就在搏斗的同时，他们不仅安排好了小城的未来，而且还讨论了与之相关的具体情况。这是一个什么样的国家?！他们深有同感地提出这个疑问，现在她掐着指头仔细地算算，总共问了七次，居然需要派出一个随军法庭、一个拥有绝对权力的军官和可供他全权指挥的武装部队南征北战，以维护地方的法律和秩序！这是一个什么样的国家?！他们这样使用军人，就像使用消防员，今天赶到这里，明天赶到那里，就为了扑灭几个胆大妄为的流氓点燃的火！“相信我，亲爱的顿黛，”中校一次又一次苦涩地低声抱怨，“我都不忍去看那辆停在中央广场上的坦克，让我感到羞耻！我拖着它走南闯北，就像那个抽雪茄的老家伙拖着他的鲸鱼一样，到处展示它，只是为了吓唬人；现在回想，除了一两次的军事演习，我根本就没下令让这辆坦克开过一炮，而我参军不是为了当马戏团演员，而是要当军人，当然，我想要开炮！”“那你就开吧，彼特……！”她调情地回答。他开了七炮，而且是一次接七次，想来任何的协议和命令都可以等到第二天，此刻对他们来说最重要的是现在，在一起，享受相爱的无尽销魂。后来，天光破晓，他们在等在那里的吉普车前告别，这一刻要说的有千言万语，他扭头大喊，许下令她难忘的承诺，天光昏暗，他的脸在吉普车的车窗口慢慢消失。“只要一有机会，我就会马上联系你！”没有人完全了解她，她从写字台前站了起来，事实上她从来就不曾缺乏过这种力量，但是在那个翻转命运的关键夜晚之后，她着手进行组织工作时所表现出的充沛能量，就连她自己都感到惊讶。在这十天里，她不仅“破旧立新”，而且在她“不断辐射能量的过程中”，赢得了城中百姓的交口称赞和热烈拥护；各种迹象都让居民们意识到，“与其将脑袋埋在枕头中间，不如行动起来热烈地燃烧”。自从她获得了大家的信任之后，没有人能再轻看她，准确地说，恰恰相反，当她背着双手踱步到书记办公室的某一扇窗前，人们都会对她“抬头仰望”！事实是，当她透过窗户扫了一眼外面的街道，意识到自己正处于这样一种状态：不管她做什么都会立竿见影，一切全都玩于股掌。可以这么讲，“整个这个夺权过程”不过是一场孩子的游戏，她要做的只是弯腰采摘自己的劳动果实。第一个星期的大部分时间，她主要花在“收集线索”上，认真追踪与事件相关的重要证人们的命运，检查“对打砸抢行为的分析调查”是否真的在按计划进行，或者更确切地讲，根据她对那难忘的一天在议政厅内所发生一切的回忆和综述，她惊讶地发现：几乎所有的一切都发生得恰到好处，完美无瑕，无论是在场的主审官还是“上天”的判断，全都支持她的立场。马戏团结束了它天佑的使命，因为即使那个王子及其手下还没有被捉拿归案，但是团长（那个被她称为“抽雪茄的老流氓”的人）已经被从这座城市赶走了，鲸鱼也被拉走了，监狱里面塞满了“各种临时结伙的暴徒和帮凶”。为了阻止当地爆发的暴力事件波及周边地区，他们巧妙地散布消息，声称马戏团一直在国外情报机构的指导下从事破坏活动。警察局长在被调到沃什州工作之前，被送进一家戒瘾机构接受为时三个月的酒精成瘾治疗，他的两个儿子则被安置到一家儿童养育院，而市长原来拥有的职权范畴——在保留荣誉头衔的情况下——全部移交给了新任命的女书记。就在那个“具有划时代意义的早晨”，瓦卢什卡并没能逃出很远（就在当天晚上，他在州府的街头向警察问路），结果被“终身”关进了市立精神病院的一个“封闭式病房”。哈莱尔先生——在获得最终的任命之前——暂时作为书记的助理秘书跻身市政府公务员之列。更重要的是，城市得到了一笔相当大金额的“发展贷款”。随后迎来了第二个星期，艾斯泰尔夫人在背后咔吧咔吧地掰了掰她的手指关节，被称作“干净的庭院整洁的家”的群众卫生运动也这样正式地开展起来，总之在“可怕的骚乱”结束之后第五天内，商店陆续开张营业，货架上的“商品开始丰富起来”，居民们每个人都各尽其力，忙个不停。所有的政府部门都以崭新的精神面貌投入了工作，正如新书记所说，公共部门气象一新，学校里重新开始了教学，电话通信得到了改善；汽油供应恢复了，这样一来城市交通也随之恢复，尽管称不上车水马龙，但街上还是出现了生机。就当下的情况而言，铁路运行比较正常，每天晚上都街灯明亮，煤和柴火在炉膛里燃烧，总而言之，“输血措施”看来成功了，城市重又恢复了呼吸。想到这里，她慢慢扭动脖子让自己显得更加精神，她已然站在这一切的巅峰！然而，她还没有来得及考虑下一步将如何进行，思绪就被一阵敲门声打断，于是她回到写字台前，将水果瓶子收起来藏好，调整了一下椅子，清了清嗓子，跷起二郎腿。随后她响亮地喊了一声：“请进！”哈莱尔应声走了进来，攥着门把手将身后的房门关好，朝向写字台迈近一步，随后又退了回来，犹豫不决地站在那里，双手紧攥着垂在身前。他习惯性地偷眼扫视了一下，试图判断在他叩门和“请进！”之间是否发生了什么重要的事。他说，他带来一个消息，关于尊贵的夫人星期一委托他办的那件事，他终于物色到一个合适的人选，在他看来，这个人可以作为“新手”成为警察局的新成员。想来这个人能满足这两个条件，一方面他是本地人，另一方面，哈莱尔神秘地眨了一下眼说，有一次他“在一个特殊场合”已经展露出他具备的能力；而且，由于离葬礼开始还有较长一段时间，所以他直接把他从“尼罗河”酒馆带到了这里，而且哈莱尔已经向这个人保证，他讲的事情，他们无论如何都会为他保密，这个“预备兵”愿意经受任何的“考验”，因此他，哈莱尔先生建议，或许她现在就可以面试一下。“也许”，书记立刻反驳道，但“不是在这里！”，随后她稍微沉思了片刻，狠狠奚落了哈莱尔一通，责怪他不够谨慎；话说回来，他去“尼罗河”干什么?!他从早到晚都应该待在她的身边。她没有给他辩解的机会，当即向他解释说，半个小时之后，既不能早，也不能晚，他带着“那个家伙”一起去温克海姆·贝拉男爵大道她的家里准时报到。哈莱尔什么都不敢说，只是不住地点头应许，他明白，随后又点了一下头，这时候听到身后有人说：“……书记的专车十二点一刻等在家门口！”他溜出办公室，艾斯泰尔夫人面带忧虑暗中想道，很遗憾，她必须习惯这个节奏，“一个人在这样的位置，永远不会再有一刻的放松”。她相信自己超强的能力，但对自己的左膀右臂还是要谨慎地勒紧缰绳（“不能让胯下的马脱缰……”）。就这样，在这个静谧无波的早晨，她完全沉浸于“刚获得权力的快感”之中，开始了这个充满承诺的一天。当她离开办公室，穿着简朴的皮大衣刚一跨出市政府大门，就有虽然没有上百，但也“数以十计”的居民立即拥向她，当她走进阿尔帕德街，勤奋的市民们自觉组织起来，站在自家的门口“夹道欢迎”。每个人都在努力工作：老爷爷，老奶奶，男人，女人，无论高矮胖瘦，都在各家门前所负责区域内忙着抡镐，挥锹，舞耙，推独轮小车，清理冻在人行道和车道上的各色垃圾。显而易见，大家都“热情高涨”。艾斯泰尔夫人每走到一组劳动者跟前，他们都会停下手中的镐、锹和小推车歇息片刻，偶尔有人高兴地向她打招呼，“您好！您好！”或者，“让我们一起呼吸新鲜空气！让我们一起呼吸新鲜空气！”随后，想来这已是公开的秘密，她还兼任这场城市卫生运动委员会的主席，她向大家承诺：她会尽自己的最大可能，更加热忱地投入工作。偶尔，还会从远处传来兴奋的呼喊：“我们的书记同志来了！”当她走到阿尔帕德街的中间时，她的心开始怦怦狂跳，然而她没有理由感到羞怯，继续以轻快的步伐从他们中间穿过，并且时左时右地挥一挥手。但当她走到这条路的后三分之一时，人们的致意和问候越来越热烈，如同暴风雨迎面而来，在她“众所周知的冷酷面容”上——由于在她的肩膀上肩负了太多的期望和重任！——禁不住露出了一丝微笑。在过去的十四天里，她已经重复过上百次：“让我们忘掉过去的事吧！”因为“只有这样，我们才可以从第一步走到第二步，我们才能考虑‘我们应该做什么’和‘我们想做什么’”。她从来没有停止对着他们的耳朵发出这些“振聋发聩的呐喊”，然而现在，面对人们如潮水般向她表达的绝对信任，她冷静地对自己说：是的，现在她自己也应该接受这个建议，“让我们忘掉过去的事吧！”她这么想着，在街角拐上了温克海姆·贝拉男爵大道。她提醒自己：“对你们来说，我曾经是谁？对我来说，你们又曾经是谁？”……“离开了领袖的指引，民众什么都做不了，”她打开自己家的大门，“离开了民众的信任，领袖则会成为一个无可作为的瘫子。”随后她暗自承认，“现在看来，这些人也并不是那么愚不可训”，是的，随后她又立即补充了一句，她也不是一个“随便什么样的领袖”。大家放心吧，我们的未来都会变好，她满意地回想起阿尔帕德街的居民，过些日子，等事情全都进入了正轨，“马缰可以放松一些，书记也不会再那么严厉”。想来，实话实说，现在她自己已经别无所需，因为——这时她的脚步在过道的地板上空空作响——她渴望得到的一切，都已经属于她了……她已经索回了被从她身上夺走的东西，她得到了自己所希望的一切。权力，至高无上的权力，已经掌握在她手中，她的成功已经“登峰造极”——她心潮起伏地跨进客厅——可以说“从天上掉进自己怀里”，这么说一点都不夸张。就像她在办公室里那样，她的思绪仍像小鹿一般东奔西窜，在过去的两个星期里，总会不知不觉地蹿到那个她日思夜想、从未停止等待的男人身边，但遗憾的是，中校先生始终没有“联系”她。有的时候，她会从梦中惊醒，隐约听到吉普车的噪音；还有的时候……而且这种情况出现得越来越频繁，大多是在客厅里，她会突然有一种感觉……这不可能，但是……她仍忍不住要转过身去，因为她觉得房间里有一个人站在她的身后，对，没错！就是他！当然，这并不意味着她在为他担心，而是表明“没有他的生活是空虚的……”，对于“一颗坠入爱河的女人心”来说，这种幻觉是完全可以理解的。无论清晨、中午，还是夜晚，她始终都在等着他。等他的时候，眼前总会浮现出这样一幅画面：中校先生正在指挥疾驰的坦克，威严挺拔，一动不动，然后他慢慢将挂在脖子上的望远镜举到眼前，“仔细观察远处的情况”……这副英雄形象现在重又浮现在她眼前，只是一闪而过，消失如烟，因为此刻她又听到有人“在走廊里走来走去”，“从她自己的角度讲，她已经忘掉了这个人的存在”。不过，就在瓦卢什卡的命运被决定之后的这九天里，这个人每天都会在上午十一点整准时出门，晚上八点钟左右回家，现在他又窸窣作响地准备动身。事实上，她只是通过这些响动知道艾斯泰尔还活着，再有就是厕所里冲马桶的噪音，从佣人房间传出的低沉幽远的钢琴声，再有就是她偶然得到的关于他的消息。除了这些之外，他好像根本就不在这里，他住的那个小屋，仿佛根本就不属于这栋房子。在过去两个星期里，她总共只见到他一两次，而且当然是在她“重新占据这栋房子”的那一天，每天下午她都会听取关于佣人房间内情况的安全检查报告，内容总是一模一样——他坐在摊开的乐谱和在他床边堆成两摞的简·奥斯汀全集中间——要知道，他在家的时候只会读书（“真他妈的无聊！”）和弹琴（“该死的罗曼蒂克！”），然而就在昨天，她连下午的报告也不再听了。不仅因为他不再对她意味着任何的威胁，而且他的存在与否，“她根本就不感任何的兴趣”，即便偶然会想起他，她也会禁不住问自己：“难道你要战胜的就是这个人……？”这个倒霉鬼，这个笨蛋，这个

“行尸走肉”，她对这个白痴是那么的依恋，以至于将他变成了她自己的影子?！因为他就是一个影子，艾斯泰尔夫人听着从走廊里传来的拖沓脚步声，心里暗想，而且还是他过去自己的微弱影子，一个可怜的老人，一只受惊的兔子，“一个眼里流泪、浑身哆嗦的可怜虫”。他不但没有努力摆脱对瓦卢什卡记忆的枷锁，反而让自己越来越深地沉浸到“父爱”的汹涌浪涛中，以至于让他丧失了过去他曾经受到过的那种不可思议的尊重，从而沦为一个“遭受公众嘲讽的对象”。那天早晨，“瓦卢什卡案”得到了令人欣慰的解决，而就从那天开始，他不但没像从前那样将自己关在家里，反而每天两次（一次是在上午十一点他去的时候；一次是在晚上八点钟左右他回来的时候）在众目睽睽之下，拖着疲惫的身子横穿城市，只为了能去黄房子里，坐在身穿条纹病号服、一言不发、经常连眼皮都不愿意睁开的瓦卢什卡身边。有消息说，他有时会给他讲一些什么，但大多数时间，他自己也一言不发，就像一个真正的疯子！没有任何迹象表明他的意识会恢复正常，艾斯泰尔夫人一边这样想着，一边屏住呼吸听从过道里传来的响动，直到他终于关上身后的房门，她这才轻轻叹了口气。毫无疑问，他们在有生之年会一直这样生活下去，对于这座正在跨入新时代的小城来说，这是一件格外有趣的事情：女书记与老校长安安静静地坐在一起，轻轻拉着手。看来以后将会如此，她这样想着站起身来，准备为将要进行的“面试”重新布置一下客厅。说老实话，这样的念头丝毫不会惹她不安，想来“情况最坏也不过如此”，想来她过去的那一点小瑕疵，根本不会损害到她现在的地位——再说，在她能够选一个“适当的时间”并迅速办理她早就应该办理的离婚手续之前，她需要忍受的只是过道里每天两次“如同葬礼上紧张而安静的窸窣响动”……她把桌子和椅子拉得靠窗户更近一些，这样一来，“受审者”在空荡的房间里就没有可能“抓扶任何东西”。时间过了足有一分钟（“你迟到了！”艾斯泰尔夫人生气地皱着眉头说），哈莱尔终于出现了，并将“候选人”领到房间中央，尽管后者信心满满地挺着胸脯，但是没过多久——就在计划之中——在书记的气势下变得低眉顺眼。这人强壮得就像一头公牛，坐在桌后的女书记上下打量了这个人一眼，心里暗想；与此同时，哈莱尔率先发问，在一串带有恐吓意味的逼问和站在房间中央的“被指控感”的综合压力下，这个“浑身酒气的尼罗河土著”，很快丧失了刚才的那副“自信”。这时候，这场戏的“女主角”才用一句“一两拨千斤的小小警告”接过了话茬，她说，“这里不是酒馆，我们没有时间玩打赌的游戏”，他听到的一切，都必须一次性永远地记在脑子里，因为同一句话她不会说第二遍。“你要明白，”她冷着脸说，“我们现在之所以对你进行调查，是为了决定立刻把你转交给法院，还是让你来证明自己还有什么用处”。至于后一种可能，你唯一能证实自己能力的办法就是，将“那天晚上”发生的情况事无巨细、准确无误地回忆一遍，讲述出来，能讲多详细就讲多详细。随后女书记伸出食指强调说，他讲述的详细度和准确性，当然还有“他表现出的悔过自新的良好愿望”，将直接决定他是能够成为这个社会有用的一员，还是将被送上法庭，被判刑坐牢；当然，在这种情况下，通常是终身监禁。他不想进监狱！受审者紧张不安地回答说，身体的重心不时从一只脚移到另一只脚，无论如何他都不想进监狱，随后他指着哈莱尔说，“秃鹰”曾经向他保证，“只要把事情说清楚”，他的案子就可以“平掉”。他来这里，不是为了自首，他没有那么幼稚，不是一个婴儿，他来这里就是为了主动供认一切，所以书记同志没有必要吓唬他，他会一件一件地如实讲述事情的经过，因为他知道这是怎么回事。他一边说一边挠着下巴上快要愈合的伤疤，他知道他们需要警察，而他，也早已厌倦了“尼罗河”，所以前来报名。“那好，让我们看看，我们能为你做些什么，”艾斯泰尔夫人严肃地回答，“但是我们首先需要知道，你有没有犯过什么连仁慈的上帝都难以宽恕的违法罪行，那好，开始讲吧，一件一件地如实招来！”艾斯泰尔夫人说，不要隐瞒任何细节，讲完之后，她——身为市委书记——才能知道是否有能力帮上他的忙。

好的，我讲（候选人清了一下嗓子），当时空气中充满刺鼻的臭味，我应该说，我们从很远的地方就能在空气中闻到它。刚开始时，我们并没有参与，只是当消息传到了“尼罗河”，说城里发生了小小的骚乱，那时候我才对其他人，对久姆吕和霍勒盖尔·费利说：起来吧，匈牙利人！奥斯曼人来了，我们赶快行动起来！哪里有战场，我们就去那里战斗……我们，您要知道……（“尊贵的夫人”，哈莱尔在一旁提醒他）……尊贵的夫人，所有人都管我们叫“铁汉子”，因为，跟您实话实说，我们三个，怎么说呢，嗯……总之，我们一旦感到无聊，就会出去捅一点乱子，所以其他人都很怕我们，怕我们就像怕火焰一样。我想您明白我的意思，我们中不管哪一个人，只要抬眼朝哪边看，哪边的人就会顿时安静得连屁都不敢放。但是当我们赶到那里，赶到主街，站在一条大道的路口，我惊讶地发现，我们以前捅过的乱子跟眼前发生的相比，简直不值一提！于是我跟久姆吕说，赶快，兄弟，还愣着做什么?！这帮家伙可不是在开玩笑，晚了就没咱们哥们儿什么事了，赶紧上啊！我不否认，我们也投入了混战。但是很快我就惊掉了下巴，当我们冲进一个人堆里，开始收拾几个家伙时，才发现这里发生的完全是另外一回事，这里打的都是平民百姓，所以我对霍勒盖尔·费利说，“现在休息”，他将两名伤员放到地上，跑了过来。久姆吕也过来了，我们三个人碰了一下头，商量接下来该怎么办。这时候已经聚集了很多人，许多是从集市广场那边来的，看上去就像俄罗斯军队。我说，兄弟们，看来这是一场革命，所以，咱们得赶紧溜！但是娘们儿似的久姆吕磨磨蹭蹭地不想走，他说，据他回忆，商店在这种时候总会被人砸开，救济穷人，所以我们应该去看一下，比方说，不远处就有一家杂货铺，里面肯定有很多好酒，咱们过去看看今天有没有营业，之后再溜也不迟……嘿，店铺门果然开着，但是，尊贵的夫人，请您相信，门锁并不是我们砸的，我们到的时候已经被人砸开了，我们只是走了进去，只是想能捞得几瓶酒。但是没有想到，这家店已经被那帮家伙砸得稀巴烂，我们找了半天，结果也没找到一只完整的酒瓶。对此我们都有点恼火，因为，我们觉得这太不公平，我的意思是说，这里爆发了自由革命，想来我们真的以为这里爆发了他妈的革命，可我们却站在一片废墟里。我向我妈妈发誓（他将手放到胸口上），我们别的什么都不想，只想能够喝两口酒，然后回家，因为，比方说我，捅个小乱子还行，小打小闹，但是这么大的一场乱子，跟我们真的没有一丁点关系。通常来讲，我还是挺喜欢秩序的，所以我觉得自己适合当一名警察……秃鹰，闭上你的鸟嘴（他冲着试图插嘴的哈莱尔大声喝道），我看你也欠收拾……总之，我们离开了那里，之后又看了一两个地方，比如俱乐部，仍是一无所获。我们还去了桥头的一家快餐店，那里也被砸得粉碎，所以我们想，在这里我们捡不到什么战果，最好还是去城外碰一碰运气。我们去了一个饭馆，叫什么来着？嗯……对，“牧牛人”，但是这时霍勒盖尔·费利突然想起来，在左边，在神父街的街口有一家甜点店。嗯，好，我们承认，那家店的门是我们砸的。进去之后，我们什么都没干，只是在后面的仓库里找到了一些烈度酒，像是进口的利口酒，我们看了看标签，好像还不错。确实不错（他得意地向艾斯泰尔夫人点头赞许），言归正传，就因为这个我们遇到了麻烦，我们喝不惯这种外国货。唉，怎么说呢，喝了之后，我们所有人都感觉到很奇怪，从那之后我发誓再也不喝这类东西了。因为没过多久，从街上冲进一群家伙，他们抡起铁棍将店里的东西砸得粉碎，我对其中一个人说，给我一根棍子。嗯，所以，我承认，很快我也变得疯狂。但是现在，尊贵的夫人，您不要认为平时我就是这副德行，请您相信我，我真的不会随便干这种事情，都是那该死的酒闹的，把我的脑袋弄糊涂了。不过，我现在还能回想起来，我并没有造成太大的损失，我记得有面镜子或别的什么，好像在吧台上有一两只杯子，我想，我总不会把谁的脑袋打下来吧……我跟你说过，秃鹰，闭上你的鸟嘴（他再次凶巴巴地冲哈莱尔吼道），那面镜子，还有，或许还有什么，如果真的给那家甜点店老板造成了很大的损失，我可以赔给他钱，别以为我赔不起。鬼知道那酒里都掺了些什么，请原谅我这么说，那该死的利口酒。至少几个小时，我都不知道自己在哪儿，发生了什么，只是后来，突然发现自己坐在科姆洛旅馆门前的人行道上，冻得浑身哆嗦。我看了一下周围，这时候电影院已经起火（他朝头上指指），嗯，我跟自己说，这下子情况有点严重了。我不知道我是怎么跑到那里的，也不知道久姆吕和霍勒盖尔去哪里了。我说的都是真的，即使给我用刑，我也不知道是怎么一回事，我被裹在一群家伙中间，跌跌撞撞，东倒西歪。我真的什么都想不起来（候选人热得满脸通红），这他妈到底是怎么一回事！我感到糟糕透了，请相信我说的是真话。我身体里的胃和肝脏阵阵灼痛，眼前是那该死的电影院，火苗冲天。说老实话，那一刻我觉得自己像是一个白痴，甚至怀疑是我放的那把火，因为上帝做证，我真的什么都记不得了，我不知道自己在做什么，更不知道自己做了什么。我只是盯着眼前的熊熊大火，心里暗想：是我干的吗？不是我吗？我不知道应该怎么办。有一点我能肯定，我没有马上离开，因为我始终不能确定，到底是不是我干的，我想说的是，现在我已经肯定地知道，但在当时我不能够肯定，所以我跟自己说，嘿，现在真要赶快溜了……我穿过尼迈特城区，只走小巷，东拐西拐，生怕途中碰到我不想见到的人。我在墓地大门口停了下来，稍微喘一口气，我就这样背靠在栅栏上（他模仿了一下当时的姿势），这时候突然有谁在我背后跟我说话！天哪，真他妈的见鬼，很抱歉我又用了脏字，我真吓了一跳，以为自己也会被人带走。我并不是一只胆小的兔子，尊贵的夫人，您可以从我身上看出来，但我确实被吓了一跳，因为在我非常寂静的背后，突然冒出了一个人。当然，这也是一个参加闹事的家伙；那人知道我要走人，夫人，他建议我们换一下外套。“你往那边走，我往这边走”，那个人说，我们这样可以把他们搞糊涂，我说，可以，于是我们准备换换衣服。当时也不知道因为什么，我对这个人并没有好感，所以我跟他说，嘿，你给我听好了！我可不希望因为你这件衣服惹上麻烦，你不要做梦以为我会替你顶罪！就这么一件烂衣服，您知道，就这么一件灰色的粗呢子大衣，您说对吧，鬼知道他都做过些什么，所以我告诉他，算了吧，我改变了主意，我不跟你换衣服了，你跟别人试试吧，别再跟我提这件事。我什么都没看到，因为这个混蛋动作很快，我都没有来得及反应，他就向我扑了过来，这家伙是一个真正的暴徒。他一刀刺中我的肩膀窝，这里（他解开了衬衫，露出了伤口），我敢打赌，尊贵的夫人，他是想刺我的心脏。我躺在了肮脏的地上，等我醒过来时，伤口疼得要命，而且冻得浑身发抖。我当然很冷，因为我身上的外套不见了，我的所有东西都在口袋里：身份证、钱和家里的门钥匙，而那件该死的粗呢子大衣扔在我身边的地上，在那种情况下我又能够怎么办？只好穿上，马上离开，冲进墓地的大门！因为我敢肯定，那家伙肯定犯了很严重的事，我可没有那么蠢，不能因为这件外套被抓住，但是我又必须穿着它，因为不穿我就会被冻僵的，没有别的选择，只能躲进墓地。因为电影院的缘故，我不敢回家，因为那场大火，我的脑子乱得像一锅糨糊，晕眩，疼痛，而且还有点流血，所以我没有气力出城，所以总而言之，我只能在这里过夜。我找到一个敞开着的墓穴，想起来就他妈的那么丧气，我在墓地的尽头捡来一些木柴，生起一堆火，然后用我的背心绑住伤口，等待夜幕降临。我本来可能会因失血过多而死掉，尊贵的夫人，但幸运的是我的体质很好，所以才能坚持那么长时间，一直坚持到了晚上。最后我终于偷偷溜回家，因为我没有家门的钥匙，所以不得不想办法把我老婆叫醒，因为我既进不了门，而且身上也没有身份证，没有钱。可以说，我一无所有，我迅速将那件该死的粗呢子大衣烧成了灰。我赶快去找医生，在我家附近就有一位医生，他为我包扎，开药，我一连躺了三天……嗯……就这样……别的我就不知道了，尊贵的夫人，我知道的就是这些，没有漏下任何细节，我犯下的罪就是这些，在骚乱刚开始时，实话实说，我只是打了几架……我不知道您现在怎么看我？我就做错了这些事，我还能当一名警察吗？今天，秃鹰来找我说，说不管是谁，只要能向您坦白一切，就有可能报名，所以我想……我想报名……因为，我觉得，我可以成为社会有用的一员，只是现在我不知道，您怎么看我……犯下的这两个错误，我的意思是，嗯……

……嗯，艾斯泰尔夫人摇了摇头，沉吟了很长时间，目光严肃地盯着前方，然后说，是啊，是啊……她抿着嘴唇，继续沉吟，最后用手指在桌面上有节奏地敲了几下，从头到脚地打量了几遍眼前这个看上去马上就要崩溃了的男人，然后像是作出了决断，她用自言自语的口吻，用一句目的性很强的话（她说："我得见见能把这个案子平掉的人……"）给了他"所谓的仁慈的致命一击"。"问题是……"，她用一副看上去有点为难的眼神——越过候选人的脑袋——望着哈莱尔，然后接着说，"他的情况要比我所想象的要严重得多"，因为"毕竟"，她要找的应该是一个没有瑕疵的人，可是他现在推荐的这个人不仅有不务正业、流氓滋事的前科，还撬锁打劫，亵渎墓穴，干了太多非法的事情，"唯独不具备的条件就是……"，她向哈莱尔露出一丝只有他能够意会的微笑，"没有瑕疵"。就她自己而言，她并不怀疑候选人的诚意，只是，她叹了口气，眼睛始终盯着哈莱尔，毫无疑问，光有诚意还"远远不够"，所以她也不知道自己能否凭良心为他担保，即使她愿意担保，她也要跟"负责这事的专家"商量一下。有一点她可以肯定，即使最好的结果，也只能是"无限期试用"。"无限期试用……？"这个"未来的警察"咽了一口唾沫，将目光投向哈莱尔求助，求他解释一下，"这话是什么意思"，至少告诉他这个词的意思。然而哈莱尔没有任何解释的时间，因为这时候女书记看了一下手表，打了一个手势给她"最得力的助手"，示意他"清空房间"，因为她很快要出去办事。哈莱尔将不知所措、胆战心惊的"新兵"拖出客厅（从过道里传来哈莱尔的训斥声："你还不明白？你已经被录取了！别挣扎了，你这头蠢驴！"）。艾斯泰尔夫人从椅子里起身，将两条胳膊抱在胸前，这是她新养成的习惯，站到窗前“稍稍眺望一下外面的世界”，心里暗想，当然这只是第一步，但是“有了这头公牛，至少我们正朝着正确的方向迈进”。这是组织工作，是对未来的规划，谁能想得更远，成功就属于谁。就拿这件事情为例，她将任命一个新的警察局长，她边想边朝站在人行道旁等候的司机挥手打了一个招呼，接着又想，这意味着，她将组建一支听从指挥、能打善斗的强大武装队伍，他们将会永远地效忠于市委书记。这就是她的目的！她穿上皮大衣，将钢质的按扣咔吧咔吧地一个一个扣上。这些必要的预防措施都经过了深思熟虑和清醒的思考，“长治久安不能建立在白日梦上，而要牢牢地掌握在自己手中”。还有什么会比这一点更重要?！她又检查了一下自己的提包，看看讲话稿在不在里面，最重要的是一个人永远不可以“依赖于”那种通常具有破坏性的幻想，即所谓“仁慈的上帝或道德准则掌管人类世纪”，当然还有善良的意志”，这都是谎言和陷阱。她这样想着走出了客厅，“谁都别想给她灌输这些东西”，“美?！”“同情心?！”“我们内心的善良?！”噢，算了吧！一提到这些词，她就不屑地鼓起了脸，即使她想抒发诗意，那也只会说，人类世界不过是一片“充斥着狭隘价值的芦苇荡”，她这样想着已经走出了大门。芦苇荡，她不屑地拉长了脸，坐进黑色“伏尔加牌”轿车的后排座，芦苇荡，在那里风主宰一切，而在这里，风就是她。直到哈莱尔坐到了前排座位，她才简单地跟司机说了一句："出发！"然后舒服地靠在黄色人造革包面的座椅背上，望着窗外的房子在眼前迅速闪过。她看着路边的房屋——现在，显然手脚健全的人都已经去了墓地——只是偶尔能在街上看到几个勤快的市民。跟每次一样，只要她坐进这个"移动指挥部"，就会凭借这种"快速掠过感"的"无可比拟的魔力"清晰地看到——就像一位庄园主驾车巡视自己的领地——这一切真的全都属于她，最重要的是，她甚至连未来的计划都已经做好。因为，此刻她微笑着透过"伏尔加"的车窗向外眺望，得意地暗想："你们尽情地劳动吧，抡镐头，推小车！很快就会开始——从里到外……"关于这一计划，就连哈莱尔都不清楚，"干净的庭院……"运动只不过是整个计划的第一阶段，第二阶段是"整洁的家"行动。这时候汽车从圣伊什特万街驶到了中央公墓，她继续在心里盘算着，只有在那之后，只有在那之后，当街道和花园干净整洁，人行道"连跳蚤走上去都会滑一个大马趴"，到了那时竞赛委员会将走街串户地逐家检查，她将亲自为那些响应"最简朴、最实用的生活方式"号召的家庭颁奖。嗯，但是我们也不能太往前赶，艾斯泰尔夫人提醒自己要冷静一些，我们必须先专注于眼下，解决摆在眼前的事情，比如说，现在马上就要进行的这场葬礼，她透过"伏尔加"的车窗扫了一眼聚在灵堂前的密集人群，并提醒自己：在这么重要的大型集会场合，绝对不可以出差错，一切都必须“顺风顺水”，因为这是她作为城市领导第一次有机会向这些“渴望新生活”的百姓发表讲话，她将第一次更严肃、郑重地发布宣言：“团结”的宣言。现在让我们来看看，我们是否配得上大家的信任，她用警告的语调对哈莱尔说，之后从车上下来，以她已经习惯的果断步伐穿过密集人群迅速为她让开的一条路，向灵柩走去。她很快走到那里，站在棺材的头部，轻轻敲了几下麦克风，想确定它是否能正常工作，然后目光严肃地环视了一圈，满意地认为：负责筹办这场葬礼的得力助手再一次出色地完成了任务。三天前她以书记的名义下达指示，要求这场葬礼要表达出新时代的精神，这意味着不仅不再需要神职人员到场，而且还要改掉“摆放甜食供品”的旧习俗；要铲除所有“没用的垃圾”，她向哈莱尔解释说，而且要赋予整个这场葬礼以“崭新的社会风气”。现在这样很好，她满意地向有“舞台恐惧症”的导演点了点头，一口用没有刨平的木板制作的棺材摆放在一张虽然简陋但擦得油光锃亮的、适合杀猪时使用的长桌上，旁边一只敞开着的红色小盒里有一枚显示死者身份的“追授的”奖章，盒子上刻有“优秀体育工作奖”字样。按照传统摆放鲜花的位置，虽令人吃惊但效果相当震撼地站着两位守灵者，他们都给哈莱尔当过帮工，由于过于匆忙来不及准备，他们装扮成骠骑兵的模样，手里紧握的两把塑料大刀是从当地的商店里临时借来的，目的是想以形象的方式提醒人们聚来这里的原因，今天将要埋葬的是一位榜样式的英雄。艾斯泰尔夫人看了一眼棺材，里面躺着的是弗劳姆夫人，在集会的人群安静下来并意识到仪式“即将开始”之前，她重又想起自己在“大洪水”到来前那个夜晚的登门造访。那时候谁会想到，她扪心自问，仅仅过了两星期后，“这只小巧的球胸鸽”就在她的主持下作为英雄榜样升去天堂？有谁相信，那天晚上她——愤怒地！——离开那套舒服得令人窒息的温馨公寓，而仅仅只过了十六天之后，当她站在那个女人的棺材旁时，心里已不再感到气恼，甚至恰恰相反——这没有必要否认——当她回忆起弗劳姆夫人的身影和她的愚蠢行为时，真的有点为她感到难过。艾斯泰尔夫人的目光盯着灵柩，心里在思考她的命运，这主要怨她自己，因为她无法忍受这种耻辱，正像她的那位邻居所描述的那样：她揪着自己儿子的头发穿过街道，但就在这时，已经过了午夜，不幸的是，他们在瓦尔纳裁缝店门前撞上了一个正在挑衣服的强盗——蹲在窗后面向外窥视的目击者在讲述考拉楚尼·亚诺什街上的情况时说，在她永远地沉默之前，那家伙花了五分钟的时间“让她闭嘴”，以最邪恶的手段“戏弄她”。这是一场个人悲剧，她脸上显出一副悲伤的表情。不得不说，在弗劳姆夫人“舒适安逸”的一生里，最后竟发生了如此悲惨的转折，想来她真不应该得到这样的命运，她本该有更美好的生活，现在不得不与她诀别，至少她现在是以英雄的姿态离开这个世界。这时候她果断地打开皮包的按扣，掏出了打好字的讲稿。看得出来，她投入了全部心神，在开口要讲第一句话之前，深吸了一口气。然而就在这时——后来才知道，“由于事先没有商量好……”——在她身后出现了四名抬棺者，她还没有来得及阻止他们，他们就将两块按照尺寸锯好的木板塞到棺材下面，随后将它抬起，按照他们得到的指令，径直朝那些已经习惯了各种非传统程序的人群方向走去，送葬的人们自然而然地为他们让出一条路来。艾斯泰尔夫人满脸涨红地向哈莱尔投去毁灭性的一瞥，哈莱尔两脚生根地站在那里，但是事已至此，现在再说什么都已无法挽回，她也只好动身跟在四名抬棺者身后。四名抬棺者迈着庄重的步伐从有些惊慌失措、迅速让开的人群中间穿过，他们从心里为能接受如此重大的任务而感到欣喜，弗劳姆夫人的棺材对于他们强壮的体魄来说简直轻如鹅毛，他们疾步走向新建好的坟墓。不仅是原准备致悼词的她，几百位送葬者也是一样，如果他们不想自己被丢在后面，就不得不迅速跟上他们的脚步，甚至需要“小跑几步”。但是这对大家来说还并不是问题的关键所在，实话实说，真正的麻烦是围绕这具棺材发生的状况，四位抬棺者——无论人们怎么吹口哨、嘶嘶地暗示或低声警告——仍然精神抖擞、脚步嗖嗖地往前走，始终没有意识到棺材随着他们轻快的脚步快乐而危险地左摇右晃，上下颠簸。当人们气喘吁吁、上气不接下气，但始终保持庄重的神情走到坟墓前，“毫不夸张地说”，当他们看到棺材仍然完好无损时，每个人都如释重负地长舒了口气，那一刻的感觉很奇特，倒像是“这段最后旅程”非同寻常的真正意义是将整个送葬人群坚实地打铸到了一起。这时候，艾斯泰尔夫人终于手拿两张在风中飘摆的稿纸开始了她被迫推迟至此的讲话，每个人都作为一个人，聚精会神地聆听。

> 在这里聚集的我们每个人都知道，生命的结束就是死亡。也许现在有人会想，关于这个话题我说不出什么有新意的话，正如诗人所说，阳光下没有新鲜事。死亡是我们的宿命，是一句话最后的句号，世界上诞生不了一个能够逃脱这一宿命的婴孩。我们所有人都清楚这一点，然而此时此刻，我们感受到的并不仅仅是悲伤，而是一种决心，一种振奋，因为在这座坟墓里，我们正在安葬的这位女性，亲爱的市民们，她远不是一个普通人。我不喜欢说太华丽的辞藻，因此我只想说，现在我们整座城市都在与这位亡人告别。无论男女老少，我们站在这里，站在墓前，因为那是她想去的地方，那是一个结束自己生命的安息地。她是一个我们都很爱戴的人，她是一个做了自己该做之事的人，她是一位平时总是非常谦虚的人，而在这里，

她的死亡则是我们每个人的节日。勇敢的节日，因为正是这种勇气激励了这位女性，我们这位可敬的同胞——以让我让你让她都感到受侮的方式——挺身而出，独自抗暴，她做了我们都没能做到的反抗。我问自己：她是英雄吗？是，她是英雄，这是我诚心实意想要献给弗劳姆·尤若夫夫人的、唯一恰当的崇高字眼。在那个苦难的夜晚，她出门寻找自己的儿子。她这么做不仅是为了儿子，还是为了我、为了你、为了我们所有人，亲爱的市民们，她展示出了巨大的勇气和斗争精神，她让所有人知道：即使在这个已经变得软弱了的时代，这种勇气和精神也并没有彻底消亡。她向我们展示出一个人应该如何生活，展现出一个人如何能在逆境中作为一个人活着，她不仅为我们，还为我们的后代树立了榜样，告诉我们一个人应该如何行事才能问心无愧。今天，我们要向一位母亲告别，而她的儿子却对她忘恩负义；我们要向一位遗孀告别，她对自己已经去世的两任丈夫都很忠贞；今天，我们还要向一位爱美的平凡女性告别，正是她，为了我们能够过上更好的生活而牺牲了自己。现在我看见她在那个恐怖的夜晚正对自己说：这一切实在让我忍无可忍！现在我看见她穿上外套，冲出家门，去与强大百倍的恶势力作斗争。亲爱的同胞们，当时她清楚地知道，自己很可能会失败，她知道在将要发生的冲突中，自己弱小的个体力量并不足以战胜那些邪恶的暴徒。她清楚地知道这一切，知道可能的后果，可她还是没有在危险中退缩，因为她是一个从来不会放弃的人。虽然强大的恶势力最终获胜，她屈辱地失败，但我还是想说：胜利的是她，失败的是杀害她的凶手！因为她敢于孤身一人与暴徒们搏斗，她羞辱了那些暴徒，让他们变得渺小可笑。你问她如何羞辱了他们？她用她的反抗，用她的坚强不屈，她，一个人冲上战场，孤身奋战，因此我说，胜利属于她。去吧，弗劳姆·尤若夫夫人，你现在可以问心无愧地安息了，你终于可以让你的疲惫身体、你的精神和你的记忆得到休息，你将英雄的榜样力量留在了这里，留在我们中间。你早已经属于我们了，属于死亡的只是你的身体。我们送你回到大地母亲的怀抱中，我们不哭，我们不会因为你的骨头将化成尘土而哭泣，因为我们将永远呵护真正的你，让你的灵魂与我们同在，只有“腐烂之奴”可能会对她的尸首发起攻击……

那些已经卸掉了镣铐的“腐烂之奴”暂时还在打盹的状态中等待，等着所需的条件一旦成熟，很快就会开始行动，继续之前中断了的战斗，开始一场结局已定的残酷围剿，最终在永恒的寂静中将曾经鲜活的、无法重复的躯体撕咬成碎得不能再碎了的碎片。不利的环境条件将会持续几周，甚至几个月，要知道“外界的”，或者更准确地说：地上温度过低，结果使死者的组织器官冻得像石头一样坚硬，让围攻者感到无能为力，被判决变腐朽的堡垒坚如磐石，在那里确实什么都没发生，那里被完美无缺的常态所主宰，如同一尊历久弥新的蜡像，一种完全彻底的静止，一个特殊的时间空洞，是没有了内容的存在。随之而来的是缓慢的、非常缓慢的苏醒。尸体从冰冻的囚禁中逃脱出来，但针对它的攻击在一声号令之下重又展开，而且攻势变得越来越激烈，越来越凶猛。现在进攻主要集中在肌肉的蛋白质上，新陈代谢的衰退已经无可遏制，不容逆转；三磷酸腺苷酶继续对基础能量的堡垒——ATP（三磷酸腺苷）发动毁灭性攻击，将之分解，从而释放出能够撕裂细胞组织的能量，因此在失去了保护的堡垒里与ATP相关的肌动球蛋白也开始变质，进而无可避免地导致肌肉收缩。然而不断分解、自然消耗的三磷酸腺苷已经不再能够通过氧化或糖酵解的方式进行补充，因此由于再合成能力的彻底缺失，整个系统进一步衰退，最终按照自然的规律，在越积越多的乳酸作用下肌肉收缩逐渐被僵硬所取代。受到万有引力定律的作用，聚集在循环系统最深处的血液，本来就是这场进攻的主要目标（至少在歼灭战的最终胜利之前），现在则受到两面夹击，具体地讲，受到两面夹击的是血纤维蛋白原。早在围攻开始的第一阶段，甚至在休战之前，血纤维蛋白原一直以液态形式在血流中循环，如今在活化凝血酶的作用下失掉了两对肽，使无处不在的纤维蛋白分子相互结合抵抗性极强的长链纤维蛋白，进而形成由长链纤维蛋白组成的凝血块。然而这一切都不会维持太久，因为死亡导致的缺氧爆发会将纤溶酶原激活成纤溶酶，从而将纤维蛋白的长链分解成多肽，所以，这场战斗——在作为援军大规模出现并从另一个方向发起进攻的肾上腺素的纤维蛋白溶解功能的支持下——通过恢复血液的流动性，以抗凝血大军取得迅速、巨大的胜利而告终。与凝血块进行的战斗更加艰巨，假如能够将维持血液液体状态的任务稍微简化一些，那么毫无疑问，溶解凝血块的战斗从本质上看也会收到缓慢的成效，因此下一步的目的是清除红血球。随着躯体保留组织液的能力丧失，细胞间质越来越多地聚集在大静脉周围的松散组织区域，其结果使红血球的细胞膜变得可以渗透，血红蛋白开始流失。离开了红血球的血红蛋白与不可抗拒的组织液混合到一起，使之变红，并且渗透到组织里，就这样，无情的毁灭力再一次取得了重大胜利。在相互协调、全面行动的背景下，肌肉和血液同时遭到猛烈袭击。就从死亡的那一刻开始，在曾如神奇帝国的肌体彻底失去防卫的情况下，其内部的敌人立刻揭竿而起，在它们面前不再有任何的限制和阻碍，同时向碳水化合物、脂肪尤其是蛋白质——

曾几何时还以无可比拟的优雅精密运转的秩序——发起猛烈攻击，称得上是一场“宫廷革命”。革命军是由各种所谓的“组织酶”组成的，其行动被称作“死后自体消化”，然而毫无疑问，这种看似客观的目标选择，更像是为了掩盖可悲的实质，因为更恰当地说，这应该称作“仆人造反”。至于那些卑贱的仆人，他们的行为在以前，在堡垒里还充满着旺盛生命力的时候，就必须通过一个完整的“抑制系统”严加管束，而他们的活动范围仅限于帝国的厨房和仓储间，他们在那里备料，做饭，不能越雷池半步，不能闯到他们主人的世界，不能对系统本身造成威胁，他们为主人服务，只能在长期、严格的监督下才能与主人接触。以蛋白水解酶为例，也就是蛋白酶，它本来被分派的任务是通过分解肽键来促进营养蛋白的水解，与此同时，还要通过黏蛋白的强力作用阻止它与胃酸一起分解掉细胞的白蛋白。对于碳水化合物和脂肪来说情况相似，一方面烟酰胺腺嘌呤二核苷酸磷酸和辅酶A，另一方面脂肪酶和脂肪酸脱氢酶，都必须在一组酶抑制剂的监管之下产生作用，因为只有它们才能降低或阻断酶的活性。当然，现在已经没有制动，没有反抗，因此随着气温条件的好转，在温度最适宜的地方已经开始，或者说继续进行“宫廷革命”，血液在胃黏膜血管中分解成了酸性血红素，已经在很多地方破坏了胃壁结构，而以盐酸和胃蛋白酶为主的军团对腹腔器官组织发起攻击。作为酶的现役部队征战的结果，肝脏中的糖原分解成了简单的基本元素，紧接着发生的是胰腺的自我溶解。“自我溶解”这一术语无情揭示了它所隐藏的残酷真相，也就是说，每一个生命体在它出生的那一刻，就已经携带了自我毁灭的种子。毫无疑问，由于墓穴里的氧气相对稀少，大部分的工作只能缓慢地进行，与此同时，腐烂以不可遏制的继续蔓延，具体地说，它是通过含氮的有机化合物，特别负责分解蛋白质的微生物完成的。这些微生物与先头部队联合起来，首先在它们大量驻扎的肠道里开始行动，从那里逐步向外扩展，最终主宰整座堡垒。除了一些厌氧微生物外，这些炮台主要由好氧腐化菌组成，要想准确清点各路部队的具体兵力，几乎是一桩不可能的事情，因为除了包括变形杆菌、肠系膜枯草杆菌、普通化脓杆菌、黄色八迭球菌和化脓性链球菌在内的各种细菌之外，还有其他大量的微生物参加了决战，战役最初沿着皮下静脉展开，先是腹壁和腹股沟，而后是肋间和锁骨上窝、锁骨下窝。在那里，一方面在腐烂过程中产生的硫化氢与血液中的血红蛋白结合形成硫血红蛋白，另一方面已经分解了的血红蛋白衍生物与血液中的铁结合形成硫酸亚铁；随后如法炮制地依次发生在肌肉中和内脏里。再一次由于重力的作用，含有血红蛋白的体液继续渗入不断分解的组织里，这些建筑材料缓慢地渗透，最后一直达到皮肤表层，然后从那里开始，向深处渗透。与异种溶解平行发生的一个事件，与一种叫作“产气荚膜梭菌”的厌氧微生物有关，这是一种在肠道中迅速繁殖的高效细菌。它不仅在它繁殖的地方，还在胃和血管里发挥效力，而且很快扩散到整副躯体，不仅在心腔内和胸膜下形成气泡，还在皮肤上出现腐烂的水泡，最终导致皮肤剥脱。这时候曾经坚不可摧，看上去既机制复杂、又逻辑清晰的蛋白质驱动系统已经彻底崩溃，先是蛋白胨，然后是酰胺基，含氮和不含氮的芳香化合物，最后是有机脂肪酸，从而产生了包括蚁酸、醋酸、络酸、缬草酸、棕榈酸和硬脂酸在内的酸性物质，以及无机物的最终产品，例如氢、氮和水。在生活于土壤中的亚硝酸菌和硝酸菌的帮助下，氨被氧化成硝酸，硝酸以盐的形式通过植物的根须返回到它原来的世界。二氧化碳，作为碳水化合物分解后的一种残留物质释放到空气之中，因此——至少从理论上讲——它还是可以参与一次光合作用。于是，一种更高级的有机体通过一条条纤细的管路重新吸收了它们，并井然有序地将它们巧妙分布到所有的无机与有机的生命之间。在经过了长期的反抗之后，结缔组织，软骨，最后是骨头，先后放弃了徒劳无功的抗争，曾经的堡垒终于荡然无存，即便它连一粒原子都未曾丢失。一切都还在，只是没有一位统计员能够逐一清点并记录下所有的成分，而那个曾经存在、再也无法重现的帝国最终永远地消失了，在隐含了秩序晶体的混沌之力的强大碾压下化为齑粉，物质间发生着冷酷无情、无可阻遏的交流。整个帝国被碾压成了碳、氢、氮和硫，精细的组织被分解成碎片，直到烟消云散，不复存在，因为它们被一项令人难以想象的遥远判决所侵蚀消化——正如这本书现在，在这里正被侵蚀消化一样，此时此刻，这是最后一个词。